TROPEN

THRILLER

MONS KALLENTOFT &
MARKUS LUTTEMAN

# DAS BLUT DER HIRSCHE

AUS DEM SCHWEDISCHEN VON ULRIKE BRAUNS

Tropen
www.tropen.de
Die Originalausgabe erschien unter dem Titel »Bambi«
im Bookmark Förlag, Stockholm

Published by arrangement with Nordin Agency AB, Sweden

Printed in Germany
Cover: Zero-Media.net, München
unter Verwendung eines Fotos von © GettyImages/Tim Flach
Gesetzt von Dörlemann Satz, Lemförde
Gedruckt und gebunden von CPI – Clausen & Bosse, Leck
ISBN 978-3-608-50364-7

Wer rettet die Jungen vor Wahnsinn und Tod?
Wer fängt die entlaufene Hirschkuh?
Wer kommt nie zur Ruh?
Unser Held, unser Held, unser Held.

# PROLOG

## Donnerstag, 8. September

Das Universum ist in Aufruhr. Alles stürmt, alles heult. Der Wind in seinen Ohren, das Motorrad, der Tod, der versucht, ihm in die Waden zu beißen.

Die Luft fühlt sich für Zack wie eine Mauer an, dicht und warm in dieser dunklen Nacht. Als wollte sie ihn aufhalten, ihn bremsen, ihn an seiner Flucht hindern.

Hohe, verschwommene Baumstämme zu beiden Seiten des schmalen Waldwegs, Insekten, die gegen das Visier prallen.

Zack wirft einen Blick in den Rückspiegel. Sieht das Licht nicht länger hinter sich. Vielleicht ist es ihm tatsächlich gelungen, den Wagen abzuschütteln.

Der Tacho zeigt einhundertfünfundvierzig Stundenkilometer.

Einhundertfünfzig, einhundertsechzig.

Er würde liebend gern noch mehr Gas geben, aber dazu ist die Straße zu kurvig, der Asphalt zu glatt von der feuchten Nacht. Er wäre bereits zweimal fast vom Weg abgekommen, fast gegen einen Baum geprallt wie die Insekten gegen sein Visier.

Links öffnet sich das Gelände, beleuchtete Häuser sausen vorbei.

Er schaut sich um. Kein Scheinwerferlicht hinter ihm.

Er drosselt auf einhundertzehn, fährt auf Sicherheit.

Dunkler Wald schließt sich wieder um ihn, ein Wald voll besorgter Götter.

Vier Fernlichtscheinwerfer tauchen vor ihm auf, als ein gewaltiger Holztransporter über die Kuppe kommt. Die gesamte Fahrbahn wird von blendendem Licht geflutet. Zack wird noch langsamer, kneift ein Auge zu.

Als der Lastwagen ihn passiert, macht er sich klein, um dem folgenden Windstoß weniger Angriffsfläche zu bieten.

Alles ist mit einem Mal stiller.

Er hört seinen eigenen schnellen Atem. Versucht, ihn zu beruhigen. Holt tiefer Luft.

Dann leuchten links und rechts von ihm wieder Baumstämme auf. Der Wald ist von langen Schatten erfüllt.

Zack schaut sich um. Sieht die Scheinwerfer des Wagens näher kommen.

Scheiße.

Er gibt wieder Gas. Der Motor der rot-schwarzen Suzuki Hayabusa heult auf, der Wind zerrt und reißt an seinem Pullover.

*Eigentlich sollte ich der Jagende sein*, denkt er. *Nicht umgekehrt. Nie hatte ich einen besseren Grund zum Jagen als jetzt.*

Irgendetwas zischt haarscharf an seinem Helm vorbei. Dann hört er den Knall.

Jemand aus dem Wagen schießt auf ihn.

Mehr Zischen, mehr Knallen.

Der Weg schlängelt sich durch das hügelige Gelände. Wieder nähert er sich einer Kuppe. Als er bergauf fährt, gibt er extra Gas. Dabei weiß er gar nicht, was ihn auf der anderen Seite erwartet, muss alles riskieren.

Das Motorrad hebt kurz vom Boden ab, die Räder drehen durch.

Dann geht es wieder steil bergab. Eine enge Kurve nach rechts. Zack muss tief runter. Sein Knie schabt über den Asphalt.

Das Licht der Scheinwerfer wird immer stärker.

Neue Kurve. Andere Richtung. Noch enger.

Verdammt.

Zack will die Kurve nicht schneiden, verlangsamt, wird an den Straßenrand getragen. Split knirscht unter den Reifen, ein tief hängender Ast schlägt ihm gegen den Helm. Sein Kopf wird zurückgeschleudert, aber Zack kann sich auf der Maschine halten.

Die Baumstämme sind mit einem Mal viel zu nah.

Er steuert mit aller Kraft nach links, aber der Kies gibt nach. Das Vorderrad versinkt im losen Waldboden.

*Jetzt sterbe ich.*

Überall Bäume.

Es geht zu schnell. Der Vorderreifen verfängt sich. Zack kann sich nicht mehr auf dem Sitz halten. Wird durch die Luft geschleudert.

Alles verlangsamt sich. Er sieht sich mit den Armen rudern, es riecht intensiv nach Nadelbäumen und Fäulnis. Der Boden nähert sich.

Zack krümmt sich zusammen, zieht das Kinn an die Brust.

Die Schultern kommen als Erstes auf. Er rollt, glaubt, es geht gut, rollt weiter. Prallt gegen etwas Großes und Weiches.

Alles wird still.

Er liegt auf dem Rücken. Hoch über ihm thronen die Baumkronen, scheinen sich in der dunklen Nacht über ihn zu beugen. Wollen ihn bei lebendigem Leib verschlingen.

Er versucht, sich zu bewegen. Der rechte Arm hängt fest, hat sich in der Wurzel eines umgestürzten Baumes verfangen. Er zerrt ihn los und bewegt ihn vorsichtig. Ein heftiger Schmerz durchfährt ihn, aber gebrochen scheint nichts.

Ganz in der Nähe wird eine Tür zugeschlagen.

Er schaut zum Weg, in das Scheinwerferlicht eines Wagens, der am Wegesrand steht. Die Silhouette eines Menschen bricht den Schein des Lichts. Unmöglich zu erkennen, ob es sich um einen Mann oder eine Frau handelt.

Wer immer es ist, späht in den Wald hinein, den Kopf leicht erhoben wie ein witterndes Tier.

Eine Taschenlampe wird eingeschaltet.

Leuchtet in den Wald.

Leuchtet zu ihm.

Direkt zu ihm.

Seine Hand fährt zur Hüfte, tastet nach der Sig Sauer. Aber die ist weggeschlossen auf dem Polizeirevier.

*Wird mich jetzt eine Kugel töten?*

Jede Zelle seines Körpers protestiert.

*Ich kann nicht sterben, darf nicht sterben.*

Zack schwingt sich über die Wurzel und landet unsanft auf dem Stamm auf der anderen Seite. Eiskalte Spitzen bohren sich in seine Schulter. Irgendetwas ist kaputt.

Er hört einen Knall und spürt, wie Erde und Wurzeln auf ihn niederregnen.

Er steht auf, rennt los. Rennt fast gegen einen Baum.

Durch den verdammten Helm sieht er nichts.

Im Laufen löst er den Kinnriemen, reißt sich den Helm vom Kopf, schmeißt ihn weg.

Ein weiterer Schuss wird abgefeuert. Pfeift an seiner rechten Schulter vorbei.

Er schlägt einen Haken in die andere Richtung. Hebt die Arme, um sich vor den trockenen Ästen der Kiefern zu schützen.

Schnell entfernt er sich aus dem Kegel der Lampe. Endlich ist die Dunkelheit auf seiner Seite.

Er verfängt sich in etwas, stürzt.

Etwas Spitzes bohrt sich in seinen Bauch.

Stacheldraht.

Er richtet sich auf, versucht sich zu befreien. Beim Pullover gelingt es, aber die Jeans hängt ebenfalls fest.

Es sind zwei gespannte Drähte, wie bei einer alten Kuhweide.

Er schiebt sich zwischen den Drähten hindurch. Bleibt an dem unteren hängen. Tritt und reißt, sodass der Zaun viel zu laut scheppert, als er endlich loskommt.

Er bemerkt etwas im Augenwinkel und schaut auf.

Wer immer ihn jagt, steht nur zehn Meter entfernt.

*Unmöglich*, denkt er.

*Ich bin so schnell gelaufen.*

Der ausgestreckte Arm hebt sich.

Der Arm mit der Pistole.

Zack kriecht rückwärts.

Der Mensch kommt näher, bleibt am Stacheldraht stehen.

Zack kriecht weiter, aber seine Muskeln gehorchen ihm kaum.

Wer immer ihn da töten will, macht zwei Schritte zurück und springt dann mit Leichtigkeit über den Zaun.

*Wie kann das sein?*

Ein paar Sätze, und schon ist der ausgestreckte Arm nur noch wenige Meter von seinem Gesicht entfernt.

Die Taschenlampe wird erneut eingeschaltet, leuchtet ihm direkt in die Augen. Strahlt ihn an wie eine Zielscheibe in einem ansonsten stockfinsteren Raum.

Niemand verfehlt aus dieser Entfernung.

*Jetzt ist es vorbei.*

Zack senkt den Kopf.

Schließt die Augen.

*Das geschieht mir ganz recht*, denkt er.

*Ich verdiene es nicht besser.*

# 1

**Freitag, 24. Juni, Mittsommernacht**
**Gut zwei Monate zuvor**

Sanftes Nachmittagslicht fällt durch die großen Fenster und scheint über dem handgeknüpften Perserteppich im Salon zu schweben, ehe es über das hundert Jahre alte Parkett weiterwandert, die goldfarbenen Wandpaneele hinauf bis zum mit Ornamenten verzierten Kachelofen.

Olympia Karlsson steht vor dem großen Wandspiegel und richtet mit ihren schmalen, langen Fingern den hellgrauen Pagenschnitt.

Ihr gefällt der Spiegel jetzt besser, nach dem Wutausbruch im vergangenen Winter, als die Scherben wie scharfe Schneeflocken auf den Boden fielen.

Der Handwerker hatte das Glas ersetzen wollen, aber Olympia hatte darauf bestanden, dass er es repariert.

Schönheit kann sich durch die Narben der Erfahrung vertiefen.

Der Handwerker hat seine Sache gut gemacht, die Risse sind fast nicht mehr zu erkennen. Trotzdem verändern sie ihr Spiegelbild. Geben ihren sonst so scharfen Zügen etwas Flüchtiges und entlocken ihnen einen Hauch von Sehnsucht, die sie in sich trägt, wie sie weiß, die sie aber nie von selbst zeigt.

*Wonach sehne ich mich?*, fragt sie sich manchmal, findet aber keine Antworten, die über solche Banalitäten wie Wärme, Nähe, Liebe hinausgehen. Wahrhaftige Liebe – die Illusion der Illusionen. Olympia verabscheut, was sie aus ihr gemacht hat, was sie ihretwegen gemacht hat. Dann doch lieber so tun, als gäbe es sie nicht.

Sie tritt einen Schritt zurück, dreht sich ins Profil und prüft, ob die schwarze Kostümjacke auch am Rücken sitzt, wie sie soll. Richtet den Rock, zieht die schwarze Strumpfhose hoch und sieht die rote Sohle ihrer Christian-Louboutin-Pumps am unteren Rand des Spiegels aufblitzen.

Sie geht zum Schreibtisch und schaut auf die acht Bildschirme, die in zwei Reihen über dem gustavianischen Taburett an der Wand hängen.

Reuters, Bloomberg, Aktienkurse, verschiedene internationale Nachrichtensender. CNN zeigt unter Verwendung der Bauchbinde »Breaking News« verwackelte Liveaufnahmen von einem amerikanischen Hubschrauber, der in Syrien abgestürzt ist. BBC sendet einen Beitrag über einen russischen Geschäftsmann, der ermordet in London aufgefunden wurde, und auf einem dritten Bildschirm steht Donald Trump in Südtexas und droht mit erhobener Faust in Richtung Mexiko.

Olympia betrachtet ihn und lächelt nachsichtig.

Die Sehnsucht nach Aufmerksamkeit darf nie wichtiger werden als das Geschäft.

Imperien kommen und gehen, aber Geld bleibt bestehen.

Sie fährt mit einer Hand unter den Schreibtisch, löst einen Riegel und zieht eine deutlich dünnere, zweite Platte hervor, die sich unter der oberen verbirgt und sich an dünnen Edelstahlschienen ausfahren lässt.

Die Platte ist mit grauem Filz beklebt und vollständig von Fotos und ausgeschnittenen Zeitungsartikeln bedeckt. Sämtliche Bilder und Artikel haben ein und dasselbe Thema: den achtundzwanzigjährigen Kriminalinspektor der Stockholmer Polizei, Zack Herry.

Olympia lässt den Blick über die Artikel und Fotografien wandern. Die gesamte Vorderseite des *Aftonbladet* mit der fetten Schlagzeile »Hier wird der Junge vor dem Löwenmann gerettet« unter einem großen Bild von Zack mit einem verletzten Jungen auf dem Arm. Ein Pressefoto von Zack in Uniform. Zack, wie er sich mit einem Nachbarskind, Ester Nilsson, trifft, heimlich aufgenommen durch das Fenster eines Cafés. Ein grobkörniges Foto von Zack Hand in Hand mit seiner Freundin, der PR-Beraterin Mera Leosson. Ein Artikel aus dem April dieses Jahres darüber, dass Zack und seine Kollegin Deniz Akin Schwedens meistgesuchten Werttransporträuber gefasst haben, und zwei verwackelte Bilder von Zack, wie er in einem illegalen Club mit einer dunkelhaarigen Schönheit tanzt.

Olympia hört, dass die schwere Eichentür geöffnet wird, und schiebt die zweite Tischplatte schnell zurück.

Ihr Sohn Peter kommt ins Büro. Dreißig Jahre alt, sieht aber aus wie vierzig. Mindestens. Seine schmalen, hängenden Schultern füllen das braune Sakko nicht aus, außerdem spannt sich der hellblaue Stoff des achtlos in die Hose gestopften Hemds über dem gut sichtbaren Bauch.

Sein Gesicht könnte von schönen Locken gerahmt sein, wenn er nur nicht einmal pro Woche seine kurze, nichtssagende Frisur nachschneiden ließe.

Sie weiß, dass er für seine Stylistin schwärmt, eine dumme Blondine mit Silikontitten, die in einem Salon in der Sturegallerian arbeitet. Vielleicht ist er sogar ernsthaft in sie verliebt? Wenn er denn überhaupt zu romantischen Gefühlen fähig ist.

»Hallo, Mama«, sagt er.

Selbst seine Stimme ist schwach und unsicher, es mangelt ihr an Autorität.

Nur in den blauen Augen liegt Kraft.

Olympia deutet schweigend auf die dunkelrote Ledercouch,

die vor einem der Fenster steht, woraufhin Peter sich zwischen die Kissen sinken lässt und sofort sein Handy hervorholt.

Nicht, um sich einen Überblick über den Stand der Geschäfte zu verschaffen, sondern um sich Partyfotos von Freunden anzuschauen oder zu spielen.

Spielen!

Wie viel Zeit verbringt er eigentlich am Tag mit so etwas?

Die Tür öffnet sich erneut, deutlich leiser diesmal, und eine junge Frau mit langen, schlanken Beinen und wehendem Haar von blauschwarzer Farbe kommt herein.

Sie trägt zerschlissene Jeans und ein einfaches weißes T-Shirt.

Kein Nagellack, nackte Füße.

»Guten Morgen, Olympia«, sagt sie.

Immer Olympia. Nie Mama.

Und Olympia gefällt das, die Distanz, die verdeutlicht, dass Hebe eigene Vorstellungen hat, was sie mit ihrem Leben anfangen will. Im Gegensatz zu ihrem Bruder. Das macht alles so viel interessanter.

Besonders jetzt, wo Olympia darüber nachdenkt, sie in ein komplexes Spiel zu verwickeln.

Olympia lächelt Hebe an. Betrachtet das Gesicht ihrer Tochter, die Züge, die den Anschein erwecken, von einem Gott in allerbester Laune gezogen worden zu sein. *Als hätte die Natur das Beste von mir und das Beste von Hebes Vater genommen*, denkt sie, *und es zu einem neuen Ganzen geformt, das größer ist als die Summe seiner Teile.*

*Manches kann nicht einmal ich steuern. Selbst wenn wir in meiner Firma durchaus interessante Fortschritte auf dem Gebiet der Genmodifikation machen.*

»Guten Morgen, Hebe«, antwortet sie.

Hebe begrüßt Peter, umarmt ihn und setzt sich dann neben ihn auf die Couch.

Olympia nimmt gegenüber von ihnen auf dem gustavianischen

Sessel mit den leicht geschwungenen Beinen Platz und lässt den Blick hinaus zu den drei Bronzeskulpturen wandern, die Michelangelos David nachempfunden sind und sich vor dem glänzenden Wasser des Stora Värtan abzeichnen. Dann schaut sie zurück zu ihren Kindern.

Reicht jedem eine olivgrüne Mappe.

»Die heutige Besprechung halten wir kurz«, sagt sie. »Es ist schließlich Mittsommer. Peter, in deiner Mappe findest du alles, was du wissen musst, um den Bericht fertigzustellen, den wir bei der geplanten Übernahme in Spanien vorlegen sollen. Inklusive der bislang noch inoffiziellen Zahlen der Firma vom letzten Quartal. Sorge dafür, dass ich spätestens Montag um eins eine PDF-Version des Berichts in meinem E-Mail-Postfach vorfinde.«

Peter nickt, öffnet die Mappe und blättert durch die Dokumente.

»Hebe, die Indienreise rückt näher. In deiner Mappe habe ich einige Informationen über zwei Personen zusammengestellt. Ich möchte, dass du Kontakt zu ihnen aufnimmst. Sie erwarten eine Konferenzschaltung via Skype um elf Uhr.«

Olympia macht eine Pause. Sieht das Spielbrett vor sich. Fühlt sich auf der sicheren Seite mit ihren Zügen.

»Und nimm eine weiße Bluse. Bis zum Hals zugeknöpft.«

»Okay.«

»Das wäre dann alles. Schickt mir einen kurzen Lagebericht via Mail, bevor ihr Feierabend macht.«

Peter und Hebe stehen auf und steuern die Tür an.

»Und Peter«, ruft Olympia ihm nach.

Ihr Sohn dreht sich um. Sein Blick wirkt ängstlich, als ahnte er, was nun drohte.

»Ja?«

»Sieh zu, dass der Bericht diesmal Korrektur gelesen wird.«

Sie kann gerade noch sehen, wie ihm die Röte ins Gesicht steigt, bevor er sich abwendet und die Tür hinter sich und seiner Schwester schließt.

Es war peinlich gewesen, das fehlerhafte Englisch seines jüngsten Berichts zu lesen. Was, wenn er so nach Japan oder Deutschland verschickt worden wäre? Die Geschäftspartner verlieren doch jeden Respekt, wenn man schon in solchen Punkten schludert.

Olympia zieht erneut die geheime Schreibtischplatte heraus.

Greift nach einem der Fotos, das Zack und die schöne, dunkelhaarige Frau zeigt, die ihre Tochter ist. Sie stehen dicht zusammen auf der Tanzfläche, Zacks einer Oberschenkel zwischen Hebes geschoben, seine Hände auf ihrer Taille.

Olympia nimmt das Bild zwischen die Finger, als wollte sie es zerreißen, die beiden voreinander trennen.

Aber sie überlegt es sich anders, legt die Aufnahme zurück.

Beugt sich über das Foto.

Streichelt mit dem Finger darüber wie die Sonnenstrahlen über die Paneele hinter ihr.

# 2

Wenn er sich nur winziges bisschen vorlehnen würde, könnte Zack das goldschimmernde Wasser des Nybroviken sehen, und wie die untergehende Sonne die Fensterscheiben der alten Häuser auf der Skeppsbron in flammendes Licht taucht.

Aber er lehnt sich stattdessen auf dem Teakstuhl zurück und schaut zur Küche. Er sitzt auf der Terrasse von Meras neuer Eigentumswohnung in der Skeppargatan im noblen Östermalm. Mera legt gerade Heringe und Käse auf einen Teller.

Mittsommerabend.

Nur sie beide.

Genau wie er es wollte.

Der Abend, der allmählich in die Nacht übergeht, ist warm, Zack nippt an seinem Mineralwasser. Will lieber nichts Starkes trinken, weil es ihm endlich gelungen ist, seit längerem ganz ohne Drogen auszukommen. Will seine Kräfte sparen, morgen früh vielleicht den Hammarbybacken hinauflaufen.

Meras Augen wirken schwarz im Gegenlicht, ihr Haar wie feine Seide an ihren nackten Schultern.

Er hat sie im Laufe des Frühjahrs an sich herangelassen.

Gewagt, sie an sich heranzulassen.

Hat sich eingestanden, wie viel sie ihm bedeutet, und sich erlaubt, darin zur Ruhe zu kommen.

Das ist eine der Folgen seines Kampfes gegen den Drogenmissbrauch, das harte Gefecht, das er im Spätwinter ausgetragen hat.

Er kämpfte leise und einsam, wollte nicht, dass Mera erfuhr, wie tief er gesunken war. Aber sie bemerkte, dass es ihm schnell besser ging, er präsenter war.

Bis dahin hätte ihre Beziehung genauso gut jederzeit enden können, aber jetzt haben sie beide entschieden, dem Ganzen eine echte Chance zu geben.

Explizit darüber gesprochen haben sie nicht. Es ist einfach offensichtlich, dass es ihnen beiden so geht. Sie machen nicht mehr so viele Überstunden, sondern unternehmen lieber etwas zusammen. Das haben sie lange nicht getan.

Mera stellt ein Tablett vor ihm auf den Tisch. Bier und Schnaps für sich selbst.

Sie küsst ihn leicht auf die Stirn, bevor sie wieder nach drinnen verschwindet, ihr weißes Baumwollkleid schwingt dabei leicht hin und her, als spielte der Wind darin.

»Schönen Mittsommer«, flüstert er ihr nach, und dann erst entdeckt er das Geschenk auf dem Tablett. Klein, in Goldpapier eingeschlagen und mit einer Schleife aus silbernem Band.

Isa Nehf und Madelene Dahlén sitzen auf einem kahlen Felsen direkt am Ufer und blicken auf das ruhige Wasser des Schärengartens.

Sachte Wellen liebkosen den Felsen ein kleines Stück unterhalb ihrer Füße, dünne, rosafarbene Wolkenschleier spiegeln sich auf der dunklen Oberfläche.

»Ist das nicht krass?«, fragt Isa und sucht nach einer Packung Zigaretten in der rosafarbenen Handtasche von Michael Kors. »Elf Uhr abends und noch immer hell. Warum kann das nicht immer so sein?«

Eine Margerite hat sich aus dem Blumenkranz in ihrem Haar gelöst. Madelene steckt sie vorsichtig zurück, richtet dann ihren eigenen Kranz und schmiegt sich an Isa. Wickelt die Decke fester um sie beide, achtet darauf, dass ihre von den Sommerkleidern freigebliebenen Schultern bedeckt sind.

»Willst du auch eine?«

Isa hält die Packung so, dass sie fast Madelenes offenes rotes Haar damit streift.

»Ja, danke.«

Isa zündet zwei Zigaretten an, und sie rauchen schweigend. Checken ihre Instagramprofile. Madelene zeigt Isa einen Film bei Snapchat, den eine gemeinsame Bekannte von ihrer Mittsommerfeier auf dem Familiengut in Södermanland geschickt hat.

»Das sieht ja ziemlich steif aus«, sagt Isa. »Aber sie wirkt trotzdem so, als hätte sie Spaß. Vermutlich ist es überall besser als in Lundsberg.«

»Ich will jedenfalls nirgendwo anders sein als hier«, sagt Madelene und greift nach der Champagnerflasche, die neben ihr steht.

Sie trinkt einen Schluck und schaut auf das Etikett. Bollinger.

»Wer will schon auf so ein bescheuertes Elite-Internat«, sagt sie. »Die müssen sich doch echt zu Tode langweilen, da oben im Wald.«

Sie lachen, stecken sich die nächste Zigarette an.

Isa rückt ihren Blumenkranz zurecht und dreht sich um, als sie hört, dass die Jungs wiederkommen.

Theo Stranddahl geht voraus. Er trägt ein Silbertablett. Hugo Löfwencrantz folgt dicht hinter ihm, in der einen Hand eine Flasche, in der anderen ein paar lange Gläser.

Isa weiß, dass Theo den Champagner aus dem Weinkeller seines Vaters gemopst hat. Dort stehen tausende Flaschen, sein Alter wird das also niemals bemerken.

Ihr gefällt an Theo, dass ihm völlig egal ist, was andere über ihn denken, und er einfach macht, was er will. Er traut sich richtig was, selbst Sachen, die weit über die Grenzen gehen, Sachen, bei denen andere den Schwanz einziehen.

Theo stellt das Tablett mit sechs kleinen Dessertschälchen ab.

Er nimmt zwei von ihnen und reicht sie Isa und Madelene.

»Bisschen Fett«, sagt er. »Für eure schmalen Hintern und als Grundlage für den Schnaps.«

»Was ist das?«, fragt Madelene.

»Panna cotta mit schwedischen Himbeeren.«

»Schwedische Himbeeren? Jetzt schon?«, fragt Isa und drückt ihre Zigarette aus.

»Das haben sie zumindest in der Markthalle am Östermalmstorg behauptet«, antwortet Theo.

Hugo löst den Draht der nächsten Champagnerflasche.

»Seid still und esst«, sagt er.

»Pass bloß auf, dass du den Korken nicht ins Auge kriegst«, erwidert Madelene. »Das passiert kleinen Jungs manchmal.«

»Du solltest deinen Papa um Hilfe bitten«, sagt Isa. »Aber dann nimmt er uns vermutlich den Champagner weg.«

»Es war übrigens mein Vater, der den Hering gekauft hat, den wir vorhin gegessen haben. Er ist gar nicht so unzuverlässig, wie die Presse immer behauptet. Außerdem durften wir uns das Boot ausleihen.«

Hugo knüllt den Flaschendraht zusammen, wirft ihn ins Wasser und schaut zu der langen Motoryacht hinüber, deren schmaler Rumpf sich auf der dunklen Wasseroberfläche spiegelt.

Zack trinkt sein Mineralwasser aus, legt den einen Arm auf das warme, gusseiserne Geländer der Terrasse und lehnt sich in der Sonne zurück. Genießt die Stille hier oben zwischen den Dächern.

Der Hering ist aufgegessen, die Luft ist nun etwas kühler.

Mera lächelt. »Willst du denn gar nicht wissen, was in dem Geschenk ist?«

Er hat während der ganzen Mahlzeit nichts dazu gesagt, und auch Mera hat es nicht angesprochen, bis jetzt.

Unten auf der Straße knallt es, ein paar Kids böllern, und am Kai werden auf einem Boot Trinklieder gegrölt.

»Was ist denn drin?«, fragt er. Versucht, nicht darüber nachzudenken, was es sein könnte.

»Du musst es wohl aufmachen.«

Sie wirkt nervös.

Zack nimmt das Geschenk in die Hand, es wiegt nicht viel, und dann schaut er Mera an, die mit den Fingern auf den Tisch trommelt. Das macht sie sonst nie, wieso also jetzt?

Er ahnt die Antwort.

Weiß nicht, was er davon halten soll.

Erster Impuls: Flucht. Zweiter: Bleiben wollen. Es wagen, das zu genießen, was geschieht.

Ihr Blick ist nun erwartungsvoll.

»Mach's schon auf«, sagt sie, »du hast lange genug gewartet.«

»Wo sind denn Ebba und Axel?«, fragt Isa und schiebt sich den Rest Panna cotta in den Mund.

Theo und Hugo wechseln einen Blick.

Theo hält den Korken fest umklammert, dreht langsam mit der anderen Hand die Flasche. Die dritte des Abends.

»Keine Ahnung«, antwortet Theo. »Machen ihr eigenes Ding, schätze ich.«

»Wer hätte das gedacht«, sagt Madelene lächelnd.

Der Korken löst sich mit einem Schmatzen. Theo schenkt in vier Gläser ein und verteilt zwei davon an Hugo und Madelene, bevor er sich neben Isa setzt und ihr ebenfalls ein Glas reicht.

»Papa lässt grüßen.«

Isa nimmt seine Hand und drückt sie etwas zu fest.

»Hast du noch was anderes zu bieten als Prickelwasser?«, fragt sie, worauf er entgegnet:

»Für wen hältst du mich denn?«

Zack löst die Schleife und verflucht sich selbst.

So sollte das nicht laufen. Er hätte es sein sollen, der so ein Geschenk macht. Er hätte vor Mera auf die Knie gehen und es ihr überreichen sollen, dies wäre die perfekte Gelegenheit dafür gewesen.

Er löst eine Ecke des goldenen Einschlagpapiers. Würde das Geschenk am liebsten zurück aufs Tablett legen, damit der Inhalt noch einen Moment verborgen bliebe, sieht aber ein, dass er es öffnen muss.

»Ist es, was ich vermute?«

»Was vermutest du denn?«

Mera lächelt, und er würde liebend gern die Hand ausstrecken, um ihr über die Wange zu streicheln, stattdessen kämpft er mit dem Papier, reißt viel zu heftig daran und fühlt sich sofort unwürdig und plump.

Mera sieht es, sagt:

»Schon okay. Es kann nicht jeder die Hände einer Näherin haben.« Sie kichert nervös.

Das Goldpapier ist zu Boden gefallen.

Eine viereckige Schachtel liegt in Zacks Hand.

Er ist bereit.

Sie sind bereit.

*Ich liebe sie*, denkt er.

*Ich liebe dich, Mera Leosson.*

Und dann hebt er langsam den Deckel.

Auf der kleinen Insel trinken, lachen und tanzen die Jugendlichen unter einem Junihimmel, der das Dunkel der Nacht vertreibt, bevor es sich überhaupt richtig senken kann.

Champagnergläser stehen auf dem Felsen verteilt. Bierflaschen, Weingläser. Verschüttete Panna cotta.

Ein dickes Schneidebrett mit fast unberührtem Käse und drei unterschiedlichen Crackersorten steht auf einem Klapptisch. Ein paar Plastikmesser sind aus der Verpackung gefallen und liegen unter dem Tisch.

Theo tanzt barfuß mit hochgekrempelten Hemdsärmeln unter dem rosafarbenen Wolkenschleier.

*Wir sollten immer so weitermachen*, denkt er. *Im Jetzt leben, jeden Tropfen in uns aufsaugen, den das Leben zu bieten hat. Fuck it*, denkt er. *Ich lass mir von niemandem sagen, was richtig oder falsch ist.*

Und selbstverständlich hat er seinen Freunden in dieser Nacht noch etwas mehr zu bieten.

Er tanzt Richtung Yacht und klettert an Bord. Öffnet das Außenfach seiner Tasche und holt ein kleines Metalletui heraus, das er in der Hosentasche verschwinden lässt.

Auf dem Rückweg sieht er Axel Hultqvist hinter einem windgeplagten Strauch, ein Stück abseits der anderen. Sein Arm steckt zur Hälfte in seiner weißen Jeans, er kratzt sich am Oberschenkel.

»Was machst du da?«, fragt Theo.

Axel schaut ihn an und grinst.

»Da waren verdammte Scheißameisen auf der Wiese, wo Ebba und ich lagen und … und uns intensiv die Blümchen anguckt haben.«

»Ich hoffe, dass ich das nachher auch mit Isa machen kann.«

»Dann hoff mal nicht zu sehr.«

»Ich baue da drauf.«

Er hält das Etui hoch.

»Garantierter Erfolg.«

Axel lächelt, zusammen schlängeln sie sich zwischen den Gläsern auf dem Felsen hindurch und sehen, wie Isa zum Lautsprecher geht, um ein neues Lied auf dem Handy auszuwählen. Der Bass von Robyns *Indestructible* erfüllt die Luft, reine Nostalgie, sofort fangen die Freunde wieder zu tanzen an. Singen jedes Wort mit. *Hands up in the air like we don't care.* Madelene wirft ihren erschlafften Blumenkranz ins Wasser und schleudert dann wild ihre langen Haare, ihr dünnes Sommerkleid flattert in der hellen Nacht.

Theo nimmt eins der Gläser vom Boden, füllt es aus einer halbleeren Weinflasche und öffnet dann das Etui. Sechs rosa Pillen liegen darin. Er verteilt sie, gibt jedem eine. Die Freunde lächeln ihn an, wissen, dass er immer gutes Zeug zu bieten hat. Er schaut zu, wie sie die Tabletten hinunterspülen. Nimmt selbst eine. Stellt sich dann hin und betrachtet seine Freunde.

*Fuck it.*

*So soll das sein. Was passiert, passiert.*

Zack hebt vorsichtig den Deckel, versteht in diesem Moment die Tragweite dessen, was gerade geschieht.

Der Himmel über Östermalm ist jetzt tiefblau. Mera streckt die

Hand über den Tisch, Zack nimmt sie, verschränkt seine Finger mit ihren.

Ein breiter, silberglänzender Ring liegt in der Schachtel. Glitzert im schwachen Licht der Sommernacht, und Mera drückt fest seine Hand.

»Ich möchte eine Familie mit dir gründen, Zack.«

Er schaut erst sie an, dann den Ring, und es scheint eine Ewigkeit zu dauern, bis er die Verbindung zwischen ihren Worten und dem Gegenstand in der Schachtel begreift.

Ein Trinklied schallt vom Wasser herauf.

*Sie will mich heiraten?*

*Sie will, dass ich der Vater ihrer Kinder werde?*

*Wo ich doch nicht einmal selbst weiß, wer ich bin.*

Er blickt auf ihre verschränkten Finger.

Schaut Mera dann in die Augen.

*Ich bin nicht meine Vergangenheit*, denkt er.

*Ich kann mein Leben selbst gestalten.*

*Ich kann ein guter Ehemann sein, ein guter Vater.*

*Will es sein.*

Er streckt die andere Hand aus und holt den Ring aus der Schachtel. Er ist schwer. Kraftvoll.

*Weißgold*, denkt er. *Mera würde sich niemals mit Silber zufriedengeben.*

Er lässt ihre Hand los, steckt sich den Ring an, und dann sitzt er wie für immer an seinem Finger.

Mera öffnet den Mund, um etwas zu sagen, überlegt es sich aber doch anders, zieht stattdessen seinen Kopf über den Tisch zu sich und küsst ihn.

Die Musik durchdringt alles. Die Beine bewegen sich schneller, hitziger. Hugo ist in die Hocke gegangen, sein Oberkörper zuckt hoch und runter, nach links und rechts. Isa reckt die Arme in die

Luft, Tränen laufen ihr über die Wangen. Madelene hüpft barfuß herum, stößt eins der Gläser um, tritt in die Scherben. Spürt nichts, tanzt weiter, und auch Ebba Langer fällt in die rhythmischen Bewegungen ein.

Theo steht in der Mitte. Schaut auf seine Arme und begreift, dass er damit die Welt steuern kann. Er hebt sie, und die Musik wird lauter. Er senkt sie, langsam, bis zum Boden, bis alles verstummt ist. Bis er nichts als ihrer aller Atemzüge hört, ihre Lust wahrnimmt, die sich wie eine unsichtbare Wolke um sie schlängelt.

Er kann die Lust der anderen einatmen.

Die Lust auf Blut.

Zack und Mera sitzen nah beieinander, betrachten den langsam heller werdenden Mittsommerhimmel. Eine große, weiche Kaschmirdecke wärmt ihre Körper.

Sie sagen nichts, und Zack spürt den Ring an seinem Finger. Wie er dort drückt und reibt, mehr als er sollte. Mit den Fingerspitzen folgt er der Rundung des Rings an Meras Finger. Genau wie seiner, und er schließt die Augen, atmet und denkt:

*Nun werde ich zur Ruhe kommen.*

*Alles wird gut.*

*Für immer.*

Madelene nimmt Isas Hände. Setzt sich ihr gegenüber auf den Felsen. Wickelt ihr die große Fleecedecke um die Schultern.

»Sieh dir mal das Blut an«, sagt sie sanft und fährt sich mit dem Finger über die Fußsohle, die Wade hinauf. Hinterlässt einen langen, roten Strich auf ihrer Haut.

»Es muss bluten, weißt du. So muss das sein.«

Isa nickt. Flüstert ein Ja.

Leckt das Blut von Madelenes Fuß. Bewegt sich zu ihrem Gesicht, küsst sie, beißt ihr so heftig in die Lippe, dass sie aufplatzt, und von Hugos langgezogenen Schreien lassen sie sich nicht stören. Denn seine Welt ist nicht ihre Welt.

Theo schaut zu Hugo, der eins der Plastikmesser aufgehoben hat, um sich damit in den Hals zu sägen. Er lächelt seinen Freund an, spürt die Wärme in der Brust. Will schreien: Ich werde dich immer lieben!

Stattdessen nimmt auch er sich eins der Plastikmesser und reicht Axel dann die Packung.

»Die helfen super gegen die Scheißameisen«, sagt er.

Axel umarmt Theo, küsst ihn auf den Mund, sucht mit der Zunge nach der des anderen und fummelt dann an seiner Gürtelschnalle herum.

Er zieht sich die Schuhe aus, stellt sie beiseite, lässt sich dann schwer zu Boden fallen und versucht schließlich – langsam und methodisch –, das Messer in seinem Oberschenkel zu versenken.

Theo überlegt, ob er seinem Freund helfen soll. Aber die Dunkelheit ist nun über ihnen, fällt donnernd auf sie wie ein starker Wasserfall und wäscht alles fort.

Irgendetwas läuft hier gerade ziemlich schief. Das begreift er, in einem letzten Moment der Klarheit. Sie müssen hier weg, alle. Weg von diesen furchtbaren Kreaturen.

Das Wasser, das sie umgibt, glüht.

Der Fels bebt.

Er schaut auf seine Hände, schwarz, stinkend. Das sind nicht seine Hände. Ein Fremder hat von seinem Körper Besitz ergriffen.

Er muss den Eindringling töten. Ihn vernichten, bevor es zu spät ist. Bevor die Liebe beschmutzt wird.

Er reckt das Kinn hinauf zum brennenden Himmel und rammt sich das Messer mit aller Kraft in den Hals.

Auf dem kahlen Felsen direkt am Wasser nur ein paar Meter entfernt sitzt Madelene ganz nah bei Isa und wackelt an der großen Scherbe, die in ihrem Fuß steckt.

Zieht sie langsam heraus.

Leckt das Blut ab.

Streichelt Isa über die Wange und fasst dann nach ihrem Kinn.

»Um richtig sehen zu können, müssen wir uns von den falschen Eindrücken befreien, die unsere trügerischen Sinne uns vorgaukeln wollen«, sagt sie sanft.

Vorsichtig presst Madelene dann die Scherbe in Isas rechtes Auge.

Isa sitzt ganz still da und lässt es geschehen. So dankbar dafür, eine Freundin wie Madelene zu haben.

Bald schon ist sie an der Reihe, um auch ihrer besten Freundin zum Sehen zu verhelfen.

# 3

## Samstag, 25. Juni

Zack steht vorgebeugt da, die Hände auf die Oberschenkel gestützt, und keucht. Der Stoff seiner verwaschenen Jogginghose fühlt sich weich an. Das graue T-Shirt hat einen dunklen Schweißfleck am Rücken, außerdem hängen Zack feuchte, blonde Locken in die Stirn.

Er dreht den Ring. Findet, er scheuert gegen die anderen Finger.

Hätte er ihn vor dem Loslaufen abnehmen sollen? Oder legt man so einen Ring nie wieder ab?

Erst wollte er bei Mera bleiben, hatte ein schlechtes Gewissen, so früh das Bett zu verlassen. Aber sie hatte ihn angespornt:

»Wir haben doch dann noch den ganzen Tag, um Frischverlobte zu sein.«

Er wirft einen Blick auf die Uhr. Halb acht. Zeit genug für mindestens drei weitere Hügelsprints, und dann wäre er trotzdem noch rechtzeitig wieder bei Mera, um zu duschen und um neun Uhr zur Abfahrt bereitzustehen.

Sie hat irgendeine Überraschung für ihn geplant. Er schätzt, ein Picknick irgendwo am Wasser – um die Verlobung zu feiern –, und er freut sich darauf. Stellt sich vor, dass ihm das extra Kraft zum Laufen verleiht.

Er richtet sich wieder auf und streckt den Rücken. Eine kühle Brise weht vom Schärengarten heran, die Sonne steht bereits hoch an dem eisblauen Himmel. Wärmt sein Gesicht und die feuchten Arme.

Er wischt sich die Haare aus der Stirn und schaut vom höchsten Punkt des Hammarbybacken hinab, einem alten Müllberg, der zum Skihügel umfunktioniert wurde.

Stockholm liegt ihm zu Füßen, die Stadt ist schön, aber auch nur oberflächlich, ganz wie dieser Berg, auf dem er steht.

Der Hammarby-See spiegelt die Sonne, wo es ihr gelingt, sich zwischen den weißen Häusern der Stadt hindurchzudrängen. Hinter ihm liegt die grüne Lunge des Naturschutzgebiets Nacka.

Er wendet sich ab und schaut nach Westen, wo sich die gigantische Globenarena aus dem Nebel erhebt wie eine gestrandete Raumkapsel, und außerdem auch die orangefarbenen Kräne, die zwischen den Schornsteinen des südlichen Hammarbyhamnen aufragen.

*So viel Neues wird gebaut. So viel Geld investiert.*

*Stockholm geht es gut.*

*Genau wie mir.*

Zack winkelt das rechte Bein an, umfasst den Fuß mit beiden Händen und dehnt die Hüfte.

Er ist seit bald fünf Monaten clean. Anfang Mai hat er die ersten einhundert Tage gefeiert. Mit Abdula, ausgerechnet.

Abdula war gerade aus Thailand zurückgekehrt, wo er nach einer blutigen Auseinandersetzung mit den organisierten Afghanen in Husby untergetaucht war. Zur Feier des Tages gingen sie Kebab essen und stießen mit Cola an.

Der Polizist und der Drogendealer.

Eigentlich erstaunlich, aber Zack wollte mit keinem anderen feiern. Abdula ist der Einzige, der wirklich versteht, wie tief er gefallen war. Was er durchmachen musste, um wieder aufzustehen.

Der Wind trägt Stimmen heran, und schon sieht er eine gemischte Gruppe in quietschbunter Trainingskleidung im Kreis auf einem flacheren Abschnitt des Hügels stehen und sich im Gras aufwärmen.

Zack hätte nicht gedacht, dass es außer ihm noch andere gibt, die sich so früh am Morgen nach der Mittsommernacht quälen wollen.

Er dreht ab und joggt die steile Seite hinunter, wo im Winter nicht Ski gefahren wird.

Die Disteln und der Kerbel stehen fast meterhoch, und die Steigung beträgt ungefähr fünfundvierzig Grad. An den steilsten Stellen muss er seitlich laufen, um nicht zu stürzen.

Er wischt sich mit dem einen Arm den Schweiß von der Stirn und riecht eine Prise von Mera auf seiner Haut.

Schon um fünf war er in ihrem Bett in ihrer Wohnung aufgewacht. Sie hatte vergessen, die Jalousien hinunterzulassen, und die Sonne schien ihm direkt ins Gesicht.

Mera lag ganz still mit dem Rücken zu ihm. Unnatürlich still, und schon öffnete sich das schwarze Loch in seinem Inneren wieder. Wollte ihn in seine kalte Tiefe hinuntersaugen, ließ ihn trotz Decke zittern.

Er rückte an sie heran und legte ihr vorsichtig die Hand auf die Brust, um ihr Herz zu spüren.

Es schlug unter ihrer weichen, warmen Haut. Ruhig und regelmäßig.

Er ließ die Hand dort liegen, atmete, schloss die Augen. Doch es war nicht Mera, die er dann vor sich sah.

Sondern Hebe. Die überirdische Schönheit, die er nicht kannte, mit der er nicht einmal gesprochen hatte. Sie hatten nur in Werkshallen zusammen getanzt, die vorübergehend in pulsierende, verschwitzte, illegale Clubs verwandelt worden waren.

Sie hatten einander berührt. Einander angesehen.

Er hat so schon mit vielen getanzt und sie alle vergessen.

Aber nicht Hebe.

Warum?

Er versuchte, ihr Gesicht zu verscheuchen, aber sie blieb. Er spürte den Ring, spürte Meras Herzschlag unter seiner Hand, trotzdem verschwand Hebe nicht.

Er hatte versucht, Kontakt mit ihr aufzunehmen. Im Winter, ziemlich genau nachdem der Fall mit dem Löwenmann abgeschlossen war, aber sie hatte auf keine seiner SMS reagiert.

Auch gut.

»Was ist los?«, flüsterte Mera, als könnte sie die Unruhe seiner Seele spüren.

Er hatte sie näher an sich gezogen. Die Lücke zwischen ihren Körpern geschlossen.

»Nichts.«

»Sicher?«

»Sicher.«

Dann hatte er ihren Hals geküsst. Die Lippen nicht wieder von ihrer warmen Haut gelöst.

Der Hügel flacht ab, als Zack sich dem Wäldchen nähert, das den Hammarbybacken von den Schrebergärten etwas weiter unten trennt. Er bleibt stehen und dreht sich um. Schaut zur Hügelkuppe, die fast hundert Meter über ihm thront.

Er will nicht die lange, gewundene Straße hinaufnehmen, die andere Läufer wählen.

Er holt ein paar Mal tief Luft und gibt dann Gas.

Die Steigung ist so extrem, dass seine Schuhe anfangs fast keinen Halt finden. Seine Hände streifen die hohen, struppigen Pflanzen und stacheligen Disteln.

Er treibt sich selbst an. Versucht, schneller zu werden, obwohl Waden und Oberschenkel längst protestieren. Zwingt den Körper weiter.

Bringt das Herz zum Rasen.

Das Laktat lähmt ihm schon fast die Muskeln, aber er hört nicht auf seinen Körper. Nur auf seinen Kopf. Und der schreit: Weiter, weiter, weiter.

Ihm wird schwarz vor Augen, aber er läuft weiter. Schritt für Schritt, und als er oben ankommt, lächelt er, trotz Blutgeschmack im Mund und brennendem Schmerz in den Beinen.

Es ist lange her, dass er sich zuletzt so stark fühlte.

So unbesiegbar.

Er muss sich unbedingt bei seinem alten Karatetrainer Hiro melden. Wie gut es wäre, jetzt gegen ihn zu kämpfen. Sich wirklich ernsthaft zu messen.

Vielleicht ohne gedemütigt zu werden wie beim letzten Mal.

Er schaut nach Norden, vorbei an den tristen Industriegebäuden von Sickla bis nach Djurgården und Lidingö. Sieht sogar den Schärengarten aufblitzen.

Er denkt an all die großen Villen auf den Inseln. An den Hummer und Champagner, die gestern auf weißen Tüchern aufgetischt wurden. Zu den rauschenden Festen in den feinen Salons.

Nichts für ihn.

Und nichts für Mera.

Wenn es um die Feierlichkeiten zum Mittsommer geht, ticken sie ähnlich, Gott sei Dank. Sie hat keine guten Erinnerungen an das sommerliche Fest. Nichts als Saufen und Wahnsinn.

Meras Vater Allan wurde vom strengen, korrekten Lebensmittelhändler zu einem gefühlsduseligen, anhänglichen Kerl, wenn er trank. Und an Mittsommer war es am schlimmsten. Dann umarmte er sie immer viel zu fest vor den eingeladenen Kollegen und verkündete: »Habt ihr gesehen, was für eine hübsche Tochter ich habe?«

Zack schaut den grasbewachsenen Skihügel hinunter. Die fidele Truppe, die sich vorhin aufgewärmt hat, läuft gerade in der Liftspur nach unten.

Sie sehen aus wie Mitte zwanzig. Die Jungs haben muskulöse Arme und kräftige Beine, die Mädels sind sehnig. Die Handyhalterungen am Oberarm sind farblich auf die Kleidung abgestimmt, und auf mehreren der enganliegenden Synthetikoberteile steht *Sthlm Triathlon Club.*

Ein Mann mit rasiertem Kopf und einem blauen, ärmellosen Shirt scheint der Coach zu sein. Er schreit aufmunternde Kommentare. Klatscht in die Hände, sagt ihnen, wie sie atmen sollen, um Kraft zu sparen.

Dass sie als Gruppe besser sind als jeder für sich.

Zack kann der Versuchung nicht widerstehen.

Er rennt ihnen nach. Lässt seine Beine arbeiten.

Am Ende der Liftspur hat er sie eingeholt. Die Gruppe bleibt genau zeitgleich stehen, alle fummeln an ihren Pulsuhren und Handys herum. Zack geht zu ihrem Coach.

»Darf ich mich bei eurem nächsten Sprint ranhängen? Ihr seht mir so aus, als hättet ihr ein angenehmes Tempo drauf.«

Der Coach schaut ihn an, als hätte er sich verhört, und lacht dann laut über den Kommentar. Ein paar der anderen Männer wechseln Blicke und schütteln die Köpfe. Selbstsicheres Lächeln, das nichts anderes sagt als: Du hast keine Chance.

»Klar«, sagt der Coach mit tiefer Stimme. »Häng dich dran. Wir warten dann oben auf dich.«

Alle stellen sich in einer Linie auf. Zack geht ein paar Schritte zurück, der Coach wirft ihm einen kurzen Blick zu. Ruft:

»Los!«

Sie fangen schnell an. Zack bleibt ein paar Meter schräg hinter dem Coach, überlässt ihm für die ersten fünfzig Meter die Führung.

Als es zum ersten Mal steiler wird, legt Zack eine Schippe drauf. Innerhalb weniger Sekunden hat er die anderen hinter sich gelassen. Ist ganz in seinem Element und hält das schnelle Tempo auf der gesamten zweiten Hälfte.

Bleibt einfach dran. Stellt sich vor, dass jemand oben steht und ihm hinaufhilft, indem er ihn an einem unsichtbaren Seil zieht und ihm damit die Schritte erleichtert.

Er erreicht die Kuppe, schlägt mit der Handfläche gegen die oberste Liftstütze und dreht sich um. Ein sehniger Typ ist ihm am nächsten, aber trotzdem noch fünfundzwanzig Meter entfernt. Eine kleine Frau mit Zöpfen liegt an dritter Stelle, dicht gefolgt vom Coach. Dann erst kommen die anderen, ein gutes Stück dahinter.

Zack joggt wieder hinunter, bevor der Coach überhaupt erst oben ist.

Kaum unten, macht er keine Pause, sondern sprintet gleich noch einmal hinauf. Weiß, dass die anderen ihm zusehen, was ihm zusätzliche Kraft gibt.

Als er zum zweiten Mal gegen die Liftstütze schlägt, steht die Triathlontruppe noch immer keuchend oben. Sie wirken alle angesäuert.

Zack lächelt den Coach an und joggt sofort wieder runter. Hält sich ganz aufrecht und versucht, sich die Erschöpfung nicht anmerken zu lassen.

Als er ein drittes Mal hinaufsprintet, joggen die Triathleten gerade wieder herunter. Sie machen ihm Platz in der Liftspur, um ihn durchzulassen. Der Coach schüttelt den Kopf, lacht und fängt dann an zu klatschen. Die anderen fallen mit ein.

»Way to go, man«, ruft jemand. »Way to go!«

Oben angekommen, und außer Sichtweite der anderen, sackt er in sich zusammen und stößt ein paar Mal heftig sauer auf vor Erschöpfung. Galle steht ihm im Hals, aber er weiß, das ist kein Zeichen von Schwäche, ganz im Gegenteil. Es ist ein Zeichen von Stärke. Ein Hinweis auf seine Fähigkeit, sich selbst bis zum Äußersten zu bringen.

Er bleibt einen Moment lang liegen, die Stirn am Boden.

Erinnert sich plötzlich und heftig daran, wie er vor langer Zeit ganz ähnlich auf einer Wiese gelegen hat. Da war er noch ein Kind und roch das Blut von jemand anderem. Auch da war er total k.o. Konnte nicht weiterlaufen, sich aber auch nicht ausruhen. Sie waren hinter ihm her.

Er steht auf und schüttelt die Erinnerung ab, schaut den Triathleten nach, die unten davonjoggen.

Folgt ihnen mit dem Blick.

Sieht einen schwarzen Sportwagen auf der morgendlich leeren Straße Richtung Innenstadt fahren.

Dann taucht Mera in seinen Gedanken auf. Ihre Augen, ihr Mund, der sich bewegt und ihm verrät, was die heutige Überraschung ist. Als wäre die gestrige noch nicht ausreichend gewesen.

Er hätte gern auf eine weitere Überraschung verzichtet. Und dann wird ihm bewusst, was er an Mera besonders mag: Sie ist eine Konstante in einer Welt, die sich ständig verflüchtigt, wieder und wieder.

# 4

Das Aluminiumboot teilt die blanke Wasseroberfläche und schiebt sich zwischen den Schären und den zahlreichen noch kleineren Felseninseln hindurch.

Linus Jonsson gähnt hinter der Plexiglasscheibe am Steuer. Sieht zwei große Möwenschisse am Bug und schüttelt den Kopf.

Als er dreißig geworden ist und auf einen Buster XL wechselte, hat er sich geschworen, nie wieder abzulegen, ohne vorher das Boot von Vogelscheiße zu befreien. Es hat also gerade mal einen Monat gedauert, dieses Versprechen zu brechen.

Aber wie hätte er das noch schaffen sollen? Er hat schließlich nur drei Stunden geschlafen. Wenn überhaupt.

Das Boot schwankt durch die Wellen eines Motorseglers. Sofort hat er den Geschmack des gestrigen Abendessens beunruhigend hoch im Hals stehen.

Er wirft einen Blick auf die Uhr. Viertel vor acht. Schafft er es noch pünktlich ins Büro in Nacka? Vielleicht. Wenn nicht, bekommt er mächtig Ärger mit dem Chef.

Ein verrückter Sadist, das ist er, dieser verdammte Pakistaner.

Verlangt, dass seine Angestellten wie an jedem gewöhnlichen Arbeitstag am Morgen nach Mittsommer zur Arbeit kommen, nur weil er am Vorabend zu Hause gesessen, Chicken Tikka Masala gegessen, Tee getrunken und sich zu irgendeiner Meldung über neue Anleihen der Griechen einen runtergeholt hat. Garantiert hat er sich danach den Schwanz mit einem verdammten Naanbrot abgewischt.

Er lacht über das Bild, das er da gerade von seinem Chef gepinselt hat, verfällt aber gleich wieder in schlechte Laune, als sein Blick auf die Angelhalter fällt, die er Ende Mai auf der Innenseite der Reling montiert hat. Noch immer ungenutzt.

Ob er wohl im Sommer irgendwann mal freibekommt?

Dann sieht er etwas Rundes vor sich auf dem Wasser treiben.

Er nimmt etwas Geschwindigkeit heraus und lehnt sich über die Reling, als er daran vorbeifährt.

Ein welker Mittsommerkranz schwimmt und wippt auf dem Wasser.

Ohne zu wissen warum, stellen sich ihm die Haare auf. Er betrachtet die kleinen Felsinseln in der Nähe, sucht nach Spuren eines Mittsommerfestes.

Auf der kleinen Insel etwa hundert Meter backbord liegt etwas.

Im Gegenlicht und dem grellen Glitzern des Wassers ist schwer zu erkennen, was es ist, er tippt auf Robben.

An einer hinteren Landzunge der Insel ist eine große Motoryacht vertäut, aber Menschen sieht er keine.

Nur die schlafenden Robben.

Er drosselt die Geschwindigkeit noch weiter, wirft einen Blick auf die digitale Seekarte. Auf dieser Seite der Insel gibt es keine Untiefen, so wie er das beurteilen kann.

Er verlässt die Fahrrinne und steuert die Insel an, während er gleichzeitig nach seinem Fernglas sucht. Es ist nicht da, wo es sein sollte.

Hat sein Sohn etwa wieder damit gespielt und es nicht zurückgelegt?

Er nähert sich der Insel.

Richtet sich auf.

Das sind keine Robben.

Verfluchte Scheiße.

Was ist hier verdammt noch mal passiert?

Mit zitternder Hand legt er den Hebel zum Abbremsen um, lässt das Boot im Leerlauf tuckern und tastet hektisch nach seinem Handy.

# 5

Der Polizeihubschrauber bewegt sich schnell über ein öde daliegendes Stockholm, das noch nicht aus dem Rausch des Vorabends erwacht ist.

Zacks Helm riecht schwach nach fremdem Schweiß.

Der Ausflug mit Mera muss ausfallen, aber immerhin hat er es geschafft, zu duschen und sich umzuziehen, bevor das Telefon klingelte.

Mera hat an Zacks Augen abgelesen, dass etwas Ernstes passiert sein musste, noch ehe er aufgelegt hat, und sie hat nicht protestiert, als er ging.

Der Schatten des Helikopters gleitet über wenig befahrene Straßen und geschlossene Geschäfte hinweg.

Zack schaut zu Deniz, die ihm gegenübersitzt, mit einem Vierpunktgurt angeschnallt.

Sie beißt die Zähne zusammen, er kann ihre Kiefermuskulatur unter der dünnen Haut arbeiten sehen.

Er weiß, dass sie sich etwas Spektakuläres gewünscht hat, und es sieht ganz so aus, als wäre ihr Wunsch in Erfüllung gegangen. Seit die Beziehung mit ihrer Freundin Cornelia im Frühling in die Brüche gegangen ist, hat sie etwas gesucht, in dem sie voll und ganz aufgehen kann.

Sie hat freiwillig die Bereitschaft fürs Mittsommerwochenende übernommen. Gestern allein zu Hause gesessen, keine Lust auf ihre Freundinnen und deren ewige Diskussion über den Verfall des Stockholm Pride gehabt.

Aber hat sie sich wirklich das hier gewünscht?

Zack muss an den Notruf denken, der ihnen vorgespielt wurde, bevor sie zum Helikopterlandeplatz liefen: »Das ist völlig krank. Als wäre so ein verdammter Breivik hier gewesen und hätte …

Und jetzt machen sich auch noch die Möwen über sie her. Sie müssen sofort herkommen, zum Kopparkobben.«

Die Sondereinheit war umgehend verständigt worden.

Für Fälle dieser Art hatten sie diese Gruppe überhaupt erst geschaffen: Ein sechsköpfiges Team, das sich nicht von Alltagsdelikten ablenken lassen, sondern nur mit den extremsten und schwierigsten Fällen befassen musste. Sie schnell und effektiv zu lösen hatte, oft mithilfe von extra dafür eingeflogenen Experten, handverlesen von Fall zu Fall.

Zack schaut aus dem Fenster. Unter ihm erstrecken sich die grünen Parklandschaften des Gärdet, außerdem der Värtahamnen, wo sich die Finnlandfähren der Silja Line aneinanderreihen.

Der Helikopter setzt seinen Flug über Lidingö fort. Große Häuserdächer, Pools auf den Grundstücken.

Auf der nordöstlichen Landzunge der Insel breitet sich ein palastähnliches Gebäude aus. Ein Segel- und ein Motorboot liegen am Steg, und drei Bronzeskulpturen säumen den Steinweg, der von der Dreifachgarage zum Haus führt. Das Wasser im Pool liegt spiegelglatt. Der Boden des langgestreckten Beckens besteht aus einem großen Mosaik, das wohl eine Göttin in weißem Gewand darstellen soll. Sie hält einen Apfel in der einen, ein goldenes Zepter in der anderen Hand.

Dann spürt Zack, wie Deniz seine Hand nimmt. Sie reißt sie mit solcher Wucht an sich, dass Zack sich vorbeugen muss.

»Was ist das?«, fragt Deniz und starrt vom Ring zu Zack.

Die Augen aufgerissen, der Mund weit geöffnet.

»Also, da bin ich aber … Wann ist das denn passiert?«

Zacks Wangen werden warm. »Gestern Abend.«

Deniz löst ihren Sicherheitsgurt und umarmt ihn lange.

Die Stimme des Piloten meldet sich in ihren Helmen.

»Bleibt still sitzen da hinten. Oder wollt ihr, dass wir abstürzen?«

Deniz setzt sich wieder hin und schnallt sich an.

»Das war nur die Liebe, die den Helikopter ein bisschen ins Wanken gebracht hat«, sagt sie in das Mikrofon im Helm und zwinkert Zack zu.

»Wenn ich fummelnde Passagiere gewollt hätte, wäre ich Taxifahrer geworden«, erwidert der Pilot.

Zack lacht. Schaut Deniz an, sieht die Wärme in ihrem Blick.

Er schirmt das Helmmikro mit der Hand ab und sagt: »Du bist die Beste.«

»Ich weiß«, sagt sie.

Zack schaut wieder zum Fenster hinaus.

Sie befinden sich nun über dem Wasser.

Unter ihnen fliegen Felsen und Schären dahin.

Es sind nicht viele Boote unterwegs. Vermutlich liegen noch alle in ihren Sommerhäusern und kurieren ihren Kater aus, denkt Zack.

»Zwei Minuten bis zur Landung«, sagt der Pilot. »Sieht nicht so aus, als spräche etwas gegen eine Landung direkt auf dem Felsen.«

»Okay«, bestätigen Zack und Deniz fast unisono.

Der Helikopter sinkt langsam, und Kopparkobben taucht in Zacks Blickfeld auf. Drei Boote liegen nebeneinander: Ein Polizeiboot, ein Sportboot mit Aluminiumrumpf und eine stromlinienförmige Yacht, die aussieht, als hätte sie mehrere Millionen Kronen gekostet.

Mera hatte einen Bootsausflug für sie geplant. Sie wollte sich das Segelboot ihres Vaters ausleihen, irgendeinen verlassenen Strand ansteuern und dort den Tag verstreichen lassen.

Ein gelbes Rettungsboot ist im Begriff anzulegen. Eine Sanitäterin steht im Bug, das Tauende in der Hand, bereit, an Land zu springen.

Der Helikopter sinkt weiter, und vier Lachmöwen flattern von einem Tisch mit Essensresten auf.

Zack sieht ein Paar dunkelblaue Leinenschuhe, die auf dem Felsen liegen, als wären sie eilig von den Füßen geschleudert worden. Weingläser schimmern ein Stück weiter weg unter ein paar niedrigen, krummen Kiefern in der Sonne.

Und dann sieht er die Leichen.

Mehrere.

Der Helikopter landet auf dem flacheren Teil der Insel, weshalb Zack die Leichen aus dem Blick verliert und sich unmittelbar fragt, ob er wirklich richtig gesehen hat.

Was ist hier nur passiert?

Die Rotorblätter peitschen das Wasser auf. Das Gras und der kleine Löwenzahn, der entlang der Felsspalten wächst, sehen so aus, als würden sie samt Wurzeln aus dem Boden getrieben, während Zack und Deniz aus dem Helikopter springen und sich geduckt entfernen.

Der Helikopter hebt sofort wieder ab, und Zack sieht, dass sich die Sanitäterin mit einem Kollegen nähert.

Die Vormittagssonne knallt, trotzdem friert Zack in seinem T-Shirt und der dünnen Rick-Owens-Lederjacke.

Ein uniformierter Polizist um die vierzig kommt ihnen entgegen. Er sagt gepresst: »Fünf Opfer, junge Männer und Frauen. Alle tot, sieht so aus, als …«

»Sind Sie sicher, dass sie alle tot sind?«, fragt der Sanitäter, ein kräftiger Mann mit kurzgeschorenem Haar und großen Tätowierungen an den Unterarmen.

»Ich bin kein Sanitäter, aber da ist überall Blut, und einen Puls konnte ich bei niemandem finden.«

Der Sanitäter nickt seiner Kollegin zu, und schon laufen sie zum nächstliegenden Opfer.

Zack schaut ihnen nach. Sie sind schon etwa zehn Meter entfernt neben zwei männlichen Jugendlichen auf die Knie gegangen, die auf dem Rücken liegen. Tasten mit den Fingern am Hals des einen, leuchten ihm mit einer Taschenlampe in die Augen, um zu schauen, ob seine Pupillen noch auf Lichtreize reagieren.

Zack wendet sich an den uniformierten Polizisten. »Ist der Bootsführer, der sie entdeckt hat, noch da?«

»Mein Kollege sitzt mit ihm im Polizeiboot und befragt ihn gerade. Wir sind auch erst vor zehn Minuten eingetroffen.«

Er dreht sich um.

»Verdammt, jetzt sind die Möwen schon wieder zugange.«

Zack sieht eine Lachmöwe mit ihrem roten Schnabel einen dünnen Fetzen von jemandes Bein reißen.

Der Polizist verteilt Schuhüberzieher an Zack und Deniz und rennt dann los, um die Vögel zu verscheuchen.

Sie stülpen die blauen Plastikdinger über ihre Schuhe und folgen ihm. Trockene Flechten knirschen bei jedem Schritt, es riecht faulig.

»Wie lange liegen die hier schon?«, fragt Zack.

»Keine Ahnung. Entdeckt wurden sie heute kurz vor acht. Aber so, wie es hier aussieht, schätze ich, dass sie Mittsommer gefeiert haben, deshalb tippe ich mal auf sieben, maximal acht Stunden.«

Sie passieren den Klapptisch, den Zack schon aus der Luft gesehen hat, und der Gestank wird schlimmer. Verschiedene Grünschimmelkäse zerlaufen auf einem Holzbrett in der Sonne. Am Boden liegt ein Brie, in dem ein Plastikmesser steckt.

Die Sanitäter haben die beiden Jungs zurückgelassen und sind zum nächsten Opfer weitergegangen.

Die Lachmöwen flattern davon.

»Ich warte hier«, sagt der Polizist. »Der Anblick hat mir beim ersten Mal schon gereicht. Rufen Sie, wenn Sie mich brauchen.«

Zack und Deniz gehen zu den beiden toten Jugendlichen. Ihre hellen Hemden und Hosen sind fleckig von großen Mengen eingetrockneten Bluts. Weiße Objekte stecken in ihren Hälsen, direkt unterhalb des Kinns.

Zack muss sofort an die Plastikmesser denken, die er beim Käse gesehen hat. Sind ihnen solche in den Hals gerammt worden? Ist das überhaupt möglich, ohne dass die abbrechen?

Zack geht in die Hocke. Wirft einen genaueren Blick.

Ja, eindeutig Plastikmesser. Im Hals des Einen sogar zwei.

Neben den Leichen liegen mehrere abgebrochene, blutverschmierte Stücke, weshalb Zack sich fragt, ob der Täter mehrere Anläufe brauchte, bis es ihm geglückt ist.

Holte er dann neue Messer oder rammte er einfach mit den Stümpfen weiter?

Oder war es eine Sie?

Ein dritter Jugendlicher liegt nur ein kleines Stück entfernt auf dem Bauch, sein Oberkörper im hohen Gras, die Beine auf der kahlen Felsplatte. Von ihm hatte die Möwe gefressen.

Er trägt nur ein Hemd und eine Unterhose. Ein Großteil seiner rechten Oberschenkelrückseite fehlt. Der gesamte Muskel weggerissen.

*Was ist hier nur passiert?*, fragt sich Zack.

Er versucht, Ruhe zu bewahren, aber es fällt ihm schwer. Ist ein Monster aus dem Meer geklettert?

Deniz macht einen großen Schritt über eine Blutlache und stellt sich auf die andere Seite der Leiche.

»Er hält etwas in der Hand«, sagt sie, und dann sieht er sie mühsam schlucken.

Zack stellt sich neben sie.

Die blutige Hand des Jungen schließt sich um etwas, das aussieht wie ein Stück Fleisch. Zack dreht sich der Magen um.

»Ist das von seinem eigenen Oberschenkel?«, fragt Deniz und blickt Zack an. »Wenn ja, dann verstehe ich rein gar nichts.«

»Vielleicht ist es auch von einem der Mädchen da drüben«, sagt Zack und nickt Richtung Ufer.

Die Sanitäter knien nun bei zwei Mädchen in hellen Kleidern, die nur wenige Meter vom Wasser entfernt nebeneinanderliegen. Eine von ihnen hat einen Blumenkranz im Haar.

Hinter ihnen klingelt ein Telefon.

Zack schaut sich um. Macht ein paar Schritte in die Richtung des Klingelns und findet eine Hose, die hinter einem flechtenbewachsenen Stein im Gras liegt.

»Hierher kommt das Klingeln«, sagt er und tastet die Hose ab. Dann zieht er ein silbernes iPhone 6s aus der Tasche, als es gerade zu klingeln aufhört.

Er betrachtet das Display. Drückt auf verpasste Anrufe.

*Mama (3)*

Öffnet dann die Mitteilungen. Liest die letzte.

Hallo, wollte nur mal hören, wie es gestern war. Mit dem Wetter hattet ihr ja jedenfalls großes Glück.

Deniz liest über Zacks Schulter mit.

»Wir können sie noch nicht zurückrufen. Ist besser, wenn sie erst mal unwissend bleibt, bis wir ein wenig mehr Klarheit darüber haben, was überhaupt passiert ist.«

Zack nickt. Sieht die Mutter vor sich, wie sie das Gespräch entgegennimmt, schiebt den Gedanken schnell wieder beiseite.

Erst die Arbeit, dann die Gefühle.

Schnell steckt er das Handy zurück in die Jeans und kann sich lebhaft vorstellen, wie wahnsinnig der Kriminaltechniker Samuel »Sam« Koltberg werden wird, wenn er Zacks Fingerabdrücke darauf findet.

Er schaut aufs Wasser. Koltberg und Douglas Juste, der Chef der Spezialeinheit, sollten unterwegs sein.

Unten am Ufer kommt plötzlich Leben in die Sanitäter. Sie sprechen laut miteinander, der tätowierte hebt den Kopf und ruft: »Kommen Sie mal, wir brauchen Hilfe. Eine lebt noch!«

# 6

Das Mädchen auf der Trage hat die Augen geschlossen, ihr Herz schlägt so flach, dass es ihm kaum gelingt, ihr das Blut durch die Adern zu pumpen. Sie wurde in eine wärmende Decke gewickelt, und die Sanitäter tragen sie schnellstmöglich zum Rettungsboot, wo sie die Ankunft des Rettungshubschraubers abwarten, der sie ins Krankenhaus bringen soll. Deniz läuft neben ihnen her und hält die Transfusionsbeutel hoch.

Zack bleibt mit dem anderen Mädchen zurück.

Sie liegt auf dem Rücken, hat blasse Wangen und einen Blumenkranz im blonden Haar. Eine Fliege landet an ihrem Mundwinkel, er vertreibt sie.

Er fragt sich, welche Farbe ihre Augen wohl hatten, an deren Stelle nun nur noch zwei Löcher sind. Die Augenhöhlen sind gefüllt von geronnenem Blut, als sollte verhindert werden, dass die Strahlen der Sommersonne je wieder hineindringen können.

Er denkt an die andere junge Frau, die noch lebt. Auch ihr Gesicht ist in einem schlimmen Zustand, das eine Auge ausgestochen, das andere beschädigt.

Er steht auf.

Was zur Hölle ist hier vergangene Nacht passiert?

Der Polizist hat sich zu einem der Büsche zurückgezogen, und Zack sieht, wie er dort zusammensackt und das Gesicht in den Händen verbirgt. Er seufzt schwer.

*Reiß dich zusammen*, würde Zack gern schreien, dabei kann er die Reaktion seines Kollegen nachvollziehen. Das hier ist schlimmer als alles, was man gemeinhin in einer gesamten Berufslaufbahn zu sehen bekommt.

Am liebsten würde Zack zu ihm gehen und etwas sagen, aber was?

Doch dann beobachtet er, wie Deniz sich ihm nähert, sich zu ihm hockt und ihm einen Arm um die Schulter legt. Sie spricht leise mit ihm, ganz nah bei seinem Gesicht. Schon kurz darauf stehen sie gemeinsam auf, und der Kollege scheint neue Kraft gefunden zu haben.

Deniz kommt nun zu Zack.

»Geht's ihm besser?«, fragt er.

»Ich hoffe es.«

»Was hast du ihm gesagt?«

»Dass er sich nicht schämen muss. Dass es uns genauso geht wie ihm, und dass wir eigentlich alle so reagieren sollten.«

Zack nickt.

Da hat sie recht. Aber es dürfen halt nicht alle zum gleichen Zeitpunkt zusammenbrechen.

Das Geräusch eines Bootmotors veranlasst Zack, sich umzuschauen. Ein offenes Boot mit drei Leuten an Bord hält auf die Insel zu, macht dann einen scharfen Bogen und wird langsamer. Eine Frau im Bikini und ein Mann mit Unterhemd und Sonnenbrille halten ihre Handys über die Reling und filmen den Unglücksort.

Ein weiteres Boot nähert sich aus westlicher Richtung.

*Jetzt sind die Leute aus dem Mittsommerkoma erwacht*, denkt Zack. *Weil es nach Blut und Tod riecht.*

»Wir müssen einen der Kollegen mit dem Boot hinausschicken, damit er sie auf Abstand hält«, sagt Deniz. »Und wir beide werden uns mal den Mann vorknöpfen, der die Jugendlichen gefunden hat.«

Linus Jonsson sitzt in der Kajüte des Polizeiboots, sein braunes Haar steht in alle Richtungen ab, offenbar vom Fahrtwind seiner morgendlichen Tour geföhnt. Sein Blick ist rastlos, und bevor Zack und Deniz sich überhaupt vorstellen können, reicht er ihnen sein Handy mit den Worten: »Würden Sie so freundlich sein und meinem Chef sagen, dass ich noch nicht weiterfahren kann? Er glaubt mir nicht. Er meint, ich sitze zu Hause und will mich nur vor der Arbeit drücken.«

»Wir müssen an Land gehen und werden uns dort einmal unterhalten. Das Boot hier wird gebraucht«, sagt Deniz.

»Ich werde gefeuert. Bitte, sprechen Sie mit ihm.«

»Sie können das Aussageprotokoll bekommen. Das sollte doch als Nachweis reichen«, entgegnet Deniz. »Aber erst müssen wir an Land gehen, und dann wollen wir hören, was Sie heute Morgen gesehen haben.«

Die Zeugenbefragung dauert nicht länger als zehn Minuten, in denen Deniz bereits Linus Jonssons Frau angerufen hat, die bestätigen kann, dass ihr Mann in der Nacht zu Hause war, und seinen Chef, der bestätigt, dass Linus bereits seit zwei Stunden auf der Arbeit erwartet wird, und sich sogar erdreistet, eine Entschädigung zu verlangen, weil ihm nun angeblich Einnahmen fehlen.

Zack und Deniz lassen Linus Jonsson zurück, nachdem sie ihm versprochen haben, dass er aufbrechen kann, sobald seine Fingerabdrücke genommen wurden.

»Was hältst du von ihm?«, fragt Deniz, als Zack und sie wieder über die Felsen klettern.

Noch ein weiteres Boot mit Gaffern tuckert um die kleine Insel. Kaum hat das Polizeiboot gewendet, um die nächsten Gaffer abzuwehren, steuern sie zurück. Handys werden hochgehalten.

»Ich glaube nicht, dass er was damit zu tun hat.«

Aus Richtung Stockholm kommt ein Motorboot angerauscht, das Wasser scheint sich fast zu teilen, weil es in so hohem Tempo unterwegs ist.

Zack rechnet erst damit, dass es ein weiteres Boot voller verkaterter, neugieriger Zivilisten ist, aber dann erkennt er die grauen Gummipontons und Antennen der Polizeiboote und geht davon aus, dass sich Douglas Juste und Sam Koltberg an Bord befinden.

»Zack!«

Deniz' Stimme.

Er dreht sich zu ihr um, sie winkt ihn eifrig heran.

Er läuft zu ihr.

»Ich verstehe nicht, wie ich das vorhin übersehen konnte«, sagt sie, als er bei ihr ist.

»Was denn?«

»Da ist ein Paar Schuhe zu viel.«

Sie zeigt darauf, damit er versteht.

Ein rotes Paar Absatzschuhe steht ordentlich neben einem tragbaren Lautsprecher. Rosafarbene Chucks liegen unweit des Typen mit dem offenen Oberschenkel. Ein Stück weiter entfernt: Schwarze Wildlederstiefel mit Fransen.

Deniz schaut Zack in die Augen.

»Wo ist die dritte Frau?«

# 7

Der Rettungshubschrauber mit der schwerverletzten jungen Frau hebt ab und verschwindet schnell Richtung Stadt.

Sam Koltberg hockt in seinem weißen Schutzanzug im Gras und tastet mit behandschuhten Fingern die Taschen der Jeans ab, die dort liegt. Er fischt das silberne Handy heraus und reicht es Zack und Deniz.

»Nicht unnötig daran rumfingern«, mahnt er. »Und steckt es in einen Beutel, wenn ihr fertig seid. Falls ihr keinen habt, im Boot sind welche.«

Zack nimmt das Telefon entgegen.

Er entscheidet sich dagegen, zu erwähnen, dass er es bereits angefasst hat, ohne Handschuhe.

Er öffnet die Foto-App und schaut sich mit Deniz zusammen die letzten Bilder an, die damit aufgenommen wurden.

Sie schirmt das Display ab, um besser sehen zu können.

Jede Menge Selfies. Fotos vom Sonnenuntergang, von einem gedeckten Mittsommertisch, von tanzenden Freunden.

»Da«, sagt Deniz. »Die im grünen Kleid.«

Zack zoomt sie heran.

Die junge Frau hat ein rundes Gesicht und glatte, braune Haare bis zu den Schultern. Sie scheint im selben Alter zu sein wie die anderen.

»Da, siehst du die Schuhe?«, fragt Deniz. »Die schwarzen Stiefel da hinten gehören ihr. Aber wo steckt sie?«

Sie blickt aufs Wasser hinaus, als erwarte sie, dass die Frau ihnen dort entgegenschwimmt. Oder mit dem Gesicht nach unten treibt.

Zack schaut in die entgegengesetzte Richtung, wo Douglas Juste steht und die beiden Jungs betrachtet, denen Plastikmesser im Hals stecken.

Sein aufgeknöpftes, schwarzes Jackett flattert in der aufkommenden Brise, und Zack findet, dass er mit seinem Anzug und den gepflegten schwarzen Schuhen aussieht wie ein Bestattungsunternehmer. In seinem einst so glatten Gesicht zeichnen sich immer deutlichere Falten ab, außerdem sind seine Schläfen im letzten halben Jahr deutlich ergraut.

Douglas schaut die beiden Leichen lange an, bevor er ein paar Schritte zurückmacht, den Kopf auf die Brust sinken lässt, die Augen schließt und sich die Finger der einen Hand an die Stirn legt.

»Blätter weiter«, sagt Deniz.

Aber Zack schaut weiter zu Douglas.

Das ist eine ungewöhnliche Reaktion für ihn, der sonst allem Anschein nach jeden Tatort mit absoluter Distanz betritt. Fast wirkt er, als hätte er geahnt, dass so etwas passieren könnte, aber es doch viel schlimmer ist, als er sich jemals ausgemalt hat.

»Verdammt noch mal!«

Koltbergs Stimme hinter ihnen. Er hat die beiden Polizisten entdeckt, die zwischen den Leichen umherwandern.

Koltberg eilt auf sie zu.

»Warum trampeln Sie hier rum? Sind Sie Kriminaltechniker, oder wie?«

»Beruhigen Sie sich«, sagt der eine von ihnen und wedelt mit einem seiner Füße, damit Koltberg sieht, dass er Überzieher trägt. »Wir tragen doch diese Dinger hier.«

»Ja, und? Sie können trotzdem noch auf wichtiges Beweismaterial treten. Los, weg hier.«

Also machen die beiden sich davon.

*Sie hätten es besser wissen müssen*, denkt Zack. *Aber auch ich habe nicht klar gedacht, als ich das Handy ohne Handschuhe aus der Jeans fischte. Das muss an diesem Ort hier liegen. Irgendwas macht er mit einem.*

»Los, blättre weiter«, wiederholt Deniz, und Zack richtet seine Aufmerksamkeit wieder auf das Handy.

Mehr Partyfotos. Champagner. Wein. Bier. Wie es aussieht, haben sie ordentlich gefeiert.

Dann folgt ein Selfie von dem noch vermissten Mädchen, das sie Wange an Wange mit dem Jungen zeigt, dessen Oberschenkel zum Teil fehlt.

Sie hat aufgeweckte grüne Augen und formt mit ihren knallrosafarbenen Lippen einen Kussmund.

Zack betrachtet sie intensiv.

*Was hast du mit alldem zu tun?*, fragt er sich.

*Wieso bist du nicht mehr auf der Insel?*

*Bist du geflohen?*

*Oder bist du abgehauen, nachdem dein Werk vollbracht war?*

*Lebst du überhaupt noch?*

Er blättert weiter. Ein paar Fotos der Fahrt. Dann folgen verschwommene Bilder und Filmaufnahmen von der Tribüne eines Fußballstadions, weshalb er wieder zurückblättert. Sucht nach etwas, was er vielleicht übersehen hat. Eine weitere Person vielleicht. Ein Boot, das sich nähert.

Aber keins der Bilder liefert auch nur den geringsten Anhaltspunkt.

Die letzte Aufnahme zeigt fünf Menschen, die barfuß auf dem Felsen tanzen.

Aufgenommen um 01.17 Uhr.

Was ist danach passiert?

Er öffnet die Facebook-App.

Axel Hultqvist. So heißt der Inhaber des Profils. Das Foto stimmt mit dem jungen Mann überein, dessen Oberschenkel teilweise abgerissen wurde, soweit Zack das beurteilen kann.

Er stößt auf einen Eintrag von 22.43 Uhr. Ein Mittsommergruß von Axel an seine Freunde.

Zack scrollt nach unten. Um 13.38 Uhr hat Axel ein Bild von sich im Wasser gepostet, und ein paar Stunden eher, um 09.12 Uhr, schrieb er in einer geschlossenen Gruppe mit dem Namen *The midsummerclub*: »Macht euch bereit für den besten Tag eures Lebens.«

Zack öffnet die Gruppe, tippt auf »Mitglieder«, und schon stößt er auf fünf Namen abgesehen von Axel Hultqvist.

»Jetzt wissen wir zumindest ihre Namen.«

Er verschafft sich einen schnellen Überblick über die dazugehörigen Profile. Sie kommen alle aus Lidingö, sind siebzehn Jahre alt und gehen auf das Hersby Gymnasium.

Douglas' Schuhe klappern auf dem Felsen, er ist unterwegs zu ihnen.

»Und?«

»Es fehlt noch jemand, eine Ebba Langer. Das sind ihre Schuhe«, sagt Zack und deutet auf die schwarzen Stiefel, bevor er Douglas das Foto von ihr zeigt.

Douglas steht wie festgenagelt da und starrt auf das Handy. Atmet schwer.

»Ich wusste, dass mir der Junge dahinten bekannt vorkommt«, sagt er und deutet auf Axel Hultqvist. »Jetzt weiß ich auch warum. Er war Ebbas Freund.«

»Woher weißt du das?«, fragt Deniz.

»Weil ich ihren Vater kenne«, sagt er.

Es wird still.

Ein Windstoß fährt ihnen in die Haare und lässt eine Plastikgabel über den Felsen gleiten. Die Möwen sind zu dem wackligen Tisch zurückgekehrt und schlagen sich um den in der Sonne zerfließenden Käse.

»Kann das wirklich Ebba gewesen sein?«, fragt Douglas, und es klingt, als richtete er die Frage an sich selbst.

»Keine Ahnung«, sagt Zack. »Ich kann mir keinen Reim darauf machen, was hier passiert ist.«

»Was meinst du?«, fragt Deniz.

»Offenbar sind sie auf unterschiedliche Art umgekommen. Und mit unterschiedlichen Waffen. Ich kann mir nur schwer vorstellen, dass das alles mit Plastikmessern angerichtet wurde. Und warum hat niemand von ihnen Hilfe gerufen? Sie müssen noch ganz schön lange gelebt haben, nachdem sie verletzt wurden.«

Douglas nickt. Sagt dann: »Kommt. Wir hören uns mal an, was Koltberg zu sagen hat.«

Koltberg fotografiert gerade zwei Zigarettenstummel, die neben dem toten Mädchen am Ufer liegen.

»Es fehlt noch jemand«, sagt Douglas. »Eine weitere junge Frau, die auch mitgefeiert hat.«

Koltberg hängt sich die Kamera über die Schulter und beugt

sich zu seiner Tasche, aus der er einen Beweisbeutel und eine Pinzette holt.

»Und jetzt glaubt ihr, dass sie das hier verbrochen hat?«, schlussfolgert er.

»Was glaubst denn du?«, fragt Douglas.

Koltberg sammelt die Stummel mit der Pinzette auf. Schnüffelt daran.

»Mehr als normaler Tabak«, sagt er.

»Marihuana?«, fragt Deniz.

Koltberg nickt und richtet sich wieder auf. Auf seiner hohen Stirn glänzt ein Schweißfilm. Zack hat immer den Eindruck, Koltberg fühle sich nicht wohl in seiner Haut, als würde er sich selbst nicht mögen. Und auch sonst niemanden.

»Möglich, dass sich der Täter noch auf der Insel befindet. Wenn es denn überhaupt einen gibt.«

Er scheint ihre fragenden Mienen zu genießen und wartet einen Augenblick, ehe er auf die beiden toten Jungs zeigt.

»Die beiden haben sich selbst in den Hals gesäbelt, und die hier«, er nickt zu der jungen Frau zu ihren Füßen, »sie und ihre Freundin scheinen sich erst gegenseitig die Augen ausgestochen zu haben, bevor sie sich in die Handflächen schnitten. Und zwar komplett ohne sich zu wehren, es gibt keinerlei Zeichen von Widerstand. Keine Hämatome an den Armen, keine Haut oder Blut unter den Nägeln. Es sieht ganz so aus, als hätten sie es einfach geschehen lassen.«

# 8

Deniz und Zack fahren mit dem grafitgrauen Volvo der Sondereinheit über die Lidingöbrücke.

Zack denkt an all den Tod, den sie gerade erst gesehen haben, die besinnungslose Gewalt, und er weiß, dass er all das nicht zu nah an sich heranlassen darf.

Denn sonst droht alles, zugrunde zu gehen.

Irgendwo in ihm lauert die Dunkelheit, und er muss sie nicht mehr füttern als nötig.

Gerade folgen sie einem sehr langsamen Werttransporter, und Zack flucht leise, weil es keine Möglichkeit gibt, ihn zu überholen.

Er windet sich auf dem Fahrersitz, hat das Gefühl, seine Klamotten spannen überall.

Er hat sich umgezogen, trägt jetzt Hemd, Jackett und dunkelgraue Chinos, eine Ausstattung, die immer bereithängt für Anlässe dieser Art, wo er etwas förmlicher auftreten muss. Deniz hat ihren Kapuzenpulli gegen eine schwarze Bluse getauscht und ist in eine dunkelgraue Hose gestiegen.

Es gibt nichts, was Zack mehr an seinem Job hasst, als die bevorstehenden Gespräche. Sogar Tat- oder Unfallorte, an denen Kinder oder Jugendliche ums Leben kamen, bedeuten weniger Qualen als das Überbringen der Nachricht an die Eltern, was mit ihren Kindern passiert ist. Vor der Trauer über verlorene Kinder konnte man sich unmöglich schützen.

Trotzdem ist er dankbar, dass ihm die Angehörigen Theo Stranddahls zugewiesen wurden und nicht die von Axel Hultqvist, die – Douglas Justes Aussage zufolge – schon mit den Nerven am Ende sind. Sie ahnen längst, dass etwas passiert ist, und haben bereits mehrfach bei der Polizei angerufen, um Genaueres zu erfahren.

»Bin ich die Einzige auf diesem Planeten, die nicht weiß, was mit ihrem Kind passiert ist? Wie können Sie uns das antun?«, hatte Cathrine Hultqvist ihm ins Ohr geschrien.

Zack hat Verständnis für sie. Die Nachricht geistert bereits seit Stunden durchs Netz, auch die offiziellen Nachrichtenseiten berichten.

»Blutbad im Schärengarten – mehrere Tote«, titelt *Aftonbladet.*

Darunter ein Foto von Kopparkobben mit seinen blutigen Felsplatten und der Yacht, komplett unverpixelt.

Da ist es nicht weiter erstaunlich, dass die Angehörigen durchdrehen.

*Aber was hätte Douglas denn tun sollen?*, fragt sich Zack. *Ihnen die Todesnachricht am Telefon überbringen?*

Erfahrungsgemäß wollen Eltern in solchen Situationen Antworten auf die Fragen nach dem Warum und dem Wie hören, und je länger die Polizei Zeit hat, diesen Fragen in Ruhe nachzugehen, desto genauer fällt die Antwort aus.

Aber heute geht alles zu schnell dafür.

Ihre Kollegen Rudolf Gräns und Sandra Sjöholm sind bereits unterwegs zu Familie Hultqvist. Hoffentlich sogar schon dort.

Douglas übernimmt Ebba Langers Eltern. Er empfand es als seine Pflicht, schließlich kennt er ihren Vater.

*Ihre Eltern können wenigstens noch hoffen*, denkt Zack.

*Oder?*

Ihre verschollene Tochter könnte tot sein. Oder eine Massenmörderin.

Oder beides.

Die Eltern werden sich dieselben Fragen stellen wie die Polizei.

Hat ihr jemand dabei geholfen, die Insel zu verlassen? Hat sie mit jemandem zusammengearbeitet? Oder haben die Jugendlichen sich das tatsächlich eigenhändig angetan, so wie Koltberg vermutet?

Vielleicht wollte sie fliehen und ist dabei ertrunken?

Aber wovor fliehen?

Und wo ist sie jetzt?

Sowohl die Wasserpolizei als auch die Wasserrettung und andere Rettungsdienste beteiligen sich an der Suche nach ihr. Bislang völlig erfolglos.

Zack und Deniz nähern sich dem Ende der Brücke, biegen von der Hauptstraße ab und folgen dem Ufer in nördlicher Richtung.

»Verdammt noch mal!«, flucht Deniz, die sich via Handy durch die Internetseiten der größten Zeitungen scrollt. »Auf diesem Bild kann man sogar den Namen der Yacht erkennen. Denken die Idioten, die so was veröffentlichen, eigentlich kein Stück mit?«

Sie fahren durch einen dichten Wald, kommen an einem Golfplatz vorbei, und schon sind sie im Villenviertel von Kyttinge.

Riesige Steinhäuser stehen rechts und links der Straße, zwischendurch findet sich aber auch das eine oder andere, eher anspruchslose, einstöckige Holzhaus, wie man es in jedem kleineren Ort finden könnte. Hier ist nur die Zahl auf dem Preisschild ungefähr zehnmal größer. Mindestens.

»Da ist Douglas' Auto«, sagt Deniz und zeigt auf einen blauen Volvo, der vor einem weißen Holzhaus parkt.

Zack verlangsamt, schaut zum Haus und sieht Douglas gegenüber von einem Mann und einer Frau am Küchentisch sitzen. Die Frau hat die Hände vors Gesicht geschlagen, ihre Schultern beben.

Zack tritt wieder aufs Gas.

Fragt sich, wie es wohl den aus Norrmalm hinzugerufenen Teams ergeht, die nun höchstwahrscheinlich den Eltern von Hugo Löfwencrantz und Isa Nehf gegenüberstehen. Und ob Madelene Dahléns Eltern, die an einem Bett auf der Intensivstation des Karolinska-Krankenhauses sitzen, noch um das Leben ihrer Tochter bangen.

Er stellt den Wagen an einer Steinmauer ab, die ein neuverputztes, zweistöckiges Haus umgibt, von dem aus man eine vortreffliche Aussicht über die grünen Inseln des Stora Värtan hat.

Deniz steigt aus, Zack bleibt sitzen.

Er spielt mit dem Ring an seiner linken Hand.

»Komm schon«, sagt Deniz. »Du schaffst das.«

Also verlässt auch er den Wagen. Ein schwacher Wind weht vom Wasser heran und trägt den Geruch von Tod und Trauer mit sich. Ganz als wäre er von Kopparkobben herangeblasen worden.

Riechen die das schon da drin?

Er schlägt die Fahrertür zu und schaut zum Haus.

*Du schaffst das*, mahnt er nun auch sich selbst.

Die Veranda ist fast so groß wie ein durchschnittliches Wohnzimmer. Verschiedene Gartengeräte lehnen an einem schwarzen Sofa aus synthetischem Rattan, außerdem lüften ein Paar Laufschuhe unter einer Bank.

Zack fragt sich, ob die Schuhe wohl Theo gehören und seine Eltern sie behalten werden, zur Erinnerung an ihren Sohn.

Er würde sich am liebsten umdrehen und gehen, zwingt sich aber dazu, stehen zu bleiben.

*Du schaffst das*, sagt er sich noch einmal leise.

*Für die ist das tausendmal schlimmer als für dich.*

Deniz drückt auf die Klingel, und dann lauschen sie, wie drinnen ein paar Takte von Mozarts *Eine kleine Nachtmusik* erklingen.

Ein Mann in einem grauen, exquisiten Trainingsanzug kommt an die Tür. Er ist über fünfzig, braungebrannt, durchtrainiert und hat dichte, schwarze Brauen und dunkelbraune Augen.

Jesper Stranddahl, schätzt Zack. Teilhaber einer Reihe von Firmen – alles von Chemietechnik in Osteuropa über Mineralienabbau in Uganda bis hin zum Import von Sportartikeln aus Singapur.

»Ja?«, fragt Jesper Stranddahl, als rechne er damit, dass sie ihm etwas verkaufen wollten.

Er wirkt ein bisschen verkatert, hat große, dunkle Ringe unter den Augen.

»Hallo, mein Name ist …«, setzt Deniz an.

»Wir wollen weder etwas kaufen noch in irgendeine Sekte eintreten, bevor Sie also weitersprechen: Nein danke.«

Eine Frau ruft von irgendwo im Haus: »Wer ist es denn, Jesper?«

»Ich weiß es nicht.«

Sie haben noch gar nicht mitbekommen, was passiert ist, denkt Zack. Wahrscheinlich haben sie noch keine Nachrichten gesehen, und die Handys sind ausgeschaltet.

Oder aber sie wussten gar nicht, dass ihr Sohn gestern im Schärengarten unterwegs war.

Deniz und Zack zeigen ihre Polizeiausweise vor.

»Dürfen wir einen Moment hereinkommen?«, fragt Deniz.

Es sieht so aus, als würde Jesper Stranddahls Sonnenbräune verlaufen, er sackt in sich zusammen.

»Geht es um Theo? Haben die einen Unfall mit der Yacht gebaut? Ich hätte sie ihm nicht leihen dürfen.«

»Könnten wir uns kurz setzen, wenn es keine Umstände macht?«, bittet Deniz.

Jesper Stranddahl führt sie ins Wohnzimmer. Die Frau, deren Stimme sie gehört hatten, liegt auf einem weißen Sofa und liest eine Ausgabe von *The Spectator*. Auch sie trägt einen Trainingsanzug.

Annica Stranddahl, wie Zack vermutet. Theos Bonusmama, wie es hierzulande so schön heißt.

Zack schätzt, dass sie vielleicht trotzdem mehr richtige Mama für Theo war als seine biologische Mutter, die bereits seit zehn Jahren in Brüssel lebt.

Annica Stranddahl nimmt eine frische Walderdbeere aus einer gut gefüllten Schale und tunkt sie in eine andere Schale mit Sahne, bevor sie sie in den Mund steckt. Träge schaut sie zu ihrem Mann, als er ins Wohnzimmer kommt, doch kaum sieht sie, wie blass er ist und wie ernst die Besucher wirken, springt sie hastig auf.

»Was ist passiert?«, fragt sie.

Zack und Deniz stellen sich vor und bitten sie dann, sich wieder zu setzen.

Jesper Stranddahl sinkt neben seine Frau, Deniz und Zack nehmen gegenüber von ihnen Platz.

Die weißen Ledersofas sind lang und niedrig, ganz wie die italienischen Modelle in der Nordiska Galleriet, die Mera immer bewundert und deren Preise mehr Nullen haben als Zacks Jahresgehalt.

Einen Moment lang sitzen sie still da.

Jesper Stranddahl trommelt mit den Fingern auf das Sofa, und Annica Stranddahl scheint einen losen Faden an ihrer Hose gefunden zu haben, an dem sie herumspielt.

Deniz lehnt sich vor, sucht den Blickkontakt mit den Eltern und sagt: »Wir müssen Ihnen leider mitteilen, dass Theo tot aufgefunden wurde.«

Annica Stranddahl faltet die Hände.

Presst die Lippen aufeinander.

»Das kann nicht sein«, sagt sie, der Mund verzieht sich zu einem nervösen, leicht schiefen Lächeln. »Sie müssen sich irren.«

»Es ist leider kein Irrtum«, sagt Deniz.

»Doch.«

Deniz erwidert nichts, und so beobachten sie, wie Annica Stranddahl langsam zusammenbricht, ganz so, als wäre das Schweigen eine Schlange, die sich ihr um den Hals legt und zur Einsicht zwingt.

Jesper Stranddahl legt einen Arm um sie, doch Annica schlägt ihn weg, rückt ab, rollt sich in Embryonalhaltung zusammen und weint mit dem Kopf in den Händen.

Zack würde liebend gern wegrennen.

Und nie wieder stehen bleiben.

Annica Stranddahl legt nun den Kopf auf den Schoß ihres Mannes, hört aber nicht auf zu weinen.

Jesper Stranddahl streichelt ihr über das kurze Haar und wendet sich dann an Zack und Deniz.

»Was ist passiert?«, fragt er mit belegter Stimme.

»Das wissen wir noch nicht so genau«, setzt Deniz an. »Aber …«

»Wie, Sie wissen es nicht?« Aggressiver Ton. »Was wissen Sie nicht? Ist er ertrunken oder was?«

Annica Stranddahl setzt sich auf, trocknet sich mit dem Ärmel das Gesicht und legt ihrem Mann dann eine Hand auf den Oberschenkel.

»Beruhig dich, Jesper. Lass die Polizisten erzählen.«

Jesper Stranddahl atmet laut durch die Nase, er erinnert an einen wütenden Stier. Dann nickt ein paar Mal schnell hintereinander und hält entschuldigend die Hände hoch.

»Verzeihen Sie, ich … verdammt. Wie haben Axel und Hugo das verkraftet? Das sind seine besten Freunde, sie wollten Mittsommer zusammen feiern. Haben Sie schon mit ihnen gesprochen?«

Deniz antwortet nicht gleich.

»Sie sind ebenfalls tot.«

# 9

Jesper Stranddahl muss sich am Sofa festhalten, damit der Boden aufhört zu schwanken. Er beißt die Zähne zusammen, nickt.

»Bitte, erzählen Sie weiter.«

Also berichtet Deniz von dem, was sie auf Kopparkobben vorgefunden haben.

Ihre Stimme ist sanft, sie spricht langsam, möglichst neutral.

Erst gibt sie detailliert wieder, was die Polizisten bereits zusammentragen konnten. Dass ihre SMS darauf hindeuteten, dass sie Lidingö gegen elf Uhr vormittags verlassen hatten. Dass sie festlich auf Kopparkobben gespeist und gegen halb zwei in der Nacht das letzte stimmungsvolle Bild mit dem Handy aufgenommen hatten.

Dann wird sie bedeutend vager. Dass es so scheint, als wären mindestens vier der Jugendlichen, darunter Theo, fast zeitgleich gestorben, dass Madelene auf der Intensivstation liegt und Ebba vermisst wird.

»Sie alle wurden Opfer von Gewalt, aber wir wissen zu diesem Zeitpunkt noch nicht, was genau vorgefallen ist.«

»Sie wurden also ermordet? Wollen Sie das damit sagen?«

Die Sehnen an Jesper Stranddahls Hals sind so gespannt, dass man fast annehmen könnte, sie wollten sich durch die Haut pressen.

»Das ist noch nicht sicher«, antwortet Deniz. »Es gibt Anzeichen dafür, dass sie sich die Verletzungen selbst zugefügt haben.«

»Was wollen Sie denn damit sagen?«, fragt Jesper Stranddahl, seine Stimme überschlägt sich. »Mein Sohn würde sich niemals umbringen. Er liebte das Leben. Es hatte ja … es hatte ja gerade erst begonnen.«

Die letzten Worte sind kaum mehr als ein Flüstern. Er schlägt sich die Hand vor den Mund, will noch etwas hinzufügen, aber seine Stimme versagt ihren Dienst.

»Wir verstehen sehr gut, dass dies merkwürdig und verwirrend wirken muss«, sagt Zack. »Wir haben es in diesem Fall mit sehr besonderen Umständen zu tun.«

»Ich möchte ihn sehen. Das müssen Sie mir erlauben«, sagt Annica Stranddahl. »Ich habe ihn geliebt wie meinen eigenen Sohn.«

»Das ist keine gute Idee«, sagt Zack. »Noch nicht.«

Jesper und Annica Stranddahl starren ihn an, und dann wird ihm bewusst, dass seine vage Antwort einen wahren Reigen der schlimmsten Vorstellungen heraufbeschwören könnte.

»Wie meinen Sie das?«, fragt Jesper Stranddahl. »Warum ist das keine gute Idee?«

»Noch ist die kriminaltechnische Untersuchung nicht abgeschlossen. Möglicherweise befinden sich noch DNA- oder sonstige Spuren auf seiner Kleidung oder an seinem Körper, die uns wichtige Hinweise liefern können. Sie müssen sich leider noch etwas gedulden.«

Wenigstens bis genug Zeit war, um den Hals ein wenig herzurichten, denkt er. Die Plastikmesser zu entfernen. Kein Elternteil sollte so etwas sehen müssen.

»Ich muss Ihnen leider ein paar Fragen stellen, die vielleicht etwas unangenehm sind«, sagt Deniz.

Die beiden nicken, wirken dankbar darüber, sich nicht länger ausmalen zu müssen, wie ihr toter Sohn aussieht.

»Wissen Sie, ob Theo Drogen genommen hat?«

Jesper Stranddahl springt auf.

»Jetzt reicht's. Theo war immer ein anständiger Junge.«

Deniz bleibt ruhig sitzen und hält den Blickkontakt, bis Jesper Stranddahl sich wieder gefangen hat. Aber er setzt sich nicht wieder.

»Theo hat viel Sport getrieben, hatte nur ordentliche Freunde. In ein paar Jahren wollte er in Uppsala Jura studieren. Er war nicht drogenabhängig.«

Es fällt ihm schwer stillzustehen. Er verlagert permanent das Gewicht vom einen Bein aufs andere. Wirkt, als wäre er kurz davor zu hyperventilieren. Schließlich setzt er sich wieder hin und fragt:

»Mein Sohn soll Cannabis konsumiert haben?«

Zack staunt über die Wortwahl.

*Cannabis.*

In welcher Welt lebt er bloß? Ist ihm nicht bewusst, dass die Hälfte seiner Direktionskumpel auf Drogen ist?

Zack weiß, dass Abdula regelmäßig an Adressen sowohl auf Lidingö als auch Djursholm liefert. An Finanziers, Elitesportler und andere erfolgreiche Menschen mit Rang und Namen.

Deniz sagt: »Wir haben Spuren von Marihuana gefunden. Noch können wir nicht sagen, ob die Jugendlichen selbst geraucht haben oder ein früherer Besucher der Insel etwas zurückgelassen hat, deshalb fragen wir. Alles, was die Ermittlungen vorantreiben kann, ist eine Hilfe.«

»Das verstehen wir«, sagt Annica Stranddahl, wenngleich ihr Mann nur stumm dasitzt und mit geballter Faust aus dem Fenster schaut. Dann richtet er plötzlich den Blick auf seine Frau und sagt:

»Das muss Hugo gewesen sein. Das mit den Drogen. Der hat immer eine Menge Mist veranstaltet.«

Annica Stranddahl wendet sich an Zack und Deniz. »Darüber wissen wir nichts.«

»In welcher Beziehung stand Theo zu Ebba Langer?«, fragt Zack. »Waren sie gut befreundet?«

»Sie waren kein Paar, wenn Sie darauf abzielen«, antwortet Annica Stranddahl. »Aber sie bewegen sich in denselben Kreisen. Sie ist mit einem seiner Freunde zusammen, Axel Hultqvist. Sie kennen sich seit dem Kindergarten.«

»Hatte Theo Feinde? Jemanden, der ihm etwas antun wollte?«

»Nein«, sagt Annica Stranddahl und wirft ihrem Mann einen Blick zu. »Selbstverständlich gab es Klassenkameraden, mit denen er sich nicht so gut verstanden hat, aber so ist das wohl bei allen, oder etwa nicht?«

»Und Sie?«, fragt Zack weiter. »Haben Sie Feinde?«

Jesper Stranddahl schüttelt den Kopf, ballt die Hand so fest zur Faust, dass die Knöchel ganz weiß werden, bleibt aber still.

»Weil Sie meinen, dass jemand deshalb meinem Sohn etwas angetan hat? Was für eine absurde Vorstellung.«

»Was haben Sie in der Mittsommernacht getan?«, fragt Deniz.

Schon wieder schießt Jesper Stranddahl von der Couch hoch, baut sich so bedrohlich vor Deniz auf, dass Zack hastig selbst hochschnellt. Schon stehen sie Brust an Brust. Zack schaut ihn herausfordernd an.

Jesper Stranddahl deutet mit ausgestreckter Hand zur Tür und brüllt: »Jetzt reicht es! Das klingt so, als wollten Sie mir die Schuld geben. Sie sollten sich was schämen. Verlassen Sie mein Haus!«

Deniz steht ruhig auf, schaut Annica Stranddahl in die Augen und sagt: »Wir gehen selbstverständlich, würden allerdings vorher gern noch einen Blick in Theos Zimmer werfen, wenn das in Ordnung wäre.«

Jesper Stranddahl macht einen Schritt zurück, sagt aber nichts, und Zack würde ihn am liebsten umarmen, um ihm zu zeigen, dass ihm das alles ebenfalls nahegeht, ihm sagen, dass sie herausfinden werden, was ihrem Sohn zustoßen ist. Aber er bleibt still, versucht sein Mitleid nonverbal auszudrücken. Glaubt, dass so nun einmal die ersten Schritte Richtung Bewältigung aussehen, die ein Vater macht, wenn das Unbegreifliche passiert.

Trauer ist immer persönlich.

»Das ist in Ordnung«, flüstert Annica Stranddahl. »Wonach suchen Sie denn?«

»Nach nichts Bestimmtem. Aber manchmal finden wir unerwartete Hinweise.«

»Wenn Sie im Flur nach rechts gehen, dann ist es die Tür geradeaus.«

Das Zimmer ist hell und geräumig, die großen Fenster gehen zum Garten.

An der Wand neben dem Fenster hängen gerahmte Fotos von Theo Stranddahl in jedem denkbaren Alter. Auf einem spielt er als kleiner Junge Fußball. Ein anderes zeigt ihn als braungebrannten Teenager an einem tropischen Strand.

Ein junger Mensch voller Lebensenergie.

Mit einer Zukunft.

Direkt vor ihnen steht eine Vitrine mit Pokalen, Medaillen und gerahmten Urkunden.

Deniz steuert die Vitrine an, während Zack das Bücherregal direkt gegenüber ins Visier nimmt.

Viele Sportbücher. Überwiegend Biografien und Golfratgeber. Rory McIlroy. Tiger Woods. *The Inner Game of Golf.*

Er zieht einen schicken Bildband über die schönsten Golfplätze der Welt heraus und dreht sich zu Deniz, die einen Pokal in der Hand hält.

»Lass mich raten, die sind alle von Golfturnieren, die er gewonnen hat.«

»Ja, er muss sehr gut gewesen sein, bis zu seinem fünfzehnten Geburtstag. In den letzten beiden Jahren sind nämlich keine Pokale dazugekommen.«

Zack will den Bildband gerade wieder an seinen Platz zurückstecken, da sieht er mehrere Bücher, die hinter den anderen versteckt liegen.

Er schiebt die Hand hinter die Golfbiografien und holt sie hervor.

Was haben wir da?

*The Order of the Solar Temple: The Temple of Death*

*Helter Skelter*
*The Ashes of Waco: An Investigation*
*Marshall Applewhite – Cult Leaders Unauthorized and Uncensored*
*Raven: The Untold Story of the Rev. Jim Jones and His People*
Die Bücher haben keinerlei Staubspuren und wirken, als wären sie mehrfach gelesen worden. An vielen Stellen sind Eselsohren, und einer der Umschläge scheint mal nass geworden zu sein.

Zack überfliegt die Zusammenfassungen auf der Rückseite von zwei Büchern.

Das eine handelt von der amerikanischen Sekte Heaven's Gate, deren Mitglieder 1997 medienwirksam kollektiv Selbstmord begingen. Das andere von einem Idioten, der in den Siebzigerjahren über neunhundert Menschen dazu brachte, im Dschungel von Guyana kollektiv Selbstmord zu begehen.

»Sieh dir das mal an, Deniz. Theo scheint ein Faible für Massenmord gehabt zu haben.«

# 10

Es ist später Nachmittag, und wie so oft streikt die Klimaanlage im Besprechungszimmer. Weil Feiertag ist, gibt es keinen Hausmeister vor Ort, der sich darum kümmern könnte.

Damit sie sich nicht länger wie in der Sauna fühlen müssen, verlagert die Sondereinheit ihre extra anberaumte Besprechung an einen der freien Tische ihres gewöhnlichen Großraumbüros.

Zack hat den Verlobungsring mit Wasser und Seife gereinigt und in seinen Schrank in der Umkleide gelegt. So wollte er verhindern, dass auch nur irgendwas von den Erlebnissen auf der Insel daran zurückblieb, und außerdem würde er gerade weder mit Kommentaren noch Gratulationen der anderen klarkommen.

Nicht nach dem, was sie da draußen gesehen hatten, und nach dem Treffen mit Theo Stranddahls Eltern.

Er schiebt seinen Bürostuhl heran und setzt sich neben die neue Kollegin Sandra Sjöholm, die vorübergehend der Sondereinheit zugeteilt wurde.

Sie trägt ein Tuch im Haar, passend zu ihrer dünnen Bluse, die extrem über ihrer großen Brust spannt.

»Hast du die neusten Meldungen gesehen? Es wird immer schlimmer«, sagt sie und lehnt sich zu Zack, um ihm das Handy zu zeigen.

Ihr Parfum riecht schwach, aber sommerlich angenehm.

Er schaut auf das Display und nickt.

Er war selbst gerade erst im Internet. Was auf Kopparkobben passiert ist, dominiert alle Seiten, und aus Mangel an Fakten wird wild und heftig spekuliert.

Ein bereits mehrfach verurteilter Gewalttäter wurde am Mittsommerabend in einem Ruderboot bei der kleinen Insel gesehen, und mindestens zwei andere Augenzeugen haben ganz in der Nähe ein U-Boot beobachtet.

Deniz kommt schnellen Schritts aus der Umkleide, und als sie einen kleinen, halbmondförmigen Tisch an der Wand bei der Kaffeemaschine passiert, flackert die Flamme der darauf stehenden Stumpenkerze.

Sie haben einander versprochen, die Kerze mindestens ein Jahr lang brennen zu lassen. Wer zuerst im Büro ist, entzündet sie, wer zuletzt geht, löscht sie. Jeden Tag.

Nicht selten ist es Sandra, die sie auspustet. Sie arbeitet hart dafür, Teil der Gruppe zu werden – mit Erfolg.

Von dem gerahmten Foto hinter der Kerze lächelt ihnen Niklas Svensson weiter zu. Mittlerweile sind fünf Monate vergangen, seit er im Dienst getötet wurde, und da wird Zack bewusst, dass er schon mehrere Tage nicht an Niklas gedacht hat.

Trotz allem setzt also doch wieder Alltag ein. Die Trauer ist da, aber sie wird schwächer.

Außer bei Rudolf Gräns, denkt Zack, der sich humpelnd mit einer Tasse Kaffee in der Hand zu ihnen vortastet.

Er ist seit Niklas' Tod gealtert. Sein Rücken ist krummer geworden, der Gang steifer.

Es scheint, als wäre er auserkoren, für den Rest seines Lebens die Trauer für sie alle mitzutragen. Aber er scheint gut mit Sandra klarzukommen, denkt Zack. Und er reißt noch immer seine Witzchen, wenn sein Ton auch schärfer geworden ist.

Rudolf setzt sich zwischen Sirpa Hemälainen und Sam Koltberg. Tastet mit den Fingern über die Tischplatte, ehe er die schwarze Sonnenbrille richtet, hinter der sich seine blinden Augen verbergen. Eine Hirnblutung hat ihm das Augenlicht genommen, seinen Scharfsinn jedoch in keiner Weise beeinträchtigt.

»Schwül wie in der Unterwelt«, sagt er.

»Wie in der Hölle«, sagt Sirpa und fächelt sich mit ein paar Blättern, die sie sich aus dem Drucker geholt hat, Luft zu. »Was glaubt ihr? Ist ein Gewitter im Anmarsch?«

Das würde Zack auch vermuten. Es fühlt sich an, als hätte die Luft sich verdichtet.

Douglas Juste stößt als Letzter zu ihnen. Er kommt aus seinem Büro, das Handy am Ohr.

»Es gibt also nichts Neues? Nein, ich verstehe. Melde dich, sobald irgendwas Relevantes auftaucht.«

Er steckt das Handy in die Jacketttasche, legt eine dunkelrote Ledermappe neben den aufgeklappten Laptop auf den Tisch, bleibt selbst aber stehen.

»Das war die Einsatzleitung der Rettung. Sie haben noch immer keine Spur von Ebba Langer, aber sie werden den Abend und den Großteil der Nacht weitersuchen. Richtig dunkel wird es ja sowieso nur eine Stunde lang.«

Douglas sieht mitgenommen aus, und Zack fragt sich unwillkürlich, wie es ihm wohl auf Lidingö ergangen ist. Seinen Freunden die Nachricht zu überbringen, dass ihre Tochter verschwunden ist, vielleicht ermordet, dass ihre Freunde alle tot sind. Gezwungen sein, ihnen mitzuteilen, dass gegenwärtig noch niemand weiß, was genau geschehen ist. Dass es sogar sein könnte, dass Ebba sie ermordet hat. Letzteres hat Douglas aber vermutlich nicht erwähnt.

Es ist ganz schön ehrenwert von ihm, dass er selbst hingefahren ist. Er hätte es jemand anderem überlassen können.

»Wo suchen sie?«, will Deniz wissen.

»Im Wasser rund um den Tatort und im umliegenden Teil des Schärengartens. Möglicherweise ist sie zu einer anderen Insel geschwommen oder an Land getrieben worden. Es wird auch weiter bei den Ortsansässigen geklopft, wie ihr der landesweiten Meldung entnehmen konntet, die heute rausging.«

»Was sagen ihre Eltern?«

Zack sieht, dass Deniz es sofort bereut, die Frage gestellt zu haben.

»Sie sind völlig verzweifelt«, ist Douglas' knappe Antwort. Er kann nicht verhindern, dass sich sein Gesicht zu einer Grimasse verzieht. Schnell dreht er sich zu dem interaktiven Whiteboard an der Wand.

Kurz fasst er anhand des Zeitstrahls, den Sandra an die Tafel geschrieben hat, die bisherigen Erkenntnisse zusammen. Dann drückt er auf eine Taste am Laptop, und schon bedeckt ein unscharfes Selfie von zwei jungen Männern fast die gesamte Oberfläche.

Zack erkennt sie. Hugo Löfwencrantz und Axel Hultqvist.

»Dieses Foto wurde um 01.24 Uhr mit Hugo Löfwencrantz' Handy aufgenommen. Es ist das letzte Foto, das von den Jugendlichen in der Mittsommernacht entstand. Danach scheint nicht viel

Zeit bis zu ihrem Tod vergangen zu sein. Die große Frage ist und bleibt: Was genau ist geschehen?«

Douglas wendet sich an Koltberg. »Sam, berichte doch mal, was du herausgefunden hast.«

Koltberg steht auf und prüft schnell, ob das gestreifte Hemd ordentlich in der Hose steckt, bevor er sich an den Laptop stellt.

»Wir haben es hier mit einem, gelinde gesagt, rätselhaften Fall zu tun. Der Schnellabgleich der Fingerabdrücke, den ich heute Nachmittag vorgenommen habe, bestätigt tatsächlich meine Theorie, dass die Jugendlichen sich ihre Verletzungen selbst beigebracht haben.«

Er drückt auf eine Taste, schon erscheint ein Bild von drei Leichen.

»Auf den Plastikmessern, die Axel Hultqvist, Hugo Löfwencrantz und Theo Stranddahl getötet haben, konnten wir jeweils nur ihre eigenen Fingerabdrücke finden. Die große Verletzung an Axels Bein scheint er sich ebenfalls selbst beigebracht zu haben. Bei den beiden jungen Frauen sieht es anders aus. Wappnet euch vor dem nächsten Bild, das ist nicht gerade schön anzusehen.«

Eine Nahaufnahme von Isa Nehf und Madelene Dahlén erscheint auf dem Whiteboard.

Zack hört Sandra neben sich stöhnen und bemerkt, dass sie sich anstrengen muss, den Blick nicht von dem Foto abzuwenden. *Es ist unser verdammter Job, bei so was nicht wegzusehen*, denkt Zack. Und Sandra tut es auch nicht, aber es ist offensichtlich, dass sie das gern würde.

»Die beiden haben sich gegenseitig verletzt. An der Scherbe, mit der Isa Nehfs Augen entfernt wurden, befinden sich nur Madelene Dahléns Fingerabdrücke. Umgekehrt genauso. Auf der Scherbe, die in Madelenes Auge steckte und mit der ihr vorher die Pulsadern aufgeschlitzt wurden, waren nur Isas Fingerabdrücke. Madelene hat vermutlich nur überlebt, weil Isa starb, bevor sie Madelene ausreichend verletzen konnte.«

»Wie bei den Bakchen«, sagt Rudolf. »Aus einer der Göttersagen. Sie sind in der Ekstase irrsinnig gewalttätig geworden.«

»Also, das Ganze hat definitiv etwas sehr Archaisches«, sagt Sandra.

Koltberg drückt noch einmal auf die Tastatur, und schon erscheint ein Foto, auf dem alle Leichen abgebildet sind.

»Erstaunlich ist, dass keines der Opfer auch nur das geringste Anzeichen von Widerstand vorweist. Es gibt keinerlei Kampfspuren. Es sieht so aus, als hätten sie das einfach zugelassen. Aber dazu ist eine immense Selbstdisziplin nötig, in etwa dem Maße, wie sie diese Mönche an den Tag legen, die sich selbst anzünden und ruhig sitzen bleiben, bis der Tod eintrifft.«

»Sofern sie nicht unter Drogen standen«, wirft Zack ein.

Koltberg starrt ihn an, und da wird Zack bewusst, dass er sich gerade freiwillig zur Zielscheibe gemacht hat. Koltberg wird ausholen und ihm einen ordentlichen Spruch wegen seines Drogenproblems drücken. Dem Problem, auf das ihn niemand anspricht, über das aber, wie er glaubt, alle Bescheid wissen.

»Das ist auch meine Folgerung. Sie müssen irgendwas genommen haben«, sagt Koltberg.

Kein Seitenhieb. Nur eine Bestätigung von Zacks Theorie.

*Was ist denn da los?*, fragt sich Zack. Koltberg lässt doch sonst keine Gelegenheit aus, ihn fertigzumachen und zu unterstreichen, dass er findet, Zack habe in der Einheit nichts verloren. Weil seiner Ansicht nach Zacks rekordschneller Aufstieg innerhalb der Polizei kompensieren sollte, was seiner Mutter, Anna Herry, zugestoßen war. Er weiß, dass sie eine sehr gute Ermittlerin war.

Dabei ist Koltbergs Schlussfolgerung völlig absurd. Als hätte sich ein Haufen Chefs einvernehmlich dazu entschieden, Zack alle

Türen zu öffnen, um ihn dafür zu entschädigen, dass sie den Mörder seiner Mutter nicht finden konnten.

»Die Frage ist bloß, was«, fährt Koltberg fort. »Wir wissen, dass sie Marihuana geraucht haben, aber darüber hinaus kann ich keine Aussage treffen, weil der Bericht vom Toxikologen noch auf sich warten lässt.«

»Es muss etwas bedeutend Stärkeres gewesen sein«, sagt Zack. »Etwas, das die Stimmung hebt und Schmerzen unterdrückt. Benzodiazepine zum Beispiel. Manche Kriminellen schlucken Benzos, bevor sie Werttransporte überfallen oder jemanden misshandeln. Es dimmt ihre Gefühle und macht sie deshalb so mordsgefährlich.«

Zack sieht, dass Sirpas Kopf ein Stück Richtung Brust sinkt. Dass sie die Hände faltet und an etwas Schmerzhaftes zu denken scheint.

*Hab ich was Falsches gesagt?*

*Oder ist es einfach dieser Fall? Das könnte ich gut verstehen. Das Massaker auf Kopparkobben gehört zum Schlimmsten, was ich bisher sehen musste.*

Dann zeigt Sandra auf und verlangt das Wort. Sie ist die Einzige der Einheit, die das macht.

Koltberg nickt ihr zu.

»Gibt es denn irgendwelche Spuren von Ebba Langer auf einer der anderen Inseln? Oder auf einer der Mordwaffen?«

Zack findet, dass Koltberg eine Idee zu lange auf Sandras Brust schaut, bevor er antwortet.

»Es gibt noch einen Fingerabdruck auf einer Scherbe, die in der Nähe von Isa Nehf und Madelene Dahlén gefunden wurde, den ich noch nicht zuordnen konnte. Ob er Ebba Langer gehört, kann ich erst sagen, wenn ich etwas habe, womit er sich vergleichen lässt.«

»Was glaubst du, warum sie nicht auf der Insel war?«, fragt

Sandra, und Zack hört eine Spur beginnenden Zorns in ihrer Stimme. Hat sie Koltbergs Blick bemerkt?

»Ich rate nicht gern drauflos, ohne einen Anhaltspunkt zu haben«, antwortet Koltberg.

Er setzt sich, und Douglas übernimmt das Wort.

»Wir müssen herausfinden, welche Rolle Ebba Langer gespielt hat. Unsere wichtigste Aufgabe ist, sie zu finden. Wollen wir hoffen, dass Madelene Dahlén bald aufwacht, das heißt, wenn sie es denn überhaupt tut.«

*Dabei hoffen wir das aus rein praktischen Gründen*, denkt Zack. *Sie soll aufwachen, damit sie uns Informationen liefern kann, nicht, um zu überleben.*

»Gibt es was Neues aus dem Krankenhaus?«, fragt Deniz.

»Nach Aussage der Ärzte ist ihr Zustand ernst, aber stabil«, sagt Douglas. »Sie wurde in ein künstliches Koma versetzt, ist also nicht ansprechbar. Eine Prognose, ob oder wann sie das Bewusstsein wiedererlangt, konnten sie uns nicht geben.«

Deniz wendet sich an Rudolf und Sandra.

»Was haben ihre Eltern gesagt? Haben sie irgendeine Erklärung für das, was geschehen ist?«

Rudolf schiebt sich die dunkle Sonnenbrille bis zur Nasenwurzel hinauf.

»Bisher ist es uns nicht gelungen, mit ihnen zu sprechen«, sagt er. »Sie stehen unter Schock, um es mal milde auszudrücken.«

Douglas bittet ihn und Sandra, gleich morgen früh einen neuen Versuch zu wagen, und wendet sich dann an Zack und Deniz.

»So wie ich das verstanden habe, seid ihr bei Familie Stranddahl auf etwas gestoßen, das Koltbergs Theorie, dass die Jugendlichen sich selbst verletzt haben, unterstützt?«

Zack fährt sich mit den Händen durch das ungebändigte blonde Haar und berichtet dann von den Büchern in Theo Stranddahls Regal.

»Was all den Büchern gemein ist: Sie handeln von charismatischen Anführern, die ihre Anhänger einer so ausgeklügelten Gehirnwäsche unterzogen haben, dass sie sich auf Befehl das Leben nahmen. Theo war offenbar der Anführer dieser Freundesclique. Das ist zumindest mein Eindruck, nachdem ich die Ergebnisse der anderen Befragungen gehört habe. Allerdings sehe ich keine deutlichen Anzeichen dafür, dass sich die Jugendlichen in der letzten Zeit verändert hätten. Oder dass die Gruppe sich abgekapselt hätte.«

»Ich werde morgen früh Theos Computer untersuchen«, sagt Sirpa. »Und die der anderen natürlich. Mal sehen, was ich finde.«

»Gut«, sagt Douglas. »Ich sorge dafür, dass du ein bisschen Unterstützung bekommst, damit du dich nicht allein durch die ganzen E-Mails, Profile in sozialen Netzwerken und Handydaten wühlen musst. Alles, was irgendwie auffällig ist, kann von Interesse sein.« Er macht eine Pause, ehe er weiterspricht: »Sandra, such uns bitte einen Experten für Selbstmordsekten. Wenn du in Schweden keinen findest, hol gern auch jemanden aus dem Ausland.«

»Wird gemacht«, sagt sie.

Douglas schaut schnell in seine Ledermappe und verteilt weitere Aufgaben. Die Freunde, Lehrer und Trainer der Jugendlichen müssen befragt werden. Genauso die Berufsschifffahrt in der Nähe des Kopparkobben. Möglicherweise hat ja ein Fischer oder Bootsführer eines der Transportschiffe etwas gesehen. Und dann ist ein weiteres Gespräch mit Theo Stranddahls Eltern nötig, um gezielt dem Interesse des Sohnes an Selbstmordsekten auf den Grund zu gehen.

»Die Ausgangslage ist nicht gerade ideal«, sagt Douglas. »Heute ist Feiertag, sämtliche Behörden haben zu. Selbst hier ist es wie ausgestorben, wie euch nicht entgangen sein wird. Ich tue aber, was ich kann, um Verstärkung für uns aufzutreiben.«

Dann wirft er einen Blick auf seine weißgoldene Patek-Philippe-Uhr und schlägt die Hände zusammen, sein Zeichen, dass die Besprechung nun vorbei ist.

»Es wird spät. Hurtig nach Hause mit euch. Ihr wisst alle, was ihr morgen zu tun habt. Wir treffen uns um eins hier, um unsere Ergebnisse zusammenzutragen.«

Alle stehen auf und schieben ihre Stühle zurück an die jeweiligen Schreibtische. Sandra setzt sich rittlings auf ihren Drehstuhl und stößt sich ab. Als sie an Koltberg vorbeirollt, sagt dieser: »So, so, du magst es also rittlings?«

Nach wenigen, schnellen Schritten baut Deniz sich vor ihm auf.

»Was hast du da gesagt?«

Zack würde liebend gern auch aufstehen, beschwichtigend eingreifen, Deniz unterstützen, aber er bleibt sitzen. Er weiß, dass sie seine Hilfe nicht braucht.

»Sag das noch mal, wenn du dich traust.«

Koltberg schnaubt nur und wendet den Blick ab.

»Bisschen Humor muss man abkönnen«, sagt er, bevor er sich umdreht und die Tür ansteuert.

Zack verfolgt die Szene schweigend vom Tisch aus. Sieht, wie Sandra ihren Stuhl an seinen Platz schiebt, dann zu Deniz geht.

»Meinst du, ich kann mich nicht selbst um meine Angelegenheiten kümmern?«, fragt sie.

Deniz schaut ihr tief in die Augen und sagt: »Ich könnte mich auch um deine Angelegenheiten kümmern.«

Rudolf ist direkt hinter ihnen und fängt an zu lachen.

Deniz dreht sich um. »Was ist denn so lustig?«

»Du bist keinen Deut besser als Koltberg«, sagt er und macht sich auf den Weg zum Umkleideraum.

# 11

»Möchtest du den Rest haben?«, fragt Zack.

»Nein, iss du«, antwortet Ester Nilsson, ohne den Blick vom Mathebuch zu nehmen.

Zack streckt sich nach dem Karton auf dem Couchtisch, in dem das letzte Stück Capricciosa liegt. Eigentlich hätte er zu Mera fahren sollen, aber er konnte einfach nicht, war zu mitgenommen von allem, was geschehen war. Doch als Ester an seine Wohnungstür klopfte, konnte er sich schlecht verleugnen.

»Sag mal«, setzt er an, »ist dir in letzter Zeit jemand gefolgt?«

»Nein. Aber ich hab dir doch versprochen, es dir sofort zu erzählen, falls sich daran etwas ändert.«

»Schon klar. Ich wollte nur mal nachhören.«

Nun schaut sie doch auf, lächelt ihn an.

»Vergiss es einfach. War sicher nur irgendein Widerling, der letzten Winter um die Häuser strich und sich einen Spaß gemacht hat.«

Er betrachtet die Dreizehnjährige und findet, sie klingt anders. Ihre Stimme hat eine neue Tiefe, außerdem spricht sie anders mit ihm als vorher.

Wie als er ihr den Verlobungsring gezeigt hat und sie es quittierte mit: »Dann wirst du jetzt erwachsen? Wurde ja auch Zeit.«

Es ist schon ein paar Wochen her, seit sie das letzte Mal bei ihm war. *Vielleicht*, denkt er, *verschwindet sie nun langsam aus meinem Leben in ihre Teeniewelt. Auch Ester ist mir nur geliehen, so wie alles andere auch.*

Oder aber es geht ihrer psychisch kranken Mutter besser, aber darüber weiß er nichts Genaues. Er fragt Ester nie danach. Schließlich ist seine Wohnung ein Ort, an den sie vor ihren Problemen zu Hause fliehen kann.

Esters Bleistift bewegt sich schnell über die Kästchen in ihrem

Arbeitsheft. Sie wirkt immer so, als müsse sie gar nicht nachdenken, bevor sie die Lösung aufschreibt. Sie liest sich die Matheaufgabe nur durch, schreibt die Gleichung ab und dann direkt die Lösung darunter.

Er wünschte, er wäre in dem Alter ein bisschen mehr wie sie gewesen, hätte sich konzentrieren können. Aber damals konnte er das nicht, und jetzt genießt er es, ihr beim Rechnen zuzusehen.

Vor zwei Jahren hatte sie sich vorgenommen, zum Anfang der siebten Klasse in den Sonderzweig Mathematik an der Engelbrektsskolan aufgenommen zu werden. Vor ein paar Monaten kam sie angestürmt und wedelte mit einem Schrieb, der bestätigte, dass sie ihr Ziel erreicht hatte. Diesen Sommer macht sie Extrakurse.

Der Stift hält mitten in einer Zahl inne, Ester schaut ihn an.

»Was?«, fragt er.

»Wie ›was‹?«

»Du siehst mich an, als würde etwas nicht stimmen.«

»Nein, ich sehe dich an, weil etwas genau stimmt.«

»Wie meinst du das?«

»Ich glaube, du weißt, wie ich das meine.«

Sie nickt, betrachtet ihn lange und schweigend. Dann sagt sie: »Dir scheint es besser zu gehen.«

»Besser als wann?«, fragt er.

Ihre Mundwinkel zucken, die Andeutung eines Lächelns. Dann streicht sie sich eine Strähne ihres langen, rötlichen Haars aus der Stirn und widmet sich wieder ihrem Matheheft.

»Ich glaube, du weißt, wie ich das meine«, sagt sie.

Zack schaut sie wieder an.

Denkt an all die Sorgen, die auf ihren Schultern lasten. Ob sie eines Tages darunter zusammenbrechen wird.

Unbewusst wandert sein Blick in eine der Ecken seines Wohn- und gleichzeitig Schlafzimmers. Zum Ende des gelben Läufers, unter der sich die schwarze Mappe verbirgt.

Die Ermittlungsakte zum Mord an seiner Mutter.

Lange glaubte er, er wäre Polizist geworden, um ihren Mörder zu finden. Ihren Tod zu rächen. Aber da ist er sich inzwischen nicht mehr so sicher.

Jetzt, wo er clean ist und es ihm gut geht, will er den Blick lieber in die Zukunft richten. Will das Vergangene ruhen lassen und sich lieber ein eigenes Leben aufbauen. Zusammen mit Mera.

Er lehnt sich auf dem Sofa zurück. Schließt die Augen. Sieht sofort das Bild der Leichen auf Kopparkobben vor sich. Von dem Mädchen mit dem Sommerkleid und dem Blumenkranz im Haar. Von den Jungs mit den hellen Hemden.

Sie waren nur wenige Jahre älter als Ester.

*Ich löse das*, denkt er.

*Das ist jetzt meine wichtigste Aufgabe.*

# 12

Sirpa Hemälainen sitzt in ihrem Bett und streichelt Zeus, ihrem Rhodesian Ridgeback, über den Kopf.

Sie hat noch immer ein schlechtes Gewissen, weil sie ihn angeschnauzt hat. Dabei war die Pfütze auf dem Boden im Flur eigentlich ihre Schuld, nicht seine. Sie war schließlich den ganzen Tag nicht mit ihm draußen gewesen.

Mal wieder.

Erst um zehn Uhr abends hatte sie eine Runde mit ihm gedreht. Eine halbe Stunde immerhin, länger als sonst, und nun hat sie so unglaubliche Schmerzen in den Knien, dass sie nicht weiß, wohin mit sich.

Ein Geräusch im Treppenhaus lässt Zeus den Kopf heben und knurren.

»Schon gut«, sagt sie. »Kein Grund zur Sorge.«

Er ist seit kurzem so unglaublich nervös. Während des Spaziergangs hat er jeden Ast angeknurrt, der im Wind raschelte.

Was für ein Glück, dass das Unwetter vorbeigezogen war. Sonst hätte sie noch mehr Pfützen aufwischen müssen.

Hat ihn die Einsamkeit krank gemacht?

Krank in der Seele?

So wie ihren Neffen Jari in Turku?

Sie hatten immer so viel Spaß gehabt, als er noch jünger war, Jari und sie. In den Sommerferien hatte er viele Wochen bei ihr in Stockholm verbracht.

Dann kam der Autounfall, ihre Verletzung. Sie wurde langsamer, langweiliger. Lachte nicht mehr so oft.

Und Jari kam in die Pubertät. Kam nicht mehr vorbei. Geriet auf die schiefe Bahn.

Seit mehreren Jahren hat er keinen festen Wohnsitz mehr, zieht angeblich mit einer Gang schwerst Drogenabhängiger durch Helsinki. Sirpas Bruder und seine Frau scheinen aufgegeben zu haben.

Diese verdammten Drogen. Nichts als Tod und Verderben folgt ihnen auf Schritt und Tritt.

Sie denkt an Kopparkobben, an Koltbergs Theorie, dass die Jugendlichen sich selbst das Leben genommen haben. Möglicherweise mithilfe von Drogen.

Wird auch Jari sein Leben so beenden?

Man darf die Hoffnung nie aufgeben, denkt sie.

Dazu muss man bloß Zack anschauen. Noch im Winter schien es mit ihm ernsthaft bergab zu gehen, doch nun scheint er wieder Fuß gefasst zu haben. Sieht wieder gesund aus und ist ganz bei der Sache.

*Aber er hat auch Mera.*

*So wie Jari mich hatte.*

*Wäre alles anders, wenn ich nicht in diesem Auto gesessen hätte? Wenn Jari mich weiter besuchen gekommen wäre?*

*Wenn ich weiter gelacht hätte?*

*Weiter im Außendienst hätte arbeiten können?*

Manchmal hat Sirpa den Innendienst so satt, dass sie den Computer am liebsten an die Wand schleudern und einfach rausgehen würde, raus ins wirkliche Leben. Aber das machen die Knie nicht mit, und sie behält die Sehnsucht für sich, macht weiter wie bisher.

Sie streckt sich nach dem Glas auf dem Nachttisch. Leert es und spürt, wie der Wodka ihre Brust wärmt.

Sie betrachtet das leere Glas und muss über sich selbst lachen. Die einsame Finnin, die im Bett liegt und Wodka trinkt, um den Schmerz zu betäuben.

Wie erbärmlich.

Sandra Sjöholm steht mit einer Tasse Tee in der Hand an dem kleinen Küchenfenster ihrer Mietwohnung und schaut hinaus auf die Dalagatan in Vasastan.

Viel ist nicht zu sehen. Eine große Kreuzung an einer immerwährenden Baustelle. Die Bohrarbeiten am neuen Aufgang der Citybanan bringen regelmäßig ihr bereits an vielen Stellen gesprungenes Geschirr zum Vibrieren.

Aber die Lage ist super. Sie braucht nur zehn Minuten mit dem Rad zur Arbeit. Acht, wenn sie es eilig hat.

Und sie hat einen Traumjob.

Zwar immer noch eine Vertretungsstelle, aber während des Mitarbeitergesprächs im Mai hatte Douglas Juste deutlich gemacht, wie zufrieden er mit ihrem bisherigen Einsatz ist.

Er betonte dabei besonders ihre, wie er es formulierte, »sehr gute Arbeit« während der Ermittlungen zu dem großen Betrugsskandal letztes Frühjahr.

Sie möchte gern Ähnliches hören, wenn der jetzige Fall gelöst ist. Will diejenige sein, die herausfindet, was den Jugendlichen auf der Insel zugestoßen ist.

Bei der Vorstellung, Teil dieser Sondereinheit zu bleiben, bekommt sie ganz heiße Wangen.

Sie denkt an jemand Bestimmtes. Diese Augen, diese Stärke, diese Lippen und diese selbstsichere Frechheit. Sie fantasiert, was sie in den Nächten zusammen tun könnten.

Aber solche Gedanken sollte sie nicht zulassen. Gab es je eine Affäre zwischen zwei Kollegen, die nicht im Chaos endete?

Andererseits: Wen juckt das schon?

Deniz steht reglos im Bad, ein Handtuch um den Körper gewickelt. Sie ist gerade aus der Dusche gestiegen, Tropfen laufen ihr von den nassen Haaren den Rücken hinunter. Kalt, aber angenehm wie Fingerspitzen.

Sie hat gerade die letzten Sachen ihrer Ex-Freundin ausgemistet. Will sie nicht einmal in Gedanken noch bei ihrem Namen nennen. Aber Platz ist hier für einen weiteren Menschen. Definitiv.

Und dann denkt sie an all jene, die sie bereits hinter sich gelassen hat. Ihren Bruder, von dem sie nicht weiß, wo er ist. Ob er tot ist oder noch lebt, in einem kleinen Ort irgendwo in Syrien.

*Reiß dich zusammen, Deniz.*

*Nichts wird leichter, wenn du ihn vermisst.*

Also denkt sie lieber an Zack, daran, wie schön es ist, dass es ihm so gut zu gehen scheint, dass er keine Drogen mehr nimmt.

Sie hängt das Handtuch an den Haken, betrachtet Brüste und Schamhaar, um das sich lange nicht gekümmert wurde.

*Deniz*, denkt sie. *Du bist es wert, zu lieben und geliebt zu werden.*

Alles ist schwarz.

Wie immer.

Aber nie so greifbar, wie wenn Rudolf Gräns des Nachts in seinem Bett liegt und die Welt schweigt.

Tagsüber erschafft sein Gehirn Bilder von den Menschen, die er trifft, und von der Umgebung, in der er unterwegs ist, aber in letzter Zeit sind auch diese Bilder dunkler geworden.

Die Vorstellung, die er von Axel Hultqvists Eltern hat, ist dunkel, fast von schwarzen Schatten überlagert. Als hätten die schweren, finsteren Gefühle, die er in ihrem Wohnzimmer hörte und wahrnahm, darauf Einfluss genommen.

Dass Sandra ihm während der folgenden Autofahrt ihre Gesichtszüge beschrieb, war unerheblich. In seiner Vorstellung hat der Vater trotzdem dunkelbraunes Haar und eine hohe Stirn, die Mutter Locken und rote Lippen.

Aber gleicht das Rot, an das er sich erinnert, wirklich noch rot?, fragt er sich.

Es sind mittlerweile elf Jahre vergangen, seit er durch eine Hirnblutung das Sehvermögen verlor, und manchmal fragt er sich, ob seine Sinneseindrücke überhaupt noch mit der Wirklichkeit übereinstimmen, oder ob sie sich verändert haben, ineinandergeflossen sind, um neue Nuancen zu bilden. Wie alle anderen Erinnerungen.

Was hatte Torgny Lindgren noch einmal geschrieben?

*Alles sammelt und zersetzt sich in uns … aber Erinnerungen sind das nicht.*

Und dann folgte etwas darüber, dass Erinnerungen nach vorn weisen, Vorboten des Untergangs sind.

Werden seine Vorstellungen deshalb immer düsterer?, fragt sich Rudolf.

Er dreht sich auf die Seite, streckt den Arm aus und stellt den Radiowecker an, um auf andere Gedanken zu kommen.

»Es ist ein Uhr, die Nachrichten.«

Der Zwischenfall auf Kopparkobben ist die erste Meldung. Und obwohl die Sprecherin so emotionslos und schnell vorliest und sämtliche Details auslässt – oder gerade deswegen –, bekommt die Gewalt etwas Mystisches. Als wäre ein zorniger Gott auf die Erde herabgestiegen und hätte sich eine Weile lang amüsiert.

Ein kühler Windhauch streicht Rudolfs Gesicht, denn das Schlafzimmerfenster ist gekippt, trägt den Geruch der Juninacht herein.

Er weiß, dass die Nächte zu dieser Zeit hell sind.

Es fällt ihm nur so schwer, sie in sich zu sehen.

Douglas Juste wälzt sich im Bett.

Er denkt an Ebba Langer, die Tochter seiner Freunde, die spurlos verschwunden ist. Er versucht, sich vorzustellen, was gerade in ihnen vorgeht.

Vielleicht streifen sie wie unselige Geister durchs Haus. Vielleicht beten sie zu einem Gott, der ihnen bisher egal war, dass ihre Tochter noch lebt?

Er will glauben, dass sie noch lebt.

Aber wie hoch ist die Wahrscheinlichkeit?

Sie geht gegen null.

Er dreht sich von der Seite auf den Rücken. Ist froh, dass er keine Kinder hat. Die Gefahr einer alles überschattenden Trauer ist zu groß, einer Dunkelheit, die nicht einmal von Liebe überwunden werden kann.

# 13

## Sonntag, 26. Juni

Als Zack zu sich kommt, sitzt er aufrecht im Bett und atmet keuchend, so als hätte er über eine Minute lang die Luft angehalten und könne nun endlich die Lunge wieder mit Sauerstoff füllen.

Die Sonne scheint durch den Spalt unterhalb des Rollos, sein breiter Brustkorb ist schweißnass.

Wieder ein Albtraum, wie so oft in den letzten Monaten.

Er trieb mit dem Gesicht nach unten zwischen den Inseln des Schärengartens. Das Wasser war dunkel und kalt. Trotzdem sah er die sich windenden Arme tief unter sich. Hände, die nach ihm greifen wollten, um ihn wieder hinunterzuziehen.

*Versucht mein Unterbewusstsein auf diese Weise, mein Verlangen nach Drogen zu bewältigen?*, fragt er sich. Die Rache des Gehirns, weil er aufgehört hat, es mit Chemikalien zu füttern.

Oder liegt es an den Ermittlungen, an Ebba Langer?

Liegt sie irgendwo am Meeresboden in der Nähe des Kopparkobben?

Und wenn ja, warum finden sie sie dann nicht?

Er denkt über den Traum nach. Wie er getrieben wurde, von der Strömung mitgenommen.

Könnte Ebba Langer von Unterwasserströmungen mitgerissen worden sein? Strömungen, die der Rettungsdienst nicht kennt oder nicht beachtet hat?

Er streicht sich ein paar verschwitzte Locken aus dem Gesicht und reckt sich nach seinem Laptop, der wacklig auf der alten Holzkiste steht, die ihm als Nachttisch dient.

Die Harddisk erwacht aus ihrem Schlummer, als er den Deckel aufklappt, dann googelt Zack nach »Stockholmer Schärengarten«, »Strömungen« und »Kopparkobben«.

Er geht die Trefferliste durch, klickt ein paar Links an, die sich als uninteressant erweisen, und liest sich dann in dem Bericht eines Meereswissenschaftlers fest, den dieser anlässlich einer Schachtbohrung auf einer der Nachbarinseln des Kopparkobben geschrieben hatte.

*Der Typ scheint was von seinem Job zu verstehen*, denkt Zack.

Schnell scrollt Zack zum Ende des Berichts und stellt zu seiner großen Freude fest, dass dort die Handynummer des Wissenschaftlers steht.

Zack nimmt das Handy vom staubigen Boden und wählt die Nummer an.

»Gösta Karlsson«, meldet sich eine muntere Stimme nach nur zwei Freitönen.

»Hallo, Zack Herry hier, Kriminalinspektor der Stockholmer Polizei. Ich würde gern um Ihre Hilfe bitten.«

»Um viertel vor sieben an einem Sonntag?«, fragt Gösta Karlsson.

*Verdammt*, denkt Zack. *Ist heute Sonntag?*

»Entschuldigen Sie«, sagt er. »Mir war gar nicht bewusst, dass es noch so früh ist.«

Gösta lacht am anderen Ende. »Kein Problem. Ich freue mich eher darüber, dass die Polizei selbst am Sonntagmorgen so fleißig bei der Arbeit ist. Wie kann ich denn zu Diensten sein?«

Zack berichtet kurz von der jungen Frau, die von Kopparkobben verschwunden und eventuell ins Wasser gefallen ist.

»Auf welcher Seite der Insel? Das ist wichtig, um die Strömung zu berechnen.«

Zack erinnerte sich an die Stelle, wo die beiden Mädchen lagen. War sie dort ins Wasser gefallen, wenn sie denn überhaupt hineingefallen war? Wenn sie von selbst hineingesprungen wäre, hätte sie sicher die andere Seite gewählt. Von dort war der Weg zu einer der bewohnten Nachbarinseln am kürzesten.

»Südwestlich, schätze ich. Aber nördlich wäre auch möglich.«

»Okay, dann läuft es wohl auf zwei Berechnungen hinaus«, sagt Gösta Karlsson, ohne darüber sonderlich unglücklich zu klingen. »Dann bräuchte ich noch Datum und Uhrzeit.«

Zack gibt ihm durch, was er weiß, und Gösta Karlsson verspricht, sich zu melden, sobald er kann.

Zack vermutet, das wird nun mindestens ein paar Stunden dauern.

Er überlegt, ob er noch schnell eine Runde laufen soll, bevor er ins Revier aufbricht, aber entscheidet sich dann, zu Hause ein paar Kraftübungen zu machen.

Lässt sich ausgestreckt zu Boden fallen, fängt sein Gewicht mit den Armen ab und macht dann hundert Liegestütze. Dreht sich auf den Rücken und macht genauso viele Situps. Dann stellt er die Kaffeemaschine an und verschwindet unter die Dusche.

Während das Wasser über seinen Körper läuft, sehnt er sich nach Mera. Nach ihrer weichen, warmen Haut.

Er denkt an ihre Augen, und daran, dass sie die seine werden wird. Noch haben sie nicht näher über die Hochzeit gesprochen, aber da besteht schließlich keine Eile. Vielleicht nächsten Sommer?

Als Zack aus dem Bad kommt, zeigt sein Handy einen verpassten Anruf des Meereswissenschaftlers an.

Zack ruft sofort zurück.

»Das war gar nicht so einfach. In der Ostsee, besonders in den Küstengebieten in Svealand, gibt es Ströme von Süßwasser an der Oberfläche, die einen kompensatorischen Gegenstrom beim tiefer fließenden Salzwasser verursachen, eine sogenannte ästuarine Zirkulation. Und genau am Kopparkobben gibt es eine solche, sehr starke Strömung.«

»Das heißt, es gibt keine Möglichkeit zu berechnen, wo sich die Leiche befinden könnte?«

»Doch, doch. Ich habe die denkbaren Positionen bestimmt. Haben Sie Stift und Papier?«

# 14

Die Reitschule Stockby auf Lidingö ist von dichtem Grün, Paddocks und Koppeln mit weißen Holzzäunen umgeben.

Es ist kurz vor acht, Sandra Sjöholm und Rudolf Gräns stehen im Stall und sprechen mit Ebba Langers Reitlehrerin. Es ist die erste von einer Reihe Befragungen, die sie heute durchführen müssen, und Sandra weiß bereits nach zwei Minuten, dass sie eine Niete gezogen haben.

Ihr setzt schon der Gestank im Stall zu, schlimmer ist wirklich nur die Reitlehrerin, die vor ihr steht. Eine sehnige Frau um die fünfundvierzig mit hochgestecktem dunkelbraunem Haar, weißer Reithose und blankpolierten Reitstiefeln.

»Ich habe auf Facebook davon gelesen. Wirklich furchtbar«, näselt sie, nachdem Sandra und Rudolf erklärt haben, warum sie mit ihr sprechen wollten. »Was ist denn eigentlich dort passiert? Wie … ja, wie fragt man das am besten? Wie sind sie gestorben? Ich habe gehört, dass es schrecklich ausgesehen haben soll.«

Sie klingt neugierig, nicht traurig.

»Wie wir bereits gesagt haben«, betont Rudolf in seinem typisch ruhigen Tonfall, »würden wir gern von Ihnen wissen, ob Ihnen in letzter Zeit eine Veränderung an Ebba Langer aufgefallen ist. Ob sie sich irgendwie anders verhalten hat, von neuen Freunden sprach, was immer Ihnen einfällt.«

Die Reitlehrerin schlägt sich gedankenverloren mit einer roten Gerte gegen das Bein.

»Nein, ich würde sagen, sie war ganz sie selbst. Süß und fröhlich, wie immer. Aber … morgen Abend gehe ich auf einen Empfang für Unternehmer. Ein paar Eltern von Ebbas Freunden hier im Stall werden da sein, ich kann mich dort gern für Sie umhören, wenn Sie möchten.«

Ihre Augen funkeln, und Sandra vermutet, dass sie dies als perfekten Anlass sieht, um sich interessant zu machen.

Sandra würde sie am liebsten schütteln, sie fragen, ob sie denn nicht begreife, was geschehen ist? Dass fünf Jugendliche tot seien und eine sechste vermisst werde.

Aber sie hält es für zwecklos und sagt stattdessen: »Nein danke, uns wäre es lieber, wenn Sie nichts sagen. Aber es wäre toll, wenn Sie uns eine Liste zusammenstellen könnten, und zwar mit den Kontaktdaten der anderen Teilnehmer aus Ebbas Reitgruppe.«

Fünf Minuten später sind sie unterwegs zum Ausgang. Sandra führt Rudolf durch die Stallgasse, um zu verhindern, dass er seinen weißen Stock in Pferdeäpfeln versenkt.

Kaum draußen, atmen sie erst einmal tief die frische Luft ein.

Sandra schließt den Wagen auf.

»Das muss man sich mal klarmachen. Da gibt es Eltern, die zehntausend Kronen pro Halbjahr zahlen, damit ihre Kinder bei so einer Frau reiten lernen.«

»Hoffen wir einfach, dass unsere nächste Befragung mehr bringt«, sagt Rudolf und öffnet die Beifahrertür.

Der Länsväg 222 ist an diesem Sonntagmorgen wie ausgestorben. Nur vereinzelte Wagen auf der zweiten Spur, niemand zum Überholen. Rechts und links stehen reglos die Kiefern.

Deniz gähnt und trinkt einen Schluck Kaffee, den sie am Kiosk gekauft hatte, bevor Zack sie einsammelte.

Sie sind unterwegs zum Örtchen Skärmaräng auf Värmdö, fünfzig Kilometer östlich von Stockholm und kurz hinter Rindö.

»Das heißt, du warst heute schon vor sieben auf den Beinen«, kommentiert Deniz und massiert sich die Schläfen. »Verleiht dir der Verlobungsring solche Superkräfte?«

Sie sieht, wie er die Hand hochhält und den Ring betrachtet. Er ist breiter als die meisten Verlobungsringe, die sie bisher gesehen hat. Kraftvoll. Wie er selbst.

Vermutlich hat Mera ihn bezahlt.

»Möglich«, sagt er. »Fühlt sich jedenfalls komisch an. Komisch, aber gut.«

Er lässt den Blick auf die Straße gerichtet, sie auf ihn.

Er hat ein schönes Profil, klassisch wie eine antike griechische Statue. Die gerade Nase, die markanten Wangenknochen. Die Locken, die ihm immer so mühelos schön ins Gesicht fallen.

Er sieht aus, als würde es ihm richtig gut gehen. Besser als je zuvor in der ganzen Zeit, die sie sich schon kennen.

Sie muss an den schrecklichen Fall mit den entführten Kindern denken, der sie im Winter beschäftigt hat. Wie er da aussah. Grau im Gesicht, gebrochen von seiner Sucht. Die Augen matt, ganz ohne die klare, lagunenblaue Tiefe, die sie jetzt aufweisen.

Er hat sie im Dienst im Stich gelassen, als sie seine Hilfe am meisten gebraucht hätte.

Was fast das Ende ihrer Freundschaft bedeutet hätte.

In den folgenden zwei Monaten sprachen sie kaum miteinander. Nicht als Freunde jedenfalls.

Doch dann beschäftigte sie sich eingehend mit dem Thema Sucht. Begriff langsam, gegen was er kämpfte, und schlussendlich fingen sie doch wieder an, miteinander zu reden. Er öffnete sich ihr gegenüber. Nicht übermäßig, aber genug, um Deniz verständlich zu machen, dass es der Versuch einer Entschuldigung war. Als es ihm dann tatsächlich gelang, wieder auf die Füße zu kommen, war sie beeindruckt.

Er sagt, dass er nichts mehr nimmt, und sie glaubt ihm.

Und vielleicht hilft ihm der Ring ja dabei, an dem festzuhalten, was er hat.

Das Gute zu sichern. Ihn vor der Dunkelheit zu beschützen.

Sie fahren an Gustavsberg vorbei. Biegen schließlich nördlich auf den Värmdövägen ab und sind auf dem Land. Wald, Wiesen und Felder, gebadet im schönsten Morgenlicht, fliegen am Autofenster vorbei.

Die schwedische Idylle, denkt Deniz. Die immer irgendwas verbirgt.

Sie passieren das schicke Konferenzzentrum Siggesta Gård und schlagen sich dann auf gewundenen Waldwegen bis zu der Stelle durch, die der Meereswissenschaftler Gösta Karlsson ihnen genannt hat. Aller Wahrscheinlichkeit nach ist dies der Ort, wo Ebbas Leiche von den Unterwasserströmungen an Land getrieben wurde.

Der holprige Kiesweg mündet in einen kleinen Parkplatz mit Aussicht aufs Wasser.

Das Meer ist aufgewühlt, obwohl nur eine schwache Brise bläst.

*Ganz so, als wolle uns das Wasser etwas mitteilen*, denkt Deniz.

Die beiden Mädchen klammern sich aneinander und weinen während der gesamten Befragung. Fast als wäre da ein Wettkampf zwischen ihnen, wer mehr trauert, denkt Sirpa Hemälainen, die neben ihnen auf dem Wohnzimmersofa sitzt. Sie befinden sich in einer riesigen Patriziervilla in der Nähe von Millesgården auf Lidingö, der Stuck an der Decke sieht frisch gestrichen aus. Im Garten hat sich eine Schar grauer Tauben in einem Ahorn niedergelassen.

Sirpa hat sich diese Befragung erquengelt, weil sie mittlerweile so selten aus dem Büro kommt. Douglas Juste hat schlussendlich zugestimmt, hatte Verständnis für ihr Bedürfnis, wenn er auch gleichzeitig unterstrich, dass dies ein Einzelfall bleiben würde.

»Deine Aufgabe in dieser Einheit ist die digitale Welt«, sagte er.

Aber um Einsen und Nullen zu verstehen, muss man auch die Menschen hinter den Zahlen kennen, dachte sie.

So wie diese beiden Mädchen.

Sie hätte lieber einzeln mit ihnen gesprochen, aber beide wollten die Unterstützung ihrer besten Freundin.

»Und dann hat Smilla, diese Bitch, total viel gepostet, bevor wir überhaupt wussten, was passiert ist«, schluchzt eins der Mädchen, die heftiger Geschminkte von beiden, »dabei sind *wir* doch ihre echten Freundinnen gewesen. Das hat so wehgetan. Man will ja nicht gerade von so einem Menschen erfahren, wenn ein Freund gestorben ist.«

Das Mädchen fängt wieder an zu weinen, diesmal richtig laut, weshalb ihre Freundin die Arme um sie schlingt und Sirpa mit ihren mascaraverschmierten Wangen ansieht.

»Aber mit Smilla werden Sie nicht reden, oder?«

»Im Moment habe ich das nicht vor«, antwortet Sirpa.

Die Mädchen lächeln einander tröstend an, dann sagt die eine: »Ist es in Ordnung, wenn wir nachher ein Foto machen? Damit wir zeigen können, dass wir mit Ihnen gesprochen haben?«

Der siebzehnjährige Junge sitzt auf der Terrasse und rührt gedankenverloren in seinem frischgepressten Saft. Die Ärmel seines Hemdes hochgekrempelt, die Sonnenbrille ins Haar geschoben, schaut er Rudolf und Sandra an, die ihm gegenüber Platz genommen haben.

Hinter ihnen, auf der Sankt Eriksgatan, dröhnen die Autos an den pompösen Altbauten vorbei, aber weder Lärm noch Abgase scheinen die kaffeetrinkenden Jugendlichen zu beeindrucken, die

die Terrasse des Cafés mit ihren Smartphones und ausladenden Gesten belagern.

»Ich kann das nicht fassen«, sagt der junge Mann zum dritten Mal innerhalb weniger Minuten.

»Ich weiß, wie schwer es ist, das zu begreifen«, sagt Rudolf. »Ich habe selbst schon Menschen verloren, die mir nahestanden.«

»Sie haben mich gefragt, ob ich mitkommen will, aber in meiner Familie ist es einfach Tradition, dass wir Mittsommer zusammen verbringen, deshalb hab ich abgelehnt.«

Er schaut zu den beiden Polizisten auf.

»Was, wenn ich irgendetwas davon hätte verhindern können? Wenigstens einen von ihnen retten?«

Die Markise über ihnen flattert leicht im Wind.

»Weißt du, ob Theo Stranddahl sich für Rituale interessierte? Für Okkultismus? Hat er je so etwas erwähnt?«, fragt Rudolf.

»Er interessiert sich für alles, das irgendwie verrückt ist. Sie sollten mal sehen, was für kranke Filme er auf seinem Laptop hat. Aber er ist nicht besessen davon, wenn Sie das meinen. Jedenfalls kommt er mir nicht so vor.«

Rudolf nickt.

»Auf der Insel wurden Drogen gefunden«, fährt er fort. »Fällt dir dazu etwas ein?«

Der junge Mann wirft einen Blick über die Schulter, um sich zu versichern, dass niemand lauscht. Dann lehnt er sich vor, näher zu Sandra und Rudolf.

»Suchen Sie nach David Mathias«, flüstert er mit einer Miene, die klarstellt, dass er ihn verachtet. »Er hat eine Internetseite, über die er Pillen vertickt, die man nicht in der Apotheke bekommt. Und ich möchte wetten, dass sowohl Theo als auch Axel zu seiner Kundschaft gehören.«

Zack und Deniz brauchen nicht mal zehn Minuten, um Ebba Langers Leiche zu finden.

Der grüne Stoff ihres Kleids treibt an der Wasseroberfläche, nur wenige hundert Meter nördlich von der kleinen Badebucht, an der sie geparkt haben.

Sie liegt mit dem Gesicht nach unten. Der eine Fuß hat sich in einer knorrigen Wurzel am Ufer verfangen, im Haar sind Seegras und Lehm.

Sie hatten geahnt, dass sie Ebba hier finden würden, aber gehofft, dass die schreckliche Vermutung sich doch nicht bewahrheiten würde.

Sie wollten eine junge Frau voller Leben finden.

Das hier ist nur ein Körper.

Deniz macht ein paar Fotos mit der Handykamera.

Zack kniet sich hin und befreit den eiskalten, bleichen Fuß aus der Wurzel, um sie umzudrehen.

Durch die Leichenstarre ist das tote Mädchen schwer und fest. Als würde er einen Stamm im Wasser drehen.

Er macht sich darauf gefasst, dass ihr Gesicht ähnlich übel zugerichtet ist. Vielleicht fehlen die Augen, oder Plastikmesser ragen aus den Wangen.

Was er sieht, als er ihr das dunkle Haar aus dem Gesicht streicht, ist viel schlimmer.

Sie lächelt ihn an.

Sieht glücklich aus.

Als hätte sie gerade das Beste erlebt, was ihr hätte passieren können. Den wunderbarsten Trip, den man sich vorstellen kann.

# 15

Es ist nach zwei und fürchterlich schwül, als Deniz den Volvo hinter Åhléns in der Innenstadt parkt. Die braune Backsteinfassade des Kaufhauses scheint über sie hereinzubrechen, droht, sie unter sich, unter mehreren Tonnen Stein zu begraben.

Sie haben die ganze Fahrt über geschwiegen.

An das Mädchen gedacht, das sie gefunden haben. Die fünfte tote Jugendliche in knapp vierundzwanzig Stunden.

Ihr Lächeln hat sich auf Zacks Netzhaut gebrannt. In diesem Lächeln liegen sicher ein paar Antworten auf die Frage, was passiert ist, davon ist er überzeugt, bloß welche?

Douglas Juste rief an, kurz nachdem Koltberg und zwei Kriminaltechniker an der Stelle eingetroffen waren, an der sie Ebba Langer gefunden hatten. Zack rechnete damit, dass er ihn und Deniz zur Nachbesprechung einbestellen wollte, denn das macht er fast immer, wenn etwas Schreckliches passiert ist. Um sich einen Eindruck zu verschaffen, wie es ihnen geht.

Aber Douglas fragte nicht einmal nach ihrem Befinden, sondern sagte unmittelbar: »Ich möchte, dass ihr sofort einem verdächtigen Drogenhändler auf der Mäster Samuelsgatan einen Besuch abstattet. Wir wurden darauf hingewiesen, dass er illegale Narkotika an Theo Stranddahl und Axel Hultqvist verkauft hat. Wenn das zutrifft, dann müsst ihr herausfinden, was genau er ihnen verkauft hat. Es ist möglich, dass es seine Drogen waren, die sie dort auf Kopparkobben genommen haben.«

Zack hörte ihn schwer und müde atmen, bevor er sich räusperte und hinzufügte: »Ich fahre zu Ebbas Eltern und überbringe die Nachricht. Dann leite ich die Identifizierung in die Wege.«

Schon hatte er aufgelegt.

Zack und Deniz überqueren die Mäster Samuelsgatan und erreichen die Eingangstür, als gerade zwei Geschäftsmänner herauskommen, gleich darauf stehen sie in einem Aufzug mit glänzenden Messingtüren auf dem Weg in den fünften Stock.

»Kennst du diesen David Mathias?«, fragt Deniz.

»Nein, warum sollte ich?«

Deniz bricht in Gelächter aus.

Zacks Hirn summt einen Moment lang vor Wut, aber dann muss er lächeln.

»Okay, okay. Die Frage ist berechtigt, aber nein. Ich habe seinen Namen das erste Mal gehört, als Douglas ihn erwähnt hat.«

Als sie den Aufzug verlassen, treten sie an die frische Luft. Eine Reihe von zweistöckigen Häusern steht hier auf dem Dach des eigentlichen Gebäudes. An den Rand des Dachs schließt sich ein Meer von anderen Dächer an. Die gesamte Innenstadt breitet sich in der Vogelperspektive unter ihnen aus.

Sie laufen die Häuser ab und suchen David Mathias' Wohnung.

In einem Sandkasten spielt ein Vater mit seinem kleinen Sohn, und auf einer Terrasse etwas entfernt sitzen drei Frauen in Zacks Alter, trinken Rosé und lachen.

Alles wirkt gleichzeitig normal und trotzdem so anders. Nach ein paar Sekunden weiß Zack auch warum.

Es ist die Stille. Und die Luft.

Sie sind in eine geheime Welt eingetreten, jenseits von Verkehrslärm, unsichtbar für alle anderen. Wie eine geschlossene Wohnanlage in luftiger Höhe.

Sie entdecken David Mathias' Tür in einem schmalen Gang zwischen zwei Häusern. Deniz klingelt, und im selben Moment fragt sich Zack, ob er nicht vielleicht erst mal mit Abdula hätte sprechen sollen. Vielleicht kennt er den Typen und weiß, ob er bewaffnet ist oder sich direkt von Gorillas schützen lässt.

Aber nein, er will ihn nicht ins Spiel bringen. Noch nicht.

Er hat ihm noch nicht einmal von seiner Verlobung erzählt.

*Wie soll ich auch? Und was wird Abdula sagen?*

Sie klingeln noch einmal, und Zack sammelt seine Gedanken. Wirft einen Blick durchs Küchenfenster.

Sieht eine Gestalt im Wohnzimmer, hinter der offenen Küche. Die Terrassentür auf der Rückseite des Hauses wird geöffnet.

Verdammt, denkt Zack. Ruft Deniz zu:

»Der haut ab. Nimm die andere Seite.«

Zack rennt um die Ecke, ums Haus, weiter zur Rückseite. Fällt fast über ein Kettcar, das ein Kind mitten auf dem Weg zurückgelassen hat.

Die Terrassentür hinter einem riesigen Gasgrill aus Edelstahl steht offen, und Zack sieht noch, wie jemand über die vollgestellten, kleinen Terrassen flieht. Ein nicht besonders großer Mann in Jeans und schwarzem T-Shirt.

Zack sprintet hinter ihm her.

Holt auf.

David Mathias biegt um die Ecke, verschwindet aus Zacks Blickfeld, hängt ihn irgendwo in den labyrinthartigen Gängen zwischen den Häusern ab.

Doch als Zack um eine weitere Ecke biegt, entdeckt er ihn sofort wieder.

David Mathias rennt durch einen weiteren schmalen Gang zwischen den Häusern.

Er hat einen Vorsprung von vielleicht zwanzig Metern, aber gleich ist das Dach zu Ende.

*Dann hab ich den Mistkerl*, denkt Zack. *Dann werde ich ihn schön unter Druck setzen, damit er mir erzählt, was er den Jugendlichen vom Kopparkobben verkauft hat.*

Es musste schließlich er gewesen sein, warum sonst würde er jetzt fliehen?

Ein etwa einen Meter hohes, gläsernes Terrassengeländer markiert das Ende des Dachs. Dahinter folgt Leere, und ganz unten die Bryggargatan.

Trotzdem wird David Mathias nicht langsamer.

Er ist fast an der Kante.

Macht einen Satz über das Geländer.

Verschwindet.

Ist er in seinen Tod gesprungen?

Es ist kein Schrei zu hören.

Zack erreicht das Geländer und schaut über die Kante.

Etwa zwei Meter unter ihm gibt es einen Absatz, mit Dachpappe bedeckt und nicht mal einen Meter breit.

Erst sieht er David Mathias nicht, blickt dann nach links, und dort ist er, etwa zehn Meter entfernt.

Er hat eine lange Metallleiter über den Abgrund zwischen dem Absatz und dem gegenüberliegenden Dach gelegt. Jetzt grinst er Zack an und begibt sich dann auf das wacklige Provisorium.

Ein Windstoß kommt von der schmalen Fußgängerzone herauf, trifft Zack ins Gesicht und bringt David Mathias ins Wanken.

Für einen Moment sieht es aus, als würde er stürzen, die Steinplatten weit unter ihm. Aber er fängt sich, ist schon fast auf der anderen Seite.

Scheiße.

Zack springt über das Geländer und landet weich auf dem Absatz ein Stockwerk tiefer. Läuft zur Leiter.

David Mathias hat das andere Dach erreicht, greift mit der einen Hand nach einer Dachleiter, die zwischen zwei Gauben fest verschraubt ist.

*Ich muss hinterher*, denkt Zack.

Die Leiter, die improvisierte Brücke, liegt nicht sonderlich stabil auf, steht an beiden Seiten nur etwa zehn Zentimeter über.

Zack will sie gerade näher zu sich ziehen, da verpasst David Mathias ihr einen Tritt, und sie fällt hinunter.

»Achtung!«, brüllt Zack, so laut er kann, zu den Sonntagsspaziergängern unten auf der Straße.

Die Menschen schreien und rennen panisch weg, während die Leiter mit einem lauten Krachen auf die Platten knallt.

David Mathias ist jedoch nicht stehen geblieben, um sich das Spiel anzusehen. Er ist bereits auf dem Weg über das gegenüberliegende Dach.

»Was ist passiert?«

Deniz' Stimme über ihm. Sie lehnt sich über das Geländer und schaut zu ihm.

»Nimm den Aufzug«, sagt er. »Schau mal, ob er auf die Gamla Brogatan kommt. Ich folge ihm.«

»Bitte? Willst du springen oder was?«

Zack betrachtet die Lücke.

Wie weit kann das sein? Vielleicht vier Meter. Maximal fünf.

Und das Dach gegenüber liegt sicher zwei Meter tiefer als der Absatz, auf dem Zack steht.

Das kann er schaffen. Er ist gut in Form.

Er sieht, dass David Mathias gerade auf eine weitere Leiter steigt, diesmal klettert er hinab. Wirkt so, als wolle er dort auf einen Balkon springen. Will er etwa auf den Innenhof?

»Bist du wahnsinnig?«, ruft Deniz. »Das machst du nicht. Hörst du?«

Zack stellt sich vorn an die Kante.

Vier bis fünf Meter mit kurzem Anlauf.

Nicht die besten Voraussetzungen.

»Zack, ich bitte dich!«

Ein Windstoß erfasst ihn, will ihn von der Kante reißen.

Es sieht schrecklich weit aus, aber in ihm ist kein Zweifel mehr. Eine fremde Kraft erfüllt ihn, wie immer in Situationen wie diesen.

Er tritt zurück bis zur Wand. Nimmt Anlauf.

Und springt.

Ein weiterer Windstoß, deutlich stärker diesmal, ergreift ihn und schleudert ihn rückwärts.

## 16

Schreie.

Passanten zeigen nach oben, filmen mit ihren Handys.

Blut läuft aus Zacks Nase, er blinzelt ein paar Mal.

Er hängt mit beiden Händen an dem sonnenwarmen Blechdach eines gelben, zweistöckigen Hauses und versucht, den Kopf wieder klar zu bekommen, nachdem er mit dem Gesicht in die Steinwand gekracht ist.

»Hilf ihm doch jemand!«, schreit jemand von unten.

»Tut was!«

Zack versucht, sich über die Kante zu hieven, aber seine Hände sind zu verschwitzt. Er verliert mit der einen den Halt, bleibt an einem Arm hängen und schaukelt im Wind. Er spürt, dass seine Füße gegen ein Fenster schlagen, und hört die Passanten nur noch lauter schreien.

Schnell wischt er sich die Hand an der Hose ab, greift erneut nach oben und findet diesmal besseren Halt.

Wieder versucht er, sich hochzuziehen, kann das rechte Bein über die Kante schwingen und sich in Sicherheit bringen.

Er richtet sich auf und sieht, dass David Mathias sich gerade ein Regenrohr hinunterhangelt, das an einer gelben Fassade entlang in einen Innenhof führt.

Zack läuft das leicht abschüssige Dach entlang.

Das schwarze Blech knackt unter seinen Füßen. Tauben, die gerade gelandet waren, flattern erschrocken davon.

Schon ist er an der Leiter, die David Mathias genommen hat.

Hat sie schnell überwunden, springt auf einen Balkon und klettert über das Geländer, um an das Regenrohr zu kommen.

Er hört, dass unten ein Tor geöffnet wird, und sieht David Mathias hindurch verschwinden.

Mit einer Hand hält er sich am Regenrohr fest, mit der anderen fischt er sein Funkgerät aus der Tasche und funkt Deniz an.

»Er läuft Richtung Drottninggatan. Schneid ihm dort den Weg ab.«

Zack klettert hinunter, springt das letzte Stück und folgt David Mathias dann durch das Hoftor, hinaus auf die Drottninggatan.

Überall Menschen. Unmöglich zu erkennen, welchen Weg er eingeschlagen hat.

Das Funkgerät knistert.

Deniz' Stimme, keuchend: »Ich hab ihn verpasst. Er ist zum Sergels Torg gerannt und von dort direkt in die U-Bahnstation. Ich bin an ihm dran.«

Zack läuft im Zickzack durch die Touristenmassen in der Fußgängerzone, die darauf bestehen, durch die langweiligste Straße der ganzen Stadt zu flanieren.

Er nimmt die Rolltreppen bei Åhléns, um ebenfalls zur U-Bahn zu gelangen, schiebt sich mit einer jungen Frau durch die Glastüren der Zahlsperre und erahnt Deniz' dunkles Haar auf einer der Rolltreppen. Sie eilt gerade zur Roten Linie hinunter.

Rote Linie Richtung Süden, das bedeutet: das hässliche Stockholm.

Wo Zack seine Kindheit verbracht hat.

Die Rolltreppe ist voller Menschen. Zack sieht, dass Deniz mehrmals jemanden aus dem Weg drängt und fast eine alte Frau mit zwei Papiertüten zu Fall bringt.

Die Frau schreit, und schon fühlt sich ein Mann mittleren Alters mit kurzärmligem Hemd berufen und versucht, Deniz ein Bein zu stellen.

»Zurück nach Syrien mit dir, du verdammte IS-Hure!«, schreit er ihr nach.

Zack hat sie bis auf wenige Meter eingeholt. Als er auf der Höhe des Mannes ist, schlägt er ihm fest in den Schritt, ein verdeckter Schlag mit geballter Faust.

Der Mann brüllt laut, und Zack bekommt aus dem Augenwinkel mit, dass er vor Schmerz zusammenklappt.

Ein Zug fährt ein.

Ein Stück vor ihm auf dem Bahnsteig kämpft Deniz sich durch den Menschenstrom.

Noch weiter vorne erblickt er David Mathias.

Er hat einen Vorsprung von sicher zehn Metern und bewegt sich vorwärts wie ein Bulldozer. Schubst Passagiere zurück in die U-Bahn, die eigentlich aussteigen wollen, stößt einen Kinderwagen um. Jemand will ihn festhalten, aber er reißt sich los.

Die Türen der U-Bahn schließen sich, sie setzt sich in Bewegung.

David Mathias steuert die Rolltreppen am anderen Ende des Bahnsteigs an, hat sie fast erreicht, biegt aber im letzten Moment ab und springt auf die Gleise.

Verschwindet im dunklen Tunnel.

Die Leute schreien.

Deniz zieht ihre Dienstwaffe und springt ebenfalls von der Plattform.

Zack ist jetzt nur noch fünf Meter hinter ihr.

»Ich bin da«, ruft er.

Im Tunnel ist es dunkel, es riecht muffig und stickig, dazu mischt sich eine Note von Öl und heißem Metall. In Zack kommen sofort Erinnerungen an einen anderen Tunnel hoch. In Bredäng. Er kann nicht mehr sagen, wie häufig er mit Abdula dort hineingerannt ist, damals waren sie zwölf oder dreizehn. Wetteiferten, wer es wagte, länger stehen zu bleiben, während sich die U-Bahn näherte.

Es wird immer dunkler und dunkler, je tiefer sie in den Tunnel vordringen. Zack läuft neben den Gleisen und hält sich bewusst von der stromführenden Schiene fern.

Und dann nähert sich etwas mit Heulen und Knirschen.

Scheinwerfer erhellen die unbehauenen Wände und die Kabel, die in alle Richtungen verlaufen.

Zack kann Deniz nicht sehen, weiß nur, dass sie vor ihm ist.

Das Heulen wird lauter.

Eine schwarze Silhouette in dem gleißenden Gegenlicht. Mitten im Gleis.

»Drück dich an die Wand!«, schreit Zack.

Das Licht wird immer greller, das Heulen ist ohrenbetäubend.

Zack presst sich gegen die Wand.

Nichts als Licht. Licht und Wind und Heulen und Knirschen.

Weiß Deniz, dass sie sich festhalten muss, damit sie nicht vom Fahrtwind angesaugt wird?

Er schreit, kann aber nicht mal die eigene Stimme hören.

Der Zug donnert vorbei wie eine unterirdische Riesenschlange.

Zack schließt die Augen und presst die Wange gegen die unbehauene Felswand.

Der Wind zerrt an seinem Pulli und der Jeans. Will ihn mitnehmen.

Und dann ist es vorbei.

Das Dröhnen lässt nach. Alles ist wieder dunkel, das Heulen ist nur noch in seinen Ohren.

»Alles in Ordnung?«, ruft Zack.

»Ja. Ich glaube, er ist dort hineinverschwunden.«

»Hast du gesehen, ob er bewaffnet ist?«

»Nein.«

Zusammen rennen sie, so leise sie können, in einen Seitentunnel, der sie aber bald wieder in den Haupttunnel führt.

»Da!«, schreit Deniz und sprintet los, geradewegs in die Dunkelheit hinein.

Zack will ihr gerade folgen, als der Tunnel wieder von gleißendem Licht erfüllt wird, die Schienen heulen und der modrige Wind ihm ins Gesicht schlägt.

»Deniz!«, ruft Zack und springt zurück in den Seitentunnel.

Das Dröhnen wird lauter, er hört einen Schrei und einen heftigen Aufprall.

Deniz.

War sie noch da draußen?

Wer hat geschrien?

Wer zur Hölle hat geschrien?

## 17

Douglas Juste steht auf der Veranda seiner Freunde auf Lidingö. Hinter der Haustür hört er seinen alten Kumpel Oscar Langer leise stöhnen. Genau dasselbe Stöhnen, das er vorhin von sich gab, als Douglas erzählte, dass Ebba tot aufgefunden worden sei.

Seine Frau Eva weint laut.

Die Laute ihrer Trauer lassen Douglas wünschen, er hätte kein Gehör mehr, sondern nur noch Augen, um sich an all dem Schönen zu laben, was es hier gibt: dem grünen Garten, einem Stück Natur, das so aussieht, als hätte es keine Einwände dagegen, so schön zurechtgestutzt worden zu sein.

»Tu etwas, tu doch etwas!«, hatte sein Freund gefleht.

Dann geschrien: »Ist die Polizei nicht dafür verantwortlich, dass genau so etwas nicht passiert?«

Douglas hatte Oscar Langer an der Universität Uppsala kennengelernt. Sie feierten sich gemeinsam durch die Semester und hielten den Kontakt während der Zeit, als Oscar im Ausland arbeitete. Er hatte erst spät geheiratet, umso später erst ein Kind bekommen.

Mehr werden es nicht werden, denkt Douglas und geht langsam die Treppe hinunter, als er hört, wie hinter ihm die Tür aufgeht.

Er bleibt stehen.

Dreht sich um.

Oscar Langer ist auf die Veranda getreten.

Stumm.

Mit rotgeweinten Augen.

Verwirrt und gleichzeitig panisch.

Tausend Jahre alt.

Ein gebrochener Mann, der tief Luft holt und dann brüllt: »Du musst dieses Schwein fassen, das das getan hat. Versprich mir das!«

# 18

Der Zug verschwindet in die Dunkelheit. Die Bremsen kreischen, weiter hinten im Tunnel kommt er zum Stehen.

Zack sieht im Schein des hinteren Scheinwerfers, dass die Wände blutrot sind.

Eine allumfassende Stille senkt sich.

Zack will nach Deniz rufen, bekommt aber keinen Laut heraus.

Er schluckt angestrengt, versucht es noch einmal: »Deniz!«

Die einzige Antwort ist das Zischen des Zugs.

Dann eine Stimme, deutlich näher: »Verdammte Scheiße.«

Deniz' Stimme.

Zacks Beine fangen an zu zittern. Als er wacklig den Seitentunnel verlässt und sie sieht, fühlt er sich fast high.

Deniz leuchtet mit ihrer Taschenlampe auf den Boden vor sich.

Das Gleis ist blutig. Neben einer Schiene liegt ein Arm. Ein Stück weiter vorn liegt der Rest des überfahrenen Körpers. Zerfetzt und zerquetscht.

Die Felswände scheinen sich um sie zu schließen. Sie im Totenreich willkommen zu heißen.

Deniz wendet den menschlichen Überresten den Rücken zu. Betrachtet Zack mit Augen, die deutlich sagen, dass sie zu viel gesehen haben, aber trotzdem bleibt sie ruhig.

»Offenbar wollte er lieber sterben, als mit uns reden.«

»Das muss irgendwie mit den Jugendlichen vom Kopparkobben zusammenhängen«, sagt Zack. »Wir brauchen unbedingt einen Durchsuchungsbeschluss für seine Wohnung.«

Deniz greift nach ihrem Funkgerät, will die Zentrale verständigen, hat aber keinen Empfang.

»Ich gehe zurück zum Bahnsteig und rufe Verstärkung. Bleibst du hier?«

»Klar.«

Zack starrt auf den Arm, der auf den Gleisen liegt. Sieht dann Ebba Langers Lächeln vor sich.

Friedlich.

Als wäre der Tod ihr Freund.

Er betrachtet das, was von David Mathias übrig ist.

*Ging es dir auch so? Hatte der Tod auch für dich keinen Schrecken?*

*Oder war die U-Bahn nur das kleinere von zwei Übeln?*

*Wenn ich für das Blutbad auf Kopparkobben verantwortlich gewesen wäre, hätte ich mich auch vor den Zug geworfen.*

*Oder warst du auf Drogen, als wir geklingelt haben, und bist aus reiner Paranoia geflohen?*

Zack weiß, wie sich das anfühlt. Er ist mal Motorrad gefahren mit Amphetaminen im Blut, und war voll und ganz davon überzeugt, dass ihn jemand im Auto verfolgte und ihm etwas antun wollte. Er hat zu Hause in seiner Wohnung gesessen, die Waffe auf die Tür gerichtet, als Ester anklopfte. Hat gefürchtet, sie spioniere ihm nach, sie wäre angeheuert worden, um ihn zu verpfeifen.

Er denkt an Abdula, an all ihre gemeinsamen Freunde, die bereits sterben mussten, und wie oft sie selbst dem Tod noch einmal von der Schippe gesprungen sind.

Das Licht einer Taschenlampe hüpft über die Wand, dann hört er Deniz näher kommen, erkennt sie am Gang.

»Eine Streife ist unterwegs. Und Douglas«, sagt sie. »Der Fahrer hat geistesgegenwärtig selbst schon den ganzen Krisenstab der Verkehrsgesellschaft verständigt. Er macht echt einen abgebrühten Eindruck. Offenbar hat sich gestern auch schon jemand vor den Zug geworfen.«

Zack betrachtet die blutigen Gleise.

Welche seltsame Todeslust hatte denn Stockholm in diesem Sommer ergriffen?

*Ich muss mich mit Abdula treffen*, denkt er.

*Ihn fragen, ob er etwas über David Mathias weiß.*

# 19

Zack sitzt in einer feiertagsbedingt leeren U-Bahn der Grünen Linie Richtung Farsta Strand. Es ist fünf vor drei, und eine Stimme teilt via Lautsprecher mit, dass der Verkehr auf der Roten Linie derzeit aufgrund eines technischen Defekts eingestellt ist.

Auch eine Möglichkeit, einen zerfetzten Körper zu beschreiben, denkt er.

Ihm gegenüber sitzt ein älterer Mann, der nach Schweiß riecht und unaufhörlich mit offenem Mund hustet. Zack will ihn anschreien, dass er verdammt noch mal die Hand vor den Mund halten soll, aber wechselt dann einfach den Platz.

Deniz hätte dort unten sterben können, denkt er.

Es hätte genauso gut sie sein können, deren Körper dort in Einzelteilen auf dem Gleis lag.

Er steigt am Medborgarplatsen in Södermalm aus und kauft sich direkt beim ersten Bahnhofskiosk einen Becher Filterkaffee, setzt sich auf einen Stuhl am Fenster und beobachtet die Schweden, die vorbeilaufen. Skateboarder, Hipster und wenig auffällig gekleidete Dreißigjährige, die sich gerade eine Wohnung für sieben Millionen Kronen geleistet haben, aber eher billige Klamotten kaufen, damit sie den Anschein erwecken, sie gehörten zur Arbeiterklasse.

Und dann die ganzen achtsamen Eltern mit ihren gepimpten Kinderwagen, in denen ihr Nachwuchs in Markenkleidung sitzt und Bio-Smoothies schlürft.

*Ihr glaubt, ihr habt alles unter Kontrolle*, denkt Zack. *Dass ihr alles wisst, was man über das Leben wissen muss.*

*Dabei wisst ihr nichts. Weder über das Leben noch den Tod.*

Er spielt mit dem Verlobungsring.

*Könnte ich das? Einen Kinderwagen schieben und dabei glücklich aussehen?*

*Ein geordnetes Leben führen und mich auf etwas anderes konzentrieren als mich selbst. Den Kick in einem Lächeln suchen, statt in der Finsternis und dem Risiko. Mit Mera zusammenleben und eine richtige Familie gründen.*

*Das will ich doch eigentlich.*

*Ich würde gern mit ihr zusammenziehen. Das kann ich heute Abend ja vorschlagen. Vielleicht ist eine richtige Familie genau das, was mich vorm Zusammenbruch bewahrt, wenn ich so eine Scheiße erlebe wie in den letzten Tagen?*

Abdula klopft gegen die Scheibe und holt Zack aus seinen Gedanken.

Reißt dann die Tür auf, dass sie nur so im Rahmen knarrt, kommt herein und setzt sich neben Zack.

Er hat noch immer eine einnehmende Präsenz, ganz wie früher. Er ist schmaler geworden, aber gleichzeitig muskulöser.

*Fällt mir das nur auf, weil wir uns so selten sehen?*, fragt Zack sich. Es scheinen mittlerweile Wochen zu vergehen, bis sie sich wiedertreffen.

Sie begrüßen sich mit Faustcheck.

»Hast du dich geprügelt?«, fragt Abdula und deutet an Zacks Schläfe.

Zack tastet kurz über die verschorfte Wunde und ist insgeheim dankbar, dass die Nase heil geblieben ist. Er hatte, nach dem Zwischenfall mit der Hauswand, mit einer ordentlichen Schwellung gerechnet, aber sie ist kaum sichtbar.

»Nur mit einer Wand.«

»Die können auch gefährlich sein.«

»Du siehst gut aus. ›Froh und munter‹, wie man so schön sagt.«

»Abgesehen von der Wunde da könnte ich dasselbe über dich sagen. Du siehst verdammt gefestigt aus.«

Sie schauen einander an und lachen über die Komplimente.

»Klingt ja, als wären wir in einem dieser Wellness-Tempel«, sagt Abdula. »Bald tauschen wir noch vegane Rezepte aus.«

»Könntest du ja zu deinem neuen Lebensinhalt machen. Vermutlich hast du in Thailand ja eine Menge Inspirationen bekommen.«

»Mehr als genug. Die Schweden da sind völlig durchgeknallt. Die rennen da am Strand auf und ab und machen in der Affenhitze so Bootcamp-mäßige Übungen.«

Er schüttelt den Kopf.

»Vielleicht sollte man wirklich umsatteln. Gesundheit ist definitiv der Schweden neue Droge, und sie sind verdammt süchtig danach. Die Yogis sind die schlimmsten. Was für unfassbare Loser.«

Zack weiß noch immer nicht viel über Abdulas dreimonatigen Aufenthalt in Thailand. Nur, dass er es sich hat gutgehen lassen und die Sache mit den Afghanen in Husby sich offenbar in Wohlgefallen aufgelöst hat. Irgendwie ist es Abdula gelungen, sich aus den verworrenen Drogengeschäften zu befreien, die ihn fast das Leben gekostet hatten.

Zack hat bewusst nicht weiter nachgehakt, und Abdula schien nicht gerade erpicht darauf, darüber zu sprechen.

*Vielleicht ist da ja auch irgendwas passiert*, denkt Zack. *Abdula ist seit seiner Rückkehr verschlossener. Abwartender.*

*Oder aber es hat mit mir zu tun.*

*Weil ich seine Lines ablehne und um Mitternacht ins Bett gehe, statt bis fünf zu feiern.*

Abdula holt sich eine Cola. Als er zurückkommt, fischt Zack den gefalteten Ausdruck eines Passfotos aus der Hosentasche.

»Kennst du den?«

»Sieht aus wie David Mathias«, sagt Abdula.

»Was kannst du mir über ihn verraten?«

»Der ist ’ne kleine Nummer. Verkauft im Netz Drogen an Kids. Die bekommen eine SMS von ihm, wenn die Ware eingetroffen ist. Dann gehen sie zu ihrer Post und nehmen ein diskretes Paket entgegen, damit Mama und Papa nix mitbekommen. Seine Geschäftsidee ist, Sachen zu verticken, die vermutlich demnächst verboten werden, aber gerade noch legal sind. Eigentlich ganz clever.«

»Du musst in der Vergangenheitsform von ihm sprechen. Der wurde gerade von einer U-Bahn überrollt.«

Abdula hebt eine Augenbraue, weshalb Zack ihm kurz schildert, dass sie einen Tipp bekommen hatten, der zu einer Jagd in einen U-Bahn-Tunnel führte.

»Der hat echt Panik bekommen«, sagt Zack. »Ich hatte den Eindruck, dass er lieber sterben wollte, als verhaftet zu werden. Aber ich kapiere nicht, warum.«

»Vielleicht hatte er noch was Größeres am Laufen und dachte, dass ihr ihn deshalb drankriegen wollt.«

Zack denkt kurz darüber nach. Könnte es so einfach sein? Dass er glaubte, sie wären wegen etwas ganz anderem hinter ihm her, das gar nichts mit den toten Jugendlichen zu tun hatte?

Aber es war ihm nicht so vorgekommen.

»Oder aber er hatte eine Scheißangst, dass ihr rausgefunden habt, dass er den Kids das Zeug verkauft hat, und weil er mitbekommen hat, was passiert ist, sind ihm die Sicherungen durchgebrannt«, sagt Abdula.

»Möglich. Hast du was von einer Droge gehört, die dazu führt, dass man sich selbst total kranke Sachen zufügt?«, fragt Zack.

»Machen das nicht alle Drogen?« Abdula grinst.

»Das ist kein Witz. Diese Jugendlichen, die auf Kopparkobben gestorben sind, haben sich selbst in den Hals gehackt und einander die Augen ausgestochen. Wir glauben, dass sie irgendwas Starkes intus hatten.«

Abdula scheint nachzudenken.

»Nee, da klingelt nichts bei mir. Aber ich kann mich mal umhören, wenn du willst.«

»Gern. Und versuch doch, mehr über David Mathias rauszufinden. Ob der wirklich noch was anderes am Laufen hatte.«

»Kannst du mir im Gegenzug eine aktualisierte Warnliste beschaffen? Damit ich weiß, welche Orte ich in nächster Zeit lieber meiden sollte?«

Zack nickt. Bleibt dann still sitzen und spielt an seinem Verlobungsring.

Hält dann die linke Hand vor Abdula hoch. »Ach übrigens, schau mal.«

Abdula steht auf.

»Krasse Scheiße … Mensch! Das ist ja heftig!«

Er reißt Zack von seinem Stuhl und umarmt ihn. Drückt ihn fest.

»Das berührt mich echt. Das müssen wir feiern. Kommst du heute mit? Du kannst dich ja an Schnaps halten.«

Das dunkle Loch in ihm weitet sich, und er verspürt ein tiefes Verlangen. Aber nicht nach Schnaps, sondern nach irgendeiner keimigen Toilette, auf der er Line nach Line ziehen kann, bis nichts mehr irgendwas bedeutet.

Er wirft einen Blick auf die Uhr. Er darf nicht die diesmal später angesetzte Besprechung verpassen.

»Sorry«, sagt er. »Muss arbeiten.«

Abdula verbirgt seine Enttäuschung sehr gut, aber in seinen Augen steht sie trotzdem geschrieben. Und als er und Zack sich zum Abschied abklatschen, ist nicht so viel Kraft dahinter wie sonst.

## 20

Kurz vor vier Uhr, Zack und Deniz sind auf dem Weg ins Besprechungszimmer, holt Douglas sie ein und bittet sie, draußen zu warten.

Er lässt die anderen Mitglieder der Sondereinheit zuerst eintreten, schließt dann die Tür hinter ihnen und richtet seinen blauen Anzug.

Er schaut sie an, und sie erwarten, dass er irgendetwas über die Verfolgung von David Mathias wissen will. Stattdessen fragt er nur freundlich:

»Wie geht es euch?«

»Ganz okay«, antwortet Zack. »Aber das war schon ein heftiger Tag.«

Deniz sagt nichts. Zuckt nur mit den Schultern.

»Gut«, sagt Douglas. »Das Team zur Nachbereitung kommt später, jetzt ist es erst mal am wichtigsten, dass ihr jemanden habt, mit dem ihr sprechen könnt und nichts in euch hineinfresst. Wenn ihr meine Hilfe braucht, meldet euch. Ganz egal wann, okay?«

»Du weißt, dass wir eine solche Nachbereitung weder wollen noch brauchen«, sagt Zack.

Deniz nickt zustimmend und sagt dann:

»Bloß kein Scheißhändchenhalten.«

Douglas lächelt sie an.

»Ich bin verpflichtet, euch auf die Möglichkeit hinzuweisen, das wisst ihr. Nun gut, dann schauen wir mal, dass wir mit diesem Fall weiterkommen.«

Angeblich funktioniert die Klimaanlage wieder, aber die Luft ist immer noch erdrückend schwül.

Zack steuert seinen angestammten Platz neben Deniz an, aber dort hat sich Sandra Sjöholm bereits hingesetzt, also nimmt Zack den Stuhl zwischen Sirpa Hemälainen und Rudolf Gräns.

Sirpa hebt die Hand an Zacks Schläfe und schiebt die Haare weg.

»Willst du bei *Fifty Shades of Blue* mitspielen?«

»Nur, wenn du meine Gegnerin bist«, antwortet Zack.

Douglas räuspert sich und sagt mit ungewöhnlich leiser Stimme:

»Fangen wir mit Ebba Langer an. Sie ist also …«

Er schluckt schwer und spricht erst einmal nicht weiter.

»Übernimmst du das, Koltberg?«, bittet er schließlich. Sofort wird Zack klar, dass es die Hölle gewesen sein muss, mit Ebba Langers Eltern zu sprechen. Douglas hat eine harte Schale, aber einem

Freund die Nachricht überbringen, dass seine Tochter tot ist, geht selbst ihm an die Nieren.

Koltberg lehnt sich vor.

»Ebba Langer wurde heute tot aufgefunden. Sie weist keine der Verletzungen auf, die ihre Freunde haben, aber eine Schädelfraktur am Hinterkopf und eine große Platzwunde. Außerdem hat sie Wasser in der Lunge. Meine Theorie ist, dass sie gestürzt ist, sich an einem Felsen den Kopf aufgeschlagen hat und dann ins Wasser gefallen ist. Mehr kann ich zu diesem Zeitpunkt noch nicht sagen.«

»Also hat sie keine aktivere Rolle als die anderen gespielt?«, fragt Deniz.

»Nichts deutet darauf hin. Die Proben sind unterwegs zur Untersuchung. Bleibt abzuwarten, ob wir bei ihr dieselben Substanzen finden wie bei den anderen.«

»Das heißt, die Rechtsmedizin in Linköping hat schon Ergebnisse geliefert?«, fragt Zack. »Das ging ja flott.«

Koltberg nickt. »Sie haben für uns die Nacht durchgearbeitet. Drei von ihnen haben nachweislich Marihuana im Urin, was jetzt keine große Überraschung ist. Ungleich interessanter ist jedoch, dass alle, die auf Kopparkobben tot aufgefunden wurden, deutliche Spuren von Buprenorphin sowohl im Urin als auch im Blut haben. Das fällt unter das Betäubungsmittelgesetz und ist ein starkes schmerzunterdrückendes Präparat, das in der Medizin eingesetzt wird, um postoperative Schmerzen zu lindern. Das könnte also erklären, warum sie sich selbst so außerordentliche Schäden zufügen konnten. Allerdings wurde in den Blutproben außerdem eine unbekannte Substanz entdeckt, die meinen Kollegen in Linköping Kopfzerbrechen bereitet.«

»Noch eine weitere Droge?«, fragt Sandra.

Zack schaut zu ihr rüber.

Die beiden oberen Knöpfe ihrer hellblauen Bluse sind offen, ihr

Dekolletee ist sichtbar. Die Ärmel hat sie hochgekrempelt, ihr Unterarm ist nur wenige Zentimeter von Deniz' Arm entfernt.

»Wenn bekannt wäre, dass es sich um Drogen handelt, hätte ich das so gesagt«, antwortet Koltberg in herablassendem Ton. »Es kann sich genauso gut um eine Chemikalie handeln oder ein hochkonzentriertes Arzneimittel, das normalerweise nicht unter den Obergriff Suchtmittel fällt, selbst wenn es im Großen und Ganzen ein Präparat mit betäubender Wirkung ist. Die Rechtsmedizin befasst sich weiter mit den Proben, aber wenn sie nichts finden, habe ich sehr gute Kontakte zur Chemistry Unit des FBI.«

Da passiert etwas mit Koltberg, wenn er *FBI* sagt, denkt Zack. Als würde sein gesamter Körper von Genusshormonen überschwemmt. Vermutlich war es sein größter Traum, beim FBI zu arbeiten, ein richtiger Agent zu sein.

Douglas legt die Stirn in Falten und sagt mit unübersehbarer Irritation, dass das dann später zur Debatte stünde. Zack weiß, dass er nicht gerade überglücklich ist mit den fetten Rechnungen, die ins Haus flattern, nur weil Koltberg so gern mit den Amerikanern zusammenarbeitet.

»Habt ihr beim Drogendezernat nachgefragt?«, will Rudolf wissen. »Die wissen vielleicht von einem neuen Präparat, das ganz frisch auf dem Markt ist.«

»Wir haben ihnen eine Kopie der Analyse geschickt, und Jacobi hat versprochen, dass ihre Leute besonders aufmerksam sein werden, falls sie etwas über neue Drogen erfahren«, sagt Douglas.

Er klingt müde, denkt Zack. Sieht aus, als würde er am liebsten nach Hause gehen und sich die Decke über den Kopf ziehen wollen. Und die Führung der Einheit Sabine Jacobi überlassen.

Eine schlechte Idee. Die Chefin des Drogendezernats ist gerade vierzig geworden und für ihren aggressiven und taffen Führungsstil bekannt. Sie greift sehr hart durch, was ihre Untergebenen betrifft, *und so was hasse ich*, denkt Zack.

»Was also, glauben wir, ist da auf der Insel passiert?«, fragt Sandra. »Sind die Jugendlichen reingelegt worden? Haben sie etwas bekommen, das sie gar nicht hatten kaufen wollen, und sind dann kollektiv auf einem schlechten Trip hängengeblieben?«

Sandras Arm streift nun den von Deniz.

Deniz rührt sich nicht.

*Was läuft denn da?*, fragt Zack sich.

Ist das Sandras Art, Deniz ihr Mitgefühl zu zeigen? Für das, was sie in den letzten beiden Tagen durchmachen musste? Oder ist da noch etwas anderes im Gange?

»Es wirkt eher so, als wäre ihnen sehr bewusst gewesen, was sie da gekauft haben«, sagt Douglas. »Sirpa, erzähl du uns doch mal, was du herausgefunden hast.«

Sirpas Wangen sind rot, weil es so warm im Besprechungszimmer ist, und Zack entgeht nicht, dass sie sich die Knie massiert, um den Schmerz zu lindern.

»Es gibt eine Menge, was dafür spricht, dass Theo von der Idee eines kollektiven Selbstmords besessen war«, sagt sie und legt die Hände auf den Tisch.

»Offenbar hat er das erste Buch zu diesem Thema schon 2014 gekauft, das hat mir der Browserverlauf seines Computers verraten. Nur einen Monat später kaufte er das nächste Buch und trieb sich dann in einem Forum herum, in dem er sich mit Gleichgesinnten über Todeskulte austauschte, oft mit durchaus positiven Worten. Kurz darauf hörte er auf, Golf zu spielen. Laut seinem früheren Trainer, mit dem ich telefoniert habe, kam die Entscheidung, mit dem Golfen aufzuhören, ganz unerwartet. Er hatte eher damit gerechnet, dass Theo einen Gang hochschalten, vielleicht sogar eine Profikarriere anstreben würde.«

»Hast du auch Hinweise darauf gefunden, dass er gezielt nach Drogen gesucht hat?«, fragt Rudolf.

»Nein«, antwortet Sirpa. »Auch nicht auf dem Handy. Aber das bedeutet an und für sich noch nichts. Kann gut sein, dass sie absichtlich nicht ihre eigenen Geräte dafür genommen haben. Vielleicht waren sie für ihre Bestellungen am Bibliothekscomputer, zum Beispiel. Das würde ich nicht zum ersten Mal herausfinden.«

Sie klingt traurig, als sie das Letzte hinzufügt, findet Zack.

Als würde sie über jemand Bestimmtes sprechen.

»Was haben die Befragungen der Angehörigen, Freunde etc. ergeben?«, fragt Zack. »Sind neue mögliche Motive aufgetaucht?«

Douglas schüttelt den Kopf.

»Leider nicht.«

»Also gibt es kein anderes denkbares Motiv, als dass sie kollektiv Selbstmord begangen haben?«

Im Raum wird es still. Zack hat das Gefühl, das hohle Echo der gesamten Ermittlung zu hören.

»Es muss aber weitere Motive geben«, sagt Zack. »Wir haben sie nur noch nicht gefunden.«

»Dann bleibt uns nichts anderes übrig, als danach zu suchen«, sagt Douglas. »Sirpa, hast du auch die Computer, Festplatten und Handys schon durch?«

»Ich habe gerade erst angefangen. Es gab eine Menge zu tun.«

»Dann fordere ich von der IT-Abteilung weitere Unterstützung für dich an. Was aber vermutlich erst morgen klappen wird, wenn alle wieder an ihren Plätzen sind«, sagt Douglas.

Sein Handy vibriert, ein Anruf. Er fischt es aus der Jacketttasche, seufzt leise, als er den Namen sieht, und steckt es wieder zurück.

»Es gibt noch eine Menge zu klären«, sagt er dann. »Aber dass etwas Sektenartiges vorliegt, und dass Drogen involviert waren, scheinen mir gerade die wichtigsten Anhaltspunkte zu sein. Was uns zu David Mathias bringt, dem Dealer, der während seiner Flucht vor Zack und Deniz heute von der U-Bahn überrollt wurde. Was wissen wir über ihn?«

»Ich habe meine Kontakte darauf angesetzt«, sagt Zack. »Zu diesem Zeitpunkt kann ich jedenfalls schon berichten, dass er nicht in den höheren Ligen unterwegs war. Er hat eine Nische besetzt, in der er Präparate vertickte, die noch nicht verboten waren. Und zwar übers Internet. Nach dem, was Rudolf und Sandra herausgefunden haben, gehörten mindestens zwei der Toten zu seiner Kundschaft.«

»Sein Name taucht nicht im Strafregister auf«, sagt Sirpa und fügt dann hinzu:

»Wir haben seine Mutter ausfindig gemacht. Ihr wurde die Todesnachricht überbracht.«

»Der Computer, der heute Nachmittag im Zuge der Hausdurchsuchung bei ihm gefunden wurde, war ziemlich gut geschützt, nicht wahr?«, fragt Sandra.

Irritiert stellt Zack fest, dass ihr und Deniz' Arm sich noch immer berühren.

Sirpa seufzt tief.

»Ja, und dass von irgendeinem ungeschickten Kriminaltechniker darauf herumgetippt wurde, hat mir die Arbeit nicht gerade erleichtert. Alle Daten wurden dadurch automatisch gelöscht. Jetzt können wir nur noch hoffen, dass ein Teil der Informationen noch rekonstruierbar ist. Wir hätten gern gewusst, welche Drogen er verkaufte, an wen und über welche Webseite.«

»Hatte er keine Sicherungskopien der Festplatte?«, will Zack wissen.

»Wir haben jedenfalls keine gefunden«, antwortet Sirpa.

»Handy?«

»Haben wir auch keins gefunden. Ich habe die großen Anbieter kontaktiert, aber auf seinen Namen läuft kein Vertrag. Er hat vermutlich eine Prepaid-Karte verwendet.«

Douglas geht die anstehenden Aufgaben für den kommenden Tag durch.

Zack hört nicht mehr zu. Denkt an David Mathias. Hat er irgendwas verkauft, was ihn dazu bewog, lieber zu sterben als geschnappt zu werden?

Dann muss dieses Produkt ein echter Hammer gewesen sein.

Etwas Starkes. Ganz Neues, womöglich.

Schöner als alles andere.

Zumindest am Anfang.

Sofort erinnert Zack sich an einen Methamphetamin-Rausch. Die ersten paar Minuten waren das Intensivste, was er je erlebt hatte. Er fühlte sich wie ein König, ein Herrscher über eine perfekte Welt.

Ab jetzt würde er sich nur noch ganz andere Kicks verschaffen.

Würde sein neues Ich richtig ausprobieren.

Douglas sagt etwas, das Zack nicht mitbekommt, und schlägt schließlich die Mappe zu. Dann kratzen Stühle über den Boden, die anderen stehen auf, um den Raum zu verlassen.

Auch Zack steht auf. Im Türrahmen dreht er sich zu Deniz um, die noch immer mit Sandra am Tisch sitzt.

»Kommst du, Deniz?«

»Ich muss noch kurz was mit Sandra besprechen.«

Zack würde sie gern aufziehen, hält sich aber zurück.

Schließt die Tür dann etwas zu laut hinter sich.

Deniz schaut auf Sandras rechten Arm, der noch immer neben ihrem liegt. Durch die Wärme im Besprechungszimmer fühlt es sich an, als würden sie verschmelzen.

Sandras Arm ist fast fiebrig heiß, und Deniz spürt, dass ihr Herz verbotenerweise schneller schlägt. Sieht, dass Sandra ihren Blick sucht, wagt aber nicht, sie anzusehen.

*Sie ist meine Kollegin.*

*Außerdem neu hier.*

*Ich kann nicht. Das geht nicht.*

*Nicht jetzt, wo mein Kopf voll ist von Tod und Verderben.*

Deniz steht auf, richtet ihre Bluse und geht zur Tür.

»Man fühlt, was man fühlt«, sagt Sandra hinter ihr.

Deniz bleibt stehen, dreht sich um, sieht Sandra in die Augen.

»Ja, und dann hält man diese Gefühle im Zaum«, sagt sie.

# 21

Zack verneigt sich, bevor er das Dojo in Skärholmen betritt. Sein Karateanzug ist frisch gewaschen und fühlt sich schön steif an.

Auf dem Hinweg kämpfte er gegen sein schlechtes Gewissen an, weil er nicht im Büro geblieben war, um weiter am Fall zu arbeiten. Sandra Sjöholm und Deniz waren noch da. Sirpa Hemälainen auch.

Aber er hat schließlich das ganze blutgetränkte Wochenende durchgearbeitet und sich in einem Strom nicht enden wollender und unbegreiflicher Tode gefangen gefühlt.

Sensei Hiro kniet auf der roten Trainingsmatte, hat die Augen geschlossen, die Hände ruhen auf den Oberschenkeln.

Zack kniet sich neben ihn.

Schließt die Augen und versucht, die Bilder der geschundenen Leichen im Schärengarten und der Überreste von David Mathias zu verdrängen.

Die Klimaanlage brummt. Aber nach einer Minute hört er sie nicht mehr.

Nichts existiert mehr außer dem Hier und Jetzt.

Und fast nicht einmal das.

Nur befreiende Leere.

Weil er hört, wie Sensei Hiro aufsteht, öffnet Zack die Augen. Möglich, dass fünf Minuten vergangen sind – oder fünfzehn –, er weiß es nicht. Er weiß nur, dass er sich plötzlich wieder klar im Kopf fühlt und entspannt im Nacken, und dass seine Sinne schärfer sind als vorhin, als er das Dojo betrat.

Sie wärmen sich zehn Minuten lang auf, machen dann ein paar Übungen und leichtes Stretching. Danach stellen sie sich einander gegenüber und verbeugen sich.

Zack muss daran denken, wie der letzte Kampf endete, vor ungefähr einem halben Jahr. Der siebenundsechzigjährige Mann spielte mit ihm, erniedrigte ihn, ohne sich überhaupt anstrengen zu müssen.

Und das, obwohl Zack seine Teleskopschlagstöcke eingesetzt hatte, die er in seine Kampfsportroutine eingebaut hatte.

Aber damals hatte er ganz tief in der Dunkelheit gesteckt.

Im Abgrund.

Er schiebt die Gedanken beiseite, konzentriert sich aufs Jetzt.

Sie stellen sich in die Ausgangsposition.

Zack wartet ab, überlässt Sensei Hiro den ersten Angriff.

Ohne Schwierigkeiten pariert er die schnell aufeinanderfolgenden Schläge seines Trainers. Kontert dann mit einem geraden Schlag, mit dem er Sensei Hiro an der rechten Schläfe trifft.

Dieser verzieht keine Miene. Überrascht Zack stattdessen mit einer gut getarnten Linken, die dieser gerade noch blockieren kann.

Sie bewegen sich in langsamen Kreisen über die Matte. Attackieren und parieren abwechselnd. Testen die Fertigkeiten des anderen. Zwingen den Gegner dazu, sein Bestes zu geben.

Aber Zack behält immer ein wenig die Oberhand. Er ist schneller und nutzt seine Größe aus, um Sensei Hiro auf Abstand zu halten. Genießt es, wie sein Körper auf die Impulse des Gehirns reagiert. Dass alles so rein ist. Er hat das Gefühl, er könnte ewig so weitermachen.

Der Schweiß tropft Hiro von den Schläfen. Er versucht, ruhig zu atmen und unbeeindruckt zu wirken, aber Zack entgeht nicht, dass ihm die Kraft ausgeht.

Zack erhöht das Tempo, lässt jedem Angriff einen weiteren folgen, zwingt Sensei Hiro, sich wieder und wieder zurückzuziehen.

Mit ein paar schnellen Schlag- und Trittkombinationen bringt er seinen Trainer aus dem Gleichgewicht. Dann täuscht er einen Schlag gegen den Kopf an, damit Sensei Hiro die Arme zur Deckung höher nehmen muss, und greift ihn anschließend mit einer Beinschere an. Dreht die Hüfte und bringt ihn zu Fall.

Zack deutet einen Stoß mit der Ferse in Sensei Hiros Bauch an, um zu zeigen, wie er den Angriff abschließen würde, wäre dies ein echter Kampf. Dann stehen sie auf und verbeugen sich voreinander.

»Ich nehme mit Freude zur Kenntnis, dass du dich sowohl um Körper als auch Geist gut kümmerst«, sagt Sensei in neutralem Ton.

Er geht schon zum Ausgang, als Zack entgegnet:

»Ich komme bald wieder, dann bekommst du deine Revanche.«

Sensei Hiro bleibt stehen, wendet sich um.

Er hat eine missbilligende Falte zwischen den Augen.

»Du glaubst also immer noch, dass es im Leben darum geht, eine Revanche zu bekommen, um zu gewinnen?«

»Worum denn sonst?«

Sensei Hiro antwortet nicht, sondern lächelt seinen jungen Adepten nur an. Dann dreht er sich wieder um, geht zur Tür, verneigt sich noch einmal am Ausgang und verlässt das Dojo.

# 22

Die Müdigkeit ist im gesamten Körper spürbar, als Deniz den Kaffeeautomaten der Sondereinheit aus dem Schlaf weckt und auf den Knopf für Filterkaffee drückt.

Die Uhr auf dem Display zeigt 21.05.

»Möchtest du auch einen?«, fragt sie Sandra, die auf der Arbeitsplatte direkt daneben sitzt und die nackten Füße baumeln lässt.

Ihre Jeans hat am einen Knie ein Loch, darunter kann Deniz die sonnengebräunte Haut sehen. Sie würde liebend gern die Hand ausstrecken, wissen, ob sie sich warm oder kühl anfühlt, Sonne oder Kälte.

Deniz fragt sich, wo Sandra diese Bräune bekommen hat. Sie ist schließlich fast nur auf der Arbeit. Gibt alles dafür, die feste Stelle zu bekommen, die bald ausgeschrieben werden wird.

»Nein danke. Ich kann nicht schlafen, wenn ich so spät noch Kaffee trinke. Aber einen Tee würde ich nehmen.«

Deniz holt einen Becher aus dem Schrank und füllt ihn mit heißem Wasser aus dem Automaten. Sandra hüpft von der Arbeitsplatte, sucht sich einen Beutel mit Rotbuschtee aus der kleinen Holzkiste und tunkt ihn ins Wasser.

Dann stehen sie einen Moment still da. Genießen die Ruhe.

Sie haben heute Abend eine Menge Punkte von der To-Do-Liste gestrichen.

Haben mit Freunden und entfernten Verwandten der Opfer telefoniert. Mit einem Experten für sogenannte Todeskulte, und dann haben sie endlich den Zeugen erreicht, der gegenüber der Presse behauptet hatte, einen verurteilten Straftäter in einem Boot in der Nähe von Kopparkobben gesehen zu haben.

Aber Handfestes haben sie dadurch nicht erfahren. Nur weitere Spekulationen. Und der Zeuge wollte sich anscheinend nur an einem Nachbarn rächen. Eine kurze Prüfung offenbarte, dass der besagte Mann weder verurteilt noch zu besagtem Zeitpunkt in der Nähe der Insel gewesen war.

Deniz beobachtet, wie Sandra den Teebeutel wieder und wieder in das heiße Wasser tunkt. Betrachtet ihre hellen Locken, die ihr ins Gesicht hängen. Den sanften Schwung ihrer Wimpern, die vom Tee feuchten Lippen und die Haut, die unter den vielen offenen Knöpfen der Bluse zu sehen ist.

Sie verflucht ihre Gefühle.

Sandra schaut auf und lächelt, als hätte sie ihre Gedanken gelesen.

Deniz erwidert ihr Lächeln. Dann wirft sie einen Blick zur Uhr an der Wand, ohne sich wirklich für die Zeit zu interessieren.

*Kann Verlangen falsch sein?*, denkt sie.

*Absolut.*

*Liebe?*

*Absolut.*

*Gegenseitige Liebe?*

*Vielleicht nicht.*

»Dieser Koltberg«, sagt Sandra, »ist der immer so drauf?«

»Ja, der ist ein Relikt. Hat auch ein Problem mit Migranten. Wäre er nicht so fit in seinem Job, hätten sie ihn längst vor die Tür gesetzt.«

»Hattest du schon Probleme mit ihm?«

»Nein, ich hab ihn von Anfang an in die Schranken gewiesen. Hab ihn direkt vor Douglas zusammengefaltet, als ich gerade frisch zur Sondereinheit gestoßen war. Seither hält er mir gegenüber die Klappe.«

Deniz trinkt einen Schluck Kaffee, fährt dann fort:

»Aber er ist nicht der Einzige. Die Hälfte aller Typen hier, die über vierzig sind, ticken wie er.«

»Das ist mir auch schon aufgefallen. Ich habe das mal bei meinem ersten Chef angesprochen, aber der saß einfach nur da und glotzte mir auf die Brüste. Da hab ich aufgegeben.«

»Gibt nicht auf. Oder vielmehr: Sei einfach weiter so tüchtig wie bisher. Dann wird sich schon was tun … so in vielleicht zwanzig bis dreißig Jahren.«

Sie lachen.

Dann kippt Sandra den Rest Tee weg, stellt den Becher in die Spüle und schaut Deniz in die Augen.

»Du hast gesagt, du kannst dich um meine Angelegenheiten kümmern. Wie denn?«

»Wie hättest du's denn gern?«

Sandra lächelt. Ein langsames, langgezogenes Lächeln. Dann geht sie zu ihrem Tisch, holt ihre Schultertasche, die über dem Stuhl hängt, und sagt:

»Also, ich muss jetzt ins Bett. Du nicht?«

# 23

Harte Gummisohlen schlagen auf den Boden des einfachen, aber ordentlichen Labors.

Kräftige Hände, die in gelben Gummihandschuhen stecken, strecken sich nach einem der schmalen Vorratsregale aus. Nehmen eine Digitalwaage aus dem Fach mit Messausrüstung, Mikroskop und einer Reihe dicker Nachschlagwerke. Unter dem Mundschutz sind schwere Atemzüge zu hören.

In einer Ecke, die mit Feuchtraumtapete ausgekleidet ist, befinden sich eine Notdusche mit einem gewöhnlichen Brauseschlauch und ein Waschbecken mit zwei nach oben gerichteten Duschköpfen, um die Augen zu spülen. Neben dem Waschbecken hängt der

Schädel eines Rehs, dessen Geweih zum Handtuch- und Kleiderhaken umfunktioniert wurde.

Eine weitere Person kommt herein, ebenfalls mit weißem Laborkittel, Gummihandschuhen und Mundschutz bekleidet. Sie geht an dem Kühlschrank mit Glastür vorbei bis zu dem hohen Sicherheitsschrank mit einem Codeschloss.

Die Tür wird geöffnet, dahinter verbergen sich mehrere Behälter verschiedener Form und Größe. Herausgeholt wird eine Dose mit Totenkopfsymbol.

Eine dunkle Schutzbrille wird aufgesetzt. Der Mundschutz gerichtet.

Die erste Person beobachtet das Ganze von ihrer Position aus. Reibt die behandschuhten Hände gegeneinander.

Auf einer langen Arbeitsplatte erwärmt ein Bunsenbrenner ein rosafarbenes Pulver in einem Kolben. Eine Flüssigkeit tropft in ein Reagenzglas, läuft dann in einen weiteren Kolben, der geschüttelt wird, bevor er automatisch ausgeleert wird und der Inhalt durch ein Röhrchen fließt, wo er erneut verdampft wird.

Eine Maschine aus Edelstahl gibt ein dumpfes Brummen von sich.

Minuten vergehen.

Eine Stunde.

Müde Augen blinzeln hinter der Schutzbrille.

Eine Lampe an der Maschine beginnt, rot zu blinken, ein lautes Alarmsignal ist zu hören.

Vorn an der Maschine öffnet sich eine Klappe, und langsam rollen kleine, rosafarbene Tabletten heraus und sammeln sich in einer Porzellanschale.

# 24

Hebe steht still im Arbeitszimmer ihrer Mutter auf Lidingö.

Ihr Schatten fällt lang übers Parkett, wie ein Dolch scheint er sich seinen Weg durch die Fensterfront zum Garten bahnen zu wollen, ohne ihn zu erreichen.

An der Wand hinter dem Schreibtisch flackern die auf stumm geschalteten Bildschirme. Nachrichten, Börsenkurse, Tagesprogramm.

Sie geht zum Schreibtisch. Fährt mit den Fingern über die glatte Oberfläche. Sie kann sich nicht so ganz erklären, weshalb genau sie hier steht, weshalb sie überhaupt hereingekommen ist.

Olympia würde es nicht gefallen.

Hebe öffnet eine der Schubladen und nimmt ein Foto heraus, das achtlos aus einer Zeitung gerissen wurde. Eine Nahaufnahme von Zack Herry in offener Lederjacke mit schwarzer, verspiegelter Sonnenbrille, deren Bügel sich an die Schläfen schmiegen.

Ein weiteres Bild.

Von Zack und einer Frau. Sie ist schön, und Hebe weiß, wer sie ist: Die Frau, mit der er zusammen ist, aber Hebe erinnert sich nicht an ihren Namen, will ihn auch gar nicht wissen.

Etwas erwacht in ihr, als sie das Bild betrachtet. Ein Gefühl, das sie bisher kaum kannte.

Oder gar nicht.

Ein dunkles, widerwärtiges Gefühl.

Eifersucht. Sie will das Bild zerreißen, aber hält sich zurück.

Olympia hat es schließlich aus irgendeinem Grund aufgehoben. Aber aus welchem?

Sie wirft lieber einen weiteren Blick auf die Nahaufnahme.

Fragt sich, ob er noch an sie denkt.

Er hat ihr im Winter eine SMS geschickt. Sie hat sich nicht getraut, zu antworten, auch da aus Angst vor ihren eigenen Gefühlen.

Eine Bewegung hinter ihr lässt sie herumfahren. Aber da ist niemand. Nur die Reflexion der Fernsehbilder im reparierten Wandspiegel.

Warum hat Olympia das Bild wohl aufbewahrt? Und das von Zack und der anderen.

*Vielleicht ist das nur eine Seite von ihr, die ich nicht kenne*, denkt Hebe.

Junge, schöne Männer. Vielleicht hat dieser Polizist mit seinen hellen Locken und seiner göttlichen, geraden Nase, als er im Winter in eine ihrer Vorstandsitzungen platzte, ja etwas in ihr geweckt.

Ist Olympia etwa seiner Frechheit erlegen, die sie sonst bei jedem verabscheut?

*Wer könnte das bei Olympia schon sagen?*

*Mama.*

*Du glaubst, du regierst diese Welt.*

*Vielleicht tust du das ja wirklich.*

Olympia Karlsson betrachtet einen Bildschirm, der zeigt, wie Hebe das Bild zurücklegt. Ihre Tochter bleibt am Schreibtisch stehen, sieht aus, als wolle sie noch weitere Schubladen öffnen, lässt es aber.

Olympia Karlsson verfolgt all ihre Bewegungen über die Monitore in dem verschlossenen Überwachungsraum im dritten Untergeschoss.

Wählt eine andere Kamera, sieht ihre Tochter aus einem anderen Winkel.

Zoomt das Gesicht heran.

Scharf, trotz des schummrigen Lichts.

Hebe sieht aus, als würde sie über etwas nachdenken. Sie geht vom Schreibtisch weg, tritt ans Fenster.

Olympia schaltet auf wieder eine andere Kamera um. Das weiche Sternenlicht lässt Hebe wie ein Wesen wirken, das einem alten Mythos entstiegen ist, unbesiegbar und gleichzeitig zerbrechlich.

Hebe nimmt ihr Handy aus der Hosentasche.

Sie schreibt etwas, aber Olympia kann nicht erkennen, was oder an wen.

Sie flucht leise. Sie hat ein Vermögen für diese Überwachungsanlage hingeblättert, sogar noch etwas draufgelegt, damit jeder tote Winkel abgedeckt ist.

Und doch hat sie nicht die absolute Kontrolle.

Sie beobachtet, dass Hebe das Telefon wieder in die Tasche steckt und das Zimmer verlässt.

## 25

Zack wird von einer SMS geweckt.

Er liegt auf dem Sofa, es pocht in seinen Schläfen, die Wohnung liegt fast im Dunkeln.

*Wie spät kann es sein?*

Eigentlich hat er zu Mera fahren wollen. Sie haben sich seit der Verlobung am Mittsommerabend fast nicht gesehen.

Er wollte nur kurz die Augen zumachen, dann unter die Dusche springen und sich auf den Weg machen.

Er wirft einen Blick auf seine Uhr. Fünf nach halb elf. Er hat über zwei Stunden geschlafen.

Er träumte von undefinierbaren Rottönen, von Hitze, Haut und einem Gesicht in einem Club.

Hebes Gesicht.

Im Traum warf sie ihr Haar im vom Stroboskop zerhackten Licht herum, lächelte ihn an, lockte ihn zu sich.

Ein durch und durch schöner Traum.

Der erste seit Langem.

Er streckt die Hand nach dem staubigen Couchtisch aus, landet mit den Fingern im Pizzakarton von Samstag und schüttelt ein Stück Schinken ab, bevor er das Handy zu fassen bekommt.

Das grelle Licht des Displays lässt ihn blinzeln, aber als er erkennt, wer ihm da geschrieben hat, sitzt er sofort kerzengerade.

Die Nachricht ist von ihr.

Hebe.

Der er gerade erst im Traum begegnet ist.

Jung hatte ein Wort dafür. Synchronizität.

Er liest die SMS gleich noch einmal.

Ich denke an dich.

Nichts weiter. Nicht mal ihr Name. Also ist sie davon ausgegangen, dass er ihre Nummer gespeichert hat.

Treffen wir uns?

Kaum hat er die Nachricht abgeschickt, brechen auch schon die Schuldgefühle über ihn herein.

Die Scham.

*Mera. Wie kann ich ihr das antun?*

*Jetzt, wo ich nur noch Augen für sie haben sollte.*

Es dauert nur wenige Sekunden, bis er eine Antwort bekommt:

Wann?

Nie, denkt er, aber schreibt:

Wann du willst.

Wo?

Wo du willst.

Diesmal kommt die Antwort erst zwanzig Sekunden später.

Burger King. In der Vasagatan. Morgen um 13.00 Uhr.

Er muss über die ungewöhnliche Restaurantwahl lächeln.

Denkt dann an die Orte, an denen er sie sonst getroffen hat. Dunkle, dreckige illegale Clubs. Vielleicht ist ihre Wahl doch nicht so ungewöhnlich.

Er schreibt:

Perfekt.

Steht dann auf, spielt an seinem Verlobungsring.

*Wie kann ich nur?*, denkt er. Will zu Mera fahren, aber kann sich nicht dazu durchringen.

# 26

**Montag, 27. Juni**

Es ist bereits nach sieben Uhr morgens, aber die Zeiger der runden Wanduhr im Krankenzimmer stehen auf zwanzig vor fünf. Der Sekundenzeiger scheint noch zu kämpfen, um die nächste Stufe zu erreichen, aber fällt immer wieder zurück.

Als müsste die Zeit hier enden.

In einem Zimmer auf der Intensivstation des Karolinska-Universitätskrankenhauses.

Dann endlich hat Robert Dahlén genug, reißt die Uhr von ihrem Nagel oberhalb der Tür und reißt die Batterien heraus.

Seine Frau Jessica reagiert nicht mal darauf. Sie streicht ihrer Tochter über die Wange. Flüstert:

»Kämpf, Madelene, kämpf weiter. Für dich. Und für mich.«

Das Beatmungsgerät pumpt rhythmisch Luft in die Lunge des bewusstlosen Mädchens.

Die Wanduhr liegt auf einem Stuhl.

Die Zeiger bewegen sich nun gar nicht mehr.

# 27

Um elf Uhr ist jeder Schreibtisch der Sondereinheit besetzt, selbst die schnell zusammengebauten Extratische.

Alle verfügbaren Kräfte wurden mobilisiert, und sie sind schwer damit beschäftigt, sämtliche Tipps aufzunehmen, neues Material auszuwerten und die obligatorischen Folgeanrufe zu tätigen.

Zack sitzt an seinem Computer. Er hat die SMS von Hebe mehrmals gelesen, will ihr Treffen absagen, hat sogar schon eine entsprechende Nachricht geschrieben, aber nicht abgeschickt.

Heute Morgen stand er lange vorm Spiegel. Probierte sich durch seinen Kleiderschrank und wählte schlussendlich ein einfaches blaues T-Shirt und eine Jeans. Das Blau des Shirts betont seine Augenfarbe.

Er schämt sich für seine Eitelkeit. Dafür, dass er sich mehr Gedanken um sein Aussehen gemacht hat, als er je vor einem Treffen mit Mera für nötig hielt.

Er wollte sie zum Frühstück treffen, aber sie hatte keine Zeit, musste zu einem Termin ins Grand.

»Dann sehen uns wir uns eben heute Abend«, hatte sie gesagt.

Das alles muss er jetzt erst mal aus seinem Kopf verbannen, sich auf die Arbeit konzentrieren.

Also zwingt er sich, aufmerksam die neusten Artikel über die Todesfälle auf Kopparkobben zu lesen. Theo Stranddahls Interesse an Selbstmordsekten ist den Journalisten nicht entgangen, und seither dominieren Artikel über Todeskulte und die alarmierend hohe Zahl psychisch kranker Jugendlicher die Nachrichten.

Als wäre der Fall bereits gelöst.

Zack ist davon nicht mal annähernd überzeugt.

Sie haben sämtliche SMS, Mails und Posts der Jugendlichen in den sozialen Medien durchkämmt, aber außer bei Theo Stranddahl haben sie nichts gefunden, was darauf hindeutet, dass sie in den letzten Monaten ernsthaft suizidale Gedanken hatten oder des Lebens überdrüssig waren.

Hatte er wirklich eine so große Macht über sie?

Oder bekam er diese Macht dank der Drogen?

Sirpa Hemälainen hat eine Internetpräsenz gefunden, die sich mit David Mathias in Verbindung bringen lässt. Eine passwortgeschützte Seite, auf der er eine Reihe von Präparaten anbot, die noch nicht unter das Betäubungsmittelgesetz fallen, allen voran synthetische Cannabinoide wie Spice. Aber auch weniger bekannte Designerdrogen.

In dem Forum, das an die Seite gekoppelt ist, finden sich eine Menge wütender Einträge neusten Datums, wo Kunden sich beschweren, dass ihre Bestellungen nicht bestätigt wurden. Was darauf hindeutet, dass er allein tätig war, denkt Zack. Er hat niemanden, der die Seite nun nach seinem Tod weiter betreibt.

Mittlerweile kam die Nachricht, dass Ebba Langers Leichnam ebenfalls die unbekannte Substanz aufwies, und Koltbergs Kollegen in der Rechtsmedizin Linköping arbeiten intensiv daran, herauszufinden, ob sie die Substanz einem der Mittel zuordnen können, die David Mathias vertrieben hat.

Zack bezweifelt, dass ihnen das gelingen wird. Spice ist nicht gerade die Droge, in einen dazu treibt, ein Blutbad anzurichten.

Vielleicht hatte David Mathias noch andere Webseiten?

Zack schaut zu Deniz, die in ihren Monitor hineinzukriechen scheint. Sandra sitzt ein Stück hinter ihr an ihrem Schreibtisch neben Rudolf, der ein paar riesige Kopfhörer auf den Ohren hat. Er scheint einer Wahrheit auf der Spur zu sein.

Zack wirft einen Blick zum Whiteboard, an dem nun Passbilder der toten Jugendlichen hängen. Ihre Münder sind geschlossen, die Augen ausdruckslos. Ganz wie man mittlerweile auf Passbildern auszusehen hat.

Sie sehen aus, als wären sie schon tot. Oder als wüssten sie, dass sie es bald sein würden.

Zack hat das Gefühl, dass sie ihn anstarren, von ihm verlangen, etwas zu tun.

Er wendet den Fotos den Rücken zu und geht zu Sirpa.

Sie sitzt, wie immer, hinter ihren großen Computerbildschirmen. Die Finger rennen wie schnelle Spinnenbeine über die Tasten.

»Wie sieht es mit David Mathias' Festplatte aus?«

»Nicht gut, leider. Er hat ein neues und hoch entwickeltes Sicherheitstool verwendet, das die Daten bis ins Letzte löscht. Aber ich habe jemanden darauf angesetzt, mehr über ihn herauszufinden.«

»Gut.«

Zack betrachtet Sirpas zwei Bildschirme.

Der eine ist schön übersichtlich, auf dem anderen überlappen sich zig offene Fenster.

Mail-Inbox, Strafregister, eine Nachrichtenseite, zwei PDF-Dateien mit Gerichtsdokumenten, außerdem ein Portrait von Tom Hultqvist, Axels Vater.

»Hat er was verbrochen?«, fragt Zack und zeigt auf das Foto.

»Er hat den einen oder anderen Geschäftspartner über den Tisch gezogen. Aber ich kann noch nicht sagen, ob das irgendwie relevant ist für unseren Fall. Ich habe die Dateien gerade erst bekommen, also noch nicht wirklich lesen können.«

Zack betrachtet das Foto. Ein Mann mit rundem Gesicht und schütterem Haar. Er trägt ein braunkariertes Hemd und schaut mit einem warmen Lächeln in die Kamera.

»Haben Rudolf und Sandra mit ihm gesprochen, als sie auf Lidingö waren?«, fragt Zack.

»Ja, und wenn man ihren Bericht liest, erscheint er nicht gerade wie ein besonders harter Hund. Eher wie ein engagierter Vater, der im Job in den letzten Jahren etwas kürzergetreten ist, um mehr Zeit mit seinen Kindern verbringen zu können.«

So einen Vater sollte jeder haben, denkt Zack.

»Was würdest du denn gern finden?«, fragt er dann.

»Keine Ahnung«, antwortet Sirpa. »Eine Verbindung zwischen den Eltern vielleicht. Irgendetwas, das uns weiterbringt.«

»Was hältst du von der Theorie, dass sie kollektiv Selbstmord begangen haben?«

»So was Bescheuertes kann ich mir nur schwer vorstellen«, sagt Sirpa. »Sie hatten doch noch ihr ganzes Leben vor sich. Und du?«

»Ich weiß es nicht. Aber vielleicht spielen die Drogen eine noch größere Rolle, als wir bisher angenommen haben. Sie können einen wirklich verrückt machen, auf allen Ebenen. Man kann von Drogen sterben oder mit ihnen morden.

»Wie meinst du das?«

»Das weiß ich noch nicht genau.«

Zack lächelt schief, in sich spürt er das Verlangen, wegzutreiben, in die traumlose Tiefe zu fallen, die einem nur Drogen verschaffen können. *Vielleicht sind Drogen mein einzig wahres Element?*, denkt er.

Er lässt Sirpa zurück und geht zur Tür. Muss mal spazieren gehen und nachdenken.

Über den Fall, über Mera.

Und über Hebe, die er schon so bald treffen wird.

# 28

Zack geht am Norr Mälarstrand entlang. Eine Pilotensonnenbrille schirmt das grelle Sonnenlicht ab und lässt das Wasser der Bucht blauschwarz erscheinen. Es ist halb eins, noch eine halbe Stunde bis zum Treffen mit Hebe.

Wirklich weiter ist er mit seinen Gedanken zu dem Fall nicht, aber er lässt das Unterbewusstsein arbeiten.

Der Wind streift sanft sein Gesicht. Er sieht nur schöne Menschen, sie sitzen vor den Cafés in der Sonne, und er würde sich gern von dieser Welt umfangen lassen. Doch er fühlt sich, als würde er in einem Auto mit heruntergelassenen Scheiben daran vorbeifahren. Als wäre es ihm nur gestattet, an einem Ort zu bleiben, an dem Tod und Finsternis regieren, und seine einzige Hoffnung, sein einziger Lichtblick ist Mera.

Oder Hebe.

Er nimmt die Kungsbron über den Karlbergskanal und die Eisenbahngleise. Zieht den Verlobungsring vom Finger und lässt ihn in einer der vorderen Hosentaschen verschwinden.

Als er den roten Teppich des Casino Cosmopol passiert, sieht er die lange, schwarze BMW-Limousine, die vor dem Burger King geparkt steht. Ein lustiger Anblick, ganz so, als hätte der Chauffeur, der mit geradem Rücken vor der Limousine steht, eigentlich vor dem Casino parken wollen, aber sich vertan.

Er trägt einen schwarzen Anzug, hat einen Security-Kopfhörer im Ohr und späht in alle Richtungen. Vermutlich gleichzeitig Chauffeur und Leibwächter.

Von Hebe?

*Sie wartet da drinnen auf mich.*

Zack spürt, wie sich ihm der Magen zusammenzieht und das Blut in die Wangen schießt.

Es ist warm im Restaurant. Ein durchdringender Geruch von Frittieröl liegt in der Luft. Kids aus dem Vorort in pastellfarbenen Kapuzenpullis stehen zusammen mit anzugtragenden Büroangestellten in der Schlange. Jemand verschüttet Cola, jemand anderes bekommt sie auf den Schuh und flucht lauthals.

Zack lässt seinen Blick durch das Lokal schweifen.

*Wo ist sie?*

*Vielleicht noch im Auto?*

*Nein.*

Sie sitzt in der hintersten Ecke etwas abseits unter dem Poster eines stilisierten Whoppers.

Sie trägt eine weiße, bestickte Tunika und eine hellblaue Jeans im Destroyed Look. Ihr Haar leuchtet schwarz, und die Konturen ihrer Wangenknochen wirken wie von einem japanischen Meisterkalligrafen gezeichnet.

Jetzt schaut sie in seine Richtung.

Lächelt, winkt.

Er schiebt sich durch die Tische zu ihr. Hört ein paar Jungs:

»Alter, die ist echt der Hammer«, sagt der eine.

»Ja, neben der sieht sogar Alicia Vikander hässlich aus«, kommentiert der andere.

Zack bemerkt, dass andere Männer ebenfalls gucken. Schmachtend, während die Blicke der Frauen eher eifersüchtig oder hart sind.

Als er bei ihr ankommt, ist er sonderbar stolz darauf, dass er derjenige ist, auf den sie wartet.

Sie steht auf.

Breitet die Arme aus, er spürt ihre Wärme, ihre Lippen an seiner Wange.

Sie löst sich von ihm.

Sagt:

»Wie schön, dass du Zeit hast.«

Sie setzen sich. Zack legt die Hände auf die Furnierplatte des kleinen Tischs, weiß nicht, was er sonst mit ihnen machen soll. Sein Bein streift ihres, weshalb er sich schnell anders hinsetzt und sich schrecklich ungeschickt vorkommt, aber sie lächelt nur wieder, nicht verlegen, eher so, als hätte sie die Situation voll unter Kontrolle.

Eine Weile schweigen sie.

Dann fragt sie:

»Wie geht es dir?«

*Ja, wie geht es mir?*

Sofort muss er an die toten Jugendlichen und den überrollten Dealer denken, aber es gelingt ihm, die Bilder zu verdrängen, bevor sie zu deutlich werden können.

Ihr liebevoller Blick sorgt dafür.

»Jetzt geht es mir gut«, antwortet Zack und staunt darüber, wie sonderbar vertraut sie ihm ist, als hätte er sein Leben lang auf sie gewartet.

»Soll ich uns was bestellen?«, fragt er.

»Schon erledigt«, sagt sie und schaut ihn an.

»Hast du dich verletzt?«

Sie betrachtet die Wunde an der Schläfe, die er nicht ganz unter seinem Haar verbergen konnte.

»Ach, das ist nichts«, sagt er. »Nur eine Schramme.«

»Ich hab gehört, was da im Schärengarten passiert ist«, sagt sie. »Furchtbar.«

Sie klingt, als meinte sie das ernst, und er schätzt, dass sie ihn auf einem Foto in irgendeinem Zeitungsartikel gesehen hat.

»Ja«, antwortet er und muss erneut gegen die Erinnerungsbilder ansteuern. »Wie ein Albtraum, nur echt.«

Eine junge Frau in der Uniform des Restaurants und mit Rastazöpfen, die in einem Haarnetz stecken, kommt an den Tisch. Stellt ein Tablett mit Hamburgern, Pommes und Cola vor ihnen ab.

Aber Hebe greift nicht zum Essen, wartet offenbar darauf, dass er etwas sagt.

»Arbeitest du noch in eurem Familienunternehmen?«, fragt er schlussendlich. »Du sitzt im Vorstand, oder?«

»Wenn es mal nur *ein* Unternehmen wäre«, sagt sie. »Wir haben so viele.«

Sie lächelt. Nicht überlegen, aber auf eine Art, die zeigt, dass ihr bewusst ist, wie privilegiert sie ist.

»Das heißt, heute mischst du dich mal unters gemeine Volk?«, stellt Zack fest.

»Ich würde dich niemals zum gemeinen Volk zählen.«

Er spürt, wie ihm erneut die Röte in die Wangen steigt.

»Danke«, sagt er und fühlt sich sofort doppelt dumm. Wofür hat er denn zu danken?

Dann erzählt sie, dass sie im Begriff ist, sich mit allen Unternehmen ihrer Familie vertraut zu machen. Dass sie schon am Donnerstag nach Indien fliegt, um die Fabriken in Madras zu besuchen und dann die IT-Firma in Bangalore.

Sie wickelt ihren Hamburger aus der Verpackung, und sie essen schweigend. Er quetscht ungeschickt Ketchup auf eine Serviette, und sie streut Pfeffer darüber, als wüsste sie, dass er das so mag.

Sie prosten sich mit Cola zu. Das Getränk schmeckt süß, und als sie die Pappbecher abstellen, berühren sich ihre Hände, aber sie reißen sie beide zurück, als hätten sie sich verbrannt.

Er zieht die Beine noch weiter zurück.

»Erzähl mir mehr von Indien. Was macht ihr da?«, fragt Zack also.

»Du würdest sofort einschlafen.«

»Gut, dann erzähl mir, was du in mir siehst.«

»Was siehst du denn selbst, wenn du in den Spiegel guckst?«

»Darüber hab ich mich nie nachzudenken getraut.«

»Genau wie ich.«

Und so sprechen sie weiter, lang und breit, aneinander vorbei und über nichts und trotzdem alles. Dabei spielt es gar keine Rolle, was sie sagt, er will sowieso nur ihre Stimme hören, will nichts anderes mehr hören, will sich von ihren klingenden Vokalen in den Schlaf wiegen und morgens davon wecken lassen.

Das Chaos um sie herum existiert nicht mehr, und unter dem Tisch berührt sein Fußknöchel ihre Wade, aber diesmal rückt keiner von ihnen beiden ab. Zack muss sich plötzlich eingestehen, dass er gedanklich zu hart mit Deniz und Sandra dafür ins Gericht gegangen ist, dass sie die Berührung während der gestrigen Besprechung zugelassen haben.

Hebe wird still, lächelt, und Zack kann plötzlich kaum mehr atmen und eigentlich nichts anderes denken, als dass er sich vorbeugen und sie küssen will. Vielleicht sollte er es tun, aber dann kommt die Frau mit den Rastas an ihren Tisch, um abzuräumen.

»Wenn ihr beiden die Augen mal für ein paar Sekunden voneinander lösen könntet«, sagte sie sauer.

Hebe und Zack lehnen sich zurück, damit sie an das Tablett kommt. Sie deutet zu den Schlangen an den Kassen und sagt:

»Da warten eine Menge Leute auf einen Sitzplatz.«

Hebes Gesicht verfinstert sich.

»Dieses Gebäude gehört meiner Mutter. Wir bleiben hier so lange sitzen, wie wir wollen. Verstanden?«

Ihre Stimme ist so kalt wie eine Polarnacht, und das Rastamädel trollt sich mich hängenden Schultern.

Zack tastet nach der Papierserviette auf seinem Schoß, als er sie spürt, Hebes Hand. Sie schließt die Finger um seine, er um ihre, und so verharren sie, ohne Worte, umgeben von Gerüchen und Geräuschen, die sie gar nicht wahrnehmen.

Dann ändert sich Hebes Gesichtsausdruck erneut.

Sie schaut über seine Schulter hinaus auf die Vasagatan. Sieht dort jemanden. Fängt an, sehr breit zu lächeln und steht auf. Zieht ihre Hand aus seiner, und ihm fehlt sie schon, bevor er richtig verstanden hat, dass sie weg ist. Hebe winkt.

»Das ist doch nicht wahr«, sagt sie. »Jossan!«

Hebe winkt noch heftiger, und nach dreißig Sekunden kommt eine junge Frau mit kurzem, strubbeligem Haar an ihren Tisch. Sie trägt ein Top aus einem Stoff, auf dem unzählige braune Augen sind. Ihre Arme sind muskulös, vermutlich geht sie regelmäßig ins Fitnessstudio.

Hebe und diese Jossan umarmen sich, und Zack würde sie am liebsten auseinanderreißen. Er möchte derjenige sein, der Hebe umarmt.

»Wir haben uns ja echt lange nicht gesehen.«

»Viel zu lange.«

»Du hast dich aber kaum verändert.«

»Du dich auch nicht.«

Jossan grüßt Zack kurz, ohne ihm die Hand zu geben, und er befürchtet, dass Hebe sie bitten könnte, sich zu ihnen zu setzen. Aber sie bleiben stehen. Reden schnell und durcheinander. Lachen und umarmen sich noch einmal.

Jossan erzählt, dass sie gerade auf Haussuche ist: »Ich wollte immer in so einem wie eurem wohnen. Groß und hell und direkt am Wasser.«

Sie versprechen sich, dass sie sich bald wiedersehen werden, und dann verlässt Jossan das Lokal, schiebt sich durch die Massen von Hamburgerhungrigen.

»Wer war das?«, fragt Zack, nachdem Hebe sich wieder gesetzt hat.

Ihr Bein, das an seinem gelehnt hat, ist weg. Ihre Hand sucht nicht nach der seinen.

»Eine alte Schulfreundin. Wir waren in einer Klasse, bevor meine Mutter mich auf die Privatschule schickte. Als Kind habe ich sie vergöttert. Sie war so anders, irgendwie so frei. Stark und schnell. Sie ist in einer Hochhaussiedlung groß geworden, gar nicht weit von uns entfernt, aber trotzdem eine andere Welt. Sie liebte es, wie viel Platz wir hatten. Ihr ist Enge nie bekommen.«

Hebe schaut wieder auf die Vasagatan hinaus. Lacht kurz.

»Was?«, fragt Zack.

»Ach, ich musste nur gerade an etwas denken. Ich weiß nicht, ob ich das erzählen sollte.«

»Klingt schon mal nach einer guten Geschichte.«

Sie stellt den Becher ab. Lehnt sich über den Tisch, lächelt und sagt:

»Also gut. Als wir so siebzehn oder achtzehn waren, haben Jossan und ich ein paar Mal Gras geraucht. Für mich war das so unendlich spannend, etwas zu machen, das verboten war.«

Sie trinkt einen Schluck Cola.

»Und dann ist meine Mutter uns auf die Schliche gekommen«, sagt sie und schüttelt den Kopf. »Das war nicht lustig, kann ich dir sagen. Ich durfte mich nicht länger mit Jossan treffen, sie bekam Hausverbot bei uns. Für immer, dachte ich. Aber ein paar Jahre später hatte meine Mutter ihr wohl wieder verziehen und lud sie zu einem exquisiten Essen zu uns nach Hause ein. Darüber staune ich immer noch. Meine Mutter gehört nicht zu den Menschen, die jemandem verzeihen, der ihr oder ihren Angehörigen geschadet hat.«

Hebe wird still und starrt ins Leere. Zack muss unwillkürlich daran denken, wie unschuldig ihr Ausflug in die Welt der Drogen war, ein Spiel, nichts Ernstes.

»Wir haben nicht mehr wirklich viel Kontakt«, sagt Hebe dann, »aber ich weiß, wenn es darauf ankommt, kann ich auf sie zählen.«

»Ich weiß, was du meinst«, sagt er langsam und sucht ihren Blick. »Ich habe auch so einen Freund. Deine Freundin erinnert mich ein bisschen an ihn. Stark und taff. Und immer Lust darauf, mit dem einen oder anderen herumzuexperimentieren.«

Damit wirft Hebe einen Blick auf die Uhr und lächelt Zack an. Ein Lächeln, das eigentlich besser bei einem Geschäftstermin aufgehoben wäre, und sagt:

»Ich muss los.«

Sie steht auf, er tut es ihr gleich, folgt ihr aus dem Burger King, spürt wieder die Blicke der anderen Gäste, und schon stehen sie im grellen Tageslicht vor dem BMW in der Kungsgatan.

Der Chauffeur – oder Leibwächter – ist nicht zu sehen, aber Zack vermutet, dass er von den abgetönten Scheiben verborgen am Steuer sitzt.

Hebe sagt nichts, und Zack würde sich ihr gern nähern, aber etwas hält ihn zurück. Als sie einen Schritt auf ihn zumacht, weicht er zurück, obwohl er nicht will.

»Was machen wir hier eigentlich?«, fragt er.

»Keine Ahnung«, sagt sie. »Was meinst du?«

»Ich wünschte, ich wüsste es.«

»Manche Antworten sollte man nicht suchen.«

Hebe streicht sich die Haare aus der Stirn, will noch etwas sagen, tut es aber nicht. Sie schaut Zack an, streckt eine Hand nach ihm aus, er tut das Gleiche. Ihre Fingerspitzen berühren sich, und dann öffnet sich die Tür des BMW. Zack kann den Chauffeur auf dem Fahrersitz sehen.

Sie lösen die Hände voneinander.

»Wohin musst du?«, fragt Hebe und ihr Blick verfinstert sich wieder, fast wie vor Eifersucht.

»Zum Revier«, sagt Zack.

»Willst du mitfahren?«, bietet Hebe an, und schon ist das Finstere verflogen. »Ich kann dich da absetzen.«

Da erst fallen ihm ihre Ohrringe auf, in Weißgold gefasste Edelsteine, Saphire und Brillanten, die sicher mehr kosten, als er in einem halben Jahrzehnt verdient.

»Ich laufe«, sagt er.

»Wie du willst«, entgegnet Hebe und verschwindet im dunklen Inneren des Wagens.

Der BMW fährt los, und Zack bleibt allein auf dem Bürgersteig zurück.

# 29

Nachdem er eine Minute verloren in dem Menschengewusel gestanden hat, fischt Zack den Verlobungsring aus der Hosentasche und schiebt ihn wieder an den Finger.

Er sollte zurück zur Arbeit gehen, nimmt stattdessen aber die Kungsgatan in die andere Richtung, bis zur Norrlandsgatan, wo er zum Norrmalmtorg abbiegt.

Dort liegt Meras Büro. In einem Haus, das in den 1910ern für einen Holzbaron gebaut wurde.

Er war nie unangemeldet da, aber heute bleibt ihm nichts anderes übrig. Er muss sie einfach sehen.

Die Begegnung gerade bei Burger King spielt keine Rolle mehr, denkt er. An der Tür am Norrmalmstorg, direkt neben H&M, klingelt er bei der Rezeption von Meras PR-Büro und wird sofort hereingelassen.

Er geht durch das prächtige Foyer und nimmt den Aufzug in den ersten Stock.

Die etwas ältere Rezeptionistin hinter dem geschwungenen Empfangstresen aus Teakholz lächelt ihn an.

»Erwartet sie dich, Zack?«

»Ich will sie überraschen.«

»Dann los, sie ist in ihrem Büro.«

Wenig später klopft er an die Tür und hört sie »herein« sagen. Er tritt ein und sieht sie da vor dem Fenster an ihrem Glastisch sitzen, wie eingerahmt von den Kronen der Kastanien. Voller Kraft und Intelligenz und Weiblichkeit.

»Zack!«, sagt sie. »Was machst du denn hier? Wir sind doch erst heute Abend verabredet.«

Sie sitzt da, wie sie immer dagesessen hat. Und sofort ist ihm klar, was er hat, was er fast weggeworfen hat, und er will es haben. Jetzt.

Schweigend geht er zu ihr.

Sie steht auf.

Er sagt:

»Du hast mir gefehlt.«

»Du mir auch.«

Er nimmt ihre Hände, zieht sie an sich. Küsst sie heftig, und sie beißt ihm in die Unterlippe. Er schiebt sie rückwärts zum Schreibtisch, aber sie hält dagegen.

»Die Platte ist nicht stabil genug«, sagt sie und sinkt auf den grauen Teppich.

Er folgt ihr.

Schiebt ihr den Rock über die Hüften, zieht ihr den Slip aus, sucht sich mit der Zunge zu ihr hinunter, spürt, wie ihr ganzer Körper bebt.

Danach liegen sie nebeneinander auf dem Boden. Er hält sie im Arm, versucht ihre Nähe mit jeder Pore seines Körpers aufzunehmen.

*Du bist meine Liebe*, denkt er.

*Du bist es, die ich wirklich liebe.*

*Nur dich.*

*Keine andere.*

Er nimmt die U-Bahn zurück zum Revier. Spürt Meras Nähe in sich, seine Liebe zu ihr, aber Hebe ist auch da, er spürt sie bei jeder Erschütterung durch die Gleise.

*Warum fühle ich mich so sehr zu Hebe hingezogen?*

Er findet keine Antwort. Weiß nur, dass er gerne mehrere Nächte hintereinander mit ihr schlafen würde. Ganz so, wie er gerade mit Mera geschlafen hat.

Vielleicht empfindet er ja nur reines Verlangen nach Hebe? Nicht mehr.

*Konzentrier dich jetzt auf die Ermittlungen*, denkt er, während die U-Bahn in die Station Rådhuset einfährt.

Sie müssen vorankommen.

Weil es wieder passieren wird.

Aber wann?

Wo?

# 30

Die Terrassentür des grauweißen Hauses in Huddinge steht offen, federleichte Wolkenschleier spiegeln sich auf der glatten Wasseroberfläche im Pool.

Im Wohnzimmer schenkt die siebzehnjährige Desiree Larsson lieblichen Weißwein in drei Gläser und gibt noch Eiswürfel aus dem Eiskübel hinzu.

Es ist erst siebzehn Uhr, aber was spielt das schon für eine Rolle? Es sind Sommerferien, und ihre Eltern sind zu Bekannten nach Roslagen gefahren.

Außerdem haben sie bereits mehrere Stunden drinnen herumgesessen und an ihrem Wohltätigkeitsprojekt gearbeitet, da wird man sich doch wohl was gönnen dürfen.

Sie reicht den anderen die Gläser und lehnt sich dann ganz nah an Evelina Bergmark, damit sie besser auf den Bildschirm des MacBooks gucken kann.

»Das hast du richtig schön hinbekommen mit den Farben«, sagt sie. »Die Augen von dem Jungen sehen jetzt echt großartig aus. Verstärken quasi den traurigen Eindruck, wie er da mit seinem Teddy durch die Ruinen läuft.«

»Das wird super. Beste Spendenaktion ever«, sagt Alva Jonsdotter.

Evelina klappt den Laptop zu und hebt ihr Glas.

»Auf die unbegleiteten Flüchtlingskinder«, sagt sie.

Auch die anderen heben die Gläser.

»Und auf uns«, sagt Desiree.

»Und auf den Sommer«, sagt Alva.

Sie trinken große Schlucke des Weins.

»Und jetzt gehen wir schwimmen, bevor wir uns zu Tode schwitzen«, sagt Desiree und steht vom Sofa auf. »Kommt!«

»Aber ich habe keinen Bikini mit«, sagt Alva.

»Kannst einen von mir haben. Oder nackt baden. Darüber würde sich der geile Sack von nebenan bestimmt freuen.«

Kurze Zeit später sind sie alle im Wasser. Lachen und schreien, während alle drei versuchen, gleichzeitig auf die Luftmatratze zu kommen, bis sie schließlich aufgeben und an den Rand des Pools schwimmen, wo sie sich nach ihren Weingläsern recken und über den albernen Gartenzwerg kichern, der mit einer Laterne am ausgestreckten Arm auf den Holzfliesen steht, die den Pool umgeben.

»Der sieht echt bescheuert aus«, sagt Alva. »Seht euch doch nur mal seine Augen an. Als wäre der auf irgendwas!«

»Apropos«, sagt Desiree und hievt sich aus dem Pool. »Ich hab noch was Schönes für uns. Wartet hier.«

Tropfnass läuft sie ins Wohnzimmer und holt ihre Handtasche. Sie kramt darin herum und holt einen kleinen, verknoteten Stoffbeutel heraus.

Dann setzt sie sich an die Poolkante, löst die goldfarbene Kordel und schüttet ein paar rosa Tabletten daraus auf ihre Handfläche.

Das Wasser im Pool ist unwirklich blau und glatt. Das einzige Geräusch stammt von den Hummeln, die zwischen den Blumen im Garten herumsummen.

Evelina nimmt Desiree eine der Pillen aus der Hand und betrachtete den eingestanzten Bambikopf.

»Was ist das? Was Süßes?«

Desiree streift sich eine Haarsträhne aus dem Gesicht hinters Ohr.

»Erinnert ihr euch noch an den Kick von den Tabletten, die ich zur Walpurgisnacht dabeihatte?«

Die anderen nicken.

»Die hier sind so ähnlich, nur besser. Viel besser.«

»Aber was ist das? Was ist da drin?«, will Evelina wissen.

»Ich weiß nicht mehr, wie sie heißen, aber ich hab sie aus sicherer Quelle, ich schwöre.«

Evelina legt die Tablette an die Poolkante und stößt sich ab.

»Nee, ich weiß nicht«, sagt sie.

»Jetzt komm«, sagt Desiree. »Das ist der heißeste Shit. Keine deiner anderen Freundinnen kommt da dran, ich schwör's dir. Die müssen kiffen oder koksen. Stell dir mal vor, was du denen erzählen kannst, wenn du sie das nächste Mal triffst.«

Alva stützt sich mit einem Arm auf die Poolkante.

»Ich will das probieren«, sagt sie.

»Nimm eine.«

Desiree legt zwei Pillen zu der anderen und füllt die restlichen zurück in den Beutel. Aber weil sie vom Wein schon leicht berauscht ist, fällt ihr eine der Tabletten herunter und rollt über die Holzfliesen, bis sie unter einem Holzsessel mit blauem Sitzpolster verschwunden ist, wo sie in einer Ritze zwischen zwei Fliesen klemmen bleibt.

Desiree zuckt gleichgültig mit den Schultern, sagt, dass sie die auch später noch suchen können, und lässt sich ins Wasser gleiten. Sie schnappt sich ihr Weinglas und eine der Tabletten. Hält sie zwischen den Fingern hoch.

»Was ist jetzt, seid ihr dabei?«

Auch Alva nimmt die rosa Pille auf. Sie und Desiree schauen zu Evelina, die am tiefen Ende des Pools steht, das Wasser bis zum Hals.

Die Hummeln summen weiter durch den Garten. Die Sonne an diesem frühen Abend ist angenehm warm.

Evelina zuckt mit den Achseln und schwimmt zu ihren Freundinnen.

»Ja, ja. Whatever.«

Sie legen sich die Tabletten auf die Zungenspitze und spülen sie mit mehreren Schlucken kühlen Weißweins runter.

Evelina schwimmt ein Stück weg. Dreht sich auf den Rücken, lässt sich treiben. Entspannt sich.

Die anderen machen es ihr nach.

Treiben im Wasser. Ganz still.

Schauen in den hellblauen Himmel. Zu den Wolkenschleiern, die dort oben wie dünne Vogelfedern schweben.

Evelina stellt sich hin. Genießt das sanfte Spiel des Wassers um ihre Schultern.

Sie zieht Alva zu sich heran und umarmt sie. Winkt Desiree, dass sie auch kommen soll.

Dicht, ganz dicht stehen sie zusammen.

Umschlossen von Wasser, das genauso blau ist wie der Himmel.

Best friends forever.

Ihre Arme sind wie Schlangen. Wollen die anderen näher, immer näher wissen. Sie umschlingen. Eins werden.

Evelina schaut zum Gartenzwerg hinüber. Bemerkt, dass er den Kopf ein Stück gedreht hat und sie ansieht.

Er hält den einen Arm in die Luft, den mit der Laterne.

Doch da ist keine Laterne mehr.

Er lächelt freundlich und nickt dem Kopf zu, den er in der Hand hält.

Desirees Kopf.

# 31

Er hat die Villa schon seit über einer halben Stunde fest im Blick.

Keine Regung. Der Fernseher ist nicht eingeschaltet worden, auch kein Licht in einem der oberen Stockwerke.

Warum also steht die Terrassentür offen?

Sie müssen vergessen haben, sie zuzumachen.

In dem Punkt sind die Schweden sonderbar. Zahlen wahre Unsummen für massive Haustüren mit fetten Schlössern, überlassen die klapprige Terrassentür aber ihrem Schicksal.

Er zieht sich den dünnen Stoff übers Gesicht und schleicht über den neuverlegten Rasen.

Der ist weich und erdig. Die Kanten sind gut sichtbar. Bestimmt von der Rolle gekauft, würde er sagen.

Der Pool ist von unten beleuchtet. Er kann selbst von hier die Wasseroberfläche nur erahnen, allerdings scheint die Luft direkt darüber in dem künstlichen Licht fast zu schimmern.

Er klettert auf die hohe Holzterrasse. Schaut sich noch einmal gründlich nach Bewegungsmeldern um. Weiß, dass einer über dem Garagentor angebracht ist. Hier aber keiner.

Aus der Entfernung wirft er einen Blick durch die Terrassentür.

Dahinter rührt sich nichts.

Das ist fast zu einfach. Als hätten sie ihm einen roten Teppich ausgerollt.

Er schleicht über die Holzfliesen, bleibt reglos stehen, als er im

Augenwinkel sieht, dass Wasserblasen vom Boden des Pools aufsteigen.

Woher kommen die?

Und was ist mit dem Wasser passiert?

Es ist sonderbar verfärbt. Als hätte jemand eine Dose roter Farbe hineingekippt. Irgendetwas treibt wippend an der Oberfläche. Sieht aus wie ein Tischtennisball in einer offenen, eitrigen Wunde.

Widerlich.

Ist da ein Tier ertrunken?

Er geht langsam näher.

Bis an die Kante.

Jesus, Jesus, Jesus.

Er kommt aus dem Gleichgewicht, als würde etwas im Wasser an ihm ziehen.

Am Boden des Pools liegt eine hübsche junge Frau, die ihn anstarrt.

Ihr Haar wogt im blauen Wasser, glänzt im Licht eines Unterwasserspots, genauso die fleischigen Hautfetzen, die von ihrem Hals abstehen.

Ihr Blick klebt an seinem, und sie lächelt. Flüstert ihm zu, wie eine Sirene aus einem uralten Mythos.

Komm.

Komm zu mir.

Und sie ist nicht allein. Dort liegen weitere Leichen.

Ein Mädchen hat sich in einer Ecke zusammengekauert, als würde sie frieren. Eine dritte mit ausgestreckten Armen, als hätte sie jemand an ein unsichtbares Kreuz genagelt.

Auch ihr Gesicht ist ihm zugewandt, aber sie kann ihn nicht mit ihrem Blick locken. Nicht wie die erste. Denn dort, wo ihre Augen sitzen sollten, sind nur noch zwei leere, rote Höhlen.

Er macht einen Schritt zurück, reißt sich aus ihrem Bann. Rasselt Gebete runter, die er seit seiner Kindheit nicht mehr aufgesagt hat.

Aber keine höhere Macht kann ihm jetzt noch helfen.

Oder ihnen.

Er holt sein Handy heraus. Es entgleitet ihm, schlittert über die Holzfliesen. Er stürzt auf die Knie, bekommt es gerade noch zu fassen, bevor es ins Wasser geplumpst wäre.

Ins Blut.

Er stützt sich mit der freien Hand ab und richtet sich wieder auf. Wendet sich vom Pool ab und wählt eine Nummer, von der er nie gedacht hätte, dass er sie jemals wählen würde.

## 32

Zack wird vom Handyklingeln geweckt.

Meras warmer Körper an seinem. Das dünne Seidenlaken wie eine Wolke über ihnen, die grauen Wände fast schwarz in der Dunkelheit der Nacht.

Widerwillig lösen sich Körper und Geist aus dem Schlaf.

Er reckt sich nach dem Handy. Sieht die Uhrzeit: 04.57.

»Hallo?«

»Ich bin's.«

Deniz' Stimme.

Zack setzt sich vorsichtig auf, will Mera nicht wecken.

»Hallo? Bist du wieder eingeschlafen?«, fragt Deniz.

»Nein, ich bin noch dran.«

»Es ist wieder passiert.«

»Was?«

»Drei junge Frauen sind tot aufgefunden worden. In Huddinge. Offenbar massenweise Blut, wie auf Kopparkobben.«

»Wo bist du?«

»In fünf Minuten vor deiner Haustür.«

»Ich bin bei Mera.«

»Okay, dann komme ich dahin.«

Zack zieht sich an. In der Küche findet er Papier und Stift. Schreibt Mera eine Nachricht, legt sie auf ihrer Seite des Bettes auf den Boden und gibt ihr einen Kuss auf die Wange.

Liest noch einmal, was er geschrieben hat:

*Muss zur Arbeit. Ich liebe dich. Z.*

Vor der Villa stehen bereits mehrere Streifen- und Rettungswagen, als Deniz und Zack in die Straße einbiegen.

Sie parken vor dem Nachbarhaus, einem großen, zweistöckigen, weißgekalkten Haus, gebaut im Stil des Funktionalismus und mit Blick auf den See Trehörningen.

Eine blondierte Frau im Morgenrock starrt neugierig aus einem Fenster im ersten Stock.

Zack schaut aufs Wasser. Dünne Nebelschleier schweben über der Oberfläche wie traurige Elfen. Umhüllen eine kleine, bewaldete Insel im südlichen Teil des Sees.

»Kommst du?«, fragt Deniz.

Sie gehen hinein. Grüßen ein paar Kollegen im Flur. Sehen zwei Rettungssanitäter, die sich leise in der Küche unterhalten, treten dann auf die Terasse, wo sie auf Koltberg in seinem weißen Ganzkörperanzug treffen. Er hat Trittplatten ausgelegt, um die Oberfläche vor kontaminierenden Fußspuren zu schützen, und untersucht gerade ein halbleeres Weinglas.

»Dürfen wir uns umsehen?«, fragt Zack.

»Solang ihr auf den Platten bleibt.«

Also treten sie an die Poolkante.

»Ach, verdammte Scheiße«, flüstert Deniz durch zusammengebissene Zähne.

Sie wechseln einen Blick und zwingen sich dann, wieder ins Wasser zu schauen. Auf die Leichen.

Auf das unbehagliche Lächeln.

Genauso sorglos und friedlich wie das von Ebba Langer.

Die hängen zusammen, denkt Zack. Die Todesfälle auf Kopparkobben und diese hier.

Auf irgendeine irrsinnige Art.

Bloß wie?

Was war in der Welt dieser Jugendlichen los, wovon wir nichts mitbekommen haben?

Er denkt an das, was Deniz ihm im Wagen erzählt hat. Dass die Eltern eines der Mädchen gerade auf dem Heimweg von Roslagen sind.

Müssen sie das hier wirklich sehen?

Koltberg betrachtet irgendetwas eingehend auf dem Boden. Schraubt dann ein Makroobjektiv auf seine Nikonkamera und macht ein paar Fotos, bevor er mit einer Pinzette das aufhebt, was er gefunden hat, und in einer Plastiktüte verstaut.

»Hier war noch jemand«, sagt er. »Ein Mann, höchstwahrscheinlich. Da sind erdige Fußspuren einer Schuhgröße dreiundvierzig oder vierundvierzig auf den Holzfliesen. Ich habe ein paar Techniker darauf angesetzt, die Spur zu verfolgen, um herauszufinden, wohin sie führen.«

Am hinteren Ende des Gartens in der Nähe einer vernachlässigten Hecke kann Zack zwei Kriminaltechniker erkennen, die sich über etwas beugen.

»Wer hat den Notruf abgesetzt?«, fragt Deniz.

»Ein Mann mit unterdrückter Nummer, der anonym bleiben wollte. Er hatte einen leichten Akzent, mehr wissen wir nicht«, sagt Koltberg, dann nimmt er die Kamera wieder zur Hand und dokumentiert weiter Einzelheiten des Tatorts.

Deniz' Handy klingelt, und sie geht ins Haus.

Einer der Techniker am Zaun ruft nach Koltberg.

Zack folgt ihm, aber hält sich im Hintergrund.

»Ja?«, sagt Koltberg, als sie die beiden erreicht haben.

»Hier sind auch Fußspuren. Und sie sind nicht alt. Jemand ist über den frischverlegten Rasen gegangen, und ich glaube nicht, dass es sich dabei um den Besitzer des Hauses gehandelt hat.«

»Warum nicht?«, fragt Koltberg.

»So ein Rollrasen ist schweineteuer. Wer sich so was kauft, lässt ihn gemeinhin ruhen, bis er Wurzeln geschlagen hat.

*Wer war heute hier?*, fragt sich Zack.

*Hat jemand gesehen, wie die Mädchen gestorben sind?*

*Oder hat er dafür gesorgt, dass sie starben?*

Ein Taxi hält hinter einem der Streifenwagen. Zack sieht, dass Sandra aussteigt und elegant unter dem Absperrband hindurchtaucht.

Etwas an ihrer Kleidung lässt ihn stutzen. Sie trägt denselben grauen Blazer wie gestern. Dieselbe Jeans. Aber das T-Shirt ist ein anderes. Lila mit einem silbernen Aufdruck.

Deniz hat so eins.

Sandra winkt ihm zu und läuft dann ins Haus.

Das Taxi setzt zurück und rammt fast einen anderen Wagen, der gerade hinter ihm einfährt.

Ein Fotograf und ein Reporter steigen aus.

Zack geht sofort ins Haus. Will ihnen zuvorkommen, bevor sie irgendeine idiotische Story hochkochen können, warum der »Superpolizist« hier ist.

So wurde er nach dem Fall mit den menschenfressenden Wölfen letzten Sommer in den Medien genannt, und seit der Jagd auf den Löwenmann im Winter hat sich der Spitzname wohl etabliert.

In der Küche steht Sandra und hält Deniz im Arm, vermutlich um ihr über das jüngste Erlebnis am Pool hinwegzuhelfen.

Koltberg schiebt sich an Zack vorbei, um irgendein Werkzeug

unter laufendem Wasser abzuspülen. Er hält inne, als er die Umarmung der beiden Frauen sieht, dreht dann den Kran voll auf und murmelt etwas Richtung Deniz, dass sie vor ihre eigene Haustür kackt.

Diese lässt Sandra sofort los, packt Koltberg am weißen Schutzanzug und presst ihn gegen die Wand.

»Du hast verdammt noch mal überhaupt keine Ahnung, du verdammter ...«

Zack greift nach ihren Schultern, zieht sie weg.

»Nicht hier, nicht jetzt.«

Dabei weiß er nicht mal, auf wessen Seite er steht. Koltberg und Deniz verhalten sich beide gleichermaßen unprofessionell.

Funktioniert denn in dieser verdammten Einheit niemand mehr normal?

Koltberg schüttelt das Wasser von seinem Werkzeug und verschwindet schnell, ohne noch etwas zu sagen.

»Idiot«, zischt Deniz hinter ihm her.

Zack lässt sie los. Sie wendet sich ab und starrt aus dem Fenster, und Zack fragt sich unweigerlich, ob ihr Wutausbruch daran lag, dass Koltberg einen wunden Punkt getroffen hat. Deniz verabscheut Männer, die sich an jungen, hübschen Aushilfspolizistinnen vergreifen. Und jetzt sieht es so aus, als hätte sie selbst genau dasselbe getan.

Sandra legt Deniz eine Hand auf die Schulter, und da muss Zack sich eingestehen, dass ihm das missfällt.

Nicht, weil er ihr keine neue Liebschaft gönnt. Ganz im Gegenteil.

Aber bei der Arbeit will er selbst Deniz' erste Wahl sein. Mit ihr arbeitet er am besten zusammen.

Wird das nun anders?

Auch egal. Darüber kann er gerade nicht nachdenken.

Er geht wieder hinaus auf die Terrasse. Will diesmal analytischer an die Szene herangehen, will eine Ahnung davon bekommen, was hier passiert sein könnte.

Die Scherben eines zerbrochenen Weinglases am Poolrand. Die beiden größten sind blutig, als hätten die jungen Frauen sich damit gegenseitig verletzt.

Ein Stück entfernt, auf dem Teil der Terrasse, die von der Fassade überschattet wird, steht Koltberg und wühlt in seiner Tasche herum. Sein Gesicht ist nach dem kurzen Schlagabtausch in der Küche noch immer tiefrot, und als er Zacks Blick auf sich spürt, winkt er ihn mit schnellen, zackigen Bewegungen heran.

*Jetzt bekomme ich sicher einen Anpfiff*, denkt Zack. *Weil ich mich nicht um meinen eigenen Scheiß gekümmert, sondern mich eingemischt hab.*

Aber Koltberg sagt nur:

»Ich will dir was zeigen.«

Mit den behandschuhten Händen nimmt er einen kleinen Stoffbeutel aus einer Kiste mit Beweismaterial, die auf einem Kiefernholztisch steht.

Daraus angelt er eine rosa Pille, die er zwischen Zeigefinger und Daumen hochhält.

»Was ist das?«, will Zack wissen.

»Das kannst du vermutlich besser beantworten als ich.«

Zack betrachtet die Tablette. Sie ist rund und glänzt. Darauf ist Bambis Kopf eingestanzt, das Rehkitz aus dem Disneyfilm.

*Drogen*, denkt er sofort. *Designt, um Jugendliche anzusprechen.*

Er hat ähnliche Produkte in anderen Zusammenhängen gesehen. LSD-Tickets mit blauen Blumen, andere mit farbenfrohen Elfen.

»Und?«, fragt Koltberg.

»So eine hab ich noch nie gesehen. Aber ich vermute, dass wir damit endlich die Antwort auf die Frage haben, welche unbekannte Substanz sich im Blut der Jugendlichen befand.«

Koltberg lässt die Pille wieder im Beutel verschwinden. Sieht dabei ungefähr so erwartungsvoll aus wie ein Kind, das gerade ein geheimes Schatzkästchen entdeckt hat, dessen Deckel es bald lüften darf.

Zack schaut noch einmal zum Pool. Die stille Oberfläche liegt wie ein Glasdeckel über den Schatten am Boden.

*Was ist denn in diesen Pillen drin?*

*Und warum habt ihr sie genommen?*

Er schaut sich auf der Terrasse um.

Vier robuste Holzsessel mit blauen Sitzpolstern stehen um einen viereckigen Tisch, in einem Fach unter der Tischplatte liegen ein Stapel Bücher und ein paar Magazine.

Zack holt sich Schuhüberzieher aus Koltbergs Tasche und streift sie über. Am Tisch geht er in die Hocke und betrachtet die Buchrücken. Sucht nach Titeln, die denen aus Theo Stranddahls Zimmer ähneln.

Theo hatte seine zwar versteckt, aber wenn diese Mädchen eine Woche lang sturmfreie Bude hatten, ließen sie die vielleicht offen herumliegen.

Krimis, Krimis, Krimis. Und ein paar Wohnzeitschriften.

Er will sich gerade wieder aufrichten, als ihm etwas unter einem der Sessel auffällt.

Eine rosa Tablette, die in einer Fuge klemmt.

Er schaut sich nach Koltberg um, der allerdings wieder zum hinteren Teil des Gartens gegangen ist. Steht dort und spricht mit den anderen Kriminaltechnikern.

Zack greift in seine Jackentasche und findet eine zerknitterte Serviette. Dreht sich schnell um, fischt die Tablette hervor, schlägt sie in die Serviette ein und verstaut sie in seiner Hosentasche.

# 33

Wilhelm Petterson, siebenundsechzig Jahre, schenkt sich ein zünftiges Glas Whisky ein und setzt sich auf seine Ledercouch, mit dem Rücken zu der großartigen Aussicht über den See.

»An einem Tag wie diesem brauch ich einen für die Nerven«, sagt er zu Zack und Deniz, sieht aber gleichzeitig gar nicht so unglücklich darüber aus, eine gute Entschuldigung dafür zu haben, direkt nach dem Frühstück Alkohol zu trinken.

»Haben Sie gestern Abend etwas Auffälliges bei Ihren Nachbarn gehört oder gesehen?«

»Bei den Larssons, meinen Sie?«

Zack nickt.

Sirpa Hemälainen hat Passbilder der Familie gemailt, und Koltberg konnte so die siebzehnjährige Tochter Desiree als eine der Toten identifizieren. Anhand von Fotos und Dateien auf dem Laptop, den sie im Wohnzimmer gefunden hatten, konnten sie sogar die anderen beiden Toten, Alva Jonsdotter und Evelina Bergmark identifizieren. Beide ebenfalls siebzehn.

Wilhelm Pettersson schüttelt den Kopf und trinkt einen großen Schluck aus dem Whiskyglas.

»Normalerweise schaue ich ja gern mal raus, wenn die Mädchen baden«, sagt er und zwinkert Zack zu, »bloß gestern Abend war ich angeln. Aber da war nichts zu holen, komplett tote Hose im Wasser. Sind Sie sicher, dass Sie nicht auch einen wollen?«

Die Frage ist an Zack gerichtet. Deniz wird von ihm ignoriert, seit sie den Fuß in sein Haus gesetzt hat.

Vielleicht weil sie eine Frau ist. Oder Migrantin. Oder beides.

»Wie gut kannten Sie Desiree Larsson?«, fragt Zack.

»Ich habe sie gegrüßt, wenn wir uns getroffen haben, aber Sie wissen ja, die Jugend lebt in ihrer eigenen Welt.«

»Haben Sie in letzter Zeit eine Veränderung in ihrem Verhalten oder dem ihrer Eltern bemerkt? Neue Bekannte, die zu Besuch kamen, oder irgendetwas anderes?«

Der Mann schüttelt den Kopf und füllt sein Glas ein weiteres Mal.

»Nun ja, sie war schon immer ein bisschen schlampig«, sagt Elisabeth Erixon und schaut dabei Sandra Sjöholm an, die ihr gegenüber am Küchentisch des weißgekalkten Nachbarhauses sitzt.

»Ich habe gesehen, dass sie nachts mit so einem heruntergekommenen jungen Mann vor dem Haus herumgestanden und rumgemacht hat, bevor sie reingegangen ist. Und nicht nur ein Mal, möchte ich betonen.«

Sie trinkt einen Schluck Kaffee und beißt in ihr Käsebrötchen, schaut dabei aus dem Fenster, betrachtet die Kronen der Apfelbäume, und dann wandert der Blick zum mit Absperrband gesicherten Nachbarhaus.

»Wissen Sie, wie der junge Mann heißt?«, fragt Sandra.

»Nein.«

»Inwiefern war er heruntergekommen?«

»Ach, Sie wissen schon. Löcher in der Hose. Strubbeliges Haar. Es würde mich nicht verwundern, wenn Desiree und ihre Freundinnen diese Pillen von ihm hatten.«

*Wir haben mit noch gar keinem Wort erwähnt, was den Mädchen passiert ist*, denkt Sandra. *Trotzdem scheinen es schon alle zu wissen. Diese hochnäsige Dame und alle Neugierigen, die sich vor der Absperrung herumdrücken.*

»Und Desiree? Wie war sie sonst?«

»Fröhlich und nett. Manchmal ein bisschen stur, so wie vor ein paar Tagen, als sie herkam und mich davon überzeugen wollte, ihr Geld für irgendein Projekt mit Asylbewerbern zu geben. Davon abgesehen war sie, wie schon gesagt, sehr nett.«

Elisabeth Erixon erhebt sich vom Küchensofa, richtet ihren Blazer und schaut wieder aus dem Fenster. Hinunter zu den Kriminaltechnikern, die auf der anderen Seite der Hecke im Garten ihrer Arbeit nachgehen, dann zu der Menschentraube, die sich vor dem blau-weißen Absperrband versammelt hat.

»So viele Leute. Was haben die hier zu suchen? Sicher verbreitet sich das Gerücht, dass hier eine Bande von Drogensüchtigen wohnt. Dabei wollten wir bald schon unser Haus verkaufen und in eine Eigentumswohnung in der Innenstadt ziehen. Jetzt werden wir uns auf eine Wertminderung von sicher mehreren hunderttausend Kronen einstellen müssen.«

In der Küche des Hauses hinter der Absperrung sitzt Rudolf Gräns mit den Eltern von Desiree Larsson und lauscht den fast unmenschlichen Lauten, die aus ihren Kehlen dringen. Sie klingen wie verletzte Tiere, die versuchen, dem Tod zu entfliehen.

Douglas Juste steht mit der Mutter eines der anderen Mädchen, Alva Jonsdotter, im Garten. Rudolf war vorhin bei ihnen. Hörte, wie anders sie im Vergleich zu Desirees Eltern reagierte. Sie stellte nur sehr sachliche Fragen und saugte jede Information auf.

Aber Rudolf weiß, dass sie auch noch anders reagieren wird. Später.

Er fragt sich, wie es wohl bei Evelina Bergmarks Eltern läuft. Eine Streife ist zu ihnen gefahren, um ihnen die Nachricht zu überbringen, von der sich kein Elternteil je erholen kann.

Gegenüber von ihm versuchen Torsten und Marielle Larsson einmal mehr, sich zu sammeln. Holen tief Luft. Trinken etwas Wasser. Aber kaum wollen sie etwas sagen, brechen ihre Stimmen.

*Eure Leben bleiben von nun an so finster wie meins*, denkt Rudolf.

*Nur innerlich.*

*In der Seele.*

# 34

Sirpa Hemälainen nimmt die Hände von der Tastatur und rollt mit dem Drehstuhl zurück, damit sie sich die schmerzenden Knie massieren kann.

Wie immer, wenn etwas Spektakuläres vorgefallen ist, hat sie das Büro für sich.

Sie sollte eine Pause einlegen, nach Hause fahren und eine Runde mit Zeus drehen. Die Beine arbeiten lassen, wie ihre Ärztin für gewöhnlich sagt.

Aber dafür hat sie keine Zeit.

Nicht jetzt, wo sie vielleicht etwas gefunden hat.

Sie muss an Jari denken. Seinen verwirrten, entrückten Blick in Helsinki letztes Frühjahr. Sie war unterwegs zu einem Treffen mit der Verwandtschaft, als sie am Hauptbahnhof aus purem Zufall mit ihm zusammenstieß. Heruntergekommen, mager, verpickelt und gerade im abflauenden Drogenrausch. Er schämte sich, schaute zu Boden und tat so, als kenne er sie nicht.

Jemand hat ihm seine erste Pille gegeben, seinen ersten Schuss verpasst.

Genau wie jemand den Mädchen in Huddinge diese rosa Tabletten gab. Vielleicht sogar dieselbe Person, die auch die Clique vom Kopparkobben versorgt hatte.

Könnte David Mathias das Zeugs auch ihnen verkauft haben? Er oder jemand anderes, der meint, ein Recht darauf zu haben, jungen Menschen das Leben auszusaugen.

Aber niemand sonst soll noch durch die rosa Pillen sterben müssen. Niemand Geld damit verdienen, den Tod zu verbreiten.

Sirpa hat die vergangene Stunde damit verbracht, die drei jungen Frauen zu durchleuchten. Hat geprüft, ob sie bereits in Ermittlungen aufgetaucht sind – sind sie nicht –, und ob es eine

Verbindung zwischen ihnen und den Opfern vom Kopparkobben gibt.

Sie fand nichts. Jedenfalls nicht sofort.

Denn dann durchsuchte sie die Freundeslisten der Opfer auf Facebook, und dort war die Verbindung:

Axel Hultqvist ist Facebookfreund von Desiree Larsson aus Huddinge.

Sirpas Knie brennen wie Feuer.

Das hat etwas zu bedeuten. Das muss es einfach.

Sie öffnet ein weiteres Browserfenster.

Lässt die Finger arbeiten.

Ein paar Stockwerke tiefer, im Kellergeschoss, wo sich das Labor befindet, steht Sam Koltberg vor einem Computer und jagt die Fingerabdrücke aus Huddinge durch die Schnellsuche. Eine nervige Aufgabe, die er normalerweise anderen überlässt.

Aber jetzt ist Eile geboten, und er weiß, wie viel Zeit er spart, wenn er das eben selbst übernimmt.

An der Poolkante gab es massenweise Fingerabdrücke, genauso an der Terrassentürklinke und dem Türrahmen. Die meisten gehören Mitgliedern der Familie, aber nicht alle.

Über die lässt er gerade die Suche laufen.

Das System arbeitet. Versucht Treffer in der landesweiten Datenbank zu finden.

Er verlässt gerade das Labor, um Kaffee aufzusetzen, als ihn das Plingen des Computers zurückeilen lässt. Es gab einen Treffer.

Ein Passfoto taucht auf dem Bildschirm auf, daneben der kriminalistische Lebenslauf.

Victor Valdez.

Dreiundzwanzig Jahre alt. Wohnhaft in Skarpnäck im Süden Stockholms. Fünfmal verurteilt wegen schwerer Körperverletzung, Einbruch und Hehlerei.

Er war mehrfach kurz im Knast und wurde aus seiner letzten Haftstrafe im April dieses Jahres auf Bewährung entlassen.

Koltberg überfliegt die Beschreibung.

Findet die Schuhgröße.

Dreiundvierzig.

Er nimmt das Telefon zur Hand und ruft Douglas Juste an.

# 35

Die Wohnung liegt in einem Mehrfamilienhaus aus rotem Backstein nur wenige Meter von der U-Bahnstation Skarpnäck entfernt.

Zack fummelt an der gefalteten Serviette in seiner Hosentasche herum, während er Deniz durch die Tür folgt. Warum hat er die rosa Tablette mitgenommen? Was will er damit?

Idiot.

Deniz schaut ihn an, erkennt die Sorge auf seinem Gesicht.

»Alles okay?«

Er nickt, versucht, sich auf ihre Aufgabe zu konzentrieren.

Die roten Fliesen im Eingangsbereich lösen sich zum Teil von den Wänden. Die beiden gehen in den ersten Stock und klingeln.

Schwerer Hiphop dröhnt in hoher Lautstärke aus der Wohnung.

Deniz stellt sich schräg hinter Zack und zieht ihre Waffe.

Victor Valdez' Fingerabdrücke waren am Rand eines Pools, in dem drei junge Frauen gestorben sind. Ein krimineller Mann, erst vor kurzem auf Bewährung entlassen worden. Verurteilt, weil er einem Vierzehnjährigen den Kiefer gebrochen hatte.

Verkauft dieser Victor Valdez die Bambitabletten? Arbeitete er mit David Mathias zusammen?

Zack klingelt noch einmal. Lässt diesmal den Finger auf dem Knopf.

Eine Sicherungskette rasselt. Die Tür öffnet sich einen Spalt, und Zack reißt sofort an der Klinke.

Heraus stolpert ein verwunderter Mann mit kurzgeschorenem Haar und einer glänzenden Silberkette um den Hals. Ein schwarzes Hemd und eine Jogginghose aus glänzendem dunkelgrauem Stoff runden den Gangster-Look ab.

Er starrt sie an. Erst in ihre Gesichter, dann auf Deniz' Pistole und dann auf die Dienstausweise, die sie ihm hinhalten. Eine Hand bleibt an der Klinke, die andere ballt sich zur Faust, während er abzuwägen scheint, was er als Nächstes tun soll.

Zack schiebt seinen Fuß vor, um zu verhindern, dass er ihnen die Tür vor der Nase zuschlägt.

»Sind Sie Victor Valdez?«, fragt Zack.

Der Mann schaut Zack prüfend an, wie ein Straßenkämpfer, der seinen Gegner beurteilt.

Dann lässt er die Klinke los, entspannt sich und nickt.

Sie folgen ihm in die Wohnung, Deniz noch immer mit gezogener Waffe.

Victor Valdez bewegt sich mit schnellen, zackigen Bewegungen. *Weil er Angst hat*, denkt Zack, *oder weil er abhauen will?*

Der Hiphop dröhnt aus dem Wohnzimmer. Ein Amerikaner rappt aufgebracht, dass alle Bullen sterben sollen.

Der Bass lässt die Scheiben erzittern.

Victor Valdez dreht die Musik am kabellosen Lautsprecher leiser, und Zack nimmt vage den Geruch von Marihuana wahr. Drei ungeöffnete Kartons mit Sony-Fernsehern lehnen an der einen Wand, auf dem Couchtisch liegen iPhones, Samsunghandys und ein Stapel iPad-Verpackungen.

Victor Valdez bemerkt Zacks Blick und sagt:

»Mir ist klar, dass das ein bisschen verdächtig aussieht, aber ich verwahre die hier nur für einen Kumpel. Es gab da einen Wasserschaden in seinem Laden.«

»So ein Unglück«, sagt Zack und hebt die Augenbraue.

»Setzen wir uns in die Küche«, sagt Victor Valdez.

Deniz wirft auf dem Weg zur Küche einen Blick in Schlafzimmer und Bad, aber sie sind allein in der Wohnung.

Zwei nicht zueinanderpassende Stühle stehen sich an einem zerkratzten Tisch gegenüber, der zur Hälfte von Werbeprospekten bedeckt ist.

Auf der Spüle stehen zwei Taschen mit Elektrokram. Victor Valdez stellt sie schnell auf einen Schrank.

Dann lässt er die Jalousien herunter, als hätte er Angst, jemand könnte beobachten, dass er mit der Polizei spricht.

»Wissen Sie, warum wir hier sind?«, fragt Deniz, die, genau wie Zack, stehen bleibt.

»Die Villa in Huddinge.«

Deniz nickt.

»Ja, ich war da, das haben Sie wohl schon rausgefunden. Aber ich hab nichts mit den Morden zu tun. Ich schwöre.«

Die Angst in seinem Blick ist nicht zu übersehen. Er stottert herum:

»Ich wollte da einbrechen, okay? Das gebe ich zu. Aber als ich die toten Mädels da im Pool gesehen habe, also, verdammt. Da bin ich sofort abgehauen. Hab auch nichts mitgehen lassen, null. Sie können ja die Besitzer fragen, ob was fehlt.«

»Die haben gerade andere Sorgen«, sagt Zack.

»Waren das ihre Kinder? Scheiße, ey. Was für ein Psycho hat das denn verbrochen?«

»Jemand hat die Polizei verständigt. Waren Sie das?«, fragt Zack.

»Ja. Ich hab meinen Namen nicht gesagt, das hab ich einfach nicht gebracht. Ich will damit nichts zu tun haben. Aber ich hab trotzdem den ganzen Tag daran gedacht. Hab echt Bauchschmerzen deshalb. Was, wenn der Mörder mich gesehen hat? Dann will der mich vielleicht auch noch ausschalten.«

»Wie lange verkaufen Sie schon Bambipillen?«, fragt Zack.

»Was soll ich verkaufen?«, fragt der Typ und sieht aufrichtig verwundert aus.

»Erzählen Sie uns etwas über David Mathias«, sagt Deniz.

Victor Valdez zuckt nur mit den Schultern.

»Nie gehört. War der das? Hat der die Mädchen abgemurkst?«

Zack und Deniz wechseln einen schnellen Blick.

Sagt er die Wahrheit? Das wirkt völlig unwahrscheinlich, und auch wieder nicht. Sie haben es hier schließlich nicht mit dem hellsten Licht auf diesem Planeten zu tun.

»Wir möchten, dass Sie uns erzählen, was Sie gestern Abend gemacht haben. Und zwar ganz genau, Minute für Minute«, sagt Zack.

»Klar, okay. Womit soll ich anfangen? Ich war mit ein paar Kumpels in der Stadt. Bei McDonald's, ich habe nur einen Cheeseburger gegessen, und dann …«

»Wir machen das nicht hier«, sagt Deniz freundlich. »Sie müssen uns aufs Revier begleiten.«

# 36

Es ist kurz nach fünf, die Kollegen der Sondereinheit sind auf dem Rückweg zum Polizeirevier. Als sie die Bergsgatan kreuzen, versucht die Sonne, Zack in den Asphalt zu brennen. Trotzdem ist er über Douglas Justes Vorschlag dankbar, dass sich alle im Café in der Pilgatan mit Kaffee und Eis eindecken und sie die Besprechung in den Innenhof verlegen. In den stickigen Büroräumen war fast keine Luft mehr zum Atmen.

Die Stimmung ist so trostlos wie in einem Gefängnisinnenhof. Hohe Betonwände zu allen Seiten, Löwenzahn, der in den Ritzen der Steinplatten wächst.

Sie schleppen jeder einen sonnengebleichten Plastikstuhl in den schattigen Teil des Hofs und setzen sich in einen Halbkreis, als wären sie Mitglieder der Anonymen Alkoholiker, bereit, ihre jüngsten Rückfälle zu schildern.

Zack betrachtet seine Kollegen. Erschöpft, verschwitzt, unzufrieden.

Ihm geht es ganz genauso.

Alles scheint sich gegen sie verschworen zu haben.

Nicht mal ein Krimineller, der sich mit dem Tatort in Verbindung bringen lässt, bringt sie voran.

Die erste Vernehmung Victor Valdez' ist gerade vorbei, seine Schilderung des Abends scheint zu stimmen. Er wurde sogar von einer Überwachungskamera bei McDonald's aufgezeichnet, genau zu dem Zeitpunkt, zu dem er angegeben hatte, dort gewesen zu sein. Was wiederum mit dem Zeitpunkt übereinstimmt, zu dem sich die Mädchen das Leben genommen haben.

»Das kann doch alles nicht wahr sein«, stöhnt Sandra Sjöholm und lässt den Kopf hängen. »Dann ist Valdez also nichts weiter als ein gewöhnlicher Einbrecher mit dem übelsten Timing?«

Ihr Vanilleeis schmilzt schon und tropft auf die Steinplatten.

»Immerhin können wir so einen von zehntausend potenziellen Bambidealern ausschließen«, sagt Sirpa Hemälainen voller Ironie. »Immerhin etwas.«

Douglas zieht sein Jackett aus und hängt es über die Lehne seines Plastikstuhls. Aber die Krawatte löst er nicht. Zack versteht nicht, wie er das aushält.

»Das ist eine vorzeitige Schlussfolgerung«, sagt Douglas. »Die technische Untersuchung seiner Wohnung hat gerade erst begonnen.«

*Finden werden die trotzdem nichts*, denkt Zack. *Das hab ich schon gespürt, als wir ihn abgeholt haben. Der Typ hat einfach nicht das erforderliche Kaliber, um diese Art Drogen zu verticken.*

Deniz seufzt neben ihm. Rudolf Gräns trocknet sich mit einem Stofftaschentuch den Schweiß im Nacken.

Douglas' Handy klingelt. Er holt es aus der Innentasche seines Jacketts, drückt den Anruf weg und richtet sich auf.

»Seid ihr jetzt alle fertig mit Seufzen und Klagen? Gut, dann lasst uns mal methodisch vorgehen. Zu allererst: Was sagen wir zu der Theorie des kollektiven Selbstmords? Sandra und Rudolf, ihr seid doch die Vernehmungsprotokolle von Freunden und Angehörigen der Mädchen durchgegangen.«

Der alte Plastikstuhl knirscht unheilvoll, als Rudolf die Sitzposition wechselt.

»Ich möchte behaupten, dass Evelina Bergmark, Alva Jonsdotter und Desiree Larsson zu den am wenigsten selbstmordgefährdeten Teenies gehörten, die man sich vorstellen kann«, sagt er. »Sie hatten einen großen Bekanntenkreis, waren engagiert, wollten die Welt verändern und hatten vermutlich sogar das nötige Durchsetzungsvermögen dafür. Wenn sie wirklich dieselbe Droge genommen haben wie die Jugendlichen auf Kopparkobben, dann jedenfalls nicht, weil sie sterben wollten.«

Douglas wendet sich an Sirpa.

»Was wissen wir über die Facebookfreundschaft zwischen Axel Hultqvist und Desiree Larsson? Wie gut kannten die sich wirklich?«

»Ich habe Axels Mutter angerufen. Nach ihrer Aussage waren sie gar nicht befreundet. Allerhöchstens bekannt. Über ihre Väter, die offenbar zusammen ein erfolgreiches Unternehmen führen. Es klang nicht so, als wären sie sich häufiger als einmal pro Jahr begegnet, und dann meist nur bei einem Betriebsfest, das von diesem Unternehmen organisiert wurde.«

»Kannst du dir die Verbindung zwischen den Vätern etwas genauer ansehen?«

»Wird gemacht.«

Douglas bleibt kurz still und beißt in sein schokoladenüberzogenes Eis am Stiel. Zack staunt schon wieder darüber, wie fertig er aussieht. Innerhalb von wenigen Tagen sind die Falten auf der Stirn tiefer geworden, die Lider schwerer.

»Nehmen wir einfach mal an, dass die Drogen, und zwar nur die Drogen, den gemeinsamen Nenner der beiden Fälle bilden«, sagt Douglas. »Nehmen wir darüber hinaus an, dass diese rosa Tabletten im großen Stil auf den Markt kommen sollen, dass David Mathias Teil von etwas viel Größerem war.«

»Dann sehen wir einer wahren Epidemie von toten Jugendlichen entgegen«, sagt Deniz.

Zack spürt wieder die zusammengeknüllte Serviette in seiner Hosentasche. Es fühlt sich an, als würde die rosa Tablette seine Haut verbrennen.

*Warum hast du sie mitgenommen?*

*Was hattest du damit vor?*

Douglas wendet sich an Sam Koltberg.

»Sind die Proben aus Huddinge nach Linköping geschickt worden?«

»Ja, die haben sie schon. Ich habe vorhin eine SMS von meiner Kontaktperson bei der Gerichtsmedizin bekommen. Sie haben bereits mit der Analyse begonnen.«

Douglas nickt und bleibt eine Weile still sitzen. Isst das Eis auf und spült Kaffee hinterher.

»Ich rechne zu diesem Zeitpunkt nicht mit Antworten«, sagt er schließlich. »Sobald wir hier fertig sind, kontaktiere ich Pressechef Petersén und bitte ihn, in einer Stunde eine Pressekonferenz anzuberaumen. Wir müssen die Bevölkerung vor diesen rosa Tabletten warnen.«

*Gut*, denkt Zack. *Bis wir zur Quelle vorgedrungen sind, können wir so wenigstens verhindern, dass noch jemand diesen Mist kauft.*

*Wenn David Mathias der einzige Dealer war, hat sich das Problem von selbst gelöst, aber das wissen wir natürlich nicht. Außerdem gibt es sicher schon andere, die bereit sind, seinen Platz einzunehmen.*

*Wenn er die Tabletten nicht selbst hergestellt hatte, selbstverständlich.*

*Aber an wie viele andere hatte er sie in dem Fall verkaufen können?*

»Zack«, sagt Douglas, als hätte er seine Gedanken gelesen. »Konnte deine Quelle dir etwas bezüglich David Mathias mitteilen?«

Da fällt Zack auf, dass von Abdulas Seite seit ihrem Treffen am Sonntag Funkstille herrscht. Unweigerlich fragt er sich, was das wohl bedeutet.

»Nein, noch nichts. Aber ich kann mal nachhaken.«

Douglas wendet sich an Sirpa.

»Und was gibt es Neues von seinem Computer?«

»Der wird uns nicht viel verraten. Aber ich habe mich ein bisschen bei Flashback und im Darknet umgeschaut«, sagt sie, und Zack staunt zum sicher hundertsten Mal, was sie immer alles schafft.

Das Darknet, der versteckte Teil des Internets, war für ihn immer ein undurchdringlicher Dschungel geblieben. Da kann man nicht mal ganz einfache Suchen starten.

Aber Sirpa bewegt sich mit einer Leichtigkeit hindurch, während sie gleichzeitig noch eine Vielzahl anderer Aufgaben jongliert.

»Auf dem größten Drogenumschlagplatz im Darknet wird eine ganze Menge über die Bambipillen diskutiert«, fährt Sirpa fort, »aber selbst dort scheinen Verwirrung und Ungewissheit groß zu sein. Es gibt Angebote, die Pillen für große Bitcoin-Summen zu kaufen, aber eine Antwort ist bislang ausgeblieben.«

»Das heißt, die Dinger sind noch nicht im Umlauf. Vielleicht haben die Jugendlichen den Dealer ja gekannt und mussten als Versuchskaninchen herhalten«, sagt Zack.

»Dann kann man ja nur hoffen, dass er mitbekommen hat, was damit schiefgelaufen ist, und den ganzen Rest wieder einkassiert hat«, sagt Rudolf.

Sandra lehnt sich vor und tupft ihm etwas heruntergetropftes Eis vom karierten Hemd. Rudolf nickt zum Dank.

»Oder aber er wusste von Anfang an ganz genau, welchen Effekt die Dinger haben«, sagt Zack. »Dann haben wir es mit einem ganz neuen Typ von Serienmörder zu tun. Jemandem, der blind tötet und höchstwahrscheinlich nicht aufhören wird, bis wir ihn gefunden haben.«

# 37

Zack rückt mit dem Stuhl näher an den Tisch und hebt das Glas.

Das schummrige Licht im Lokal ist schön. Man hört leises Gemurmel von den anderen Gästen, die in angenehmem Abstand sitzen.

Sein erster Impuls, als Mera ihm bei der Arbeit anrief, war, dankend abzulehnen.

Die zwei Stunden nach der Besprechung im Innenhof hatten sich genauso hoffnungslos angefühlt wie die vorangegangenen, und nach einem solchen Tag hatte er keine große Lust auf ein feines Abendessen.

Aber im Bruchteil einer Sekunde hatte er sich umentschieden.

Das war genau, was er brauchte.

Einen Moment lang Ruhe.

Liebe statt Tod.

Jetzt sitzt er also an dem geschmackvoll gedeckten Tisch und betrachtet Mera, lächelt, als er sieht, wie viel Leben aus ihren Augen sprüht. Wie schön der Ring an ihrem Finger ist und der an seinem.

Mera erwidert sein Lächeln und lässt das dünne, handgeblasene Glas zart gegen seins klirren.

Sie war schon vor ihm da, die Gläser waren bereits gefüllt, als er ankam.

Sie trägt ein neues, schwarzes Kleid, das Haar fällt ihr über die nackten Schultern und legt sich in sanften Wellen über ihr Schlüsselbein.

Die kleine Tischlampe wirft weiche Schatten auf ihr Gesicht, und als der Keller mit der Vorspeise kommt, lächelt er Mera so übertrieben schmeichelnd an, dass Zack sich fragt, ob er das ironisch meint.

Er trinkt einen Schluck Prosecco, lässt ihn auf der Zunge prickeln. Lehnt sich zurück und probiert einen der gegrillten Hummerschwänze. Süß und zart, versöhnlich, als könne ein Bissen davon gegen alles Übel der Welt helfen.

Mera hat ihm beigebracht, so zu essen.

Früher hatte er alles verachtet, was auf weißen Tischtüchern serviert wurde, fand es versnobt. Aber seine Geschmacksknospen gewöhnten sich daran, und er weiß mittlerweile Nuancen in raffiniert zubereiteten Gerichten zu schätzen.

»Danke für deine schöne Nachricht heute Morgen«, sagt Mera. »Ich liebe dich auch.«

»Ich wollte dich nicht wecken.«

»Das war auch gut so. Kannst du dich noch an das erste Mal erinnern, als wir hier waren?«

Zack nickt.

»Ich war noch nie in einem Lokal, wo unterschiedliche Gabeln und Messer neben dem Teller lagen. Als du davon sprachst, italienisch essen zu gehen, dachte ich eher so Richtung Pizzeria.

Hab mich fast hereingelegt gefühlt, als du mich hier reingebracht hast.«

Sie lachen und trinken wieder beide vom Prosecco.

Zack freut es, dass Mera ausgerechnet hierher hatte kommen wollen, wundert sich aber über den Tisch, den sie ausgewählt hat.

Normalerweise will sie sehen und gesehen werden. Denn es ist immer irgendein Kunde oder potenzieller Kunde ihres PR-Büros vor Ort. Ganz besonders in einem Lokal wie diesem, quasi dem Wohnzimmer der Bewohner von Östermalm.

Aber heute sitzen sie abgeschieden, außerhalb des Sichtfelds der anderen Gäste.

Er ahnt, dass irgendetwas im Busch ist. Ganz wie am Mittsommerabend.

Mera lässt die Hand in ihrer Handtasche verschwinden und holt ein kleines Geschenk heraus. Schmal, vielleicht zehn Zentimeter lang. Eingeschlagen in silbernes Papier.

»Noch ein Geschenk? Was ist es diesmal?«, fragt er.

»Das Beste, was uns passieren konnte.«

Er wickelt es ohne weitere Aufforderung aus. Zieht einen langen Plastikgegenstand heraus. Blau an den Seiten und in der Mitte ein rundes Display, auf dem ein Pluszeichen zu sehen ist.

»Weißt du, was das ist?«

Zack spürt, wie seine Hand zittert, wie sein Herz sich überschlägt.

»Ja«, sagt er. »Und plus bedeutet …«

»Wir bekommen ein Kind. Ich erwarte ein Kind. Dein Kind! Das bedeutet es.«

Zack schaut Mera an.

*Was hat sie gesagt?*

Er weiß, was sie gesagt hat.

Sie schauen sich schweigend an.

Aber ihre Augen verwandeln sich in die einer anderen.

Trübe, tote Augen, die vom Boden des Pools zu ihm aufschauen. Er schiebt das Bild weg. Drängt es zurück in die Dunkelheit.

Sie versucht, in seinem Gesicht zu lesen, eine Falte formt sich zwischen ihren dünnen Augenbrauen.

»Freust du dich nicht?«, fragt sie.

»Genau davon habe ich geträumt«, antwortet er, und es ist die Wahrheit. »Das ist alles, was ich will.«

Er steht auf, zieht sie an sich. Küsst sie.

»Zack Herry, du wirst Vater.«

Er nickt. Versucht, die Worte zu begreifen.

»Und du wirst ein wunderbarer Vater«, sagt sie.

In Meras Wohnung schläft sie in seinen Armen ein.

Ihr Atem geht langsam und regelmäßig.

Zack starrt an die Zimmerdecke, die schon bald auch seine sein wird.

Im Restaurant hatte er vorgeschlagen zusammenzuziehen, und sie antwortete, es gäbe gar keine andere Alternative für sie.

*Für mich auch nicht*, denkt er.

*Sie erwartet mein Kind.*

*Ich werde Vater.*

*Der beste Vater der Welt. Der Vater, den ich mir selbst gewünscht hätte.*

Er dreht den Kopf und betrachtet sie.

*Ich liebe dich, Mera. Für den Rest meines Lebens werde ich dich lieben. Und unser Kind werde ich mehr lieben als das Leben selbst.*

# 38

## Mittwoch, 29. Juni

Es ist halb sieben am Morgen, und Zack wandert durch die Straßenzüge nach Hause, die bisher noch nicht wieder zum Leben erwacht sind.

Die Albträume haben ihn auch in dieser Nacht heimgesucht, diesmal sogar noch schlimmer als sonst.

Er stand auf Kopparkobben mit seinen Teleskopschlagstöcken in den Händen. Blut troff von ihnen auf den Fels, um ihn herum lagen erschlagene Kinder.

Seine und Meras zukünftige Kinder.

Das Kind, das gerade in ihr heranwächst. Und die Kinder, die sie vielleicht noch bekommen werden.

Er hatte es getan.

Er hatte seine eigenen Kinder getötet.

Als wäre dies sein Schicksal.

Warum?

Er verlässt die Innenstadt über die Barnhusbron und biegt dann rechts in den Spazier- und Radweg, der am Karlbergskanal entlangführt und schließlich parallel zu seiner Straße verläuft, Kungsholms strand.

Die Weiden lehnen sich weit übers Wasser, eine Bierdose treibt still unter den Blättern hindurch.

Im Traum hatte er wieder Drogen genommen, und im Rausch war er plötzlich davon überzeugt, dass Mera ihn betrogen hat. Es folgte ein irrer Wutausbruch, bei dem er entschied, sich auf die schrecklichste Weise an ihr zu rächen, die ihm einfallen wollte.

Er kann sich noch immer an das Gefühl erinnern, das er im Traum hatte, als er in der Morgenkälte auf der kleinen Felseninsel stand und sich eingestehen musste, dass es nicht den kleinsten Beweis dafür gab, dass Mera ihn wirklich betrogen hatte. Dass es vielleicht gar nicht stimmte.

Er war in Meras Bett aufgewacht. Hat sie etwas im Schlaf murmeln hören.

Er hatte sie umarmen wollen, sich dafür aber viel zu schmutzig gefühlt. Als könnte er sie mit dem Blut des Traumes besudeln. Deshalb war er lieber aufgestanden, hatte sich angezogen und zu Fuß auf den Heimweg gemacht.

Er sieht eine Ente, die mit einer Schar flauschiger Küken die Straße überquert und dann in den schmalen Kanal gleitet, um nach Vasastan zu schwimmen.

Zack überquert die Fahrbahn in entgegengesetzter Richtung, und schon ist er zu Hause. Er tippt den Code ein, öffnet die Tür und geht hinein. Im Flur seiner Wohnung schiebt er mit dem Fuß ein paar Werbeprospekte beiseite, hängt seine Jacke an den Haken und bleibt dann stehen, um seine chaotische Einzimmerwohnung zu betrachten.

Wie lange wohnt er jetzt schon hier?

Sechs Jahre? Sieben?

*Trotzdem hat es sich nie wie ein Zuhause angefühlt*, denkt er. *Es war immer nur ein Ort, an dem ich bis auf weiteres geblieben bin.*

Ein Zuhause sollte mehr sein. Etwas, nach dem man sich sehnt, wenn man weg ist.

Das wird sich jetzt ändern, bald, wenn er die Wohnung verkauft hat und zu Mera gezogen ist. Wenn er nach einem langen Arbeitstag nach Hause kommt und schon durch die Tür Babygebrabbel hört. Eine Stimme, die »Papa« sagt.

Er legt sich aufs Sofa und denkt an den Albtraum. Daran, was er mit seinen Kindern getan hat.

Die Angst sitzt ihm noch immer wie ein spitzer Stein in der Brust, der warme Eisengeruch so deutlich in der Nase.

Der Traum war so wirklich. Als wäre er tatsächlich Teil dessen gewesen, nur in einer anderen Zeit, einem anderen Leben.

*Hat meine Familie Gewalt in den Genen?*

Er muss an all die Situationen denken, in denen er selbst gewalttätig gegenüber anderen geworden ist. Er hat sogar getötet.

*Werde ich ein Vater, der seine Kinder mit getrocknetem Blut an den Händen in den Arm nimmt?*

*Und welches Erbe trage ich selbst?*

Sofort muss er an die Krankenakten denken, in die er letztes Jahr Einblick verlangt hat, aus seinen ersten Lebensjahren. Die zeigten, dass er aller Wahrscheinlichkeit nach von seiner Mutter misshandelt worden war.

Die Akten hatten die Erinnerungen bestätigt, die sich ihm allmählich wieder aufgedrängt hatten. Von der Wut seiner Mutter. Ihren Schlägen.

Aber diverse Dokumente fehlten. Die der Entbindungsstation komplett, es war überhaupt nichts über seine ersten achtzehn Lebensmonate zu finden.

Als hätte sie jemand bewusst verschwinden lassen.

Warum?

Warum versteckt jemand Teile einer Akte? Normalweise, wenn es sich um sensible Daten handelt. Wenn sie nicht mit der offiziellen Version übereinstimmen.

Er steht auf und hebt die Kante des gelben Teppichs direkt neben der Kommode, schiebt eine lose Bodendiele beiseite und holt die schwarze Ledermappe heraus. Setzt sich aufs Sofa, öffnet die Mappe und schaut auf eine Porträtaufnahme seiner Mutter in Polizeiuniform.

Früher dachte er, dass sie auf den Bildern nicht aussah wie sie selbst. Sie war nicht so sanft und liebevoll wie in seinen Erinnerungen an sie.

Jetzt glaubt er, sie sieht genau aus wie sie selbst.

Hart.

Kalt.

Er hört die Geräusche wieder. Spürt den Schmerz.

Eine Handfläche auf seiner fünfjährigen Wange.

Eine Bratpfanne, mit der sie auf seinen Arm schlägt und den Knochen bricht.

Er sieht sich selbst, wie er rückwärts über den Küchenboden kriecht, wie er versucht zu entkommen, die Tränen zu unterdrücken.

Ihre Wut.

Warum?

Was hatte er getan?

*Hatte ich überhaupt etwas getan?*

*Oder reichte es, dass es mich gab?*

Er denkt an die Befragung in der schicken Villa auf Lidingö. An das, was Theo Stranddahls Bonusmutter gesagt hat.

»Ich habe ihn geliebt wie meinen eigenen Sohn.«

Zack lässt die Mappe auf den Schoß sinken und starrt ins Leere.

*Was, wenn es bei mir genau andersherum war?*

*Dass Mama mich dafür gehasst hat, dass ich ihr eigener Sohn war?*

*Ist deshalb meine Geburtsurkunde nicht auffindbar?*

Er nimmt die Mappe wieder auf. Sucht nach einem braunen DIN-A6-Umschlag, von dem er weiß, dass er dort irgendwo ist.

Er findet ihn zwischen den Obduktionsfotos.

Öffnet ihn vorsichtig. Das Papier ist spröde und starr, weil es so alt ist.

Dann nimmt er die weiche, blonde Haarsträhne heraus. Sie ist von seiner Mutter.

Die Strähne, an der er so häufig gerochen hat, um sich besser an sie erinnern zu können. Die er sich an die Wange gehalten hat.

Einer ihrer Kollegen hat sie ihm zur Erinnerung gegeben.

Er riecht daran. Spürt nichts als das starke Bedürfnis, sich mit Amphetaminen vollzupumpen.

Kokain.

Scheißegal was.

Er legt die Strähne zurück in den Umschlag.

Warum hat er sie überhaupt herausgeholt?

Er sollte schließlich nicht wiederkäuen, sondern nach vorn blicken, so wie Ester.

Er schaut auf die Uhr. Fünf vor sieben.

Er beschließt, in die Laufschuhe zu schlüpfen und fünf Kilometer durchzupowern, bevor er zur Arbeit geht.

Eine Stunde später betritt Zack das Revier. Er will zu Koltberg.

Die Tür zu dessen Büro ist wie üblich geschlossen, und auf sein Klopfen folgt ein griesgrämiges »Herein«.

»Hallo«, sagt Zack.

»Was willst du?«, fragt Koltberg, ohne den Blick von dem Dokument zu nehmen, das er gerade liest.

Zack legt einen braunen Umschlag auf seinen Tisch.

»Darin befinden sich zwei Haarsträhnen. Eine ist von mir. Kannst du prüfen, ob ich mit der Person verwandt bin, von der die andere stammt?«

Koltberg schaut nun mit dem Anflug eines bösartigen Lächelns auf.

Aber das Lächeln verschwindet, und Koltberg nimmt den Umschlag in die Hand und schaut Zack an.

»Hat das mit unseren Ermittlungen zu tun?«

»Nein.«

»Hat das mit *irgendeiner* Ermittlung zu tun?«

Zack denkt an die Schwarz-Weiß-Aufnahmen vom Tysta Marigången.

Die Leiche seiner Mutter auf dem kalten Steinboden.

Der Mörder wurde nie gefasst.

»Ja.«

Koltberg legt den Umschlag auf einen Stapel Blätter.

»Das landet jetzt allerdings nicht unbedingt ganz oben auf der Prioritätenliste, wie du dir denken kannst.«

»Hat auch keine Eile«, sagt Zack. »Danke.«

Koltberg steckt bereits wieder tief mit der Nase in seinem Dokument und scheint nicht zu merken, dass Zack sein Büro wieder verlässt.

# 39

Ungefähr fünfzig Polizisten sitzen im Hörsaal. Der Geräuschpegel ist hoch.

Acht tote Jugendliche in vier Tagen. Die Medien drehen durch. Selbst die ausländischen. Die Festnahme des »Bambimörders« prangt auf jeder Seite ganz oben, und Victor Valdez wurde bereits von mehreren Zeitungen mit vollem Namen und Bild öffentlich benannt, obwohl er gerade mal unter Verdacht steht.

Zack fragt sich, wie die Redaktionen wohl reagieren werden, wenn sich herausstellt, dass Valdez nichts mit den Todesfällen zu tun hat.

Er schaut sich im Hörsaal um, würde sich gern neben Deniz setzen und ihr erzählen, dass er Vater wird, aber sie ist neben Sandra Sjöholm in einer Reihe ohne weitere freie Plätze.

Also setzt er sich in die Reihe vor ihnen zwischen einen Kollegen in Uniform und einen glatzköpfigen Mann, den er vom Sehen kennt, aber nicht zuordnen kann.

In der ersten Reihe sitzt der schlaksige Pressechef der Stockholmer Polizei, Petersén, außerdem die Chefin des Drogendezernats, Sabine Jacobi. Eine kleine Frau mit enormer Autorität.

Douglas Juste beginnt mit einer kurzen Zusammenfassung der Todesfälle in Huddinge.

Die jungen Frauen scheinen sich, genau wie die Jugendlichen auf Kopparkobben, ihre tödlichen Verletzungen selbst zugefügt zu haben, Außenstehende waren nicht involviert.

»Keine der Befragungen und genauso wenig die Analyse ihrer digitalen Spuren lassen darauf schließen, dass die Mädchen selbstmordgefährdet waren. Die Hypothese, die wir im Zuge der Ermittlungen zu den Vorgängen auf Kopparkobben aufgestellt haben, nämlich dass es sich möglicherweise um einen kollektiven Selbstmord handelt, ist nun also keine Haupttheorie mehr.«

Dann erzählt er vom Fund der rosa Tabletten und betont, dass die Verhaftung vom Vortag kein Anlass zum Ausruhen sei.

»Victor Valdez wird höchstwahrscheinlich schon in ein paar Stunden freigelassen. Ich habe gerade erfahren, dass eine der privaten Überwachungskameras eines Nachbarn der Familie Larsson ihn aufgezeichnet hat. Den Bildern nach zu urteilen, schlich Valdez auf das Grundstück, als die drei Mädchen bereits mehrere Stunden tot waren, und verließ es wenige Minuten später wieder. Abgesehen von den Fingerabdrücken gibt es also zu diesem Zeitpunkt nichts, was ihn mit dem Verbrechen in Verbindung bringt. Weder sein Name noch seine Telefonnummer taucht in den Handys der Opfer auf.«

Zack spürt die Enttäuschung im Saal.

»Außerdem, und ich möchte, dass Sie sich das unbedingt vor Augen halten«, sagt Douglas nach einer kurzen Pause, »haben wir die Quelle der Tabletten noch nicht gefunden. Wir haben eine Theorie, wer sie den Jugendlichen verkauft haben könnte: der unlängst verstorbene David Mathias. Aber beweisen können wir es nicht, und wir wissen immer noch nicht, wer sie hergestellt hat. Bis wir das herausfinden, sind weitere Leben in Gefahr.«

Er klickt auf seinen Laptop, und eine große Nahaufnahme einer rosa Tablette mit einem lächelnden Bambikopf erscheint an der weißen Leinwand hinter ihm.

»Koltberg, erzähl mal, was du über die Tabletten weißt.«

Koltberg steht auf. In der Hand hält er das Dokument, was Zack ihn hat lesen sehen, als er vorhin in seinem Büro war.

Er muss an die Haarsträhne denken, und da überkommt ihn die Einsicht, dass sein Kind niemals mit seinen Großeltern väterlicherseits spielen wird.

Wie erklärt man seinem Kind, dass die Großmutter ermordet wurde?

Koltbergs nasale Stimme holt ihn ins Jetzt zurück.

»Im Blut der Mädels aus Huddinge befand sich dieselbe unbekannte Substanz wie in dem der Jugendlichen vom Kopparkobben. Eine Schnellanalyse hat gezeigt, dass die Substanz auch in den Tabletten enthalten ist. In sehr hoher Konzentration noch dazu.«

»Aber sie ist tatsächlich unbekannt?«, hakt Sabine Jacobi nach.

»Noch«, antwortet Koltberg. »Die Tabletten beinhalten darüber hinaus Buprenorphin, eine Substanz, die ebenfalls im Blut der Jugendlichen gefunden wurde, aber offenbar übernimmt das unbekannte Mittel die Hauptrolle bei der Wirkung. Die Gerichtsmedizin hat bereits vergleichende Untersuchungen mit anderen bekannten Designerdrogen angestellt, darunter die sogenannten Kannibalendrogen MDPV und alpha-PVP, aber bislang gab es keinen Treffer. Ein Problem ist, dass ständig neue Varianten dieser Drogen auf den Markt kommen, trotzdem sind sie sich aber in der Regel so ähnlich, dass es eine Übereinstimmung geben müsste. Aber offenbar handelt es sich um etwas ganz Neues.«

Douglas gibt das Wort an Sabine Jacobi.

Die Chefin des Drogendezernats steht auf und richtet ihre pastellfarbene Bluse. Zack findet, es ist nicht zu übersehen, dass Jacobi in ihrer Freizeit viel Sport treibt. Ihr Rücken ist gerade, sie ist schlank und ihr Blick direkt.

»Wirklich schlimm, das Ganze«, sagt sie. »Aber meine persönlichen Gefühle helfen ja auch niemandem, deshalb komme ich direkt zur Sache. Farbenfrohe Pillen finden sich zu Hauf auf dem Markt, aber just diese ist uns bislang noch nicht in Stockholm begegnet. Mein spontaner Gedanke dazu ist, dass es sich um eine neue Designerdroge handelt, die aus irgendeinem Grund schon während der Erprobungsphase unters Volk gekommen ist, obwohl sie nachweislich falsch zusammengesetzt ist. Vielleicht ist es ein Produkt, das eigentlich vernichtet werden sollte, aber in die falschen Hände geraten ist.«

»Warum glauben Sie, dass es nicht zum Verkaufen gedacht war?«, fragt Deniz.

»Drogenhersteller und Dealer sehen sich selbst als Geschäftsleute. Sie wollen eine Abhängigkeit erreichen oder wenigstens ein Verlangen in ihren Kunden nach dem Produkt, damit sie es wieder und wieder kaufen. Mit Drogen, die bewirken, dass der Käufer direkt nach Einnahme stirbt, erreicht man nichts. Außer natürlich man will, dass sich jemand auf brutalste Weise selbst das Leben nimmt.«

Zack erkennt darin seine eigene Schlussfolgerung vom Vortag.

»Das heißt, Sie glauben, dass jemand ihnen die Tabletten mit der Absicht gegeben hat, dass sie daraufhin sterben?«, fragt er.

»Das ist nicht auszuschließen.«

Es wird still im Saal. Ganz so, als würden sie alle dasselbe denken.

Wie viele Jugendliche haben Zugang zu dieser Droge?

Die Drähte des Hinweistelefons laufen heiß seit Douglas' gestriger Pressekonferenz, trotzdem haben sie noch nichts Konkretes gehört, dem sie nachgehen könnten. Die meisten Anrufer waren besorgte Eltern, die selbst Informationen wollten.

Zacks Blick ist auf die weiße Leinwand gerichtet, auf die nun die Passfotos der toten Jugendlichen projiziert werden.

Acht Menschen am Anfang ihres Lebens.

Werden alle Bilder auf das Whiteboard der Sondereinheit passen, wenn der Sommer vorbei ist?

»Und das Bambimotiv?«, fragt Deniz. »Könnte dahinter eine Symbolik stecken, die wir bisher übersehen?«

»Tödliche Gefahr verpackt als reine Unschuld«, antwortet Sabine Jacobi. »Das ist ein ganz typisches Verfahren, wenn man jungen Menschen Drogen schmackhaft machen will.«

Zack weiß, dass sie recht hat. Farbenfrohe Pillen sind die Drogenantwort auf Alkopops.

Und eine solche liegt in seinem Geheimfach in der Wohnung.

Warum hat er sie dorthin gelegt?

Irgendwo tief in seinem Innern ahnt er die Antwort, blendet sie aber aus.

»Das wird nicht aufhören«, hört er Sandra in Deniz' Ohr flüstern. »Irgendein Idiot ist auf den Geschmack gekommen.«

»Es eilt«, sagt Douglas, als hätte er ihre Worte gehört. »Wir wissen weder, wie viele dieser Pillen im Umlauf sind, noch, ob sie weiter produziert werden. Jacobi, ich rechne damit, dass du deine Leute darauf ansetzt. Sirpa, such dir jemand aus der IT zur Unterstützung und durchforste das Netz. Wenn du einen glaubwürdigen Dealer von Bambipillen findest, versuch mal, einen Kontakt als Käufer herzustellen.«

Eine Hand geht in die Luft. Ein Polizist fragt mit heiserer Stimme, ob es noch mehr gibt, was die Toten vom Kopparkobben und die aus Huddinge verbindet, als die Bambitabletten.

»Zwei Väter der Opfer sind Inhaber derselben Firma, ihre verstorbenen Kinder waren aber wohl nur oberflächlich bekannt. Bisher hat uns diese Spur nicht weitergebracht.«

Er vergibt weiter Aufgaben und schließt das Treffen dann mit den Worten: »Jetzt lösen wir das, und zwar schnell. Es soll nicht noch jemand durch diese Droge sterben.«

Zacks Telefon klingelt genau in dem Moment, als er aufsteht.

Er tritt in den Flur und nimmt den Anruf an.

Eine strenge Stimme am anderen Ende.

»Spreche ich mit Kriminalinspektor Herry?«

»Ja. Das bin ich.«

»Gut. Hier Anders Dahlström, ich bin Oberarzt am Karolinska Universitätskrankenhaus in Solna. Es geht um Madelene Dahlén. Ich wurde gebeten, mich zu melden, wenn ihr Zustand sich ändert.«

Sein Tonfall ist ernst und gedrückt.

»Ist sie tot?«, fragt Zack.

»Sie ist aufgewacht.«

# 40

Die Jalousien in Madelene Dahléns Einzelzimmer auf der Intensivstation sind heruntergelassen, das Deckenlicht ausgeschaltet. Nur eine Lampe am Bett leuchtet schwach. Der Lichtkegel ist an die Wand gerichtet, und eine einsame Fliege sitzt mitten drin, reibt ihre Vorderbeine aneinander.

Zack und Deniz bemühten sich, die Tür nur einen Spalt zu öffnen, hindurchzuschlüpfen und sie dann schnell wieder zu schließen.

»Grelles Licht sticht wie Nadeln in ihrem verletzten Auge«, mahnte sie der Arzt Anders Dahlström vorab auf dem Flur.

Jetzt sitzen sie sich an Madelene Dahléns Bett gegenüber. Teile ihres Kopfes sind verbunden, im Zimmer riecht es nach Desinfektionsmittel.

Ein halbvoller Urinbeutel hängt an der Bettkante, ein Tropf steht am Kopfende. In einer Halterung auf Brusthöhe befindet sich eine Tastatur, die sie zur Kommunikation nutzt.

Sie schaut sie müde an, der Blick in ihrem gesunden Auge ist der eines alten Menschen. Als hätte sie weitaus mehr gesehen, als ein junger Mensch eigentlich gesehen haben dürfte.

Zack fragt sich, ob sie sich daran erinnert, was auf der Insel geschehen ist. An die Gewalt.

Daran, dass sie ihre Freundin getötet hat.

Wie kommt eine Siebzehnjährige über so etwas hinweg?

Anders Dahlström steht am Kopfende, die Hände hinter dem Rücken. Die Tasche seines Kittels ist voller Stifte in unterschiedlichen Größen, seine Brille hängt ihm an einem roten Band um den Hals.

»Sie haben zehn Minuten«, sagt er.

Zack nimmt Madelene Dahléns rechte Hand in die seine, stellt sich vor und erklärt ihr, warum er und Deniz gekommen sind.

Dann fragt er:

»Warum habt ihr die rosa Tabletten genommen?«

Madelene streckt den rechten Arm aus und führt den Zeigefinger langsam über die große Tastatur.

Sie hatte eine Hirnblutung, die ihr Sprachvermögen geschädigt hat. Aber dass sie via Tastatur kommunizieren kann, ist ein gutes Zeichen.

Zack und Deniz schauen zum Bildschirm an der Wand. Sehen, wie sich Wörter formen und zu kurzen Sätzen heranwachsen.

*Wir wollten feiern. Spaß haben.*

Zack wechselt einen Blick mit Deniz und denkt: *Na, damit können wir die Selbstmordtheorie ein für alle Mal begraben.*

Er wendet sich wieder an Madelene.

»Woher hattet ihr die Tabletten?«

*Theo. Im Netz gekauft.*

»Wie heißt die Seite?«

Langsam wächst die Antwort. Von Buchstabe zu Buchstabe wird Madelene langsamer, als würde ihr die Energie ausgehen.

*Thinice. … n … e … t.*

Es dauert fast eine Minute, bis Madelene Dahlén die letzten beiden Buchstaben geschrieben hat.

*Thinice.*

*Das war nicht der Name der Seite, die Sirpa gefunden hatte*, denkt Zack. *Ist das trotzdem nur eine weitere von David Mathias' Drogenwebseiten?*

Er will Madelene Dahlén fragen, ob sie seinen Namen kennt, unterbricht sich aber selbst dabei, als er sieht, dass ihre Augen geschlossen sind.

Sie atmet tief.

Sieht aus, als wäre sie eingeschlafen.

»Das muss reichen«, sagt Anders Dahlström.

In der Cafeteria im Erdgeschoss des Krankenhauses holt Zack sein Handy hervor und tippt die Internetadresse ein.

Aber die Seite scheint nicht zu existieren. Er bekommt dort nur eine Info, dass er diese und andere Domains kaufen kann.

Er googelt den Namen, bekommt aber keine relevanten Treffer angezeigt.

Deniz entfernt sich ein Stück, um Douglas Juste anzurufen und ihm ein kurzes Update über den Besuch bei Madelene Dahlén zu geben. Zack ruft Sirpa Hemälainen an und erzählt ihr von Thinice.

»Kannst du mal gucken, ob du eine Internetseite mit dem Namen findest, und falls ja, wer dahintersteckt?«

»Ich tu mein Bestes.«

Zack bleibt mit dem Handy in der Hand sitzen. Betrachtet die Aufmacher der Zeitungen, die es an der Kasse zu kaufen gibt.

Polizei warnt:

BAMBI KANN DICH TÖTEN

Polizei vermutet:

NEUE TODESDROGE HAT SIE UMGEBRACHT

Dann betrachtet er Deniz, die mit dem Rücken zu ihm mit Douglas spricht.

Sie hatte im Wagen auf dem Hinweg nicht so enthusiastisch auf seine Neuigkeit, dass er Vater würde, reagiert, wie er gehofft hatte.

Sie gratulierte ihm selbstverständlich und sagte »wie schön«, aber ohne dass es sehr überzeugend klang.

*Wir sind von zu viel Tod umgeben*, denkt er.

Denselben Eindruck hat er bei den anderen Kollegen auch. Normalerweise können sie selbst während der Ermittlungen in schweren Fällen noch lachen, den Galgenhumor als Ventil nutzen, um den Druck aufs Gehirn zu lindern.

Aber diesmal nicht. Als könnte niemand von ihnen noch mehr Gefühle bewältigen.

*Aber ich lasse mich nicht runterziehen. Ich freue mich weiter darüber, Vater zu werden.*

Gegenüber der Cafeteria liegt ein Blumengeschäft. Ein paar altmodische kleine Teddybären sitzen zwischen den Blumensträußen in der Auslage, und Zack denkt, genau so ein Kuscheltier soll sein Kind haben.

Er geht in den Laden und nimmt einen der Teddys aus dem Regal. Dann bittet er den Verkäufer, zehn rote Rosen für ihn auszusuchen und zusammen mit dem Stofftier an Meras PR-Büro zu schicken.

Er hat gerade gezahlt, als sein Handy in der Tasche vibriert.

Abdula.

Zack verlässt das Blumengeschäft, geht zum Eingang einer Unterführung mit großen, dröhnenden Ventilationsrohren an der Decke.

»Ich hab was für dich«, sagt Abdula. »Über David Mathias.«

»Hat es was mit Thinice zu tun?«

Abdula reagiert verwirrt.

»Was soll das sein?«

»Eine Internetseite, die er vielleicht betrieben hat.«

»Sorry, sagt mir überhaupt nichts. Aber ich hab was anderes, das dir vielleicht das Wasser im Mund zusammenlaufen lässt.«

Er spricht schnell.

»Ich hab gestern einen Anruf bekommen. Sagen wir mal von einem entfernten Bekannten, der mir noch einen Gefallen schuldet. Er meinte, er hat gehört, dass David Mathias ganz groß einsteigen wollte. Mit selbst hergestelltem, synthetischem Kram.«

»Ich höre.«

»Das hoffe ich, denn du bekommst jetzt eine Adresse.«

»Was für eine Adresse?«

»Das weiß ich auch nicht. Mehr wollte der Typ nicht sagen. Aber sei vorsichtig. Das müssen richtig kranke Sachen sein.«

# 41

Zack und Deniz lassen den Wagen am Rinkeby torg stehen.

»Gut, dass wir in Zivil unterwegs sind«, sagt Deniz, während sie abschließt.

Zack weiß, worauf sie damit anspielt. Immer wieder ist aus gewissen Problembezirken von Angriffen auf Rettungswagen, Polizei- und Feuerwehrfahrzeuge berichtet worden. Die Behörden haben immer größere Probleme, ihren Job zu machen.

»Das ist nördlich von hier schlimmer«, entgegnet er.

»Noch«, sagt sie. »Wie kann man denn verdammt noch mal auf jemanden losgehen, der Leben retten will?«

Sie gehen an den bunten Geschäften vorbei und biegen zu den hohen Mietshäusern ab.

Douglas haben sie nichts von dem Hinweis erzählt. Wollten nicht riskieren, dass ihnen etwas durch die Lappen ging, wenn er erst noch Verstärkung anforderte.

Hinter der Adresse, die Zack von Abdula bekommen hat, verbirgt sich ein achtstöckiges Mehrfamilienhaus. Die Fassade besteht aus matten, grünen Steinplatten, die weißen Fensterrahmen sind frisch lackiert.

Sie müssen in die oberste Etage, aber der Aufzug geht nur bis zum sechsten Stock.

Laut Melderegister ist die siebte Etage unbewohnt. Auf dem Weg hierher haben sie versucht, den Vermieter ausfindig zu machen, um eine genaue Aussage zu bekommen, allerdings erfolglos.

Im Aufzug schweigen sie, stellen sich ein auf das, was ihnen bevorsteht. Alles kann passieren.

Sie steigen aus und zwängen sich an zwei riesigen, rosafarbenen Schwimmreifen vorbei, die vor einer der Wohnungen liegen, nehmen dann die Treppe hinauf in die siebte Etage.

Auf halber Strecke nach oben befindet sich ein langes, schmales Fenster, das dringend geputzt werden müsste. Jemand hat ein arabisches Zeichen in den Staub gemalt.

Zack schaut hinaus. Südlich von hier hat gerade ein Flugzeug vom Flugplatz in Bromma abgehoben. Östlich erahnt er die Friends Arena, und noch weiter entfernt, beim Norrtull, das hoch aufragende Wenner-Gren-Center.

Die Grenze zur Innenstadt.

So nah.

Trotzdem eine andere Welt.

Deniz hat die richtige Tür gefunden. Es gibt kein Namensschild, und der Briefkastenschlitz ist zugeklebt.

Ganz wie Abdula es beschrieben hat.

Zack sieht, dass Deniz tief Luft holt, den Knopf an ihrem Holster löst und auf die Klingel drückt.

Niemand öffnet.

Zack fischt sein Dietrich-Set hervor und kniet sich hin.

Zieht ein kleines, winkliges Metallstück heraus, das ein wenig an den typischen IKEA-Inbusschlüssel erinnert. Dann holt er ein deutlich längeres Teil hervor und versenkt die Spitze in dem alten Türschloss. Er ruckelt kurz in beide Richtungen und drückt leicht gegen den Rahmen, bevor er den Dietrich in den oberen Teil einführt und die einzelnen Zylinder nacheinander bearbeitet, bis sie alle in einer Linie stehen.

Da, er hat es geschafft.

Das Schloss gibt nach.

Er drückt die Klinke hinunter, öffnet die Tür und wirft Deniz einen Blick zu.

Ihre eine Hand ist am Holster. Sie steht still, lauscht.

So leise sie können, betreten sie die Wohnung. Blicken in eine Kochnische, die komplett leergeräumt zu sein scheint. Gehen weiter ins Wohnzimmer, wo ebenfalls gähnende Leere herrscht. Löcher von Bilderhaken in der grün gemusterten Tapete, auf dem Korkboden Brandmale, die fast aussehen wie Ätzspuren.

Zack und Deniz bleiben nebeneinander mitten im Raum stehen. Es riecht nach Putzmittel und noch etwas anderem. Ein schwacher Geruch, der in der Nase sticht. Die Jalousien sind heruntergelassen, und in einer der Wände klafft ein großes Loch im Leichtbeton, als hätte dort mal ein Belüftungsrohr gesteckt.

»Das war mal ein Drogenlabor«, sagt Zack. »Wir müssen Koltberg verständigen.«

»Dann hat also David Mathias hier die Bambipillen hergestellt?«

»Vielleicht«, sagt Zack. »Wenn es so ist, finden die Kriminaltechniker sicher Spuren der Substanzen.«

Sie bleiben einen Moment lang still.

Zack denkt an das Gespräch mit Abdula.

Was dachte er denn, was Zack hier finden würde?

Wohl kaum eine leere Wohnung.

Sie musste vor kurzem erst geräumt worden sein. Deshalb der Putzmittelgeruch.

»Ich glaube nicht, dass David Mathias die Wohnung hier ausgeräumt hat«, sagt er.

Deniz schaut ihn an.

»Das würde bedeuten …«

Zack nickt.

»Das würde bedeuten, dass David Mathias nicht allein agiert hat.«

# 42

Der Regen prasselt gegen die Fenster des Besprechungsraums.

Große Tropfen laufen langsam an der Scheibe hinab, verschwinden aus dem Sichtfeld und sind für immer fort.

Sie hinken hinterher. Sie spüren alle, dass sie dem Tod folgen, statt ihm den Weg zu versperren.

»Bambi hält uns zum Narren«, sagt Rudolf Gräns. »Taucht auf und verschwindet, genau wie die kerynitische Hirschkuh.«

Zack sieht, wie Sandra Sjöholm Deniz einen fragenden Blick zuwirft. Die zuckt nur mit den Schultern.

Auch Zack weiß nicht, was er damit meint, belässt es aber dabei. Denkt stattdessen an das Labor in Rinkeby.

Mittlerweile haben sie den Besitzer der Wohnung ausfindig gemacht. Er hatte sie selbst an David Mathias vermietet, wusste aber selbstverständlich nichts von einem Drogenlabor.

Wer hat also die Wohnung leergeräumt? Kann es trotz allem David Mathias selbst gewesen sein, der Lunte gerochen hatte? Oder eingesehen, was er angerichtet hatte?

Douglas Juste schlägt seine dunkelrote Ledermappe auf, blättert zu einer bestimmten Seite vor und schaut dann seine Kollegen an.

»Fangen wir mit Rinkeby an. Koltberg, was habt ihr gefunden?«

Sam Koltberg räuspert sich und trinkt noch einen Schluck Kaffee, bevor er anfängt:

»Da gab es ganz klar ein Labor. Noch sind Kriminaltechniker vor Ort und sammeln Spuren von Substanzen. Ob sie den Bambitabletten zugeordnet werden können, wissen wir noch nicht. Dazu müssen die Proben erst noch analysiert werden.«

Douglas wendet sich an Sirpa Hemälainen und bittet sie, zu berichten, was sie über David Mathias herausfinden konnte.

»Am interessantesten für uns ist, dass er um die Jahrtausendwende in Lund Chemie studiert hat«, sagt sie. »Er hat zwar nach zwei Jahren abgebrochen, trotzdem dürften seine Kenntnisse ausreichen, um die Tabletten herzustellen. Davon abgesehen hat er sich so ziemlich aus allem herausgehalten. Er hatte weder ein Facebook-, noch Twitter- oder Instagramkonto, das auf seinen Namen lief.«

»Und die Internetseite, die Madelene Dahlén erwähnt hat? Thinice?«

Sirpa schüttelt den Kopf.

»Nichts. Nicht mal im Darknet. Aber wer immer dahintergesteckt hat, kann sie vom Netz genommen und alle Spuren beseitigt haben. Solche Leute haben sehr gut im Blick, wer sich auf ihren Seiten herumtreibt. Möglich, dass gewisse Besucher den Administrator aufgescheucht haben, und dann hat er schnell alles gelöscht.«

»Das würde ins Bild passen«, sagt Zack. »David Mathias hatte offenbar Todesangst, als wir hinter ihm her waren. Vielleicht war er gerade dabei, seine Tätigkeit aufzugeben, als wir zu ihm wollten? Hat die Seite vom Netz genommen, das Labor aufgelöst.«

»Aber aus welchem Grund?«, fragt Sandra.

»Vielleicht hat er durch die Nachrichten mitbekommen, was für eine tödliche Mischung er da zusammengebraut hat«, sagt Zack.

»Ich möchte daran erinnern, dass wir zum derzeitigen Stand der Ermittlungen noch nichts Konkretes haben, was David Mathias mit den Bambitabletten in Verbindung bringt«, sagt Douglas. »Bis die Proben aus Rinkeby analysiert sind, müssen wir also davon ausgehen, dass, wer immer dahintersteckt, noch immer auf freiem Fuß ist. Und womöglich weitere Tabletten verkauft.«

Der Regen ist stärker geworden. Die Tropfen hämmern noch härter gegen die Scheiben, als würden sie das Team daran erinnern wollen, dass sie allmählich vorankommen müssen, ehe alle Spuren weggespült sind.

Und ehe noch mehr junge Menschen sterben.

»Ich habe außerdem die Eltern überprüft«, sagt Sirpa zu Douglas. »Die Väter von Axel Hultqvist und Desiree Larsson.«

Douglas wirkt, als müsse er erst einmal darüber nachdenken, warum er ihr das überhaupt aufgetragen hatte.

»Irgendetwas Auffälliges?«, fragt er und richtet seinen marineblauen Schlips.

»Sie machen schon lange zusammen Geschäfte«, sagt Sirpa. »Bevor sie damit anfingen, überteuerte Uhren zu verkaufen, waren es Luxusautos. In der damaligen Firma gab es noch einen dritten Teilhaber, einen Conny Åkesson, aber die Zusammenarbeit währte nicht lange. Als die anderen beiden in die Uhrenbranche wechselten, übernahm er ihre Anteile und machte allein weiter. Allerdings ist er nun seit gut zwanzig Jahren tot. Soll ich das noch ein bisschen weiterverfolgen?«

»Hat er Kinder, die einen der Jugendlichen kennen könnten?«

»Er hatte keine Kinder.«

»Dann klingt er nicht weiter interessant für uns. Falls du eine Lücke hast, kannst du das ja weiterverfolgen. Wichtiger ist mir, dass du weiter nach Thinice und Angaben zu den Tabletten suchst. Wenn du IT-Unterstützung brauchst, sorge ich dafür, dass du sie bekommst.«

Douglas klappt die Mappe zu.

»Dann beenden wir das hier. Ich muss auch noch die anderen Ermittler in Kenntnis setzen. Meldet euch bei mir, sobald es etwas Neues gibt.«

Zack verlässt den Besprechungsraum und geht in den Flur. Setzt sich in den unbequemen grünen Sessel beim Notausgang und ruft Abdula an. Will mit ihm über die Wohnung in Rinkeby sprechen.

»Ich kann grad nicht reden«, sagt er. »Können wir uns treffen?«

»Klar, wo denn?«

»In der Taxifahrerabsteige am Norrtull. In einer Stunde?«

»Okay.«

Sie legen auf.

Zack sieht, dass er eine SMS von Mera bekommen hat. Öffnet sie.

Hundert rote Herzen.

Er lächelt und geht zurück ins Büro.

# 43

In der Taxifahrerabsteige am Norrtull riecht es schwach nach verrauchtem Kunstleder und verschwitzten Hemden. Sechs Uhr ist gerade durch, und ungefähr zwanzig Taxifahrer sitzen an den Tischen, trinken Kaffee und wickeln ihre Eier-Sardellen-Sandwiches aus. Die einen haben gerade ihre Schicht beendet, andere machen sich bereit für eine weitere lange Nacht auf den Straßen der Stadt.

Zack und Abdula sitzen an einem Plastiktisch mit dunkelroten Flecken, eingetrocknete Spuren von Rote-Bete-Salat. Der dreispurige Verkehr rollt draußen vor den ungeputzten Fenstern vorbei, und gegenüber breitet sich die mehrere Milliarden schluckende Baustelle aus, die innerhalb der nächsten zehn Jahre dafür sorgen wird, dass sich dieser Stadtteil von Grund auf verändert. Eine überdachte Autobahn, sechstausend neue Wohnungen und ein riesiges Krankenhaus, das mit jedem verstreichenden Tag nur noch teurer wird.

»Weißt du noch, dass wir mal mitten in der Nacht hier saßen und auf die super Idee kamen, im Brunnsviken schwimmen zu gehen? Mann, was waren wir dicht, und dann hast du dir den halben Fuß an einer zerbrochenen Flasche aufschnitten«, sagt Abdula.

Zack lacht und schaut weiter aus dem Fenster. Es hat aufgehört zu regnen, ein paar Sonnenstrahlen finden den Weg durch die Wolkendecke.

»Als wir in der Notaufnahme drankamen, hast du versucht, einen Medizinschrank leerzumachen, und bist rausgeschmissen worden.«

Abdula trinkt einen Schluck aus der Colaflasche und wirft nun selbst einen Blick auf die Baustelle.

»Ob man überhaupt noch von hier bis zum Hagaparken kommt?«

Zack probiert den Kaffee. Heiß und stark. Wie gemacht, um die Taxifahrer die ganze Nacht wachzuhalten.

Er fängt an, von dem Labor in Rinkeby zu erzählen.

»Aber wir wissen noch immer nicht, was dort hergestellt oder warum es geräumt wurde. Kannst du was dazu sagen?«

»Leider nicht. Ich wusste ja nicht mal, dass es nicht mehr dort war. Ich hab damit gerechnet, dass ihr da eine ganze Apotheke findet.«

»Auch Bambipillen?«

»Die ganze Sache ist so verdammt merkwürdig«, sagt Abdula. »Alle reden über diese Pillen, aber niemand weiß wirklich was darüber. Nicht mal die, deren Job es ist, so was auf dem Schirm zu haben. Alle sind ziemlich angespannt, musst du wissen. Viele fragen sich, ob sich da jemand Neues in der Stadt etablieren will oder ob jemand ganz bewusst alles aufmischen will und damit das Geschäft für alle kaputtmachen.«

»Dann weißt du also auch nicht, ob David Mathias diesen Mist verkauft hat?«

Abdula schüttelt den Kopf.

»Und das mit Bambi? Steckt da irgendeine Symbolik hinter, die ich nicht kapiere?«, fragt Zack.

»Wenn das so ist, dann hab ich sie auch nicht kapiert. Ich glaube, das ist ein krankes Spiel mit Kontrasten. Du weißt schon: Der Tod und das unschuldige Rehlamm.«

»Kitz.«

»Bitte?«

»Das heißt Kitz, nicht Lamm.«

»Oh, entschuldige. Seit wann bist du denn so ein Besserwisser?«

»Hör schon auf.«

Sie werden still. Schauen wieder aus dem Fenster. Dann in die andere Richtung, als ein Taxifahrer an einem Tisch etwas weiter hinten im Café in schallendes Gelächter ausbricht.

Sein Lachen hält an und ist so ansteckend, dass es sich auf seine Kollegen am Tisch überträgt. Selbst Zack und Abdula müssen grinsen.

»Ich versprech dir, weiter zu graben«, sagt Abdula. »Ich hasse Todesdrogen. Nicht nur, weil sie schlecht fürs Geschäft sind, sondern weil das einfach falsch ist.«

»Spricht da jetzt der Gesundheitsguru Abdula?«

»Hey, ich meine das ernst. Für das meiste gibt es schließlich nachvollziehbare Gründe. Wenn sich jemand mit Drogen eine Zeit lang aus dieser Welt ausklinken will, dann ist das doch in Ordnung. Aber irgendeinen Scheiß zu verkaufen, der dazu führt, dass Jugendliche sich gegenseitig die Augen ausstechen und sich dann umbringen, das ist doch total abgefuckt.«

Abdula greift in seine Hosentasche und holt einen kleinen, gerollten, wiederverschließbaren Plastikbeutel heraus.

»Das hier hingegen, das ist feines Zeug. Hab ich gestern erst bekommen, Spezialimport aus Holland.«

Er öffnet den Beutel und hält ihn Zack hin. Sicher zehn ovale, weiße Tabletten liegen darin.

Zack schaut sich im Café um, aber niemand scheint sie zu beachten.

»Amphetamine?«, fragt Zack.

Abdula schüttelt den Kopf.

»Eher vergleichbar mit Ketamin, aber verfeinert, weshalb der Effekt länger hält. Wickelt deine Träume in rosa Zuckerwatte.«

Zack ist durchaus bewusst, was hier vorgeht. Abdula will ihm nicht nur seine neuste Ware zeigen, er will sie verkaufen.

Zack schlägt ihm auf die Schulter. Fest, trotzdem scherzhaft.

»Macht mich nicht mal neugierig«, lügt er, obwohl es ihn innerlich schüttelt wie bei einem Erdbeben. Am liebsten würde er Abdula alles abkaufen, sofort, nur um endlich mal wieder high zu sein.

Aber das wird er nie wieder sein.

Er und das Kind und Mera. Stärker als jede Droge.

Er überlegt, ob er Abdula erzählen soll, dass er Vater wird. Will es, glaubt, das wäre richtig. Dann lässt er es doch.

»Ich muss los«, sagt er und steht auf. »Melde dich, wenn du was weißt.«

Abdula rollt den Beutel wieder zusammen und stopft ihn zurück in die Hosentasche.

»Hast du denn keine Neuigkeiten für mich?«

Weiß er von dem Kind? Woher kann er das wissen?

Dann wird ihm klar, dass er etwas ganz anderes meint.

»Halt dich kommende Woche von Riche fern. Die Drogenfahndung hat da eine große Aktion vor.«

Wieder auf der Straße biegt Zack nach links ab und geht Richtung Odenplan.

*Wickelt deine Träume in rosa Zuckerwatte.*

Noch fünf Minuten an diesem Tisch, und es wäre vorbei gewesen. Da hätte ihn keine Familie der Welt mehr von den Drogen abhalten können.

Wäre Deniz dabeigewesen, sie hätte Abdula auf der Stelle erschossen. Sie hasst ihn, hat nie verstanden, wie man seinem besten Freund Drogen verkaufen kann.

Aber Zack versteht es.

Es geht darum, wer sie sind, wenn sie zusammen sind.

Im Rausch haben sie ihre gemeinsame Geschichte geschrieben. Im Rausch haben sie am meisten gelacht, am meisten erlebt, am meisten gelebt.

Zack weiß, dass es einen Einfluss auf ihre Freundschaft hat, dass er clean ist. Das ist der Grund dafür, dass sie sich nun langsam vorantasten und versuchen, neue Wege zu finden, einander zu sehen und zu verstehen.

Die Freundschaft ist wichtiger als der Rausch, das wissen sie beide, aber wie soll man das zeigen?

Das müssen sie jetzt in den Griff kriegen, wo Zack mit Mera zusammenzieht und den Grundstein für ein anderes Leben legt. Sie müssen eine neue Form des Umgangs finden.

Die Abendluft fühlt sich frisch und rein an nach dem Regen, und Zack atmet ein paar Mal tief durch. Ist stolz auf sich, dass er aufgestanden und gegangen ist.

Er will nach Hause, um seine wichtigsten Sachen zusammenzupacken. Will sich ernsthaft auf den Einzug bei Mera vorbereiten. Seine staubige, kleine Einzimmerwohnung für immer hinter sich lassen.

## 44

Olympia Karlsson sitzt an ihrem antiken Schreibtisch und hat ein Farbfoto auf einem der Bildschirme herangezoomt. Eine unscharfe Aufnahme von Zack auf dem Weg aus dem Burger King mit Hebe.

Sie lehnt sich in ihrem Stuhl zurück. Trommelt leicht mit den dunkelroten Fingernägeln auf die mit Leder überzogene Armlehne.

*Nicht gut*, denkt sie.

*Gar nicht gut.*

*Und dann auch noch ausgerechnet dort.*

*Aber jetzt ist es mit ihren heimlichen Treffen vorbei.*

Sie schließt die Fotodatei, lehnt sich wieder zurück und lächelt.

Eine Etage tiefer im selben Haus liegt Hebe in ihrem großen Bett auf der Seite und starrt auf das dunkle Wasser, das an den Garten grenzt.

Sie denkt an Zack, will ihn wiedersehen.

Ihn kennenlernen.

Sie haben sich richtig gut unterhalten am Montag bei Burger King, trotzdem hat sie das Gefühl, sie weiß nichts darüber, wer er eigentlich ist.

Aus seinen Augen spricht eine tiefe Trauer, aber sie kennt den Grund dafür nicht.

*Er ist wie Feuer,* denkt sie. *Man will die Wärme spüren, aber wenn man ihm zu nah kommt, riskiert man, sich zu verletzen.*

*Warum geht es mir so?*

*Was an Zack Herry macht mir solche Angst?*

*Ich muss ihn wiedersehen.*

Zack sitzt auf dem Sofa in seiner Wohnung und starrt auf die Serviette, die er in der Hand hält. Auf die einsame rosa Tablette, die dort liegt.

*Welches Geheimnis trägst du in dir?*

*Was verrätst du demjenigen, der dich schluckt?*

Er lässt das Licht der Stehlampe darauf fallen.

Gibt es etwas, das Koltberg und die Chemiker der Rechtsmedizin übersehen? Etwas, das ihnen einen Hinweis darauf geben könnte, warum lebensbejahende Teenies sich dazu entschließen, sich auf die übelste Art das Leben zu nehmen?

Es gäbe eine Möglichkeit, es herauszufinden.

Seine ganz eigene Methode.

Sie ist lebensgefährlich.

Aber vielleicht wundervoll.

Dann klingelt das Telefon.

Hebe.

Er faltet die Serviette zusammen und schiebt sie unter das Sofakissen, als könnte Hebe ihn durch den Hörer beobachten.

»Hallo«, sagt er.

»Ich möchte dich sehen«, sagt sie.

Die Stimme zart, verträumt.

Er hört ihren Atem und betrachtet die beiden schwarzen Müllsäcke, die an der Wand lehnen. Voll mit den Klamotten, die er eingepackt hat, um gleich morgen bei Mera einzuziehen.

Wieder Hebes Stimme:

»Komm in einer halben Stunde zum Hotel Ett Hem.«

Zack denkt an Mera, an das Kind, an die Bambipillen, an alles, was er haben will, jetzt, jetzt, jetzt.

*Ich bin kein Gott*, denkt er. *Ich bin nur ein Mensch, und nicht mal ein besonders guter.*

»Ich komme«, sagt er.

Hebe nimmt den Aufzug in die unterirdische Garage des Hauses.

Sie betrachtet sich im Spiegel, richtet den Pferdeschwanz und zupft einen Faden von der dünnen Merinowolljacke.

Die Türen gehen auf, sie tritt hinaus und drückt auf den Autoschlüssel. Sieht, wie der Wagen blinkt.

Der Stich am Arm kommt völlig unerwartet, sie kann sich gerade noch darüber wundern, dass es hier unten Mücken gibt.

Dann verschwimmt alles.

Die Welt verblasst.

Wird schwarz.

Olympia Karlsson sitzt im Überwachungsraum und beobachtet die Szene in der Tiefgarage.

Sieht, wie Hebe von zwei starken Armen aufgefangen und wieder in den Aufzug getragen wird.

*Die schönste Tochter, die man haben kann*, denkt sie.

*Meine Tochter.*
*Ich will nur das Allerbeste für dich.*
*Nichts anderes.*
*Nun, vielleicht doch das eine oder andere.*
*Aber das musst du nie erfahren.*

## 45

Zack steht in der Sköldungagatan in Östermalm, vor einer roten Backsteinmauer. Dahinter verbirgt sich die alte, prachtvolle Villa, in der sich das Hotel Ett Hem befindet.

Eine anonyme Klingel in einer Mulde in der Mauer, direkt neben dem Holztor.

Diskret, nicht für alle zugänglich.

Auch nicht für Hebe, wie es scheint.

Sie ist jetzt schon zwanzig Minuten zu spät dran, dabei hatte sie gesagt, sie würden sich hier vor dem Eingang treffen.

Er hätte gedacht, sie gehört zu denen, die immer pünktlich sind.

Und schließlich war sie es, die ihn angerufen hatte. Sich mit ihm treffen wollte.

Er holt sein Handy hervor, schreibt ihr eine SMS.

Wartet ein paar Minuten.

Keine Antwort.

Ein großer Regentropfen trifft ihn auf der Nase. Schon bald sieht er mehr und mehr dunkle Flecken auf dem rostrot gepflasterten Gehweg.

Er könnte hineingehen, sich hinsetzen und warten, aber wenn man nicht zu den Gästen gehört, wird man vermutlich gar nicht erst hereingelassen. Und er weiß nicht, ob Hebe sie angekündigt hat. Besser also, draußen zu warten.

Als der Regen stärker wird, sucht Zack unter dem Erker des Nachbarhauses Schutz.

Er wartet weitere fünf Minuten und zwingt sich dann zur Einsicht, dass sie nicht kommen wird.

*Scheiß drauf.*

Er geht. Oben am Valhallavägen bleibt er stehen und schaut in beide Richtungen.

Sein Haar ist schon nass vom Regen. Von dem schwarzen Leder der Rick-Owens-Jacke perlen die Tropfen ab.

Er könnte stattdessen zu Mera gehen.

In die Wohnung, die schon bald ihr gemeinsames Zuhause sein wird.

Sie liegt nur eine Viertelstunde entfernt.

Er könnte sagen, dass er genug hatte vom Packen, dass er sich zu sehr nach ihr sehnte.

Aber er läuft in die andere Richtung. Will Mera nicht zur zweiten Wahl machen.

*Ich will schließlich sie.*

*Das Kind, das sie trägt. Meinen Sohn oder meine Tochter.*

*Nicht Hebe.*

*Und warum sollte sich jemand wie Hebe überhaupt für mich interessieren?*

*Sie hat mit mir gespielt, sich einen Moment lang amüsiert. Und jetzt bin ich langweilig geworden.*

Er schämt sich für sein Verhalten. Schämt sich vor Mera. Fühlt sich schmutzig, wie nach dem Albtraum, in dem er ihre gemeinsamen Kinder ermordet hat.

Er spürt ein Verlangen, stärker als je zuvor in den letzten Wochen. Eine intensive Sehnsucht, mit Abdula um die Häuser zu ziehen. Die Nacht durchzutanzen, für eine Weile sorglos zu sein.

Er versenkt die Hände in den Jackentaschen.

Spürt die Serviette mit der rosa Pille.

Er hatte sie eigentlich wieder in seinem Versteck deponieren wollen, bevor er zum Treffen mit Hebe aufbrach, aber er wollte sie nicht loslassen. Konnte nicht.

*Ich will in keinen Club*, denkt er.

*Ich will was anderes.*

Vor seinem geistigen Auge erscheinen die toten Gesichter von Ebba Langer und Desiree Larsson, die ihn anlächeln, glücklich, wie Tote das sonst nicht tun. Und er fragt sich, was sie gefühlt haben, als sie starben. Woher dieses mysteriöse Lächeln kam.

Er holt wieder sein Handy heraus und wählt Abdulas Nummer.

# 46

Die verlassene Lagerhalle riecht nach Terpentinersatz, Farbe und altem Holz.

Drei stockfleckige Matratzen liegen auf dem rauen Holzfußboden, daneben Kanülen, Stücke von Alufolie, ein Feuerzeug und zwei rußige Esslöffel.

Abdula schließt die Tür hinter ihnen und schiebt den rostigen Riegel vor.

»Schön hier«, sagt Zack. »Kommst du häufiger her?«

»Nur zu besonderen Anlässen«, antwortet Abdula. »Kannst du dich noch an das alte Farbengeschäft erinnern, wo wir früher immer Sprühfarbe geklaut haben? Das hier war ihr Lager.«

Ein Holzstuhl liegt umgekippt in der Ecke. Zack hebt ihn hoch, wischt grob Staub und Spinnweben fort und stellt ihn in die Mitte des Raums. Setzt sich darauf.

Der Stuhl knirscht, aber hält.

Er schaut zur geschlossenen Tür.

Noch ist es nicht zu spät.

Er könnte einfach wieder in den lauen Sommerabend hinaustreten. Ein Taxi zu Meras Wohnung nehmen. Mit ihr auf dem Sofa sitzen und darüber sprechen, wie ihre Hochzeit aussehen soll.

Von ihrer Seite kommen allein hundert Verwandte.

Null von seiner.

Er muss die Bankreihen mit Freunden füllen. Obwohl er davon auch nicht gerade viele hat.

Er mustert Abdula. Versucht, ihn sich als Trauzeugen vorzustellen.

Lacht über die Vorstellung.

»Was?«, fragt Abdula.

»Nichts. Mach mich fest.«

Er hat ihm immer noch nicht erzählt, dass er Vater wird. Dann hätte sein Freund sich bestimmt geweigert, ihm bei diesem Experiment zu helfen.

*Ich erzähle es ihm später. Danach*, denkt er.

*Weil so ein Versuch nicht in einem Labor gemacht werden kann.*

*Außerdem kann das niemand sonst von der Sondereinheit übernehmen, nur ich.*

Abdula holt das Panzertape aus der Tasche seines schwarzen Kapuzenpullis.

Reißt einen langen Streifen ab. Zögert.

»Bist du wirklich sicher?«

»Mach schon.«

Abdula fesselt Zacks Füße an das Stuhlbein. Klebt seine Hände hinter dem Rücken zusammen. Wickelt dann mehrere Bahnen Klebeband um seinen Oberkörper und die Rücklehne.

»Versuch mal, dich loszureißen«, sagt er.

Zack ruckt und reißt. Dreht den Oberkörper, versucht die Arme zu befreien, die Beine. Es geht nicht.

»Gut, dann gib mir die Tablette.«

Abdula öffnet eine Dose Cola und kramt die Pille heraus.

Steckt sie Zack in den Mund.

Sie schmeckt bitter, fühlt sich aber glatt und weich an Gaumen und Zunge an.

Abdula setzt ihm die Dose an die Lippen.

Zack saugt etwas von der Cola in den Mund, schluckt aber nicht.

*Noch ist es nicht zu spät*, denkt er.

*Noch kann ich ausspucken.*

*Spuck doch, du Idiot. Los.*

*Das hier ist es nicht wert, dafür zu sterben.*

*Aber es geht nicht um mich.*

*Es geht um andere.*

*Um junge Menschen, deren Leben eigentlich noch gar nicht angefangen hat.*

*Um weitere Menschen, die zu Opfern werden, wenn wir mit den Ermittlungen nicht weiterkommen.*

Er schaut zu Abdula auf. Sieht die Sorge in seinem Gesicht.

Die Angst in seinen Augen. Und die Neugierde.

»Hast du sie schon geschluckt?«, fragt er.

Zack schluckt.

»Jetzt ja.«

*Verdammt, das hier ist Wahnsinn.*

*Verdammt, verdammt, verdammt.*

*Ich will nicht.*

*Abdula!*, will er schreien.

*Tu was! Steck mir zwei Finger in den Hals, lass mich kotzen.*

Aber er sagt nichts.

Weil es nicht nötig ist.

Es besteht ja keine Gefahr.

Gar keine.

Ganz im Gegenteil. Alles ist gut. Alles wird sich einrenken.

Grüne und rote Dämpfe von vor Ewigkeiten verschütteter Farbe steigen vom Boden auf. Schlängeln sich in weichen Bewegungen umeinander. Streichen um seinen Körper. Liebkosen seine Nase wie ein fremdes Parfum.

Die farbenfrohen Dämpfe wandern weiter, nach unten. Umarmen seinen Brustkorb, wärmen ihn, tausend Finger bewegen sich über ihn, bewirken, dass wirklich alles, was ihn ausmacht, in diesem Raum ankommt.

Zack schließt die Augen, lässt den Kopf vor und zurück wippen.

Es fühlt sich an, als würde er zum ersten Mal erfahren, was es heißt, einen Körper zu haben, welchen Genuss man in jeder einzelnen Faser spüren kann. Er ist ein einziges Wohlgefühl, die Luft, die er einatmet, ist weiche Wärme, und nichts, aber auch gar nichts Schlimmes kann passieren, und dann hört er schwach eine Stimme, weit entfernt und doch nah.

»Ist es schön?«

Abdulas Stimme.

*Geliebter Abdula.*

*Wir gehören zusammen, du und ich.*

*Mach mich los, mein Freund.*

*Ich will dich umarmen.*

*Dich schmecken.*

*Lass mich dein Innerstes aufbrechen. Dein herrliches, warmes Blut zwischen den Fingern spüren. Dein pulsierendes Herz herausschneiden und an meins drücken. Ohne irgendetwas dazwischen.*

*Ohne Hülle.*

*Wir müssen unsere Hüllen ablegen, mein Freund. Sie abschälen.*

*Es tut nicht weh. Im Gegenteil, es gibt nichts Schöneres. Nichts Wunderbareres. Guck mal, wie ich lächle. Mein Lächeln ist besser als das Leben selbst.*

Die Dämpfe wirbeln um sie herum. Dunkler jetzt, bedrohlich.

Sie haben es auf Abdula abgesehen.

Strömen zu seinem Mund.

*Ich muss mich losreißen.*

*Ich muss verhindern, dass die Dunkelheit in ihn eindringt.*

*Muss ihm etwas in den Hals rammen.*

*Ihn befreien.*

*Und dann muss ich zu Mera.*

*Ihre Beine spreizen und meine Hände in sie hineinstoßen.*

*Unser Kind herausreißen.*

*Es schützen.*

*An einen sicheren Ort bringen.*

*Aber ich kann mich nicht bewegen.*

*Halten mich die Dämpfe fest?*

*Sie wollen mich verletzen.*

*Das ist falsch.*

*Alles ist falsch.*

Etwas zittert. Er sitzt fest. Und das Gefühl ist nicht länger rein, die Zeit dünnt aus, er stürzt ins Dunkle, Jahr um Jahr, kann nicht mehr atmen.

Es riecht nach alter Farbe.

Er zittert.

Die Welt neigt sich. Dreht sich. Schlägt ihm hart seitlich gegen den Kopf.

Alles wird schwarz.

Etwas sticht ihm in Wange und Nase.

Raues Holz.

Der scharfe Geruch von Farbverdünner.

Die Welt kippt wieder. Er wird hochgehoben.

Jemand steht vor ihm.

Abdula.

Was macht er hier?

Er hält ihn mit seinen Riesenpranken an den Schultern fest.

Warum nur?

Er bewegt die Lippen. Aber der Ton folgt zeitlich versetzt.

»Wie geht's dir?«

»Ich weiß nicht.«

»Du bist umgekippt. Ich hab dich wieder aufgesetzt. Hast du das nicht gemerkt?«

»Nein. Oder doch, vielleicht. Irgendwas ist gekippt. Aber ich dachte nicht, dass ich das war.«

Zack blinzelt. Sieht Abdula wieder deutlicher.

»Warst du die ganze Zeit hier?«

Abdula lässt seine Schultern los und verschränkt die Arme vor der Brust.

»Was meinst du?«

»Ich war so lange weg.«

»Das waren nur zehn Minuten.«

»Es hat sich angefühlt wie Jahre.«

Irgendetwas perlt von Zack ab wie die letzten Tropfen nach dem Duschen. Der Rausch ist schon vorbei.

»Du hast mir Angst gemacht«, sagt Abdula. »Wie du mich angeschaut hast. Wie der übelste Psycho.«

»Ich weiß jetzt, was auf Kopparkobben passiert ist. Und in Huddinge.«

Abdula kniet sich hin und löst das Klebeband von Zacks Bein.

»Das weiß ich auch. Die sind gestorben.«

»Ich meine, ich weiß, wie es passiert ist. Was in ihnen passiert ist. Warum sie taten, was sie taten. Und warum zwei der Mädchen so gelächelt haben, als sie starben.«

Zacks linker Fuß ist befreit. Abdula macht am rechten weiter.

»Am Anfang ist das echt geil«, sagt Zack, »deshalb hat Ebba Langer gelächelt, als wir sie fanden. Sie muss kurz nach der Einnahme mit dem Kopf auf den Felsen geknallt und dann ohnmächtig geworden sein. Dasselbe bei dem Mädel, das mich vom Boden des Pools in Huddinge angelächelt hat. Sie muss ebenfalls gestorben sein, bevor der Rausch in die nächste Phase überging. Wenn es so weit ist, will man nur noch töten. Alles und jeden, sich selbst eingeschlossen. Und das Kranke ist, es kommt einem vor, als wäre das eine gute Tat.«

Abdula knüllt die langen Klebebandreste zu einem Ball zusammen. Wirft ihn auf den Boden und macht sich nun daran, Zacks Oberkörper zu befreien.

»So hat sich das angefühlt?«

Zack nickt.

»Du wolltest mich umbringen?«

»Ja.«

Abdula runzelt die Stirn, als wäre er sich nicht mehr so sicher, ob er wirklich das Klebeband von Zacks Händen lösen wolle.

»Aber warum?«

Zack kann nicht anders, er muss lachen. Er ist so froh, dass alles vorbei ist. Dass er sein wahnsinniges Experiment überlebt hat.

»Aus Liebe, mein Freund. Aus Liebe.«

# 47

## Donnerstag, 30. Juni

Das Sprossenfenster im Schlafzimmer ist gekippt, die Nachtluft streichelt Zacks Wange.

Hinter ihm liegt Mera. Den einen Arm um seinen Brustkorb geschlungen, die Nase in seinem Nacken. Ihr Atem geht ruhig und regelmäßig, ist so lauwarm wie die Nacht draußen vorm Fenster.

Durch das offene Fenster kann er die Silhouetten der Dächer im klaren Licht des Halbmonds sehen.

Zack denkt an das, was er in der Lagerhalle in Skärholmen nur wenige Stunden zuvor erlebt hat. Wie ihn die Droge verwandelt hat.

*Was wäre passiert, wäre ich nicht gefesselt gewesen? Hätte Abdula mich stoppen können? Hätte ich versucht, ihn zu töten, und mir dann selbst das Leben genommen?*

Diese Droge ist eine Mordwaffe. Ein Werkzeug für Massensterben.

Er nimmt Meras Hand und zieht ihren Arm fester um sich. Spürt ihren Bauch an seinem Rücken, stellt sich das Leben vor, das da in ihr wächst, das kleine Wesen, das sein Sohn oder seine Tochter ist.

*Ich muss mich an das halten, was gut ist. Nach vorn blicken, dem Licht folgen, die Schatten der Vergangenheit hinter mir lassen.*

*Ich werde nie wieder Drogen nehmen*, verspricht er sich. *Das war das letzte Mal.*

*Mera und ich und das Kind. Eine Dreieinigkeit, stärker als alle Drogen.*

*Und ich muss Hebe vergessen. Oder sie zumindest meiden. Sonst wird sie alles zerstören.*

Er streichelt Meras Hand. Lässt seine Fingerkuppen über ihre langen Nägel streifen.

*Warum bin ich so schwach?*, fragt er sich. *Von wem habe ich das geerbt?*

Er denkt an die blonde Haarsträhne und fragt sich, ob Koltberg sie schon zur Bestimmung weitergeleitet hat.

Höchstwahrscheinlich nicht. Er hat mehr als genug mit den Ermittlungen zu tun. Wie sie alle.

»Zack, bist du wach?«

Meras Stimme ist kaum mehr als ein Flüstern.

»Ja.«

»Wollen wir morgen mal nach Kindersachen gucken? In der Mittagspause? In der Kaptensgatan gibt es ein Geschäft.«

Zack findet, damit fordert man die Götter heraus. Es ist noch so früh, so viel kann noch schiefgehen zu diesem Zeitpunkt der Schwangerschaft. Er will sagen, dass er lieber noch warten würde. Aber warum eigentlich?

»Du findest es zu früh«, sagt sie.

»Nein, gar nicht«, flüstert er.

»Hast du mittags Zeit?«

»Klar.«

»Dann treffen wir uns um zwölf in der Kaptensgatan, Papa.«

Zack dreht sich auf den Rücken, und Mera rückt näher an ihn heran, legt einen Arm und ein Bein über ihn.

Es fühlt sich an, als würde sie ihn mit einem magischen, beschützenden Tuch bedecken.

Darunter lässt es sich gut einschlafen.

# 48

Graues Morgenlicht bahnt sich seinen Weg in ein anderes Schlafzimmer und erweckt die Silberfäden in der Tapete zum Leben. Dünne Spitzengardinen wehen träge im Wind, der durch das Belüftungsfenster dringt, und werfen unruhige Schatten über das Bett und die junge Frau, die darin schläft.

Das Spiel des Lichts lässt Hebe die Augen öffnen.

Ihr Kopf ist tief in das Eiderdaunenkissen versunken, sie fragt sich, wie sie hierhergekommen ist.

Sie wollte eigentlich irgendetwas machen.

Aber was?

Sie streckt sich nach dem Handy, das auf der gustavianischen Kommode liegt, um einen Blick in ihren Kalender zu werfen, und sieht, dass sie drei SMS bekommen hat: eine aus Indien, eine von einer Freundin und eine von Zack.

Sie stützt sich auf einen Ellbogen.
Liest Zacks Nachricht.

Warte auf dich. Ist was passiert?

Sie setzt sich auf die Bettkante. Starrt auf die Wörter. Sie wollte ihn gestern treffen.

Was ist dann passiert?

Sie weiß noch, dass sie es eilig hatte, dass sie sich nicht nachgeschminkt, sondern nur das Haar zu einem einfachen Zopf zusammengefasst hat.

Aber dann? Wie ging es weiter?

Warum erinnert sie sich nicht daran?

Sie sucht seine Nummer heraus.

Lässt den Daumen über dem Display schweben.

Wählt ihn an.

Sie muss wissen, was gestern war.

Nach einem Tuten drückt er den Anruf weg.

Es klopft an ihrer Zimmertür. Sie zieht die Decke um sich. Ruft: »Wer ist da?«

Die trockene Stimme des Butlers durch die Zimmertür: »Ihre Mutter möchte Sie sprechen.«

»Ich komme gleich runter.«

Sie starrt auf das Telefon in ihrer Hand.

Warum hat er sie weggedrückt?

Wieder die Stimme des Butlers. Diesmal nachdrücklicher. »Umgehend.«

# 49

Zack drückt Hebes Anruf weg, während er an Douglas Justes Bürotür klopft.

*Das ist vorbei*, denkt er und steckt das Handy weg.

Vielleicht sollte er ihre Nummer blockieren, damit er vor ihren Avancen sicher ist.

Er hört »herein« und öffnet die Tür.

Douglas trägt einen marineblauen Anzug, der trotz seiner Eleganz nur den müden Blick und die dunklen Augenringe unterstreicht.

Es ist viertel vor acht, und Zack will ihm diese Information allein geben, vor der Morgenbesprechung.

»Zack, setz dich doch«, sagt Douglas und deutet auf den Besucherstuhl, der vor seinem Schreibtisch steht.

Also setzt Zack sich. Lässt den Blick über den fast sterilen Schreibtisch wandern, dann über die zwei Ölgemälde an der Wand.

Ein Haufen brauner Stühle in unterschiedlichen Nuancen. Und eine Frau, die sich die Augen zuhält.

Normalerweise tauscht Douglas die Gemälde aus seinem Privatbesitz alle paar Monate aus, aber diese beiden hängen nun schon bald ein Jahr hier.

*Die könnten symbolisch für unseren derzeitigen Fall stehen*, denkt Zack. *Ein chaotischer Haufen und lauter Fragen, deren Antworten wir nicht sehen.*

Douglas schlägt ein Bein über das andere. Räuspert sich und sagt:

»In David Mathias' vermeintlichem Privatlabor gibt es keine Rückstände unserer Droge. Stattdessen aber Spuren von Crystal Meth. Laut Koltberg wurde das Labor ausschließlich zur Herstellung dieser Droge verwendet.«

»Aber David Mathias kann ja trotzdem die Bambitabletten verkauft haben«, sagt Zack. »Möglich, dass er sie von jemandem übernommen hat, genau wie den ganzen anderen Kram, den er auf seiner Internetseite angeboten hat.«

»Darum darf sich das Drogendezernat kümmern. Ich glaube aber, dass wir David Mathias schon bald aus den Ermittlungen in diesem Fall ausschließen können.«

Vielleicht, denkt Zack. Vielleicht kommen sie nicht weiter, weil sie in der falschen Richtung suchen.

David Mathias' verzweifelter Fluchtversuch kann daran gelegen haben, dass er davon ausging, sie hätten sein Labor in Rinkeby gefunden. Möglich, dass er lieber in den Tod gehen wollte als zehn Jahre ins Gefängnis.

»Und, was hast du auf dem Herzen?«, fragt Douglas.

»Es geht um die Bambipillen«, antwortet Zack. »Eine meiner glaubwürdigsten Quellen hat mir von einem irrsinnigen Experiment erzählt, das erst vor wenigen Tagen durchgeführt wurde. Da hat ein Typ die Droge gegen Geld getestet.«

Douglas hebt die Augenbrauen, wartet, dass Zack weiterspricht.

»Der Mann war dabei gefesselt, vielmehr hat er sich fesseln lassen. Wie dem auch sei, das, was er meiner Quelle über den Rausch erzählt hat, war ziemlich bizarr. Erst ging es ihm super, es war wohl der reine Liebestrip, und trotzdem wollte er seinen Kumpel töten, der bei ihm war.«

»Das klingt widersprüchlich.«

»Er hatte das Gefühl, er müsste seinen Kumpel retten, ohne dass es eine Bedrohung gab. Als wäre der Tod wichtig, um einen anderen, höheren Zustand zu erreichen. Laut meiner Quelle ist der Typ davon überzeugt, dass er seinen Kumpel umgebracht hätte, wäre er nicht gefesselt gewesen. Und vielleicht auch sich selbst.«

Douglas betrachtet ihn schweigend.

*Er durchschaut mich*, denkt Zack.

*Er weiß, dass ich von mir spreche.*

*Scheiß drauf, er muss das trotzdem wissen.*

»Was meine Quelle damit sagen will: Egal, wer diese Droge nimmt, jeder will damit töten«, fährt Zack fort. »Jugendliche und Erwachsene.«

»Und die, die dieses Experiment durchgeführt haben, wie sind die an die Droge gekommen?«

Douglas' Augen sind eiskalt. Scheinen zu fragen: *Wie bist DU an die Droge gekommen, Zack?*

»Das wusste meine Quelle nicht. Er war nicht mal bei dem Experiment dabei.«

Douglas faltet die Hände im Schoß. Sieht jetzt aus wie ein Psychologe, der versucht, sich in das Gehirn seines Patienten vorzutasten.

»Und warum erzählst du mir das jetzt und nicht während der Morgenbesprechung, die in …«, er wirft einen Blick auf die Uhr, »fünf Minuten anfängt?«

Mit dieser Frage hat Zack gerechnet. Er weiß, was er darauf antworten muss, fürchtet sich aber vor Douglas' Reaktion.

»Ich halte es für besser, wenn diese Information von dir kommt. Du weißt, wie es mir im Winter ging. Ich glaube, wenn ich das erzähle, dann kommt nachher der eine oder die andere auf die irrsinnige Idee, dass ich selbst diese Droge probiert habe.«

Douglas nickt langsam. Bedenkt ihn mit einem dieser väterlichen Blicke, die Zack recht häufig in seinem ersten Jahr bei der Sondereinheit zu sehen bekam.

»Du sitzt aber nicht hier und sagst, dass du das warst, oder Zack?«

Zack fragt sich, ob die Wärme, die er in seinen Wangen spürt, nach außen sichtbar ist.

»Ich sage nur, dass jemand auf so einen Gedanken kommen könnte. Oder etwa nicht?«

»Ich möchte deine Quelle kennenlernen.«

»Quellen sind heilig«, sagt Zack. »Das weißt du.«

Als Zack das Büro verlassen hat, sitzt Douglas noch lange still da und denkt über das nach, was er da gerade gehört hat.

Die Suche nach der Quelle der Bambitabletten ist wie die Suche nach einer tickenden Zeitbombe. Wenn sie die nicht rechtzeitig finden, droht ein Massensterben.

Er hatte gehofft, dass die Pressekonferenz etwas bewirken würde. Dass andere, die ebenfalls in den Besitz der Droge gekommen waren, sich melden würden, sobald ihnen die Gefahr bewusst wurde.

Aber kein einziger Anruf in dieser Richtung ist eingegangen.

Wie kann das sein?

Irgendjemand da draußen musste doch etwas wissen?

Sein Handy vibriert in der Innentasche seines Jacketts.

Er holt es heraus.

Es ist Oscar Langer.

Er hat heute bereits zweimal angerufen, und Douglas ist beide Male nicht drangegangen.

Er weiß, was Oscar fragen wird:

»Habt ihr ihn geschnappt? Kommt ihr voran? Wenn du mein Freund bist, dann fasst du den Mörder meiner Tochter.«

Er drückt den Anruf weg.

Legt die Stirn in die Hände und spürt, wie seine Schläfen pulsieren.

# 50

Mera bewegt sich durch die Reihen von Kinderwagen im Golden Baby. Sie lächelt, und Zack sieht ihr an, dass sie acht Monate in die Zukunft träumt.

Wenn ihr Kind auf der Welt ist.

Von der Decke hängen unzählige Mobiles mit bunten Figuren, und in den Regalen entlang der Wände drängen sich die Lauflernwagen, Wiegen und Spielsachen. In einem Bereich des Geschäfts stehen unterschiedliche Gitterbettchen, in einem anderen sicher zwanzig unterschiedliche Kinderwagen. Aus unsichtbaren Lautsprechern dringt ruhige Musik, ein Lied auf Französisch, vorgetragen von einer angenehm sanften Stimme.

*Ist das jetzt mein Leben?*, fragt sich Zack und spürt, dass die Wurst, die er sich auf dem Hinweg schnell einverleibt hat, seinen Magen leise zum Rumoren bringt.

*Ja, das ist mein Leben, und es ist okay, sogar gut. Es ist schön, hier mit Mera entlangzustreifen und nach vorn zu blicken, von dem Leben zu träumen, das bald auf die Welt kommen wird.*

*Den Tod eine Weile zu vergessen.*

Er denkt an das morgendliche Gespräch mit Douglas.

*Bin ich durchschaut worden?*

*Sicherlich.*

*Dann ist das eben so.*

Es war wichtig, dass er seine Erkenntnisse mitgeteilt hat, und Douglas hat seine Informationen ernst genommen. Klang während der folgenden Besprechung energischer und fordernder als sonst. Versprach ihnen weitere Unterstützung, auch wenn die Hälfte des Reviers im Urlaub zu sein scheint.

Trotzdem haben sie den Vormittag damit verbracht, Theorien und Verdächtige zu verwerfen, statt neue Spuren aufzutun.

Zwar ist das nötig, damit die Ermittlungen nicht so ausufern. Aber es ist so fürchterlich trostlos.

»Ist der nicht toll?«,

Mera bleibt vor einem Kinderwagen mit drei Rädern stehen, der mit einer Babytragetasche aus silberfarbenem Stoff ausgestattet ist. Zack nimmt den Preiszettel in die Hand und liest laut ab:

»Dreiundzwanzigtausend Kronen. Ohne Reifen.«

»Wir können uns das leisten«, sagt Mera.

»*Du* kannst dir das leisten«, lacht Zack, legt einen Arm um sie und zieht sie an sich, spürt, wie richtig es war, herzukommen. Was soll schon passieren? Träume müssen geträumt werden, Sehnsüchte erfüllt. Es ist nicht zu früh, das hier muss einfach gut laufen.

Sie bleiben bei den Tapeten stehen. Blättern sich durch die rosa und hellblauen Muster.

»Ich bestehe auf etwas Supertraditionelles«, sagt Mera und sieht Zack bestimmt an.

»Einrichtung ist doch sowieso dein Spezialgebiet«, sagt er.

»Aber du musst mitkommen und mitentscheiden.«

»Mitkommen und dich entscheiden lassen, meinst du.«

Mera lacht und schaut auf die Uhr.

»Ich muss zurück ins Büro. Vorher mach ich einen kleinen Abstecher nach Hause, ich muss vor unserer Besprechung noch ein paar Unterlagen holen. Wir haben einen neuen Großkunden an der Angel.«

»Ich kann mitkommen, wenn du magst.«

*Die Ermittlungen können mal eine halbe Stunde warten*, denkt er. *Ich habe ein Recht, Gelegenheiten wie diese zu nutzen.*

Als sie auf die Straße treten, regnet es, weshalb sie eng nebeneinander unter Meras großem Schirm gehen.

»Wann ziehst du ein?«, fragt sie.

Er lächelt. Erinnert sich daran, dass er selbst erst gestern darüber nachgedacht hat.

»Wann wäre es dir recht?«

»Heute Abend.«

»Dann komm ich nach der Arbeit mit meinen Müllsäcken vorbei«, sagt er und drückt sie an sich.

Im Westen drängen sich Sonnenstrahlen durch die Wolkendecke, die Luft fühlt sich rein an. Vielleicht klart es zum Nachmittag hin auf.

Sie nähern sich Meras Haustür.

Auf dem gegenüberliegenden Bürgersteig gehen sicher zwanzig Kindergartenkinder in gelben Westen. Immer zwei und zwei, Hand in Hand. Lauter kichernde kleine Energiebündel.

Zack flüstert Mera ins Ohr:

»Wer von denen könnte unser Kind sein?«

Sie bleibt stehen, betrachtet die bunte Kinderschar.

»Der in den blauen Gummistiefeln vielleicht. Mit den goldenen Locken.«

Zack schaut ihn an. Der Junge ist vielleicht vier. Er trägt ein Käppi, eine rote Regenjacke und hüpft, sodass seine Locken in alle Richtungen wippen.

*Ja*, denkt er. *So ein Kind will ich haben.*

Der Junge verschwindet hinter einem VW Passat, der langsam vorbeigleitet.

Der Regen wird stärker.

»Vielleicht werden es ja Zwillinge«, sagt er zu Mera. »Oder Drillinge. Stell dir mal vor, was du dann für einen Bauch kriegst.«

»So groß, dass ich meine Zehen nicht mehr sehen kann.«

Sie lächelt noch einmal.

Drückt sich näher an ihn unter dem Schirm.

Er schaut sie an, dann den Wagen.

Der kriecht.

Irgendetwas stimmt nicht.

Er bleibt stehen, Mera bleibt stehen.

Aber sie ist auf der falschen Seite, näher zur Straße.

Die getönten Scheiben werden heruntergelassen, zwei schwarzgekleidete Gestalten mit Sturmhauben kommen zum Vorschein.

Er ahnt dunkle, fast schwarze Augen unter den Mützen. Automatikwaffen werden herausgehalten, und Zack kann gerade noch denken: Jetzt ist es vorbei, jetzt hat ihn all der Scheiß eingeholt, den er in letzter Zeit verzapft hat.

Aber doch nicht ausgerechnet hier. Mit Mera.

Er muss sich zur Seite werfen, muss die Waffenmündungen von Mera weglenken. Aber dazu bleibt keine Zeit, im Wagen sind vermutlich längst Finger am Abzug, also zieht er Mera an sich, versucht, sie zu Boden zu reißen, sie mit seinem Körper zu schützen.

Er hat sich fast vor sie geschoben, da stolpert er. Alles geht so schrecklich langsam, und statt sie abzuschirmen und zu schützen, bekommt er das Gefühl, dass er sie noch näher in Richtung Wagen drückt.

Nein.

Nein.

Er fährt herum, will wieder selbst in die Schusslinie, aber es ist zu spät. Er sieht sie zusammenzucken, noch bevor er das Maschinengewehr rattern hört. Einmal, zweimal.

Sie wird von ihm weggerissen. Von der Hauswand angesaugt.

Auf ihrer Wange ist ein großer, roter Fleck. Ein weiterer formt sich am unteren Ende ihrer Bluse.

Er wird größer.

NEIN.

Mera.

Unser Kind.

Unser Kind ist da drin.

Unser Kind mit den Locken, die mit der Sonne um die Wette strahlen sollen.

Die Kugeln schlagen über ihren Köpfen in die Fassade ein.

Es riecht nach nassem Asphalt, die Feuchtigkeit dringt durch seine Jeans, als sie auf dem Boden liegen und er sie endlich schützen kann.

Der Motor heult auf. Das Geräusch entfernt sich schnell.

Irgendwo schreien Kinder und Erwachsene.

Mera liegt in seinen Armen und schaut ihn an, Verwunderung im Blick.

Regentropfen fallen hart auf ihr Gesicht, mischen sich mit dem Blut, das aus dem Loch in ihrer Wange quillt.

Sie öffnet den Mund, will etwas sagen, aber heraus kommt nur ein schwaches Gurgeln.

Er streichelt ihr über die regennassen Wangen, sie schließt die Augen, ihr Körper wird schlaff.

Der Regen prasselt jetzt nur so auf sie herab, die Kindergartenkinder heulen lauthals, und ein paar Stockwerke oberhalb von Zack ist ein Fenster geöffnet worden, aus dem nun Musik auf die Straße dringt. Ein fröhlicher Sommerhit aus einer anderen Zeit.

Zack hält Mera so fest er kann. Wiegt sie im Arm, hebt dann sein Gesicht zum Himmel und brüllt.

Rotgefärbtes Wasser strömt unter ihnen über den Asphalt, und hoch über ihnen singt Mungo Jerry *In the Summertime*, als wäre gar nichts passiert.

## 51

Zack fällt.

Wird zerrissen.

Sinkt tief in das schwarze Loch in seinem Inneren, das für eine kurze Zeit zu einem kleinen Schatten zusammengeschrumpft war, sich nun aber zu einem Ozean aus Schwärze ausgebreitet hat.

Irgendetwas blubbert in der Nähe.

Faucht.

Er öffnet ein Auge, sieht eine raue Hand, die ihm Rauch in die Nase stößt.

»Schau her, jag den Drachen jetzt«, sagt eine heisere Stimme. »Fang ihn.«

Er saugt den Rauch ein.

Schließt das Auge wieder.

Die Fliesen hinter seinem nackten Rücken sind kalt.

Es stinkt nach Pisse.

Aber das ist okay.

Es geht ihm wieder gut. Nur einen Moment, bevor die Finsternis erneut ihre scharfen Fänge in ihn bohrt.

Er rollt sich in Embryonalhaltung zusammen.

Verschwindet.

Niemand sieht ihn.

Er sitzt im Gebüsch vor einem Reihenhaus in Sollentuna.

Er wartet schon lange. Stunden.

Er kann ewig warten.

Geht methodisch vor.

Vier Namen konnte er von der Liste streichen.

Noch stehen viele darauf. Aber er gibt nicht auf.

Da kommt der Wagen. Ein schwarzer VW Passat fährt die asphaltierte Garagenausfahrt hinauf.

Zack stürzt aus dem Gebüsch. Reißt die Tür auf, reißt den Fahrer heraus. Eine Brille fällt zu Boden, zerbricht unter Zacks Fuß.

»Warum hast du sie erschossen?«, brüllt er. »Warum hast du Mera getötet?«

Die Frau mittleren Alters bringt keinen Ton heraus.

Er schaut sie prüfend an. Begreift, dass ihr Kopf zu klein ist. Nicht so lang wie die in den Sturmhauben.

Er lässt sie los und läuft davon.

Noch ein Name, den er von der Liste streichen kann.

Er ist jetzt müde. Will sich hinsetzen, aber ein älterer Mann fasst ihn unter den Armen, hält ihn fest. Flüstert, dass gerade nicht der passende Moment ist, um sich zu setzen.

Zack schaut ihn an.

Es ist Meras Vater, Allan Bergenskjöld.

Er ist fein angezogen. Schwarzer Anzug, weißes Hemd, weißer Schlips.

Zack schaut an sich hinab.

Er trägt das Gleiche.

Sie stehen an einem Sarg in einer dunklen Grabkapelle.

Der Sarg ist weiß. Allan legt eine rote Rose auf den Deckel.

Zack auch.

Mera liegt darin.

Das sollte sie nicht, aber sie tut es trotzdem.

Mera, und das Kind, das eigentlich in ihrem Bauch wachsen sollte und ihres werden.

Er schließt die Augen.

Schwankt.

Die Hand schiebt sich wieder unter seine Achsel.

Führt ihn aus der Kapelle.

Es regnet, harte, kalte Tropfen, und er möchte Meras Vater sagen, dass es eine schlechte Idee war, in den Regen hinauszugehen.

Aber Allan Bergenskjöld hat ihm den Rücken zugewandt.

Die Tür fällt mit einem dumpfen Knall zu.

Zack geht.

Sein Körper fühlt sich schwer an, als wolle die Erde ihn verschlucken, ihn lebend begraben. Und warum auch nicht?

*Alles, mit dem ich ihn Kontakt komme, stirbt.*

Er lässt die Kapelle hinter sich. Geht ohne Ziel.

Der Regen prasselt auf sein Jackett.
Er braucht mehr Amphetamine.

Er läuft suchend durch die Straßen.

Es war Nacht, als er losgegangen ist. Jetzt ist es Tag.

Und warm.

Aber er hat eine Jacke an.

Sie ist nass.

Warum?

Wen kümmert es?

Fliegen kreisen um sein Kinn.

Er kratzt sich.

Spürt spitze Haare. Viele.

Wann hat er sich zuletzt rasiert?

Er weiß es nicht.

Graue, neunstöckige Häuser türmen sich vor ihm auf. Stehen in Reih und Glied wie riesige Dominosteine.

Wenn man nur eins umstößt, fallen alle um.

Bredäng. Hier hat er mal gewohnt.

Ist er bis hierher gelaufen?

Um die Häuser umzuwerfen.

Er stemmt sich gegen das erste.

Drückt. Mit aller Kraft.

Das Haus fällt nicht um.

Warum fällt es nicht um?

Er muss sich ausruhen.

Er geht einen Kiesweg entlang, bleibt dann stehen, dreht sich um.

Geht mit schnellen Schritten zurück zum Haus, eilt Sam Koltberg nach, fasst ihn an den Schultern, reißt ihn herum.

»Junge oder Mädchen?«, brüllt er. »Was war es?«

Koltberg schubst ihn weg. Zieht ihn dann mit, fort vom Haus.

»Sohn oder Tochter?«

Zack flüstert jetzt, fleht, als könnte die Antwort das ungeborene Kind zum Leben erwecken.

»Das Geschlecht ließ sich noch nicht feststellen, das habe ich dir doch schon gesagt. Außerdem war die Gebärmutter durch das Projektil zerstört.«

»Das liegt nur daran, dass du so ein verdammter Versager bist!«

Koltberg boxt Zack so fest in den Bauch, dass dieser hart auf dem Kiesweg aufkommt.

Dann baut er sich über ihm auf, rot im Gesicht.

»Lass dich hier bloß nicht noch mal blicken, wenn du dich mit irgendwas zugedröhnt hast!«

Es regnet wieder.

Er sitzt auf einer Parkbank, die von Vogelscheiße verkrustet ist, und hält ein feuchtes Wochenblatt in der Hand.

»30. Juli« steht ganz oben auf der ersten Seite.

Das musste ein Tippfehler sein.

Juni könnte es sein.

Aber nicht Juli.

Es ist warm.

Er sitzt in der Sonne, einen Hamburger in der Hand.

Jemand sagt, dass er noch mal abbeißen soll.

Abdula.

Er hat Zack den Hamburger gekauft.

Zack wirft ihn weg.

Er will verdammt noch mal keinen Hamburger.

Aber Abdula weigert sich, ihm das andere zu geben.

Zack steht auf und geht.

Er hasst Abdula.

*Wie kann der mich ausgerechnet jetzt im Stich lassen, der Mistkerl?*

Zack ist außer Atem, gestresst.

Findet nicht, was er sucht.

Oder ist es etwas anderes, was ihn stresst?

Musste er nicht einen Termin einhalten?

Ja, doch. Er sollte seinen Sohn aus der Kita abholen. Seinen blondgelockten Sohn mit den blauen Gummistiefeln.

Er war heute dran, Mera arbeitet.

Er wischt sich die Nase ab. Rotz und irgendein weißes Pulver verteilen sich über dem Handrücken.

Er steht auf der Västerbron und schreit.

Nimmt den weißgoldenen Ring vom Finger.

Schließt fest die Hand darum.

Wirft ihn dann über die Brüstung, wie ein verlorenes Leben verschwindet er im grünschwarzen Dunkel des Riddarfjärden.

Jemand hat ihn geklaut.

*Nehmt sie fest*, schreit er.

*Nehmt alle Mistkerle fest.*

Deniz steht von ihrem Platz im Großraumbüro auf.

Läuft ihm entgegen, umarmt ihn.

Zusammen sinken sie zu Boden.

Er presst sein Gesicht an ihren Brustkorb und weint wie das Kind, das er nicht bekommen hat.

# 52

Das Zimmer ist klein wie eine Gefängniszelle, aber gemütlicher. Gardinen an den Fenstern. Topfpflanzen. Ein Flickenteppich auf dem Boden und ein bestickter Bettüberwurf.

Er hat es seinem Chef zu verdanken, dass er herkommen konnte.

»Das ist eine äußerst renommierte Entzugsklinik«, hatte Douglas erklärt, als Zack in seinem Büro saß. »Die geringste Rückfallquote des Landes.«

Zack hatte das nicht sonderlich gekümmert. Er sollte ja erst am 15. August dorthin fahren. Bis dahin war ja noch Zeit.

»Der 15. ist morgen«, hatte Douglas daraufhin gesagt.

Die Angestellten sind nett. Sprechen leise. Verurteilen ihn nicht, nicht einmal, wenn er sie provoziert und von unschuldigen Menschen erzählt, die er misshandelt hat.

Er kotzt jede Nacht. Manchmal sogar am Tag.

Er verlangt nach Subutex, aber sie weigern sich, ihm das Mittel zu geben.

Er nimmt eins der Bücher, die Ester ihm gegeben hat, legt es aber nach nur einer halben Seite wieder weg.

Sie sitzt bei ihm. Erzählt, was sie im Sommer gemacht hat. Das geht schnell. Dann sitzt sie still an seinem kleinen Schreibtisch und macht ihre Matheaufgaben.

Zack betrachtet sie. Sieht, wie das Licht der Nachmittagssonne ihre roten Haare flammend aufleuchten lässt.

Es gefällt ihm, dass sie hier ist. Es gefällt ihm, dass sie still ist.

Inzwischen wird es abends früher dunkel. Er liegt in seinem Bett und sieht die Gesichter, die ihn durch das Fenster anschauen.

*Mera.*

*Und Mama.*

Er will ihnen erzählen, dass er jetzt seit zehn Tagen clean ist.

Dass er wirklich kämpft.

Aber sie wirken enttäuscht.

Unsere Mörder laufen da draußen frei rum. Warum unternimmst du nichts, Zack?

Warum liegst du einfach nur da?

*Wir werden dich bis in alle Ewigkeit jagen, deine Vergangenheit wird dich erwürgen.*

Dann verschwinden sie.

Lassen ihn allein zurück.

*Es ist deine Schuld*, flüstern die Schatten.

*Der Tod klebt an dir wie eine Seuche. Und du steckst damit alle an, die dir etwas bedeuten.*

Deniz hat die Unterlagen zur Voruntersuchung von Meras Mord mitgebracht.

Sie scheint sich zu schämen, während sie erzählt, was sie herausgefunden haben. Oder richtiger: Was sie nicht herausgefunden haben.

»Der Passat ist so schnell verschwunden, wie er aufgetaucht ist. Zeugen haben ihn in der Nähe vom Humlegården gesehen, vielleicht sogar nördlicher auf der Birger Jarlsgaten, aber da verläuft sich die Spur.«

Nachdem sie gefahren ist, liest er die gesamten Unterlagen in Ruhe durch. Liest, dass seine Kollegen zum selben Ergebnis gekommen sind wie er: Dass die Männer im Wagen es auf ihn abgesehen hatten, aber Mera getroffen haben.

Wahrscheinlich wollten sie, dass er im Bambifall nicht weiterkommt.

Aber wer waren sie?

*Ich kann hier nicht länger liegen*, denkt er.

*Die nächtliche Dunkelheit ist wie eine Zwangsjacke.*

*Meras Mörder laufen noch frei herum. Und wer immer die Bambipillen herstellt.*

*Was, wenn noch mehr dieser Pillen auf den Markt kommen? Was, wenn das wieder passiert? Ich kann hier nicht bleiben.*

*Zur Hölle mit dem Entzug, ich habe Wichtigeres zu tun.*

In der Nacht türmt er.

Läuft durch den Wald, Richtung Stadt.

Für einen Schuss.

Als er die E4 erreicht, bleibt er stehen.

Eine Weggabelung.

Leben oder Tod.

*Wenn ich weiterlaufe, ist es vorbei.*

*Dann finde ich nie heraus, wer Mera erschossen hat.*

*Schnappe nie denjenigen, der Tod unter Stockholms Jugendlichen sät.*

*Ich muss wieder zu Kräften kommen. Mich selbst heilen, damit ich Hinweise finde, die die anderen übersehen.*

Die Verlockungen der Stadt funkeln etwas entfernt in der Nacht.

Er wendet sich ab und rennt zurück zur Entzugsklinik.

# 53

## Mittwoch, 7. September

Die Morgenluft ist kühl, und die Sonne schickt ihre Strahlen durch das gelbe Laub der Bäume, als Zack die orangefarbene Stahltür des Polizeireviers in Kungsholmen aufdrückt.

Er weiß nicht, ob er schon bereit ist. Ob Kopf und Körper bei ihm sind.

Gestern ist er fünf Kilometer gelaufen. Musste nach dreien stehen bleiben und sich ausruhen.

Aber er muss wieder arbeiten dürfen. Braucht etwas zu tun, etwas Konkretes. Damit er sich nicht in Gedanken über ein ungeborenes Kind verheddert, über einen Mörder ohne Gesicht.

Er holt seine Dienstwaffe ab und betritt den Aufzug, drückt auf den Knopf zur fünften Etage.

Die Morgenbesprechung beginnt in zwei Minuten. Er hat sich vorgenommen, gleich zu Anfang ein paar Worte an alle zu richten. Für sein Verhalten im Sommer um Verzeihung zu bitten. Sich für ihre Unterstützung während des Entzugs zu bedanken und zu betonen, dass er bereit ist, sich ins Zeug zu legen wie nie zuvor, um sich ihren Respekt wieder zu erarbeiten.

Eine bunte Luftschlange landet in seinem Haar, kaum dass er die Tür zur Sondereinheit geöffnet hat, und Deniz bläst in eine alberne Kindergeburtstagströte.

An der Decke hängt eine Girlande mit seinem Namen, und auf einem gedeckten Tisch in der Mitte steht eine große Torte. Sie begrüßen ihn jubelnd. Deniz, Sandra Sjöholm, Rudolf Gräns, Sirpa Hemälainen und Douglas Juste. Sogar Sam Koltberg.

Zack bleibt in der Tür stehen. Kommt aus dem Konzept. Schaut sich um. Sieht das Foto von Niklas Svensson und die brennende Stumpenkerze davor. Die Bilder der toten Jugendlichen, die noch immer am oberen Rand des Whiteboards hängen.

Es sind nicht nur die Lebenden, die ihn wieder willkommen heißen.

Dann wird er wütend. Wie können sie es nur wagen? Mera ist tot, und er hat Luftschlangen im Haar. Mera wurde erschossen, ihr Körper zu Asche verbrannt, sie sind kein Stück mit den Ermittlungen vorangekommen, aber jetzt gibt es erst mal eine beschissene Torte.

Doch er beruhigt sich, macht sich bewusst, dass das vielleicht notwendig ist, dass es selbst in der Dunkelheit Licht geben muss.

Er betrachtet seine Kollegen. Sagt:

»Habt ihr nichts zu tun?«

»Nicht ohne dich«, sagt Deniz und geht mit offenen Armen auf ihn zu.

Die anderen folgen ihr. Umarmen ihn, klopfen ihm auf die Schulter.

»Komm, feiern wir mit einem Stück Torte«, sagt Sirpa.

»Gebt mir eine Minute«, sagt Zack.

Sirpa scheint etwas sagen zu wollen, aber er dreht ihnen schnell den Rücken zu und eilt zur Toilette. Schließt hinter sich ab und setzt sich auf den Toilettendeckel, stützt den Kopf in die Hände und gibt sich alle Mühe, nicht zu hyperventilieren.

*Reiß dich zusammen, Zack, reiß dich zusammen.*

Er denkt an die Unterlagen der Voruntersuchung, die er so häufig in seinem Bett in der Entzugsklinik gelesen hat. Über den Mord an Mera.

Niemand kann spurlos verschwinden.

Was haben sie übersehen?

Er konnte keine groben Schnitzer entdecken. Im Gegenteil, er war erstaunt über ihre Sorgfalt.

Sie haben jeden einzelnen Straftäter, den er je hinter Schloss und Riegel gebracht hat, überprüft und vernommen.

Verfolgten sogar die weithergeholte Theorie, dass die Mörder vielleicht hinter Mera selbst hergewesen sind. Suchten mögliche Täter unter den Geschäftskunden ihres Vaters, nahmen Kontakt zu den Menschen auf, denen Mera auf die Füße getreten hatte. Durchleuchteten die Konkurrenz, die durch Meras Engagement um potenzielle Einkünfte gebracht worden war.

Als würden unzufriedene PR-Berater das Morden anfangen.

*Das hatte nichts mit ihr zu tun*, denkt Zack.

*Sondern mit mir.*

Er verlässt die Toilette.

Deniz winkt ihn auf den Platz neben sich und serviert ihm ein großes Stück Obsttorte, als er sich setzt.

»Alles in Ordnung?«, fragt sie.

Sie mustert ihn, schaut ihm direkt in die Augen. Er schätzt, dass sie prüfen will, ob er auf dem Klo war, um irgendwas zu nehmen.

Er lässt sie schauen.

»Ja, alles in Ordnung«, sagt er und steckt sich einen Bissen Torte in den Mund.

»Jetzt ist es aber gut mit der Feierei. Ich habe erfahren, dass ich schon bald bei der Reichspolizeichefin vorsprechen muss. Vermutlich wird sie mich an die Wand stellen, weil der Bambifall noch nicht aufgeklärt ist. Sie macht sich Sorgen, dass sich das wiederholen wird. Die Öffentlichkeit ebenfalls. Und wir sollten da keine Ausnahme sein.«

»Sind wir ja nicht«, antwortet Deniz.

Sirpa, Rudolf und Koltberg stehen auf, werfen die Pappteller in den Abfalleimer und kehren an ihre Schreibtische zurück.

Zack schaut zu den Fotos am Whiteboard. Entdeckt, dass eins dazugekommen ist.

Für einen Moment wird das Gesicht darauf zu Meras, doch dann blinzelt er und erkennt darauf Madelene Dahlén, die einzige Überlebende vom Kopparkobben.

Die einzige Zeugin.

»Wann ist sie gestorben?«, fragt er Deniz, die, zusammen mit Sandra, bei ihm geblieben ist.

Deniz wollte sich gerade Torte in den Mund stecken, lässt den Löffel aber nun sinken.

»Ich dachte, das hättest du noch mitbekommen. Sie ist wenige Tage, nachdem wir mit ihr gesprochen haben, gestorben. Laut ihrem behandelnden Arzt gab es Komplikationen. Ich erinnere mich nicht genau, welche. Innere Blutungen, glaube ich.«

»Das heißt, dass wir auch da auf der Stelle treten?«, fragt Zack.

Deniz und Sandra wechseln einen Blick. Zack sieht, dass sie beide brennen, ihm etwas zu erzählen.

»Wir haben gerade eine neue Spur aufgetan«, sagt Sandra. »Du weißt, dass die Chemiker am Karolinska Universitätslabor herausgefunden haben, was die unbekannte Substanz der Bambitabletten ist, oder?«

Zack schüttelt den Kopf.

»Okay. Die aktive Substanz heißt Benzodioxiprin. Sie ist sehr schwer zu bekommen. Ursprünglich wurde sie von einer amerikanischen Firma als Pflanzengift hergestellt, aber nur kurz vertrieben, bevor das Unternehmen das Produkt vom Markt nahm. Heute gibt es nur noch eine Firma auf der ganzen Welt, die es vertreibt: Wiszła Chemicals in Warschau.«

Sie erzählt, dass sie nach einem langen juristischen Tauziehen endlich ein Exportdokument bekommen haben, welches zeigt, dass eine kleinere Menge der Substanz von Wiszła Chemicals an die Firma Prechemo in Sollentuna geliefert wurde.

»Die Info haben wir seit gestern«, sagt Deniz. »Wir wären am liebsten sofort hingefahren, wollten aber auf dich warten.«

Zack schaut sie an.

*Wir*, das sind nicht mehr Deniz und Zack, sondern Deniz und Sandra.

Er erahnt die Wärme zwischen ihnen, obwohl sie nicht mehr so nah nebeneinander sitzen wie zu Beginn des Sommers. Und er muss einsehen, dass er bei dem, was Sandra ihr geben kann, nicht mithalten kann.

»Wie lautet denn die aktuelle Theorie?«, fragt er.

»Ach, die ist immer noch sehr ungenau. ›Experimentierfreudige Jugendliche, die neue, spannende Pille probieren wollten‹. Aber wir wissen noch immer nicht, wie sie daran gekommen sind, wer sie verkauft hat und warum es nun seit über zwei Monaten so still darum geworden ist.«

»Kann das denn nicht einfach an David Mathias' Tod liegen?«, fragt er. »Wäre die Stille keine sehr natürliche Folge seines Tods?«

Deniz seufzt.

»Wir haben noch immer nichts, was ihn mit den Tabletten in Verbindung bringt.«

»Die Stille ist fast das Schlimmste«, sagt Sandra. »Es fühlt sich so an, als würden wir nur darauf warten, dass wieder etwas Fürchterliches passiert. Dass die Pillen an einer großen Schule verteilt werden, in einem Club oder während der Orientierungswoche an der Uni. Das war doch sogar deine Theorie, Zack, dass der Täter ein Massenmörder sein könnte, der blind morden will.«

Zack kann sie vor sich sehen. Hunderte toter Jugendlicher, alle am selben Ort, mit ausgestochenen Augen und aufgeschlitzten Hälsen. Wie eine Szene aus einem Splatterfilm.

Und er muss sich eingestehen, dass ein solches Szenario gar nicht so unwahrscheinlich ist, wenn sie den Fall nicht endlich lösen.

Also, was haben sie übersehen?

Welche Spur haben sie nicht weiterverfolgt?

Sofort erinnert er sich an das, was Sirpa herausgefunden hatte, kurz nachdem die Jugendlichen in dem Pool in Huddinge gefunden worden waren. Dass die Väter von Axel Hultqvist und Desiree Larsson Teilhaber derselben Firma waren.

»Die Verbindung zwischen zwei Vätern der Opfer, hat sich daraus irgendwas ergeben?«

»Sirpa hat intensiv nachgeforscht, aber nichts gefunden. Nichts, was für uns von Interesse ist, jedenfalls«, sagt Deniz.

»Wie meinst du das?«

»Torsten Larsson und Tom Hultqvist scheinen sich nicht immer ganz an die Regeln gehalten zu haben mit ihrer Firma, aber sie haben wohl auch niemanden so sehr übers Ohr gehauen, dass sie damit das Leben ihrer Kinder gefährdet hätten, geschweige denn das Leben anderer unschuldiger Jugendlicher. Ich glaube, Sirpa hat die Angelegenheit an das Dezernat für Wirtschaftskriminalität weitergegeben, aber das weiß ich nicht mit Sicherheit.«

»War da nicht noch ein dritter beteiligt? Conny Sowieso?«, fragt Zack.

Deniz und Sandra wechseln einen verständnislosen Blick.

»Das … das hat sich doch im Sande verlaufen, oder? Weil er schon so lange tot ist? Und keine Kinder hatte?«

»Ich glaube, das hat schon jemand geprüft, aber es hat nichts ergeben«, sagt Sandra.

Zack bedankt sich für die Torte und geht zu Sirpa.

»Hast du noch die Angaben zu dem dritten Teilhaber der Firma, die die Väter von Axel Hultqvist und Desiree Larsson zusammen geführt haben?«

»Die sollte ich noch irgendwo haben. Ich maile sie dir.«

Zack setzt sich an seinen Schreibtisch und loggt sich ein.

Vierhundertdreiundzwanzig ungelesene Mails.

Sirpas ganz oben.

Er öffnet sie und liest den Namen des dritten Teilhabers.

Conny Åkesson. So hieß er also.

Er tippt seine Personennummer ins System ein und erhält einen Treffer: Ermittlung zu einem mutmaßlichen Selbstmord von 1998.

Zack richtet sich unwillkürlich auf.

Selbstmord? Kann das mit der Firma zu tun haben? Mit den beiden anderen?

Er ruft den Polizeibericht auf, überfliegt ihn.

Conny Åkesson, verstorben am 15. Februar 1998. Überdosis Schlaftabletten. Seine Frau Karin Åkesson unter Schock. Konnte nicht verstehen, wieso ihr Mann sich so etwas antun sollte. Und ihr.

*Vielleicht weiß sie es jetzt?*, fragt sich Zack. *Aber wie könnte das mit den Ermittlungen zusammenhängen?*

Er weiß nur, dass Geld und Geschäfte die Menschen dazu verleiten können, kranke Dinge zu tun. Dinge, die sich gegen sie selbst oder gegen andere richten.

Das ist weit hergeholt, aber vielleicht trotzdem eine Nachfrage wert.

Er muss wieder in Gang kommen, den anderen zeigen, dass er noch zu etwas nutze ist. Dass er zumindest bislang nicht beachtete Spuren verfolgen kann.

Nachdem er Karin Åkessons Personennummer im Bericht ausfindig gemacht hat, prüft er, unter welcher Adresse sie mittlerweile anzutreffen ist. Er findet ihre aktuelle Festnetznummer und ruft an.

Die Stimme auf dem Anrufbeantworter klingt sehr förmlich, so wie ältere Menschen oft mit technischem Gerät kommunizieren.

»Sie sind verbunden mit dem Anrufbeantworter von Karin Åkesson. Ich kann gerade nicht an den Apparat kommen, aber wenn Sie eine Nachricht ...«

Zack hinterlässt seinen Namen und seine Handynummer und bittet um Rückruf.

Als er gerade das Telefon in die Jacke gesteckt hat, ruft Deniz nach ihm.

»Zieh dich an. Wir fahren zur Prechemo nach Sollentuna.«

Er richtet den Waffengürtel und schnappt sich seine Jacke.

Deniz wartet am Ausgang auf ihn.

»Und Sandra?«, fragt er.

»Du bist mein Partner. Nicht sie.«

# 54

Prechemos schwedische Zentrale ist ein kubisches Gebäude aus Glas mit Aussicht über den Edsviken.

Der Assistent der Geschäftsleitung hat Zack und Deniz in einen Konferenzraum mit kantigem Mobiliar aus Chrom und schwarzem Leder geführt, wo eine Reihe schwarz gerahmter chemischer Formeln an den Wänden hängen. Ein paar beinhalten über fünfzig Zeichen.

Zack steht am Fenster und schaut auf den zwei Stockwerke tiefer liegenden Parkplatz.

In der Nähe des Eingangs steht ein Tesla Model S. Zack betrachtet die schwarze Karosserie und fragt sich, wie es wohl wäre, am Steuer zu sitzen und das Gaspedal des sportlichen Elektroautos durchzutreten. Die Beschleunigung musste der Wahnsinn sein.

Er denkt an seine rot-schwarze Suzuki Hayabusa, die er seit über drei Monaten nicht gefahren ist. Vielleicht sollte er am Abend ein Ründchen drehen. So bekam er für gewöhnlich sehr gut den Kopf wieder frei.

Hinter ihnen geht die Tür auf, und die Geschäftsführerin kommt herein.

Josefine Wecksell. Hübsch, hart, kalt. Kurzes schwarzes Haar, weiße Bluse, breite Schultern in einem elegant geschnittenen Blazer. Leuchtend grüne Augen hinter einer markanten schwarzen Brille mit runden Gläsern.

Zack kennt sie, aber woher?

»Hallo«, sagt sie mit einem kühlen Lächeln.

Und da fällt es ihm wieder ein.

Hebes Freundin aus dem Burger King.

Da trug sie keine Brille, aber sie ist es definitiv.

Jossan.

Wieso taucht sie plötzlich hier auf?

Sie gibt ihnen die Hand, und sie stellen sich vor.

Zack erkennt an ihrem Blick, dass auch sie ihn wiedererkennt, aber so tut, als wäre dem nicht so.

Josefine Wecksell setzt sich und wirft demonstrativ einen Blick auf die Uhr.

»Sie haben Fragen zu einer Chemikalie?«, sagt sie.

»Benzodioxiprin«, antwortet Deniz. »Wir würden gern wissen, wozu Sie das verwenden.«

»Wir verwenden es überhaupt nicht«, antwortet Josefine Wecksell.

Deniz hebt die Augenbrauen.

»Das, was wir hatten, wurde vor einem halben Jahr gestohlen.«

»Haben Sie den Einbruch gemeldet?«, fragt Zack.

Josefine Wecksell lehnt sich zurück und hebt kurz die Arme.

»Ihre Kollegen sind gekommen, haben sich umgeschaut und dann die Ermittlungen aus Mangel an Indizien eingestellt.«

Deniz blendet ihren sarkastischen Tonfall aus und fragt:

»Wozu haben Sie die Chemikalie denn vor dem Einbruch verwendet?«

»Sie war eine von vielen neuen Substanzen, die wir für ein neues Medikament getestet haben.«

»Klingt nach einem gefährlichen Medikament«, sagt Deniz.

Josefine Wecksell lächelt wieder, diesmal nachsichtig.

»Viele Arzneimittel enthalten potentiell gefährliche Stoffe. Zellgifte sind nicht besonders gesund, trotzdem retten sie jeden Tag Leben.«

»Haben Sie mehr bestellt?«

»Mehr Benzodioxiprin, meinen Sie?«

Sie wirft erneut einen Blick auf die Uhr, als hätte diese Befragung sie bereits zu viel ihrer wertvollen Zeit gekostet.

»Nein, es ist zu teuer, außerdem haben wir damit nicht die Resultate erzielt, die wir uns erhofft hatten. Deshalb haben wir eine andere Richtung eingeschlagen.«

Zack betrachtet sie. Ist fasziniert, wie anders sie sich vor den paar Wochen im Burger King verhalten hat.

Geht sie so in ihrer Chefinnenrolle auf oder ist das eine Verteidigungstaktik?

»Wir hätten gern eine Liste Ihrer Angestellten«, sagt Zack.

»Darf ich fragen, warum?«

»Benzodioxiprin ist im Zusammenhang mit einem neuen Fall aufgetaucht«, sagt Zack. »Zu diesem Zeitpunkt der Ermittlungen müssen wir mögliche Wege der Weiterverbreitung ausschließen.«

Josefine Wecksell schaut ihn prüfend an. Scheint herausfinden zu wollen, wonach genau sie suchen.

»Ich kümmere mich darum«, sagt sie schließlich. »Sonst noch etwas?«

»Nein«, erwidert Zack.

»Gut, dann schicke ich jemanden, der Sie hinausbegleitet.«

Sie steht hastig auf und verlässt den Raum.

Zack und Deniz passieren den Tesla auf dem Weg zu ihrem Fahrzeug. Er riecht nur so nach Neureichtum.

»Ziemlich kühle Person, findest du nicht?«, fragt Deniz, als sie im Volvo sitzen und sie den Wagen vom Parkplatz steuert.

Zack nickt.

Denkt an Hebe.

Warum taucht ihre Freundin in diesen Ermittlungen auf?

Auf der E4 Richtung Innenstadt fragt er sich, ob Hebe noch in Indien ist. Und warum sie in der Woche nach Mittsommer nicht vor dem Hotel erschienen war.

Dann denkt er an Meras zerschossenen Körper in seinen Armen und wünschte, er könnte das Denken einfach komplett einstellen.

# 55

Sie nähern sich Stockholm, als Zack sie bittet, den Umweg über Östermalm zu nehmen und ihn im Karlavägen abzusetzen.

Sie fragt nicht nach dem Grund. Er vermutet, sie weiß, wohin er will. Und dass er nicht darüber sprechen möchte.

Eine von vielen Seiten, die er an Deniz schätzt.

Die Blätter der Linden in der Birger Jarlsgatan verlieren allmählich ihre grüne Farbe, und die Bewohner von Östermalm tragen Strickpullover und Daunenwesten über ihren teuren Hemden.

Deniz biegt in den Karlavägen und hält am unteren Ende des Ellen Key Parks vor einem schönen, türkisfarbenen Gebäude mit langen, schmalen Fenstern.

»Pass auf dich auf«, sagt sie, als Zack aussteigt.

Er überquert die Straße und nimmt die gewundene Treppe hinauf zur Engelbrektskyrkan.

Das große Backsteingebäude wirft lange Schatten über den Boden, und Zack zittert, als er das schwere Portal öffnet und eintritt.

Das gewaltige Kirchenschiff mit seinen grauen Steinwänden und der hohen, gewölbten Decke ist wie geschaffen, damit seine Besucher sich klein und unbedeutend vorkommen. Sogar die Orgel wirkt bedrohlich, wie sie dort auf der Empore ihre silberfarbenen Pfeifen ausbreitet wie ein riesiger Raubvogel seine Flügel.

Er setzt sich in eine der Kirchenbänke und grübelt über die Ermittlungen.

Seine Gedanken wandern zur Prechemo, aber schnell weiter zu Conny Åkesson, dem früheren Teilhaber einer Firma, an der zwei Männer beteiligt waren, die wiederum die einzige Verbindung zwischen den verstorbenen Jugendlichen vom Kopparkobben und aus Huddinge darstellen.

Wieso nahm er sich das Leben?

Tom Hultqvist und Torsten Larsson sind durch ihre Geschäfte reich geworden, und laut Sirpa liegt es ihnen nicht fern, Leute zu prellen. Ist zwischen ihnen etwas vorgefallen?

Die Witwe hat noch nicht zurückgerufen, er wird sich später noch einmal bei ihr melden.

Nach ein paar Minuten verlässt er die Kirche und geht hinunter ins Kolumbarium, den unterirdischen Raum, den Allan Bergenskjöld als letzte Ruhestätte für seine Tochter auserkoren hat. Hier riecht es nach Macht und Geld und den richtigen Kontakten.

Er fragt sich, wie es Allan geht.

Er hatte ihn aus der Entzugsklinik angerufen, um für sein Verhalten bei der Beerdigung um Verzeihung zu bitten, aber Allen legte sofort auf.

Verständlich.

Zack fragt sich, ob er es noch einmal versuchen sollte, ob er erwähnen sollte, dass Mera schwanger war.

Aber welchen Sinn hätte das?

Ein ungeborenes Kind ist kein Kind. Nur eine finstere Erinnerung, die einem die Seele auffrisst und sie so lange wiederkäut, bis nichts als eine schwarze, stinkende Masse von dem übrig ist, was einmal Träume und Möglichkeiten waren.

Seine Schritte hallen, während er durch das Kolumbarium geht.

Es ist niemand sonst hier.

Nur Zack und die Toten.

Das Kolumbarium ist voll von ihnen.

Die Wände bedeckt von Steintafeln, auf denen ihre Namen stehen.

Er bleibt stehen, ein gutes Stück in dem grottenähnlichen und sanft beleuchteten Grabgewölbe, Meras Gedenkttafel ist in der zweituntersten Reihe. Er sinkt auf die Knie und lehnt sich mit der Stirn dagegen.

Schließt die Augen und versucht, sie zu spüren.

Zu sehen.

Aber da kommt nichts, nur die schwarzen Sturmhauben ihrer Mörder im Auto. Ihre fast schwarzen Augen.

*Warum hast du sie nicht beschützt, Zack? Warum hast du dein Kind nicht beschützt? Warum hast du es zugelassen, dass die Kugeln Mera durchdringen statt dich selbst?*

*Du warst es, der sterben sollte, nicht sie. Beide.*

*Alles ist deine Schuld.*

Er öffnet die Augen und schaut auf ihren Namen, der in den Stein gemeißelt ist.

*Mera Leosson.*

*Ich werde dich rächen,* denkt er.

*Dich, unser Kind, und dann bleibe ich clean.*

*Für immer.*

Das Gebüsch stinkt nach Ammoniak und altem Suff, ganz wie alle anderen Gebüsche und Wäldchen in der Stadt zu dieser Jahreszeit.

Aber es bietet einen guten Sichtschutz, außerdem bietet die Gabel zwischen Baumstamm und seinem unterstem Ast perfekten Halt für das schwere 400 Millimeter-Objektiv.

Als die Holztür des Kolumbariums aufgeht und Kriminalinspektor Zack Herry erscheint, wird der Auslöser der Nikonkamera halb gedrückt, das sich bewegende Objekt erscheint sofort scharf.

Der Auslöser wird durchgedrückt, und die Kamera schießt eine Reihe Aufnahmen.

Zack beschließt, zu Fuß zum Revier zu gehen, und wählt dafür die anonyme Kungstensgatan nach Westen.

Versucht, sich auf die Ermittlungen zu konzentrieren, denkt aber immer wieder an Hebe.

Das passiert oft, wenn er gerade an Mera gedacht hat.

Warum macht er das?

Es ist unanständig.

Außerdem befindet sie sich höchstwahrscheinlich noch in Indien. Ist voll und ganz damit beschäftigt, weitere Millionen für das Familienunternehmen an Land zu ziehen.

*Sieh es endlich ein, du Idiot. Sie will dich nicht. Hat dich nie gewollt.*

*Du solltest überhaupt nicht an sie denken.*

*Du bist jetzt allein.*

*Aber die Dämonen verlangen, dass du sie freilässt.*

Ein schwarzes Taxi mit leuchtendem Schild nähert sich, und er winkt es heran.

Er hat keine Lust mehr zu gehen.

Keine Lust mehr zu denken.

# 56

Ein junger Mann mit weißem Hemd und schwarzer Hose klopft vorsichtig an die Glaswand des Büros.

Hebe nickt ihm zu, woraufhin er leise ein Silbertablett hereinträgt und ein großes Glas Tee auf ihren Schreibtisch stellt.

Sie schaut ihm nach, als er das Büro wieder verlässt und irgendwo zwischen den langen Reihen von Schreibtischen verschwindet, an denen Programmierer sitzen und eifrig auf ihre Tastaturen hämmern.

Ehrgeizig, gehorsam.

Oder, wie Olympia es ausdrücken würde: kosteneffizient.

Hebe nippt an dem süßen Chai, dreht sich mit dem Stuhl und schaut zum Fenster hinaus auf die vierspurige, erhöhte Schnellstraße, die durch den gewaltigen Gewerbepark führt und ihn mit der Achtmillionenmetropole verbindet.

Nicht nur die Hitze und die Abgase lassen hier die Luft flimmern.

Auch die Energie.

Hier ist der Puls der Zeit.

Electronics City, Bangalore. Indiens Silicon Valley.

Multinationale Firmen aus der ganzen Welt haben hier Niederlassungen errichtet. So auch der Heralduskonzern.

Hebe fühlt sich wohl. Hat sich in die Kultur eingefunden und genießt mittlerweile einen gewissen Respekt, selbst von den älteren, männlichen Kollegen des mittleren Managements.

Vieles ist leichter geworden, nachdem sie die drei Männer gefeuert hatte, die offenbar die größten Probleme damit hatten, sich dem Kommando einer schwedischen Frau unterzuordnen.

Aber alles hier ist ein Kampf.

Fressen oder gefressen werden.

Anfangs hatte sie sich noch sehr bemüht, die weiblichen Angestellten kennenzulernen. Sie hegte die naive Hoffnung, mit ihnen nach der Arbeit ausgehen zu können. Gut zu essen, gut zu trinken. Zusammen zu lachen und Spaß zu haben. Mehr über die Kultur zu lernen. Sie dazu zu bringen, ihr zu erklären, wie die indischen Männer denken. Wie man sie am besten überlisten kann.

Aber so funktioniert es nicht. Die Frauen gehen nicht ohne Männer aus.

Deshalb wählt sie die Gesellschaft anderer Ausländerinnen, weiblicher Führungskräfte aus Deutschland, Irland und den USA.

Sie denkt häufiger an Zack, als sie sollte.

Fragt sich, wie es ihm geht.

Ob er bereits ein Stück darüber hinweggekommen ist.

Sie wusste, dass er eine Freundin hat, und wurde erneut von Eifersucht erfüllt, als sie nach den Ereignissen googelte und ein Handyfoto fand, auf dem man ihn aus recht großer Entfernung sah, wie er im Regen hockte und die sterbende Mera Leosson im Arm hielt.

Laut Medien hatten die Mörder es eigentlich auf ihn abgesehen.

Sie fragt sich, ob es etwas verändert hätte, wenn sie und Zack sich, wie verabredet, am Vorabend des Mordes getroffen hätten?

Und ob das gut oder schlecht gewesen wäre?

Sie kann sich noch immer nicht erklären, wie sie das Treffen hatte verschlafen können.

Nach Olympias Schilderung war sie vor Erschöpfung leichenblass gewesen. Hatte gesagt, sie würde sich kurz hinlegen, und war dann tief eingeschlafen.

Vielleicht war es so. Hebe kann sich nicht erinnern.

Überarbeitet war sie definitiv. Trotzdem. Das sieht ihr gar nicht ähnlich.

Sie hat Zacks Gesicht vor Augen. Die gerade Nase, die hellen Locken.

Sie werden sich wiedersehen.

So muss es einfach sein.

Ein sanftes Plingen des Computers verrät ihr, dass sie eine Mail bekommen hat. Sie dreht sich wieder mit dem Stuhl zum Tisch, stellt den Tee ab und öffnet die Nachricht.

Sie ist von Olympia.

Zeit, die Taschen zu packen. Du kommst in ein paar Tagen nach Hause.

*Hallo, Olympia,* denkt sie. *Ja, hier läuft alles super, danke der Nachfrage. Und bei dir?*

Sie klickt die Mail weg und dreht sich wieder so, dass sie auf die Stadt schauen kann, auf all die Autos und Lastwagen, die auf der breiten Schnellstraße hin und her sausen. Als wären sie willenlose, programmierte Teile eines größeren Organismus.

Manchmal empfindet sie sich selbst so.

Als würde auch sie nur dem Willen einer anderen folgen.

Als wäre sie nichts weiter als eine Figur im schmutzigen Spiel ihrer Mutter.

# 57

Douglas Juste öffnet die Tür zum Büro der Reichspolizeichefin Ellen Lundman im brutalistischen Polizeigebäude in der Polhemsgatan, nur wenige Flure entfernt von den Räumen der Sondereinheit. Die Tür ist komplett mit Aluminium verkleidet und viel schwerer, als er gedacht hätte.

Es ist das erste Mal, dass er so einbestellt wurde. Um Rechenschaft abzulegen.

Ellen Lundman hat die weißen Gardinen vor die lukenähnlichen Fenster gezogen, sodass der Fokus ganz auf ihr und den Schwarz-Weiß-Fotos von schwarzen Männern an den Wänden liegt.

Sie trägt ein schwarzes Kostüm und lächelt nicht, als er hereinkommt. Deutet einfach nur auf den Stuhl vor ihrem Schreibtisch, auf den er sich folgsam setzt. Er spürt ihre sechzigjährige Lebenserfahrung in dem Blick, den sie ihm schenkt, und der ist alles andere als freundlich. Als wollte sie ihn zusammenfalten wie einen ungehorsamen kleinen Jungen, als hätte sie ihr Leben lang nichts anderes mit Männern gemacht.

Man munkelt, dass sie eine außerordentlich gute Juristin ist und, wenn sie das gewollt hätte, Geschäftsführerin bei der renommierten Großkanzlei Vinge sein könnte. Oder Chefjuristin bei Ericsson. Aber ihr gefällt wohl die direkte Macht, die sie als Polizeichefin hat. Viele glauben, dass sie mit dem Justizministerinnenamt liebäugelt, wenn die Konservativen das nächste Mal an die Macht kommen.

»Juste, nicht wahr?«, sagt sie.

*Klassisches Machtspielchen*, denkt Douglas. *So tun, als wüsste man den Namen des anderen nicht.*

*Dann spiel mal schön.*

»Ja, Douglas Juste.«

»Ich will mich kurzfassen«, sagt sie. »Ich möchte keine Erklärungen dafür hören, warum der Fall um diese Bambitabletten noch nicht aufgeklärt ist. Ich will nur, dass Sie ihn jetzt lösen. Mit der Unterstützung, die Sie haben, hätte das längst geschehen sein müssen.«

Douglas öffnet den Mund, will zu einer Verteidigung ansetzen, spürt, wie Wut in ihm aufsteigt. Was weiß denn diese Jurastreberin von echter Polizeiarbeit? Von den Schwierigkeiten, Ordnung in einen Fall zu bringen, der keinem bekannten Muster folgt. Aber sie droht mit dem Finger, bevor er überhaupt etwas sagen kann:

»Ich möchte Resultate sehen. Sofort. Das darf nicht noch einmal passieren.«

»Ich …«

Er ist ihr in die Falle gegangen.

Spürt, wie der Stuhl unter ihm zu wachsen scheint, wie er immer kleiner darauf wird, wie ein Däumling im Drachenland.

»Resultate.«

Sie macht eine Pause.

»Um eine Eliteeinheit zu rechtfertigen, muss sie auch eine höhere Effektivität aufweisen als alle anderen.«

Ellen Lundman wendet den Blick ab, betrachtet ihren Computerbildschirm, und Douglas begreift, dass das Treffen damit beendet ist.

Er steht auf.

Verlässt ihr Büro und spürt, wie die Wut in ihm Oberhand gewinnt. Im Aufzug auf dem Weg hinunter will er die Faust in den Spiegel rammen.

Aber er hält sich zurück.

Die alte Schachtel soll sich mal nichts einbilden, ihre Machtspielchen sind lächerlich.

Allerdings hat sie recht.

Und sie ist wichtig.

*Ich muss eine gute Beziehung zu ihr haben.*

*Der Fall ist nicht gelöst.*

*Er muss gelöst werden. Auf die richtige Art.*

*Dafür bin ich verantwortlich.*

Just bei diesem Gedanken ruft Oscar Langer an. Zum tausendsten Mal.

Seine Beharrlichkeit hat nicht nachgelassen. Und jedes Mal hat Douglas ihn weggedrückt und weder die Sprachnachrichten abgehört noch die SMS gelesen, die Oscar fast jeder Sprachnachricht folgen ließ.

Die Trauer ist zu schmutzig, zu roh, ihr fehlt Eleganz, sie kommt ihm zu nah.

Diesmal nimmt Douglas jedoch den Anruf entgegen.

»Oscar! Douglas hier.«

»Warum gehst du verdammt noch mal nicht dran, wenn ich anrufe? Ich habe es so häufig versucht.«

*Weil ich schwach bin*, denkt Douglas, sagt:

»Weil ich nichts Neues erzählen kann. Wir sind dran, aber du musst mir einfach vertrauen, wenn ich dir sage, dass wir Fortschritte machen. Und darauf muss ich mich konzentrieren.«

»Aber es passiert doch ein Scheiß!«

Oscar schreit, und Douglas will ihn bitten, sich zu beruhigen. Stattdessen sagt er:

»Ich werde finden, wer immer für Ebbas Tod verantwortlich ist.«

Dann legt er auf und geht nicht dran, als Oscar ihn sofort wieder anruft.

# 58

Zack und Deniz sitzen an einem Tisch im Revier und lesen den Polizeibericht vom Einbruch bei Prechemo im Frühjahr.

Jemand hatte eine Leiter an die Rückseite des Gebäudes gelehnt und war durch ein ungesichertes Fenster im ersten Stock eingestiegen. War dann in den Keller gegangen, hatte die Tür zu einer von sechs Abstellkammern aufgebrochen, drei Behälter Benzodioxiprin mitgenommen und war ohne eine Spur verschwunden.

Ein Stück entfernt fliegen Sirpa Hemälainens Finger über die Tastatur.

»Denkst du das, was ich denke, wenn du das hier liest?«, fragt Zack.

»Dass das ein Insiderding war? Ja, zweifellos. Wie sonst konnte der Täter wissen, welches Fenster ungesichert war und hinter welcher Tür sich das Benzodioxiprin verbarg?«

»Allerdings ist den Idioten, die diesen Bericht verfasst haben, das Offensichtliche entgangen«, sagt Zack.

Er lehnt sich zurück und massiert sich die Schläfen.

»Willst du nicht langsam mal nach Hause?«, fragt Deniz. »Du musst dich ja nicht gleich am ersten Tag total verausgaben.«

»Keine Sorge, es tut mir gut, hier zu sein«, sagt er und denkt:

*Oder zumindest geht es mir nicht so mies, wie es mir zu Hause ginge, wenn ich mit meinen Gedanken allein wäre.*

Deniz nickt.

»Okay. Also, was glauben wir? Dass einer der Angestellten das Zeug geklaut, damit die Bambitabletten gemacht und dann angefangen hat, die Pillen an Jugendliche zu verticken?«

»So was in der Art«, sagt Zack.

»Aber warum eine so ungewöhnliche Substanz wie Benzodioxiprin nehmen? Es muss doch tausend andere geben, die sich viel leichter beschaffen lassen, wenn man Drogen herstellen will?«

»Das unterstützt doch die Theorie, dass das ein Insiderjob war. Wer auch immer für den Diebstahl verantwortlich ist, wusste, dass er den Stoff dort findet«, sagt Zack.

Deniz rollt mit ihrem Stuhl bis zu ihrem Computer und ruft ihre Mails auf.

»Die Liste über die Angestellten ist immer noch nicht da. Vielleicht sollte ich noch mal bei der Geschäftsleitung nachhaken.«

»Mach das«, sagt Zack.

Sie hören einen Seufzer aus Sirpas Richtung und schauen zu ihr rüber.

»Woran verzweifelst du?«, fragt Deniz.

»Ich hab versucht, die Eigentumsverhältnisse der Prechemo zu entschlüsseln. Aber die Firmenkonstruktion ist sehr verzwickt. Offenbar absichtlich der Unübersichtlichkeit wegen so angelegt. So was ist ja immer spannend.«

»Auf welche Information hoffst du denn?«, fragt Zack.

»Weiß ich noch nicht. Manchmal tauchen einfach interessante Namen unter den Besitzern auf, mitunter jemand, mit dem wir schon einmal zu tun hatten. Aber noch bin ich nicht weit gekommen.«

Zack setzt sich an den Schreibtisch und beginnt, seine ungelesenen Mails abzuarbeiten. Nach wenigen Minuten findet er eine Mail von Sirpa mit einer Zusammenfassung über Benzodioxiprin und öffnet sie.

*Gar nicht so überraschend, dass der amerikanische Hersteller das Produkt vom Markt genommen hat,* denkt Zack. Das Pflanzengift tötete nicht nur Schädlinge, sondern so ziemlich alles. Außerdem hielt es sich über Jahre im Boden, ohne sich zu zersetzen.

Mehrere schwedische Aktienfonds hatten in den Hersteller investiert, was zu einer relativ kurzen, aber intensiven Umweltdebatte in Schweden führte. Dann ging das Unternehmen Bankrott und das Interesse der Öffentlichkeit legte sich.

Das polnische Unternehmen Wiszła Chemicals kaufte die Reste des Benzodioxiprins auf, musste dafür allerdings unterschreiben, dass sie den Hersteller unter keinen Umständen für eventuelle Schäden verantwortlich machen würden, die das Produkt verursachen könnte.

Seither war es still geworden um die Substanz.

Bis jetzt.

Zack schließt die Mail und liest dann die letzten Stationen der Ermittlungen nach. Versucht, etwas zu finden, was die anderen übersehen haben.

Drei Stunden später ist er als Einziger noch im Büro der Sondereinheit.

Er hat die Unterlagen zum Bambifall beiseitegelegt und widmet sich nun der Akte über den Mord an Mera.

Aber auch diesmal findet er keine offensichtlichen Patzer.

Seine Kollegen haben einen soliden Job gemacht.

Mera musste sterben, weil jemand verhindern wollte, dass er weiter die Tode der Jugendlichen untersucht, da ist er sich sicher.

*Wenn ich den Bambifall löse, finde ich Hinweise, die mich zu Meras Mörder führen.*

*Oder?*

Er muss an die eingestellte Ermittlung denken, deren Akte er zu Hause in dem Fach unter dem Teppich versteckt hat. Wird sie bald Gesellschaft von einer weiteren bekommen?

Der Gedanke ist unerträglich.

Er stützt die Ellenbogen auf und legt die Stirn in die Hände.

Seine Augen brennen. Sein Körper fühlt sich unendlich schwer an.

Als wäre jeder Muskel übersät von Parasiten, die jede Faser in ihm lähmen und ihn zu Boden zwingen.

*Halte durch, Zack.*

*Du schaffst das.*

*Amphetamine würden helfen. Oder Koks.*

*Denk nicht mal drüber nach.*

Er massiert sich die Schläfen.

*Was übersehen wir?*

*Welche Spur haben wir bislang nicht verfolgt?*

Wieder kommt ihm Conny Åkesson in den Sinn.

Die abwegigste Spur von allen.

Er überlegt, ob er es noch einmal bei seiner Witwe Karin Åkesson probieren sollte, aber es ist bereits nach zehn. Sie ist sicher längst im Bett.

*Wo ich auch hingehöre.*

Er loggt sich aus dem System aus, fährt den Rechner herunter und verlässt das Büro.

Stellt sich auf eine weitere Nacht voller Albträume und schlafloser Stunden ein.

# 59

Rudolf Gräns steht auf dem Balkon und atmet die feuchte Nachtluft ein.

Er weiß, was sich vor ihm befindet. Häuser aus den 1920ern mit Fassaden, die einmal bunt gewesen sind, mittlerweile aber von Abgasen aschgrau verfärbt wurden. Hinter den Fenstern sind wahrscheinlich Familien, die gesellig zusammensitzen, Menschen, die gerade allein essen, und leere Zimmer, die darauf warten, wieder mit Leben gefüllt zu werden.

Draußen ist es dunkel. Das spürt er. Spürt, wie das Schwarze die Oberhand gewinnt, wie es jeden Tag mehr Licht verschluckt.

*Irgendetwas stimmt nicht mit diesem Fall*, denkt er.

Als hätte jemand diese Verbrechen nur angezettelt, damit seine Kollegen und er sich verrennen. Lauter Finten gelegt, um von etwas anderem abzulenken.

Aber von was?

*Was sehe ich nicht?*

Manchmal wünscht er sich, er könnte die Welt wieder sehen. Könnte die Wahrheit wie ein Puzzle zusammensetzen, mit all ihren Farben und Formen.

Aber diese Möglichkeit ist für immer verloren.

Nun muss er den Kampf gegen die Dunkelheit auf ihrem eigenen Grund und Boden ausfechten.

Die eingelassenen LED-Lämpchen gehen automatisch an, als Douglas Juste die Eichentüren seines Kleiderschranks öffnet. Er durchsucht die sicher hundert Krawatten, die ordentlich darin hängen, wählt eine handgenähte aus Marrakesch aus und hängt sie über den stummen Diener, direkt neben den dunkelgrauen Anzug von Anderson & Sheppard aus London. Dann stellt er den Wecker auf halb sieben und legt sich in das handgefertigte Bett.

Zuerst auf den Rücken.

Verscheucht Oscar Langers Gesicht aus seinen Gedanken. Seine verzweifelten, anklagenden Worte heute am Telefon.

Denkt an die Moralpredigt, die er von der Reichspolizeichefin bekommen hat. Wie leicht es ist, Opfer ihrer Machtspielchen zu werden.

Er tut sein Möglichstes, solche Methoden nicht zu verwenden, weil er weiß, dass es wenig gibt, was Menschen wütender macht und mehr demotiviert.

Miststück.

Was weiß sie schon davon, wie es ist, sich den lieben langen Tag mit den größten Übeln der Welt zu befassen? Sich in einen Mörder oder Vergewaltiger zu versetzen, um zu verstehen, was er fühlt, wie er denkt? Die besten Polizistinnen und Polizisten, zum Beispiel die aus seiner Einheit, haben diese Fähigkeit, auch wenn sie diese weitestgehend unbewusst anwenden. Würden sie sie bewusst anwenden, würden sie verrückt werden, ganz wie es Zack beinahe ergangen war. Irgendwann kann man einfach nichts mehr in den dunklen Untiefen der Seele verstecken. Dann quillt es langsam hervor und vergiftet alles.

Er dreht sich auf die Seite. Starrt das fluffige Daunenkissen auf der leeren Hälfte des Doppelbettes an. Zieht es zu sich, presst die Nase hinein und versucht, den Geruch des eigentümlichen und beängstigenden Menschen zu riechen, der vor langer Zeit seinen Kopf auf dieses Kissen gebettet hat.

Ein noch schlimmerer Mensch als Ellen Lundman.

Und viel mächtiger, selbst wenn Lundman irgendwann Justizministerin werden sollte.

Ein Mensch, der meint, die Welt steuern zu können wie ein Gott.

Und vielleicht trifft das sogar zu.

Deniz schubst das Kissen auf den Boden, damit sie ihr Bein um Sandra Sjöholm schlingen kann.

Sie sitzt gegenüber von ihr in Sandras knarrendem Einzelbett. Ihre Brüste streifen sich. Die Beine verknotet, Atem, der auf Haut trifft.

In der Wohnung oben sind leise Schritte zu hören. Dann wird Wasser aufgedreht, rauscht durch die Rohre in den dünnen Wänden.

Sandra streicht kreisend mit den Fingerspitzen leicht über Deniz' Rücken. Erreicht ihren Nacken, wodurch sich die dunklen

Härchen auf Deniz' Armen aufrichten, ganz wie bei ihrem allerersten Mal mit einer Frau.

Auch damals befand sie sich in einem schmalen Einzelbett. In einem hellhörigen Zimmer im Studentenwohnheim auf dem Lappkärrsberget.

Neunzehn Jahre alt. Wagte es nicht, der anderen Frau in die Augen zu sehen, während die Wangen heiß und rot wurden, ganz wie es der junge Mishima in *Geständnis einer Maske* beschrieb.

Sie wusste, dass das, was sie da tat, falsch war, und welche Strafe ihr in ihrem Dorf in Kurdistan dafür geblüht hätte.

Sieben Jahre zuvor hatte sie mit eigenen Augen mitansehen müssen, was mit einer Frau geschah, die ihre Sexualität nicht zügelte.

Sie kann sich noch immer an den beißenden Geruch des Benzins erinnern, das sie über ihre beste Freundin Jasmina kippten. Das Flackern des Feuers, als sie es entzündeten. Die Schreie, die bis in ihre Seele vordrangen, obwohl sie sich so fest die Hände auf die Ohren presste, dass sie Angst hatte, sich selbst den Schädel zu brechen.

Sandras Fingerspitzen streifen über ihr Schlüsselbein. Bewegen sich seitlich an der Brust entlang zur Taille, sofort vertieft sich die Röte auf ihren Wangen, aber ganz ohne Scham, voll reinstem Verlangen, das gestillt werden möchte und das genauso lebensnotwendig ist wie Atmen.

Deniz zieht Sandra näher an sich.

Lässt die Hände über ihren Körper wandern, bis zu den Hüften und weiter, immer weiter, bis sie beide eins sind mit der Nacht.

Sirpa Hemälainen schläft mit offenem Mund in ihrem Fernsehsessel.

Ihr rechtes Bein ruht auf einem Hocker. Das Hosenbein ist bis zum Oberschenkel hochgezogen, die Kältekompresse, die auf ihrem Knie gelegen hat, ist auf den schwarz-weiß gestreiften Teppich geglitten.

Zeus hat sich neben dem Hocker zusammengerollt und leckt das Kondenswasser von der Kompresse.

Das Licht des Fernsehbildschirms schimmert auf seinem goldbraunen Fell, und er hebt erschrocken den Kopf, als in einer Actionszene Autoreifen über den Asphalt kreischen.

Sirpa wird davon nicht wach. Sie träumt von Jari. Wie sie dadurch, dass sie den Fall um die Bambitabletten löst, ihrem Neffen aus der Sucht helfen kann und er später bei einem Familienessen in Anzug und Krawatte auftaucht und verkündet:

»Ich hab jetzt eine Stelle als Ingenieur.«

Jari konnte immer gut mit Zahlen umgehen, und im Traum sitzt er erst an einem Zeichentisch, dann vor einem Computer. Ziffern strömen wie Wasser durch den Traum und verleihen Jari neues Leben.

Aber selbst im Traum ist sich Sirpa bewusst, dass sie träumt.

Sie wacht nur dreißig Minuten später mit dem Gefühl auf, dass sie wieder arbeiten muss, dass sie etwas Wichtiges finden wird.

Schon bald erhellt der Computerbildschirm ihr Gesicht.

Im Ruheraum der Sondereinheit liegt Zack komplett angezogen im Bett. Der Spiralblock auf seiner Brust hebt und senkt sich mit jedem Atemzug.

Drei Wörter hat er aufgeschrieben, bevor er eingeschlafen ist: *Åkessons Witwe anrufen!*

Er zuckt zusammen und wischt den Block auf den Boden, als er spürt, dass die Matratze nachgibt, weil sich jemand zu ihm aufs Bett setzt.

Es ist Mera.

Sie schaut ihn an. Nicht sanft, sondern auffordernd. Ungeduldig.

*Räche meinen Tod, Zack*, sagt sie, ohne die Lippen zu bewegen.

*Räche meinen Tod. Ich höre unser Kind schreien, hier im Dunkeln, und ich kann ihm keinen Trost spenden.*

Und im Traum hört auch Zack das Schreien, das langsam zu einem Wimmern abebbt.

Sie reißt die Tür auf.

Schreit ihn an, rüttelt an ihm.

»Zack, wach auf! Du musst aufwachen!«

Nicht Mera.

Deniz.

Die Deckenlampe wird eingeschaltet, und Zack schlägt sich eine Hand vors Gesicht, um sich vor dem stechenden Licht zu schützen.

»Ich hab dich überall gesucht«, sagt sie abgehetzt. »Sirpa meinte, du könntest vielleicht hier stecken.«

»Was ist los? Wie spät ist es?«

»Viertel nach eins. In den letzten fünf Minuten sind per Notruf vier Anrufe von unterschiedlichen Personen eingegangen. Irgendjemand verkauft rosa Pillen mit Tiermotiven im Club Sturecompagniet.«

Sofort ist Zack aus dem Bett.

Legt sich den Waffengurt um.

»Erzähl mehr.«

»Douglas koordiniert einen Schnellzugriff. Wir fahren in fünf Minuten los.«

# 60

## Donnerstag, 8. September

Der Polizeibus fährt über die Kungsgatan Richtung Stureplan.

Der Hötorget liegt verlassen da, und das beleuchtete Konserthuset wirkt wie ein riesiger blauer Monolith, der von unbekannten Kräften in den Boden gerammt wurde.

Im Rückspiegel sieht Zack, dass ihnen zwei Streifenwagen dicht folgen.

Zwei weitere sind unterwegs.

Douglas Juste fährt groß auf. Zack schätzt, dass die Reichspolizeichefin am Nachmittag ein paar harte Worte an ihn gerichtet hat.

Zusammengerechnet sind sie zu vierzehnt. Zwei Kollegen in zivil sind bereits im Club Sturecompagniet und versuchen, die Verkäufer der Tabletten ausfindig zu machen.

Zack schaut von Deniz zu Sandra Sjöholm und dann zu den anderen sechs Uniformierten im Polizeibus. Alle sitzen mit zusammengebissenen Zähnen da. Der Durchbruch, auf den sie gewartet haben, ist in greifbarer Nähe, und sie haben ein paar harte Stunden vor sich. Vielleicht die schlimmsten ihres Berufslebens.

Drogen und Waffen sind eine ungute Kombination, und in den Bars und Clubs rund um den Stureplan gibt es von beidem genug.

Wenn die Clubbesucher darüber hinaus auch noch Bambipillen geschluckt hatten, ist es gut möglich, dass sie dort drin ein wahrgewordener Albtraum erwartet. Möglich, dass sie von Menschen angegriffen werden, die ihnen die Augen auskratzen oder die Hälse aufschlitzen wollten.

Der Einsatzleiter geht alles noch einmal schnell durch. Wiederholt, was sie bereits gehört haben.

Zwei Männer bleiben am Haupteingang und schließen den Club, vier decken die Notausgänge ab und zwei sofort die Türen zu den Toiletten, um zu verhindern, dass Beweismaterial weggespült wird. Alle anderen folgen dem Einsatzleiter ins Lokal und übernehmen die Kontrolle. Schalten die Musik ab, das Licht ein und stellen die Gäste an die Wand. Überprüfen jeden.

Der Polizeibus kreuzt die Birger Jarlsgatan und muss abrupt abbremsen, als eine Betrunkene in Stöckelschuhen auf die Straße taumelt.

Die Straßen sind voll von aufgebrezelten Menschen, und die Schlange vor der Spybar ist lang.

Der Bus saust an der Zara-Filiale in der Sturegallerian vorbei. Bleibt direkt vorm Eingang zur Sturecompagniet stehen.

Auch dort warten die Leute in einer absurd langen Schlange auf Einlass. Noch gibt es keine Anzeichen dafür, dass im Club etwas aus dem Ruder gelaufen ist.

Sie öffnen die Bustüren.

»Scheißbullen!«, schreit jemand.

Sie stürmen den Nachtclub. Die Uniformierten zuerst, dann Zack, Deniz und Sandra. Die Steinstufen hinauf, durch das Tor, mitten hinein.

Lila Lichtstrahlen, feuchte Wärme, Schweißgeruch. Unfassbar hohe Decken, aber wenig Bodenfläche. Hysterisches Gedränge und dröhnende Musik.

Zack hat Erinnerungen an diesen Ort. Keine guten.

Aber es ist lange her, dass er zuletzt hier war.

Das Licht geht an, die Musik verstummt. Vereinzelte Besucher schreien, es kommt zu einer Schlägerei. Zack kann nicht sehen, was genau vor sich geht, dazu ist es viel zu voll.

Er kämpft sich vor zur Treppe ins nächste Stockwerk. Will sich einen Überblick verschaffen, aber kommt nicht durch. Die Leute drängen in seine Richtung, zum Ausgang, der, wie sie bald merken werden, blockiert ist. Es riecht nach Parfum und Alkohol, und die Menschen bewegen sich in Panik, als wäre ein Selbstmordattentäter unter ihnen.

Oder Leute, die Bambipillen genommen haben?

Jemand schlägt ihm fest mit der flachen Hand ins Gesicht. Er schubst den Typen zur Seite.

Irgendwo ganz in der Nähe schreit eine junge Frau panisch um Hilfe. Ihre Freundin ist auf die Knie gegangen, um nach ihrem verlorenen Handy zu suchen, sie wird niedergetrampelt, als sie wieder aufstehen will. Zack schiebt mit vollem Körpereinsatz ein paar Menschen weg, um ihr aufzuhelfen.

Dann spürt er zwei riesige Pranken auf den Schultern, die ihn fortzerren, in eine Ecke.

Zack reißt sich los, dreht sich um.

Schaut in Abdulas kohlschwarze Augen.

Die Zeit bleibt stehen.

Alle Geräusche verstummen.

Es musste passieren, früher oder später.

Und jetzt ist der Moment gekommen.

Sie treffen sich auf dem Schlachtfeld.

Zack auf der einen, Abdula auf der anderen Seite.

Ihre Blicke sind wie verschmolzen.

*Steckst du hinter diesem Bambischeiß, Abdula?*, denkt Zack. *Hast du die toten Jugendlichen zu verantworten?*

*Behauptest du deshalb die ganze Zeit, du weißt von nichts?*

*Weil du es selbst warst?*

*Du verdammter Idiot.*

Der Ausdruck auf Abdulas Gesicht verändert sich. Die Verwunderung wird von etwas anderem abgelöst. Hass? Verachtung?

»Warum hast du mich nicht gewarnt?«

Die Stimme voller Wut.

Auch Zacks Wut meldet sich. Was fällt Abdula ein, sich hier hinzustellen und ihn blöd anzumachen?

»Warst du das, du Scheißkerl? Verkaufst du Bambi?«

Abdula atmet heftig durch die Nase, sieht aus wie ein wildgewordener Stier.

»Was glaubst denn du? Hier wird mein Scheiß verkauft, und das sind keine Bambipillen. Ganz normales Zeug, die sind einfach nur rosa.«

Abdula fischt eine Tablette aus der Tasche und hält sie hoch. Rund und glänzend hellrosa. Groß wie ein M&M, darauf das Bild eines lächelnden Kaninchens. Klopfer, Bambis Kumpel im Disneyfilm.

*Ziemlich bescheuert, die ausgerechnet jetzt zu verkaufen*, denkt Zack. *Und gleichzeitig verdammt widerlich, mit dem Verbotenen zu spielen und die Tode von neun Jugendlichen dafür zu nutzen, seinen Mist zu abzusetzen.*

Abdula schaut sich panisch um.

»Sind die Notausgänge frei?«

Zack denkt nach, bevor er antwortet.

Soll er Abdula wirklich laufen lassen?

»Was ist mit dir los, verdammt?«, zischt Abdula. »Sind die frei oder nicht?«

Zack spürt einen Ellbogen im Rücken, dann schwappt ihm Bier in den Nacken.

Er fährt herum, reißt dem Typen das Glas aus der Hand und schubst ihn weg.

Dann dreht er sich wieder zu Abdula.

Aber der ist verschwunden.

Zack stellt sich auf die Zehenspitzen, versucht zu erkennen, wohin er verschwunden ist. Schiebt sich dann zur Bar, stellt das halbleere Glas ab. Es ist jetzt viel leichter, sich zu bewegen. Die Kollegen bringen die Clubbesucher allmählich unter Kontrolle, die meisten haben sich beruhigt, haben eingesehen, dass sie sowieso erst einmal nicht wegkommen.

Behände springt er auf den Tresen. Schaut sich um.

Wo ist Abdula? Hier gibt es so verdammt viele Schlupflöcher.

*Denk nach, Zack. Denk nach.*

*Wohin geht man, wenn man von hier abhauen will?*

Er durchforstet sein Gedächtnis. Sie waren mal zusammen hier.

Aber das war draußen.

Im Hof.

Abdula war zugedröhnt und prahlte rum. Erzählte, dass er sich mal hereingeschlichen und die Bar geplündert hatte und danach wieder verschwunden war, ohne auch nur ein einziges Schloss knacken zu müssen.

Zack springt vom Tresen.

Findet die Tür zum Hof. Sie war verschlossen gewesen, das sieht er sofort, ist aber aufgebrochen worden.

Er öffnet sie und geht hinaus.

Ein angenehm kühler Wind trifft sein Gesicht. Die Luft ist voller Sauerstoff.

Der Hof hingegen leer. Wie ein ausgestorbener Platz, nur von den Fenstern erleuchtet, die sich in den hohen Fassaden der umstehenden Gebäude befinden.

Dann hört er ein kratzendes Geräusch hinter ein paar hohen Gitterwagen mit kleingemachten Kartons. Als würde etwas Schweres über den Boden gezogen.

Er geht näher und sieht Abdula, der einen Gullydeckel wegzerrt.

Abdula schaut ihn an.

Verharrt mit dem schweren Deckel in den Händen.

Schritte hinter Zack.

Er dreht sich um, zwei uniformierte Kollegen erscheinen in der Tür.

»Ist hier jemand?«, fragt der eine.

»Nein«, sagt Zack und geht auf sie zu, um zu verhindern, dass auch sie in den Hof kommen. »Keine Menschenseele. Wir sollten die Tür verriegeln.«

# 61

Dreizehn Festnahmen und siebenundfünfzig rosa Tabletten beschlagnahmt. Darüber hinaus noch drei Messer, zwei Schusswaffen und fast hundert Gramm Kokain, verteilt auf eine Menge kleinerer Einheiten.

»Was für eine beschissene Pissnacht«, sagt Deniz zu Zack, als sie sich um kurz vor acht an ihren Computer setzt und sich einloggt. »Hat du die Mail von Koltberg gesehen?«

Zack nickt.

Koltberg hat einen der Chemiker des Karolinska noch in der Nacht dafür gewinnen können, eine Schnellanalyse der beschlagnahmten Tabletten aus der Sturecompagniet durchzuführen.

Das vorläufige Ergebnis besagt, dass die Tabletten reichlich MDMA aufwiesen, aber keinerlei Spuren von Benzodioxiprin.

Ecstacy also, keine Todesdroge.

Und unter den Festgenommenen keine Bambidealer.

»Ich hab mal die Protokolle von letzter Nacht überflogen«, sagt Deniz. »Ein paar haben ausgesagt, dass ein großer Araber mit dem Spitznamen Salé die Tabletten verkauft hat, aber angeblich kennt niemand seinen richtigen Namen.«

Zack kennt ihn.

Salé ist Abdulas Künstlername, angelehnt an seinen Geburtsort in Marokko.

Aber er sagt nichts. Loggt sich stattdessen selbst ein.

Die Tür zur Sondereinheit geht auf, und Sirpa Hemälainen erscheint. Sie bewegt sich für ihre Verhältnisse schnell, außerdem pfeift sie vor sich hin.

Zack fragt sich, ob er sie jemals zuvor hat pfeifen hören.

»Guten Morgen«, sagt sie. »Wollt ihr wissen, was ich gefunden habe?«

Die Morgenbesprechung findet diesmal an Sirpas Schreibtisch statt, nicht im Besprechungszimmer. Zack und die anderen stehen im Halbkreis um sie herum.

»Hier«, sagt sie und vergrößert ein paar kleingedruckte Zeilen eines Geschäftsdokuments, in dessen einer Ecke das Logo der Prechemo prangt. »Aus diesem Abschnitt hier geht hervor, dass die Geschäftsführerin von Prechemo, Josefine Wecksell, praktisch neunundvierzig Prozent der Firma besitzt. Sie hat allerdings ihr Bestes getan, diese Tatsache zu verbergen. Die Frage ist, warum.«

Zack lehnt sich vor, um besser sehen zu können, und stößt fast mit Douglas Juste zusammen, der ihm zuvorgekommen ist.

»Hast du das gegengeprüft?«, fragt er.

»Ja, ich habe noch gestern Nacht Eva vom Dezernat für Wirtschaftskriminalität gemailt, und als ich heute Morgen hier angekommen bin, hatte sie bereits geantwortet. Sie klang fast beeindruckt. Meinte, das sei eine außerordentlich raffinierte Methode, die wirkliche Firmenstruktur zu verschleiern.«

»Wem gehören die restlichen einundfünfzig Prozent?«, fragt Zack.

»Einer Firma auf den Antillen, Akteon, die wiederum höchstwahrscheinlich einer Firma mit Sitz auf den Caymaninseln gehört, aber das ist unklar. Firma nach Firma nach Firma. Eine einzige Verschleierung.«

»Alles, um Übersichtlichkeit zu verhindern«, murmelt Rudolf Gräns und nippt dann an dem Kaffee, den er in der Hand hält.

Sandra Sjöholm schaut über Sirpas Schulter und starrt auf das Dokument, wirkt aber so, als hätte sie Probleme, die juristischen Formulierungen zu entschlüsseln.

»Bin ich froh, dass ich nicht bei der Wirtschaftskriminalität arbeite«, sagt sie und schüttelt den Kopf.

»Vielleicht landest du da eher, als du dir denken kannst«, sagt Douglas. »Wenn wir diesen Fall nicht endlich aufklären, tritt die Reichspolizeichefin nicht nur mir in den Arsch, sondern uns allen.«

Zack sieht, dass Deniz ein Lachen unterdrücken muss, während die anderen Douglas verwirrt angucken.

Solche Ausdrücke sehen ihm gar nicht ähnlich.

Deniz' Handy piepst. Sie nimmt es vom Tisch und öffnet die neue E-Mail.

»Die Personalliste von Prechemo ist da.«

»Leitest du sie mir gleich weiter?«, bittet Sirpa.

Sie öffnet ihren Posteingang und klickt auf die Exceltabelle, die Deniz ihr geschickt hat.

»Da!«, sagt Deniz und zeigt auf den dritten Namen. »Sverker Blådahl. Einer der ersten, die ich je hinter Gitter gebracht hab, als ich frischgebackene Kriminalinspektorin war. Der hat im großen Stil Kokain gedealt. Inklusive Bringservice, besonders was Bestellungen von Promis und Firmenbossen anging.«

Sirpa gibt den Namen ins Melderegister ein.

»In Schweden gibt es nur eine Person mit diesem Namen. Einen zweiundvierzigjährigen Mann, wohnhaft in Kungsängen«, sagt sie.

Zack schaut zu Douglas.

»Ein Mann, der mal eifrig Drogen vertickt hat, arbeitet bei dem einzigen, schwedischen Unternehmen, das mit Benzodioxiprin experimentiert hat. Mir scheint, dass wir uns mit dem mal unterhalten sollten, was meinst du?«

Douglas nickt, und Deniz sagt:

»Ich würde sagen, das sollte Rudolf übernehmen. Ich weiß noch, dass Sverker Blådahl ein ziemlich findiger Kerl ist, der sich aus allem rausreden kann. Wenn einer ihn knacken kann, dann Rudolf.«

Rudolf versucht, ein stolzes Lächeln zu verbergen.

»Ich übernehme das gern, wenn niemand etwas dagegen hat.«

Zack schaut zu Douglas, der sich an Rudolf und Sandra wendet.

»Fahrt zu Prechemo.«

Sandra ist sofort zur Stelle und gibt Rudolf einen Klaps auf die Schulter.

»Ich hole deine Jacke.«

Rudolf hält seinen halbvollen Kaffeebecher hoch.

»Darf ich meinen Morgenkaffee also schon wieder nicht austrinken?«

»Wir kaufen uns unterwegs einen«, ruft sie über die Schulter, während sie weiter Richtung Umkleide geht. »Komm schon.«

## 62

Im Auto auf dem Weg zu Prechemo grübelt Rudolf Gräns über eine Frage, die wiederholt im Zuge der Ermittlungen aufgetaucht ist.

Wurden die Bambitabletten explizit gemacht, um zu töten, oder sind sie das Ergebnis eines misslungenen Versuchs, eine neue, ertragreiche Droge zu erschaffen?

Kann es wirklich so einfach sein, dass dieser Sverker Blådahl ins Klo gegriffen hat? Dass er das Benzodioxiprin aus dem Lager gestohlen hatte, um eine neue Droge herzustellen, und es ihm gelang, die Tabletten an die Jugendlichen aus Lidingö und Huddinge zu verkaufen, bevor es zu den ersten Todesfällen kam?

Vielleicht war ihm da erst aufgefallen, dass die Droge viel stärker war, als er geahnt hatte.

Was macht man in einer solchen Situation? Seine Spuren verwischen und sein Leben weiterführen, als wäre nichts geschehen?

Warum nicht.

Aber wie lange geht das gut, bevor einen die Finsternis einholt?

Ein paar Monate? Ein Leben lang?

Rudolf muss an Zack denken und die Schuld, die er wegen des Todes seiner Verlobten auf sich geladen hat. Wie sie ihn verschluckt hatte, ihn fast das Leben kostete und ihn höchstwahrscheinlich immer noch in den Nächten heimsucht.

Vielleicht sogar bei Tag.

Vielleicht jede Sekunde.

Rätsel können nicht ungelöst bleiben.

*Zack weiß das. Ich weiß das.*

»Was bedeutet das wohl für die Rolle, die David Mathias gespielt hat?«, fragt Sandra Sjöholm. »Könnte es sein, dass er und Sverker Blådahl zusammengearbeitet haben?«

»Ich glaube, dass David Mathias einfach nur das Pech hatte, in unseren Ermittlungen aufzutauchen«, sagt Rudolf. »Aber ich werde Sverker Blådahl natürlich trotzdem nach ihm fragen.«

»Meinst du, er wird Widerstand leisten?«

»Nicht, wenn er von seinen Kollegen umgeben ist. Da bemühen sich die meisten, das Gesicht zu wahren.«

»Aber wenn er schuldig ist und außerdem weiß, was er den Jugendlichen verkauft hat …«

Sie spricht den Satz nicht zu Ende. Rudolf vervollständigt ihn.

»Dann ist er jemand, der nicht selbst tötet, sondern töten lässt. Das sagt auch schon viel über seine Persönlichkeit aus. Dann werden wir keine Probleme bekommen.«

Er hört das Ticken des Blinkers und spürt dann, wie die Fahrt gedrosselt wird und der Wagen in eine scharfe Rechtskurve geht.

»Wir sind da«, sagt Sandra. »Direkt bei Prechemo. Jetzt muss ich nur noch einen freien Parkplatz finden. Es sieht ziemlich voll aus.«

Sie bremst so abrupt, dass Rudolf froh um den Sicherheitsgurt ist.

»Da ist er!«, sagt Sandra. »Sverker Blådahl. Er ist unterwegs zu seinem Wagen, überquert gerade den Parkplatz. Wir müssen ihm den Weg abschneiden.«

Sie legt den Rückwärtsgang ein und wendet.

»Scheiße!«, schreit sie dann.

»Was ist?«, fragt Rudolf.

»Er hat gerade zu uns geschaut, und jetzt ist er in seinen Wagen gesprungen und hat ihn gestartet.«

Sandra gibt Gas und schlägt das Lenkrad so heftig ein, dass Rudolf gegen die Tür gepresst wird.

»Verdammt. Er haut ab! Er fährt einfach über die Wiese.«

Rudolf hüpft unfreiwillig auf dem Sitz, als der Volvo der Sondereinheit über eine hohe Bürgersteigkante holpert, um Sverker Blådahls Wagen über die Wiese zu folgen.

»Was für einen Wagen fährt er?«, fragt Rudolf.

»Einen blauen Renault Mégane. Sollte kein Problem sein, ihn einzuholen. Setzt du das Blaulicht aufs Dach?«

Die Sirene heult los, und Rudolf tastet im Seitenfach nach der großen Kuppel, dann nach dem Fensterheber. Schon spürt er den kühlen Fahrtwind im Gesicht, während er den Arm aufs Dach streckt, um das Warnlicht mit dem Magneten auf dem Dach zu befestigen. Es fühlt sich an, als würden sie mit über hundert Sachen eine kurvige Straße entlangrasen.

»Woher wusste der denn, dass wir von der Polizei sind?«, fragt Sandra.

»Ein Knasti riecht selbst Zivilbeamten mehrere Meilen gegen den Wind. Darüber hinaus schätze ich: die Extrascheinwerfer am Kühler, die Antennen, die Kamera am Armaturenbrett.«

»Wir holen auf«, sagt Sandra. »Wir sind nur fünfzig Meter hinter ihm. Was macht er denn jetzt?«

»Erzähl«, sagt Rudolf ruhig.

»Er hat das Fenster runtergekurbelt und hält etwas in der Hand. Einen offenen Karton. Er wirft ihn nach hinten.«

Ein Scheppern erklingt vor ihnen auf der Fahrbahn. Als hätte jemand einen Karton mit Metallschrott fallen lassen.

Der Wagen gerät plötzlich ins Schlingern.

»Scheiße!«

Es knallt, und schon wackelt und schwankt der Volvo heftig. Sandra bremst, und Rudolf spürt, wie sehr sie zu kämpfen hat, den Wagen auf der Straße zu halten.

Das Rumpeln wird stärker, der Wagen neigt sich extrem, bleibt dann stehen.

Rudolf wird mit der einen Schulter gegen die Beifahrertür gedrückt, bleibt aber still sitzen, während Sandra über Funk von dem fliehenden Wagen berichtet. Dann sagt sie zu ihm:

»Wir sitzen im Straßengraben. In dem Karton waren eine Menge Krähenfüße, die sich über die Straße verteilt haben. Einer hat uns erwischt, wir haben einen Platten.«

»Mit anderen Worten: Er war vorbereitet«, sagt Rudolf. »Ich würde meinen, wir haben unseren Mann gefunden.«

»Und gleich wieder verloren«, sagt Sandra.

# 63

Die Stimmung im Büro ist so düster wie in einer Grabkirche.

Es ist eine Stunde vergangen, seit Zack und Deniz mit der Unterstützung weiterer Einsatzkräfte Sverker Blådahls Wohnung gestürmt haben.

Aber Blådahl war nicht da.

Die Wohnung wird nun beschattet, aber die Wahrscheinlichkeit, dass Sverker Blådahl dorthin zurückkehrt, wo er doch weiß, dass die Polizei hinter ihm her ist, geht gegen null.

Eine landesweite Fahndung ist veranlasst und jede verfügbare Einsatzkraft in Stockholm für die Suche mobilisiert worden. Aber Blådahl ist wie vom Erdboden verschluckt. Genauso sein Wagen.

Douglas Juste sitzt in einer Sonderbesprechung, um den Einsatz zu koordinieren, während Sandra Sjöholm und Rudolf Gräns zur Prechemo gefahren sind, um mit der Geschäftsführerin und Sverker Blådahls engsten Kollegen zu sprechen, in der Hoffnung, Hinweise auf seinen derzeitigen Aufenthaltsort zu bekommen.

Zack ahnt, dass sie nichts herausfinden werden. Die gesamte bisherige Ermittlung hat nichts als Gegenwind gebracht, warum sollte es diesmal anders sein?

Sirpa Hemälainen seufzt tief hinter ihren Bildschirmen, und Deniz tritt gegen einen Papierkorb, woraufhin ein paar klebrige Papierteller von der gestrigen Feier herausfallen und auf dem Boden landen.

»Er hat sicher irgendeinen verfluchten Kumpel, der ihm hilft, sich zu verstecken. Jemanden, dem es scheißegal ist, dass er neun Jugendliche auf dem Gewissen hat.«

Zack erwidert nichts, obwohl er den Eindruck hat, die Worte wären direkt an ihn gerichtet.

Er fragt sich, ob Deniz bewusst ist, dass es Abdula war, den sie in der Sturecompagniet gesucht haben, und ob sie, wenn es so ist, ahnt, dass er ihm bei der Flucht geholfen hat.

Abdula hat ihm heute Morgen eine SMS geschickt. Nur ein Wort.

Danke.

Zack hat die Nachricht sofort gelöscht.

Kann sich mit dem Idioten gerade nicht befassen.

Er ruft Karin Åkesson an, eigentlich nur, um das Gefühl zu haben, irgendetwas zu tun. Wieder erreicht er nur den Anrufbeantworter.

*Warum geht mir Conny Åkesson nicht aus dem Kopf?*, fragt er sich. *Wir haben doch unseren Mann schon gefunden.*

»Hört mal«, sagt Sirpa erstaunlich munter und schaut von ihren Monitoren auf. »Es gibt ein Sommerhaus in der Nähe von Tumba, das auf Sverker Blådahls Mutter läuft. Wollt ihr euch das vielleicht mal näher ansehen?«

# 64

Die Mücken sind erbarmungslos. Ganz so, als hätten sie über Wochen gefastet, nur um sich jetzt ungehemmt auf ein Festmahl in Form von zwei Polizisten zu stürzen, die sich in dem feuchten Fichtenwald etwas außerhalb des Stockholmer Vororts Tumba einfinden.

Zack schlägt eine Mücke an der Stirn platt. Die gefühlt hundertste.

»Wer will denn hier bloß ein Sommerhaus haben?«, fragt Deniz und löst den Zopf, um durch das Haar ihren Nacken zu schützen.

Zack schaut auf die Uhr.

»Es ist gerade mal vier. Kannst du dir vorstellen, wie schlimm das erst abends sein muss?«

Eine alte Kate mit moosbewachsenen Dachschindeln zeichnet sich zwischen den Nadelbäumen ab.

Sie nähern sich langsam. Haben die Waffen gezogen, meiden die direkte Schusslinie des Fensters. Gehen abwechselnd vorwärts, Baum für Baum.

Sverker Blådahl weiß, dass er gesucht wird. Vielleicht ist er verzweifelt. Bereit, alles zu tun, nur um seiner Strafe zu entgehen.

Zack schlägt eine weitere Mücke tot, diesmal an der Wange.

Sie haben die Kate erreicht. Es macht den Eindruck, als wäre lange niemand hier gewesen. Der kleine Vorgarten ist überwuchert, und direkt vor den Stufen, die zur Haustür führen, steht hohes Gras.

Sie gehen zur Tür.

Die Waffen im Anschlag.

»Aufmachen, Polizei!«, ruft Deniz.

Aus der Kate kommt kein Laut.

Zack testet die Klinke.

Verschlossen.

»Aufmachen, Polizei!«, wiederholt Deniz.

Zack tritt die Tür ein, die Pistole am ausgestreckten Arm vor sich.

Nichts rührt sich.

Er geht hinein und schaut sich in dem einzigen Zimmer um.

»Sicher«, sagt er leise und lässt den Arm sinken.

Deniz schließt die Tür hinter ihnen.

Es wird dunkel in der Hütte, und Deniz sucht vergeblich nach einem Lichtschalter an der Wand.

»Es scheint keinen Strom zu geben, nur so was«, sagt Zack und deutet zu einem Tisch, auf dem eine verrußte Gaslampe steht.

Die Kate ist knapp zwanzig Quadratmeter groß. Die Küche ist

in einer Ecke untergebracht und besteht aus einem Gaskocher und einer rostigen Spüle ohne Wasserhahn.

»Die scheinen nicht oft hier zu sein«, sagt Zack.

Deniz holt eine Tageszeitung aus dem Korb am Boden.

»Die ist erst drei Wochen alt, ganz aufgegeben haben sie die Kate jedenfalls nicht.«

Sie durchsuchen die wenigen Schränke und Schubladen, aber finden nichts, was sie weiterbringt. Abgesehen von einer Flasche Mückenspray, von dem Deniz sich erst mal bedient. Dann suchen sie auch die Umgebung nach eventuellen weiteren Schuppen ab, in denen sich eine Laborausstattung verbergen ließe, aber sie finden nichts.

Sie halten noch zehn Minuten aus, dann lassen sie Kate und Mücken zurück, um wieder ins Revier zu fahren.

»Was machen wir jetzt?«, fragt Deniz, als sie den Kiesweg hinter sich haben.

»Schreibtischarbeit. Das mach ich sowieso am liebsten«, antwortet er.

Er sieht Tage voller öder Abfragen vor sich. Überprüfen von Sverker Blådahls Leben. Arbeitskollegen, Bekannte, Verwandte.

Was normalerweise zu Resultaten führt.

Aber unerträglich langweilig ist.

Er ist völlig am Ende. Allein wieder im Dienst zu sein, ist schon eine Herausforderung. Darüber hinaus an einer nächtlichen Razzia beteiligt gewesen zu sein und eine private Auseinandersetzung mit seinem besten Freund mitten im Geschehen zu haben, ist fast zu viel.

Er beschließt, sich sofort abzumelden, wenn sie wieder da sind. Nach Hause zu gehen und sich hinzulegen.

Versuchen zu schlafen.

Sein Handy verkündet vibrierend die Ankunft einer SMS. Er holt es aus der Tasche, liest die Nachricht.

Sofort steht ihm der kalte Schweiß auf der Stirn, und Entspannung auf dem Sofa liegt mit einem Mal in weiter Ferne.

Schafft er das wirklich?

Ist er stark genug?

Er hat das Gefühl, er hat keine Wahl.

## 65

Zack parkt das Motorrad auf der gepflasterten Garageneinfahrt, springt mit einem Satz die drei Stufen zur Veranda hinauf und schluckt gegen ein saures Aufstoßen an, bevor er an der Tür klingelt.

Das Herz klopft nicht ganz im Takt, scheint ab und zu einen Schlag auszusetzen.

Am liebsten würde er umkehren. Sich aufs Motorrad schwingen und einfach fahren. Egal, wohin.

Er lässt seinen Blick über das Grundstück schweifen. Es ist sechs Uhr, das Abendlicht macht alle Farben mild und warm.

Neben ein paar knorrigen Obstbäumen steht ein gigantisches blaues Trampolin. Vor der Doppelgarage parken ein schwarzer Porsche Cayenne und ein roter Mini Cooper. Beide frisch poliert.

Schritte nähern sich auf der anderen Seite der Tür. Kindergeschrei im Hintergrund.

Sam Koltberg öffnet, in Chinohose und einem verwaschenen blauen T-Shirt. Er hat Schweißflecken unter den Armen und betrachtet Zack mit so etwas wie einem mitleidigen Blick.

»Komm rein«, sagt er.

Aus der Küche riecht es nach Tee und überbackenen Broten.

Eine Frau mit südamerikanischem Aussehen und achtlos hochgestecktem Haar versucht, ein Baby zu trösten, das sie im Arm hält. Auf dem Boden liegen Duplosteine verteilt, außerdem ein umgekippter Spielzeughund mit Rädern.

Zack hängt seine Rick-Owens-Jacke auf einen Drahtbügel und zieht die Schuhe aus, obwohl die Frau sagt, das sei nicht nötig.

Und da fällt ihm auf, dass er im Prinzip nichts über Koltberg weiß. Noch bis vor wenigen Monaten glaubte er, Koltberg würde allein irgendwo in einer Wohnung leben. Nicht in einem Haus in Tyresö nahe am Wasser mit teuren Autos vor der Garage.

Jetzt stellt sich heraus, dass er sogar eine Familie hat.

Koltberg stellt Zack seiner Frau María und seinem Sohn Filip vor.

»Wir haben noch eine Tochter, Carmen, aber die schläft schon. Was gut ist«, sagt María mit einem deutlichen Akzent und einem müden Lächeln.

Koltberg geht voran in ein Zimmer, dessen Wände bis zur Decke von Bücherregalen bedeckt sind.

»Setz dich«, sagt Koltberg und zeigt auf einen braunen Ledersessel, über dessen Rückenlehne ein Schaffell hängt. Er selbst setzt sich an einen kleinen Schreibtisch.

»Ich wusste nicht, dass du Kinder hast«, sagt Zack.

»Hat lange genug gedauert. Meine erste Frau ist an Krebs verstorben, bevor wir mit der Familienplanung beginnen konnten.«

Zack betrachtet seinen Kollegen. Weiß nicht, was er sagen soll.

Koltberg hat gerade in zehn Sekunden mehr über sich preisgegeben als in den gesamten vier Jahren, die sie schon zusammenarbeiten.

Kommt da jetzt noch mehr?

Koltberg schlägt sich mit den flachen Händen auf die Oberschenkel, als wolle er die Erinnerung so vertreiben.

»Nun, wie ich dir schon in der SMS geschrieben habe, sind die Ergebnisse der Haaranalyse gekommen. Ehrlich gesagt schon vor zwei Wochen, aber ich wollte dir das Ergebnis nicht in der Entzugsklinik mitteilen.«

Er verstummt. Trommelt sich leicht mit den Händen auf die Beine.

Zack bekommt plötzlich schwer Luft.

Ihm wird bewusst, dass er nicht im Geringsten auf das vorbereitet ist, was er gleich hören wird.

Koltberg schaut ihn an, ihm aber nicht in die Augen, er scheint einen Punkt am Kinn oder Hals anzuvisieren.

»Ich könnte dich jetzt mit massenweise Details langweilen, komme aber lieber gleich zum Wesentlichen. Du bist nicht mit der Person verwandt, von der die andere Haarsträhne stammt.«

Zacks Herz hat jeden Rhythmus verloren. Schnelle, hastige Schläge gefolgt von beunruhigend langen Pausen.

»Bist du sicher?«

»Hundertprozentig.«

»Von wem ist sie dann?«

»Das weiß ich leider nicht.«

Zack stolpert aus dem Haus. Reißt im Vorbeigehen die Jacke vom Kleiderbügel, der scheppernd zu Boden fällt.

Der Himmel hat sich verdunkelt, die Straßenlaternen leuchten, und er fragt sich, ob er ein ganzes Leben lang in Koltbergs Bibliothek gesessen hat oder nur ein paar Minuten.

Er fährt nach Hause.

Langsam.

Fühlt sich wie der letzte Stern am Himmel. Einsam in einer unbegreiflichen Finsternis.

Er denkt an Mera, an das Kind. *Wer ist deine Oma?*

Zu Hause setzt er sich aufs Sofa und legt den Kopf in beide Hände.

Er möchte irgendwas nehmen.

Will eine Pause von seinen Gefühlen.

Aber das Versteck ist leer, dafür hat er selbst gesorgt.

Zum Glück.

Aber er könnte Abdula anrufen. Ihn bitten, etwas vorbeizuschicken.

*Im Leben nicht.*

*Sei stark, Zack. Sei stark.*

*Koltberg muss das Ergebnis falsch gedeutet haben.*

*Aber er macht nie Fehler.*

*Wenn die Strähne nicht von Mama war, von wem war sie dann?*

*Und wer ist meine Mutter?*

*Wer zur Hölle ist meine richtige Mutter?*

Zack erinnert sich noch an den Polizisten, der ihm die Strähne gab. Ein netter Kommissar mit schwieligen Riesenhänden. Vielleicht hat er Zack die Haare von jemand anderem gegeben, nur damit der fünfjährige Junge sich an etwas klammern konnte.

Aber wieso hätte er das tun sollen?

*Hätte ich Koltberg die Strähne doch nie gegeben.*

*Ich will vorankommen. Nur nach vorn schauen. Sonst gehe ich unter, ohne überhaupt das Wichtigste getan zu haben.*

*Verdammt.*

Er steht auf. Nimmt ein Taschenbuch vom Couchtisch und schleudert es gegen die Wand.

Ein lauter Knall.

Wie ihre Schläge in sein Gesicht.

*Deshalb hat sie mich geschlagen.*

*Weil ich nicht ihr Kind war.*

*Wieso hat Papa nie etwas gesagt?*

Er geht zu der alten Eichenkommode in der Ecke, der Kommode, die er schon in seinem Jugendzimmer in Bredäng hatte.

Darauf steht ein gerahmtes Foto. Ein breitschultriger Mann in einem dunklen Anzug umarmt eine junge Frau in Polizeiunform.

Beide lächeln, sie sind sommerlich braungebrannt. Die dunklen Locken seines Vaters sind kurz. Die glatten, hellblonden Haare seiner Mutter scheinen im Wind zu wehen.

Er betrachtet die Frau.

*Du bist also nicht meine Mutter. Aber wer bist du dann?*

Er schaut seinen Vater an. Noch immer gesund und stark. Ohne den roten, schmetterlingförmigen Ausschlag im Gesicht. Die Symptome der Krankheit.

Lupus.

Die ihn schwach gemacht hat, sein Leben zerstört und Zacks Kindheit.

Die Erinnerungen drohen ihn zu erdrücken. Der Umzug nach Bredäng. Der Vater, der mehr und mehr Zeit auf dem Küchensofa verbrachte. Es gegen Ende fast nicht mehr verließ.

Zack, der schwere Einkaufstüten schleppte, putzte, kochte. Speck anbriet, ohne den Dunstabzug anzustellen, um den Krankheitsgeruch zu übertünchen.

Aber das war viel später.

Als dieses Foto aufgenommen wurde, war sein Vater noch groß und stark.

Roy Herry, Stockholms bester Leibwächter. Immer wieder engagiert von Künstlern und Geschäftsleuten.

Von richtig hohen Tieren. Von spanischen Schnulzensängern auf Stockholmbesuch. Von Konzernchefs, die zu geheimen Treffen mit Regierungsmitgliedern anreisten.

Zack wischt die Staubschicht vom Rahmen.

Schaut seinen Vater noch einmal genau an. Versucht, das Geheimnis in seinem Blick zu entschlüsseln.

*War sie eine Geliebte?*

*Oder warst du bei einer Prostituierten? Bin ich das Ergebnis eines schmutzigen Ficks in der Malmskillnadsgatan?*

*Oder hattest du eine Affäre mit einer deiner Auftraggeberinnen?*

Sein Vater ist elegant auf dem Foto, hünenhaft, und trotzdem hat er etwas Sanftes, ein Typ, dem die Frauen verfallen. Er hatte sicher was mit nicht nur einer seiner Kundinnen.

*Vielleicht bin ich der unbekannte Sohn einer Milliardärswitwe oder einer berühmten Schauspielerin aus Hollywood?*

*Aber wenn es so war, warum hat dann er mich aufzogen und nicht sie? Das kann ja nicht gerade üblich gewesen sein.*

Sein Blick wandert zu Anna Herry.

*Hast du mich deshalb gehasst? Weil ich der ewige Beweis der Untreue deines Mannes war?*

*Wer war sie, die Frau, die mich zur Welt brachte?*

*Wer bin ich?*

Die Frage lässt ihm keine Ruhe. Lässt ihn nicht einschlafen, als er kurze Zeit später ins Bett kriecht.

Er liegt wach und starrt an die Decke. Sieht die Lichtstreifen, die dort entlanglaufen, immer wenn ein Auto unten auf der Straße das Haus passiert. Kurz erleuchten sie die Wohnung, dann wird es wieder dunkel.

Ganz wie die Menschen in seinem Leben.

Es kribbelt in ihm. Das Loch in seinem Inneren ist groß wie ein nachtdunkles Meer.

Er dreht sich zum hundertsten Mal um. Reckt sich nach dem Handy und schaut auf die Uhr. Viertel nach elf.

So funktioniert das nicht.

Er steht auf, geht in den Flur und reißt den Motorradhelm vom Haken.

# 66

Eine Viertelstunde später sitzt Zack auf seiner Hayabusa und rast mit hoher Geschwindigkeit über die E20 Richtung Tumba, zum Sommerhaus von Sverker Blådahls Mutter.

Die Autobahn ist wenig befahren, und Zack genießt es, bis fast zweihundert Stundenkilometer aufzudrehen.

Wie ihm das gefehlt hat.

Der Kick, den man bekommt. Fast wie ein Rausch. Aber ohne Auswirkungen auf das Gehirn.

Fast, als würde die Geschwindigkeit ihm eine übermenschliche Form von Kontrolle geben und eine Kraft, die ihm fast Angst macht.

Dann überrascht ihn eine Erinnerung an Mera. Wie das Abendlicht am Mittsommerabend auf ihr Gesicht fiel, als sie mit dem Tablett herauskam, auf dem die kleine Schachtel mit dem Verlobungsring lag.

Er hört ihre Stimme, lauter als das Motorgeräusch.

Dann das Weinen des ungeborenen Kindes.

Am liebsten würde er sofort in die Felswand neben der Autobahn steuern.

Alldem ein Ende bereiten.

Das Kind zum Schweigen bringen und mit Mera wiedervereint werden.

Er lenkt zum Seitenstreifen, aber Mera flüstert ihm zu, »nicht jetzt, noch nicht«, also richtet er das Lenkrad wieder aus, bringt das Motorrad unter Kontrolle und fährt weiter, noch schneller. Fort von allen Gedanken und Erinnerungen.

Er nimmt die Abfahrt Alby Zentrum und folgt der 258. Legt sich tief in die Kurven, ohne die Geschwindigkeit zu drosseln.

Fünf Minuten später stellt er die Hayabusa an genau der Stelle ab, wo Deniz nur wenige Stunden zuvor den Volvo V50 der Sondereinheit geparkt hatte.

Er nimmt den Helm ab und überlegt, ob er eine Sturmhaube aufsetzen soll, um sich vor den Mücken zu schützen, aber sie halten sich zurück. Als hätte die Abendkühle ihre Aggressivität gezügelt.

Die Kate liegt dunkel und verlassen im Wald.

Kein Lebenszeichen.

Er holt die Taschenlampe hervor und geht hinein.

Es riecht anders als beim ersten Besuch.

Duftspray, vielleicht Parfum.

Oder das Mückenspray, das Deniz benutzt hat, bevor sie aufbrachen?

Der Lichtkegel der Taschenlampe streift über die braunen, stockfleckigen Holzpaneele. Über den Tisch, das Sofa, die kleine Kochnische.

*Was haben wir übersehen?*, fragt er sich. *Irgendwas müssen wir übersehen haben. Irgendwas, das uns voranbringen kann.*

Ein Zweig bricht ganz in der Nähe, sofort hockt Zack sich unter das Fenster und schaltet die Taschenlampe aus.

Die Hand geht wie automatisch zu seiner Waffe, aber er trägt den Gurt gar nicht. Hat ihn ganz gewissenhaft im Revier gelassen, die Waffe weggeschlossen, wie vorgeschrieben.

Neue Geräusche. Schritte im Wald. Trockene Blätter, die unter Füßen rascheln.

Sverker Blådahl?

Oder jemand anderes?

Zack schaut sich nach etwas um, das er als Waffe verwenden könnte, findet aber nichts.

Wieder die Schritte. Allerdings entfernen sie sich jetzt von der Hütte.

Zack erhebt sich leise und schaut durch das Fenster.

Erahnt einen Schatten am Waldesrand.

Sieht das Fell eines Rehs, das verschwindet.

Er atmet auf. Wartet noch eine Minute ab, schaltet dann die Taschenlampe wieder ein und sucht weiter.

Was versteckt man an einem Ort wie diesem?

Und wo?

Er sucht im Schein der Lampe den Boden ab. Hebt einen Flickenteppich an, schaut nach Spalten, die auf eine Klappe hindeuten könnten.

Draußen bewegt sich wieder das Reh über das trockene Laub.

Zack knöpft sich als nächstes die Wände vor. Hebt das Bild eines weinenden Kindes an. Dann die Gardinen am Fenster. Drückt mit beiden Händen gegen die Wände.

Es knarzt direkt beim Fensterrahmen.

Eins der Paneele scheint lose zu sein.

Er versucht, mit den Fingern Halt zu finden, ruckelt mit einer Hand daran.

Da zischt etwas durch die Luft.

Zacks Taschenlampe fällt zu Boden und rollt unter das Sofa.

Er liegt auf dem Boden, spürt das kühle Linoleum an der Wange.

In seinen Ohren heult es, jemand sitzt auf ihm.

Es riecht nach Parfum. Dem einer Frau? Eines Mannes?

Sverker Blådahl.

Ein Baseballschläger holt aus.

Zack befreit sich und kann gerade noch die Unterarme schützend vor sich halten, als der Schläger auf ihn hinabsaust.

Sein rechter Unterarm wird vor Schmerz fast taub, und Zack nutzt die Gelegenheit, mit der rechten Faust zuzuschlagen. Er trifft eine Schulter. Wer immer ihn da angreift, fällt zur Seite.

Jetzt ist Zack auf den Beinen. Gelbe und rote Punkte tanzen ihm vor den Augen, er sieht nur eine schwarze Gestalt im Dunkeln.

Er tritt nach dem Kopf, aber sein Gegner zieht unerwartet schnell den Kopf zurück, weshalb Zacks Schuh ein morsches Wandpaneel trifft.

Er wartet ab. Rechnet mit einem neuerlichen Angriff mit dem Baseballschläger, ist bereit, den Schlag zu parieren und dann selbst anzugreifen.

Er blinzelt, um besser sehen zu können, aber sein Gegner bleibt ein Schatten. Ein Schatten, der etwas aus der Tasche zieht.

Zack stürzt zur Tür hinaus, als der erste Schuss fällt.

Er saust wieder auf seinem Motorrad durch die Nacht.

Sieht die Scheinwerfer des Wagens in den Seitenspiegeln.

Die Jagd dauert sicher schon fünfzehn Minuten.

Er war aus der Kate gerannt, er rannte und rannte, aber sein Verfolger war schneller. Deshalb wechselte er die Taktik. Wollte sich verstecken, sich auf die Lauer legen, aber dabei wurde er fast vom anderen überrascht.

Also sprang er auf seine Hayabusa und floh.

Fuhr schnell, fuhr weit. Dachte schließlich, er wäre entkommen, hielt an, um sein Handy hervorzuholen und Hilfe zu rufen. Aber da tauchten die Scheinwerfer hinter einer Kuppe auf.

Er hatte nicht mal den Motor gehört.

Sofort sprang er wieder auf seine Maschine. Versuchte, seinen Verfolger abzuschütteln, indem er immer wieder in Seitenstraßen abbog.

Jetzt weiß er nicht mehr, wo er ist.

Irgendwo in den Wäldern zwischen Tumba und Nynäshamn.

Insekten schlagen ihm gegen das Visier. Der Fahrtwind fühlt sich an wie eine Wand. Der Tacho zeigt einhundertsechzig Kilometer pro Stunde.

Ein Heulen direkt neben dem Helm.

Eine Kugel.

Und noch eine.

Verdammt.

Scharfe Kurven vor ihm.

Zu scharf.

Er wird nach rechts getragen, zu weit.

Die Reifen wirbeln Split auf, Zack stürzt, überschlägt sich mehrfach und bleibt mit einem Arm in der Wurzel eines umgestürzten Baums hängen.

Eine Autotür wird zugeschlagen.

Er sieht den Schein einer Taschenlampe über den schwarzen Lack gleiten.

Er kennt den Wagen. Woher?

Die Lampe wird in den Wald gerichtet. Direkt auf sein Gesicht.

Es gelingt ihm, seinen Arm loszureißen.

Wieder heult ein Schuss, und er rennt. Reißt sich den Helm vom Kopf.

Kein Lichtkegel mehr hinter ihm. Er rennt weiter, stürzt. Spürt einen stechenden Schmerz in Bauch und Schienbein.

Er ist geradewegs in einen Stacheldrahtzaun gelaufen. Hängt hoffnungslos darin fest.

Er strampelt und tritt und windet sich, der Zaun scheppert viel zu laut, als er endlich freikommt.

Er bemerkt etwas im Augenwinkel, schaut auf.

Der verdammte Bastard steht da und betrachtet ihn, nur zehn Meter entfernt.

*Du warst nicht schnell genug, Zack.*

*Genau wie an dem Tag, als Mera erschossen wurde.*

*Du bist zu langsam.*

*Aber wer ist denn so schnell wie ich?*

Die Taschenlampe wird eingeschaltet.

Der Arm erneut gehoben.

Der Arm mit der Pistole.

Ohne es zu wollen, krabbelt Zack rückwärts.

Er kann nirgendwohin.

Er liegt auf dem Rücken.

Hebt den Blick und starrt direkt ins Licht.

Sieht Mera vor sich, hört das Baby schreien, hört, dass beide ihn rufen.

»Schieß doch!«, schreit er. »Oder traust du dich nicht? Schieß!«

# 67

Nichts als Licht. Eine Lampe, die ihm direkt ins Gesicht leuchtet.

*Jetzt sterbe ich.*

*Und meine Familie mit mir.*

*Ich war der Letzte.*

*Endstation.*

*Vielleicht auch gut so.*

*Ich verbreite nichts als Tod und Verderben.*

*Hatte Mama nicht genau das gesagt? Die Mama, die nicht mal meine Mutter ist.*

*Wusste sie, was für ein Mensch ich werden würde?*

*Hasste sie mich deshalb?*

Das Licht, so grell in seinen Augen.

Aber schon bald wird die große Dunkelheit über ihn einbrechen.

Ein altmodisches Telefonklingeln schneidet durch die Luft. Das Geräusch ist so penetrant, dass Zack kurz glaubt, es ist sein Handy, das klingelt. Aber dann greift sein Verfolger in die Jackeninnentasche, holt ein Telefon heraus und hält es sich ans Ohr.

Eine leise, fast flüsternde Stimme dringt schwach aus dem Handy.

Frau oder Mann? Unmöglich zu sagen.

Sein Verfolger lauscht. Antwortet dann leise:

»Okay, ich breche ab.«

Zack versteht kein Wort.

*Abbrechen? Was soll abgebrochen werden?*

Der Schein der Taschenlampe wird noch greller, sein Gegner ist über ihm und verpasst Zack einen weiteren, heftigen Schlag gegen die Schläfe.

# 68

## Freitag, 9. September

Zack wacht auf, weil er vor Kälte zittert.

Das Sonnenlicht sticht in den Augen, er liegt zusammengekauert irgendwo auf einer taufeuchten Weide. Seine Klamotten kleben ihm nass am Körper.

Er will sich aufsetzen, aber sofort schießt ihm ein stechender Schmerz durch den Kopf und ihm wird schwarz vor Augen. Hier und da hat er kleine Wunden vom Stacheldraht, außerdem spürt er den gestrigen Sturz und die Schlägerei in allen Gliedern.

Er sinkt zurück zu Boden. Kennt den Geruch von Blut und Gras zu gut.

Die Erinnerung überkommt ihn, er kann es nicht verhindern. Lässt sich zurücktragen auf die Weide in jener Sommernacht vor vielen Jahren.

Damals lag jedoch ein Junge neben ihm.

Zack wagte nicht, ihn anzuschauen. Wollte nicht, dass seine Augen bestätigten, was er schon wusste.

Der Junge war tot.

Vielleicht war er schon tot gewesen, als Zack ihn auf dem Rücken getragen hatte, als er mit ihm auf die Weide gelaufen war. Gelaufen, bis er stolperte und im hohen Gras liegen blieb.

In den Sternenhimmel aufschaute mit dem Geschmack von Blut im Mund.

Die Gestirne bat, zu kommen, um ihn zu holen.

Es hatte sich angefühlt, als würde er ihnen entgegengehoben, aber dann hatte er das Bellen von Hunden gehört, und als er wieder hinaufschaute, waren alle Sterne wieder an ihren Plätzen gewesen, unerreichbar weit weg im Weltraum.

Er war aufgestanden, obwohl er nicht mehr konnte.

War weitergelaufen.

Hatte den Jungen im hohen Gras zurückgelassen.

Den Jungen, der seinetwegen tot war.

Er versucht noch einmal, sich aufzusetzen. Langsamer diesmal. Fischt sein Handy aus der Hosentasche und sieht, dass es 07.15 Uhr ist.

Er ruft Deniz an.

»Du bist früh auf«, sagt sie.

»Es ist was passiert. Kannst du mich holen kommen?«

»Wo bist du?«

»Weiß ich nicht genau. Ich schicke dir einen Screenshot von meinen GPS-Koordinaten, okay?«

»Ich setz mich sofort ins Auto.«

Eine halbe Stunde später dreht Zack die Heizung in Deniz' rotem Renault Clio auf und erzählt, was passiert ist, nachdem er zu der Kate zurückgekehrt war.

Abgesehen von dem Telefongespräch.

Er weiß nicht, ob das wirklich passiert ist oder ob der Schlag auf den Kopf eine Halluzination ausgelöst oder die Erinnerung verfälscht hat.

Woher sollte, wer immer da anrief, gewusst haben, was vor sich ging?

Und warum hätte dieser Jemand ihn beschützen wollen?

Aber er erinnert sich an die leise Stimme am Handy. Die Stimme, die sowohl einem Mann als auch einer Frau gehört haben könnte.

Aber wie hätte er das mitbekommen sollen? Er lag schließlich am Boden. Und es regnete. Das musste es zumindest, warum sonst war er komplett durchnässt, als er zu sich kam? Oder war das wirklich alles vom Morgentau?

»Das ist wirklich eine böse Wunde, die du da an der Schläfe hast«, sagt Deniz. »Glaubst du, das war Sverker Blådahl?«

Er hört ihr an, wie wütend sie darüber ist, dass er ohne sie zur Kate gefahren ist.

»Ja, das muss er gewesen sein. Aber ich habe ihn nie wirklich deutlich gesehen.«

»Vielleicht irgendwas vom Nummernschild? Oder die Automarke?«

Er schüttelt den Kopf.

Einen Scheiß hat er gesehen. Und jetzt ist Blådahl ihnen schon zum zweiten Mal durch die Lappen gegangen.

Er schlägt frustriert mit der Faust auf das Armaturenbrett.

Er sieht, dass Deniz ihm sagen will, er soll damit aufhören. Aber sie verkneift es sich. Fragt stattdessen:

»Und jetzt? Ins Krankenhaus?«

»Nein, wir fahren nach Tumba zu der Kate. Wir wissen, dass Blådahl dort war, und jetzt soll die Kriminaltechnik da mit dem Läusekamm jeden Quadratzentimeter absuchen. Das wird uns schon irgendeinen Hinweis liefern. Etwas, das uns weiterbringt. Muss es einfach.«

Im Zentrum von Tumba kommen ihnen zwei Löschfahrzeuge entgegen, aber weder Martinshorn noch Blaulicht sind eingeschaltet. Dann ein Streifen- und ein Rettungswagen. Alle fahren Normaltempo und scheinen von einem Einsatz zurückzukommen.

»Sieht ganz so aus, als hätten die eine turbulente Nacht hinter sich«, sagt Deniz.

Sie biegen in den Kiesweg ein, und als sie sich dem kleinen Sommerhaus nähern, sehen sie weitere Rettungsfahrzeuge an dem Platz, wo sie gestern Abend geparkt hatten.

»Was ist denn hier passiert?«, fragt Deniz.

Zack springt aus dem Volvo und rennt zur Kate. Sein Kopf droht mit jedem Schritt zu platzen, aber er läuft trotzdem. Schlägt sich durch den Wald, der bei Tag nicht im Geringsten so dicht und undurchdringlich wirkt wie letzte Nacht. Und dann ist er da und sieht mit eigenen Augen, dass nur noch verkohlte Reste von der gelben Kate übrig sind.

Selbst die Fichten in unmittelbarer Nähe sind abgebrannt, ein paar weitere Bäume haben schwarze Stämme, aber die Feuerwehr hat verhindern können, dass sich das Feuer weiter ausbreitete.

Absperrbänder wurden gespannt, und ein Feuerwehrmann spritzt Wasser auf die schwarzen Bohlen, auf denen die Kate gebaut worden war. Große, aschgraue Pfützen haben sich an der Stelle gebildet, wo Zack in der Nacht um sein Leben gekämpft hat.

Jetzt gibt es nichts mehr zu finden.

Keine Spuren.

Deniz stellt sich zu ihm. Schaut kurz auf die Ruine und sagt dann:

»Ich geb Douglas Bescheid.«

# 69

Zack hat sich Douglas Justes Mantel geliehen und steht im Windschatten eines der Feuerwehrautos in der Sonne, wo ihm endlich wieder etwas wärmer wird.

Laut den Sachverständigen war die Brandursache eine Gasexplosion.

»Nicht ungewöhnlich für Sommerhäuser mit alten Gasherden«, meinte der Einsatzleiter.

Aber Zack weiß, dass das Feuer gelegt wurde. Am Vorabend hatte es nicht an Gas gerochen.

Aus dem Wald ist ein Knacken zu hören, und als Zack sich umdreht, sieht er, wie Koltberg sich mit einer alten, halb verrotteten Holzkiste nähert.

Er sieht froh aus, fast aufgeregt, und dann winkt er die Kollegen heran, um seinen Fund vorzuzeigen.

»Die lag halb vergraben in einem vernachlässigten Komposthaufen.«

Er bürstet Erde von der Kiste und deutet auf die Buchstaben, die an der kurzen Seite in das Holz gebrannt worden waren.

*Wiszła Chemicals.*

»Außerdem haben die Feuerwehrleute ein paar unbeschädigte Glasbehälter und Reagenzgläser in den Überresten der Hütte gefunden«, sagt er. »Da sie die Hitze überstanden haben, muss es sich um gehärtetes Glas handeln. Behälter aus diesem Material werden in Laboren verwendet.«

»Weitere Hinweise darauf, dass Sverker Blådahl die Droge hergestellt hat«, sagt Deniz.

»Es sieht ganz so aus«, sagt Douglas. »Die Frage ist nur, wo er sich versteckt.«

Der Einsatzleiter ruft ihnen zu:

»Das hier sollten Sie sich mal ansehen.«

Zack, Deniz, Douglas und Koltberg nähern sich der abgebrannten Kate.

Die Feuerwehrleute haben ein großes Stück des eingebrochenen Dachs weggetragen, nun ist der Blick frei auf eine Betontreppe, die in einen Keller führt.

*Wie konnten wir das übersehen?*, fragt sich Zack. *Die Falltür muss sich unter der Kochnische verborgen haben – oder unter dem Linoleum.*

»Wegen der Einsturzgefahr können wir Sie nicht hineingehen lassen, aber ich habe mich kurz umgeschaut. Auf den ersten Blick wirkt es wie ein kleines Labor.«

Die vier Polizisten wechseln Blicke.

»Dann hat er also hier gesteckt«, sagt Deniz.

Einer der Feuerwehrleute kippt einen Berg Dachziegel aus, sie poltern laut krachend zu Boden. Das Geräusch setzt sich in Zacks Kopf fort und zwingt ihn in die Knie, ihm ist fast schwindelig vor Schmerz.

Schräg über sich hört er Douglas, der zu Deniz sagt:

»Bring Zack jetzt ins Krankenhaus.«

Langsam gehen sie zum Wagen. Jeder Schritt fühlt sich an wie ein dumpfer Schlag gegen seine Schädeldecke.

»Sverker Blådahl muss hinter dem Einbruch bei Prechemo stecken und das Benzodioxiprin gestohlen haben«, sagt Deniz. »Ich glaube, wir haben endlich mal einen Ansatzpunkt in dieser Sache.«

Zack erwidert nichts.

Er denkt an den Anruf, der Sverker Blådahl am Vorabend dazu brachte, die Waffe zu senken.

*Okay, ich breche ab.*

Kann er sich das wirklich eingebildet haben?

Nein. Jemand hat seinen Verfolger angerufen und ihm einen Befehl gegeben.

Sverker Blådahl ist nur ein Handlanger.

Jemand anderes zieht die Fäden.

# 70

Der späte Septemberabend ist draußen genauso dunkel wie drinnen. Die einzige Lichtquelle in der Wohnung ist das rote Standby-Lämpchen des Fernsehers.

Zack liegt auf dem Sofa und genießt, wie die dunkle Stille den Kopfschmerz lindert. Es sind mehrere Stunden vergangen, seit im Krankenhaus Sabbatsberg eine Computertomografie vorgenommen wurde. Sein Kopf war völlig in Ordnung, wie es schien. Keinerlei Fraktur oder innere Blutung, nur eine leichte Gehirnerschütterung. Aber in der riesigen, grauen Röhre zu liegen, die wenige Zentimeter von seinen Ohren entfernt dröhnenden Lärm von sich gab, half nicht gerade gegen den Kopfschmerz.

Jetzt ist es elf, und er hat den ganzen Tag noch nichts gegessen. Ihm war seit dem Schlag gegen den Kopf zu übel. Jetzt schreit sein Bauch nach Nahrung.

*Scheiß auf den Hunger*, denkt er.

*Konzentrier dich auf die Ermittlungen.*

Aber er kann nicht.

Seine Gegenwehr lässt nach, die Trauer übernimmt. Die beißende Einsamkeit, und die Gewissheit, dass ihn wohl nichts anderes mehr erwartet.

Er könnte Gesellschaft brauchen.

Jemanden, dem er nah sein kann.

Mit dem er sprechen kann.

Oder schweigen.

Aber Deniz ist sicher gerade bei Sandra Sjöholm.

Und Abdula will er nicht sehen.

Wer bleibt da noch?

Er nimmt das Telefon in die Hand und betrachtet eine SMS, die er schon geschrieben, aber noch nicht abgeschickt hat.

Er sollte sie löschen.

Stattdessen drückt er auf Senden.

Hebe wacht in der Dunkelheit auf, weil ihr Handy auf dem Nachttisch brummt.

Sie setzt sich auf und blickt über das pulsierende Meer aus Licht, das sich kilometerweit vor ihrem Schlafzimmerfenster erstreckt. Licht, das die Dunkelheit verdrängt und den Nachthimmel in ein diesiges Orange taucht.

Manchmal schläft sie gar nicht. Liegt einfach da und betrachtet Bangalores Nachtlandschaft.

Sie greift nach dem Handy und liest die Nachricht.

Wo bist du? Würde dich gern sehen.

Sie steht auf. Stellt sich nackt ans Fenster im dreiundzwanzigsten Stock.

Manchmal hat sie den Eindruck, dass die Dachgeschosswohnung ein Raumschiff ist, das in einer anderen Welt gelandet ist. Die Einrichtung aus Metall und weißem Leder, die monochrom weißen Gemälde an den Wänden, die Abwesenheit starker Gerüche.

Alles, was Indien nicht ist.

Als würde Olympia sie vor dem farbenfrohen Schmutz schützen wollen, der dort unten vorherrscht, als würde sie glauben, er könnte sonst auf sie abfärben.

Sich auf sie übertragen. Sie verändern.

Was er vielleicht schon getan hat.

Oder wusste Olympia, dass das passieren würde?

Ist das auch Teil ihres Plans?

Wie alles in diesem Leben.

Das Licht der Lampe lässt die Stifte im Bronzebecher spitze Schatten über den Schreibtisch in Olympia Karlssons Büro werfen.

Zwei Fotos liegen mitten auf der Tischplatte nebeneinander.

Eins zeigt Zack Herry.

Eins ihren Sohn Peter.

Sie nimmt beide in die Hände.

Ihr Gesicht verzerrt sich zu einer Grimasse, sie zerreißt sie in kleine Stücke, lässt die Schnipsel durch den Raum fliegen.

Sie legt den Kopf in den Nacken, und der Schrei, der aus ihrer Kehle dringt, lässt die Scheiben erzittern.

Zack erwacht mit einem Ruck, weil seine Fensterscheiben vibrieren.

Er hört, dass die Müllabfuhr sich mit einem Brummen entfernt, trotzdem vibriert noch etwas. Etwas auf seinem Bauch.

Er bringt sich in eine halb sitzende Position. Die Sehnen im Hals sind gespannt wie Violinseiten, wie immer, wenn er auf dem Sofa eingeschlafen ist, aber glücklicherweise hat sich der Kopfschmerz zu einem dumpfen Summen reduziert.

Er nimmt das Handy in die Hand und öffnet die Nachricht.

Bin gerade weit weg. Aber nicht mehr lange. Will dich auch sehen.

Ihm wird ganz warm ums Herz, als er Hebes Worte liest.

Er will antworten, aber da macht sich noch ein anderes Gefühl in seiner Brust breit. Eine scharfe Kälte, die die Wärme verdrängt und das Loch in seinem Inneren größer werden lässt.

*Was mache ich hier? Will ich sie nur treffen, weil ich es nicht ertrage, allein zu sein?*

*Ich habe Schulden zu begleichen.*

*Ich muss Meras Mörder finden.*

*Den Mörder unseres Kindes.*

*Aber erst muss ich fassen, wer immer hinter der Todesdroge steckt. Oder etwa nicht? Das ist das einzig Richtige.*

*Mera ist gestorben, weil jemand mich davon abhalten wollte, die Tode der Jugendlichen aufzuklären. Dort muss ich ansetzen.*

## 71

**Samstag, 10. September**

Es ist kurz vor halb acht, und Sirpa Hemälainen spült schon die zweite Koffeintablette an diesem noch so jungen Tag mit dem Rest des lauwarmen Pulverkaffees hinunter.

Sie will von ihrem Küchentisch aufstehen, um mehr Kaffee zu holen, aber ihre Knie verweigern sich.

Sie stemmt die Hände auf die Tischplatte und zwingt sich auf die Beine. Eiskalte Dolche durchdringen ihre kaputten Menisken und Bänder, der Raum fängt an, sich zu drehen.

Sie beißt die Zähne zusammen und stützt sich mit einer Hand ab, bis der Boden langsam zu schwanken aufhört.

*Selbst schuld, wenn du Tag und Nacht nur vorm Computer sitzt.*

Aber diese Nacht hat es sich gelohnt.

Aus zwei Gründen.

Zunächst, weil es ihr gelungen ist, Sverker Blådahls Leben fast nahtlos zusammenzusetzen, ein Ergebnis, das sie davon überzeugt, dass sie ihren Täter gefunden haben.

Es hat sich gezeigt, dass Blådahl zur gleichen Zeit in Lund Chemie studierte wie David Mathias. Sie waren nicht im selben Jahrgang, hatten aber ein paar Kurse zusammen.

Vielleicht war David Mathias schlussendlich doch auf irgendeine Weise an der Herstellung der Todesdroge beteiligt? Sein Wissen reichte schließlich aus, um ein eigenes Labor zu betreiben.

Es ist wohl angebracht, ihn wieder ins Visier zu nehmen.

Dann öffnete sich unerwartet eine Tür im Darknet, und sie konnte endlich einen guten Kontakt aufbauen. Zu jemandem, der wirklich etwas über die Bambitabletten zu wissen scheint und ihnen vielleicht helfen kann, die Beweislast gegen Blådahl weiter zu verdichten.

Sie hatte die Hoffnung fast aufgegeben. So viele Verrückte sind in den digitalen Untiefen unterwegs, und gleichzeitig stößt man als Neuling dort auf extremes Misstrauen.

Aber sie war drangeblieben, hatte mit ihrer erfundenen Netzidentität weitergemacht. Sich für einen Online-Drogendealer ausgegeben, jemanden, der große Einbußen durch die Bambitabletten zu verzeichnen hatte. Und sie hatte ihr Ziel deutlich formuliert: Sie wollte, dass der Schöpfer von Bambi für immer verschwand.

Andere zu finden, die derselben Meinung waren, dauerte nicht lange.

Andere zu finden, die darüber hinaus brauchbare Informationen liefern konnten, war deutlich schwieriger.

Aber es war, als würde Jari sie anspornen, ihr mehr Kraft geben. Und schließlich hatte sie ihn gefunden.

Nicht gerade ein sympathischer Typ, im Gegenteil. Ein Drogendealer, der Scopolamin verkaufte, Benzo Fury, Krokodil und Etorphin. Das Schlimmste vom Schlimmsten.

Und jetzt will er sie IRL treffen, um ihr Informationen zu geben.

Allein soll sie sein. Das ist seine Forderung. Treffpunkt ähnlich kuschelig wie die Drogen, die er vertickt: Unter der Sankt Eriksbron und zwar auf der Seite von Vasastan.

Sirpa hat sich das Ganze mithilfe von Google Street View angesehen. Und muss konstatieren, dass das eine sehr kluge Wahl ist, wenn man jemanden aus der Ferne beobachten will, um sich zu versichern, dass derjenige wirklich allein gekommen ist.

Selbstverständlich sollte sie Douglas Juste anrufen. Ihm von dem Treffen erzählen, das sie angeleiert hat.

Aber nicht diesmal.

Er hat sicher alle Hände voll zu tun, die Jagd auf Blådahl zu koordinieren, redet sie sich ein. Gerade erst kam eine Mail mit der Information, dass die Morgenbesprechung ausfiele.

Statt also Verstärkung zu erbitten, hat sie eine zeitkodierte Mail an ihre Kollegen verfasst, in der sie das Treffen und alle weiteren Entdeckungen der Nacht umrissen hat. Die Mail wird um elf Uhr verschickt werden, sofern sie das nicht manuell verhindert.

Sie holt ihr Telefon von der Spüle und ruft sich ein Taxi.

»Hallo, ich würde gern zum Restaurant Lilla Pakistan in der Sankt Eriksgatan. Ich habe einen Hund bei mir. Könnten Sie mir jemanden schicken, der besonnen fährt?«

Sie steckt das Telefon ein, geht in den Flur und nimmt die Leine vom Haken.

Zeus wedelt mit dem Schwanz.

Sie hätte einen langen Spaziergang bis zum Treffpunkt machen können. Sich wenigstens ein Mal an die Vorgaben der Ärztin halten.

Aber es ist zu weit. Sie würde auf nicht mal der Hälfte der Strecke zusammenbrechen.

Der Taxifahrer fährt besser, als sie erwartet hätte. Hält sich an die Geschwindigkeitsvorgaben, bremst und beschleunigt sanft und angenehm.

Sie denkt an den Mann, den sie treffen wird. Oder die Frau.

Oder vielleicht eine ganze Gruppe von Menschen. Sie hat keine Ahnung.

Hätte sie Douglas vielleicht doch besser verständigt?

Noch ist es dafür nicht zu spät.

Aber dann wird er doch nur wieder Zack und Deniz hinschicken, und sie wird im Büro bleiben müssen.

Wie immer.

Und es wäre gleichzeitig logisch und plausibel.

Aber sie sehnt sich nach der Arbeit im Feld. Sehnt sich nach der Spannung, die nur ein echtes Treffen mit einem unbekannten Kriminellen bieten kann.

Sie will das für Jari tun.

Verhindern, dass andere abstürzen.

Außerdem hat sie Zeus dabei.

Er sitzt neben ihr auf der Rückbank und schaut aus dem Fenster. Wedelt mit dem Schwanz, dass es nur so gegen das Leder knallt, als sie einen Mann passieren, der mit zwei Labradoren spazieren geht.

Sirpa streichelt ihm über den Rücken. Einmal den dunkelbraunen Streifen entlang.

In seiner Gesellschaft hat sie keine Angst, selbst wenn er in der letzten Zeit nervöser war als gewöhnlich.

Sie weiß aus Erfahrung, dass selbst die abgebrühtesten Typen zurückweichen, wenn ein Hund mit einer Schulterhöhe von über sechzig Zentimetern knurrt und seine Zähne zeigt.

Das Taxi wird langsamer, fährt an den Bordstein und hält direkt vor dem Restaurant Lilla Pakistan, dessen Jalousien heruntergelassen sind.

Sirpa steigt mit Mühe aus und humpelt zur Brücke. Hört einen Zug, der auf einem der vielen Gleise unterhalb der Brücke hindurchrauscht.

Die Treppe hinunter ist ein Albtraum.

Zeus ist aufgeregt, aber geduldig. Er weiß, dass sein Frauchen ein langsames Wesen ist.

Endlich erreicht sie das Ende, hat wieder flachen Boden unter den Füßen.

Sie starrt geradeaus und wünscht sich sofort zurück auf die harten Betonstufen.

Ein langer, dunkler Gang führt unter der Brücke hindurch.

Jeder Zentimeter der Betonwände ist von Graffiti und Tags übersäht. An ein paar wenigen Stellen weiter hinten im Gang hängen gelbe Laternen, die viel zu schwach leuchten, um die Dunkelheit vertreiben zu können.

Zeus schnüffelt nervös. Winselt ununterbrochen und schaut zu Sirpa hinauf.

»Ich weiß«, sagt sie. »Das ist nicht gerade lauschig hier. Aber wir bleiben auch nicht lange.«

Sie wagt sich in die Dunkelheit.

Der strenge Geruch von Pisse und feuchtem Beton schlägt ihr entgegen.

Ein zwei Meter dicker Brückenpfeiler versperrt ihr innerhalb der Schatten den Weg, aber man kann auf beiden Seiten weitergehen. Sirpa wählt die linke und muss dafür an ein paar beschmierten Betonklötzen vorbei, die achtlos verteilt scheinen.

Die Dunkelheit verschluckt sie. Zeus reißt an der Leine. Heult jetzt eher, als dass er winselt.

»Komm, du musst keine Angst haben«, sagt sie und geht weiter.

Ein schleifendes Geräusch ist vor ihr zu hören. Als würde jemand einen Plastiksack über den Boden zerren.

Zeus zieht und zieht, und Sirpa verliert das Gleichgewicht, lässt die Leine los und sieht, wie ihr Hund zurück ins Licht läuft.

»Zeus«, ruft sie. »Komm her!«

Aber er ist weg.

Das Schleifen setzt wieder ein. Stärker.

Sirpa dreht sich um.

Jemand kommt im Dunkeln auf sie zu.

# 72

Die Morgensonne scheint auf das Kopfsteinpflaster der Riksbron. Eine Gruppe chinesischer Touristen bleibt auf der Brücke stehen, um den Stadtbewohnern zuzusehen, die am Ufer stehen und angeln.

Sehr merkwürdig, auf mehr als eine Art, denkt die dreiundfünfzigjährige Li Jing und hebt ihre Kamera. Dass das Wasser mitten in der schwedischen Hauptstadt sauber genug ist, um zu fischen. Dass es überhaupt erlaubt ist, sich hier frei zu bewegen, direkt vor der Fassade des Parlaments und all den Regierungsgebäuden.

Ein Mann und eine Frau aus Li Jings Gruppe bitten sie, ein Bild von ihnen zu machen. Sie stellen sich an das schwarze Eisengeländer der Brücke. Bitten darum, auch das Königliche Schloss mit auf der Aufnahme zu haben.

Ein paar der in der Nähe angelnden Schweden fangen an zu rufen und aufs Wasser zu zeigen, woraufhin sich das chinesische Paar umdreht. Vielleicht hat einer von ihnen einen großen Fisch an der Angel.

Li Jing geht schnell näher, um ein Foto von dem exotischen Fisch zu machen.

Sie lehnt sich übers Geländer, aber als sie sieht, worauf die Schweden zeigen, lässt sie die Kamera ins Wasser fallen.

Langsam treibt die Leiche unter der Brücke hervor. Das Gesicht nach unten gedreht, der Rücken gebläht wie ein Ballon unter dem hochgezogenen T-Shirt.

Der eine Arm bewegt sich, und Li Jing schreit auf, glaubt für einen Moment, dass der Mann lebt.

Dann sieht sie, dass ein großer Fisch an dem Finger saugt. Er kann ein Stück des weichen Fleischs loslösen und verschwindet damit in der Dunkelheit.

# 73

Eine Gestalt löst sich aus den Schatten.

Geht direkt auf Sirpa zu.

Wie war sie bloß auf die bescheuerte Idee gekommen, allein herzufahren?

Sie will noch einmal nach Zeus rufen, traut sich aber nicht. Vielleicht glaubt der Mann in der Dunkelheit dann, Zeus wäre ein Mensch.

Und was täte er dann? Wenn er glaubte, dass sie ihn reinlegen wolle?

Der Mann ist nur noch wenige Meter entfernt. Die aufgesetzte Kapuze verdeckt sein Gesicht, eine Hand hat er in der Tasche.

Die andere hängt herunter, umschließt aber etwas Glänzendes.

Ein Messer.

Sirpa weicht zurück. Dreht sich um. Sucht ihren Hund, der nicht mehr da ist.

Sie käme sicher nicht mal zwei Meter weit, bis er sie eingeholt hätte. Das weiß sie, aber sie weicht trotzdem weiter zurück. Nur um ihr Leben noch um ein paar Sekunden zu verlängern.

*Vielleicht kann Zeus ja meine Angst riechen*, denkt sie. *Vielleicht kommt er mit gefletschten Zähnen zurück und greift den Mann an.*

Sie lauscht, hört aber nichts. Weicht weiter zurück, stürzt fast.

»Beruhigen Sie sich«, sagt der Mann mit der Kapuze. Seine Stimme ist dünn, fast kindlich, und passt in keiner Weise zu seiner bedrohlichen Erscheinung.

Er kommt näher, klappt das Butterflymesser mit einer schnellen Bewegung zusammen, steckt es weg und hält dann beide Hände in die Luft, um ihr zu signalisieren, dass er ihr nichts tun wird.

Sein Gesicht ist jetzt sichtbar. Ein pickliger Junge, höchstens zwanzig, mit großen, braunen Hundeaugen und schmalen, kantigen Zügen.

»Sie bekommen eine IP-Adresse von mir. Ich sage sie nur ein Mal, also passen Sie gut auf.«

Seine Aussprache ist undeutlich. Nicht so, als wäre er betrunken, eher so, als käme er gerade vom Zahnarzt und wäre noch betäubt.

»Warum nur ein Mal?«

Die Frage scheint ihn zu verwirren. Als wäre er darauf nicht vorbereitet worden.»Hören Sie einfach zu«, sagt er. Und rasselt dann die Zahlen herunter.

Sirpa schließt die Augen. Bemüht, sich alles zu merken. Schafft Gedankenbilder zur Erleichterung. Die beiden ersten Zahlen sind die beiden letzten ihrer Personennummer. Die folgenden vier die Endziffern der früheren Telefonnummer ihrer Mutter in Finnland. Die nächsten drei sind die gleichen wie die vorherigen, bloß minus eins, und dann … Wie lauteten die beiden letzten?

»Könnten Sie nur die beiden letzten Ziffern noch einmal wiederholen?«, fragt sie und schaut auf.

Er ist weg.

Sie holt ihr Handy hervor und tippt die Zahlen, an die sie sich erinnern kann, in die App ›Notizen‹. Rät die letzten beiden. Stellt sie noch einmal um, schreibt noch eine Variante dazu.

Dann steckt sie das Handy zurück in die Tasche und zuckt zusammen, als sich eine feuchte Nase gegen ihre Hand presst.

»Zeus, du verdammter Feigling. Ich sollte dir die Ohren langziehen«, sagt sie.

Der Hund schaut sie mit großen Augen an und wedelt eifrig mit dem Schwanz.

Sirpa greift nach der Leine und kehrt der Dunkelheit den Rücken. Geht zur Straße, wo die frühen Sonnenstrahlen den feuchten und kalten Asphalt dampfen lassen.

# 74

Strahlen der grellen Vormittagssonne fallen durch die schmalen Kellerfenster und lassen den Obduktionstisch aus Edelstahl und die weißen Wandfließen leuchten.

Koltberg legt den sterilen Mundschutz um, zieht die gelben Plastikhandschuhe fast bis zu den Ellbogen und schneidet dann die Hose und das T-Shirt des Toten auf.

Die Haut ist weiß, schrumpelig und verdickt. Aber noch hat sich die Oberhaut nicht von Händen und Füßen gelöst, der Verwesungsprozess ist von außen noch nicht zu erkennen. Die Leichenstarre ist zurückgegangen, und an der rechten Bauchseite ist eine beginnende Grünfärbung zu erkennen.

Er schätzt, dass die Leiche seit mindestens zwei Tagen im Wasser liegt und dort landete, kurz nachdem der Mann ums Leben gebracht wurde. Der Tod trat schnell ein, das kann er mit Sicherheit sagen. Die Patrone drang in die rechte Herzkammer ein, weshalb kein weiteres Blut mehr in die Lunge gepumpt werden konnte, um für die Sauerstoffaufnahme zu sorgen.

Neun-Millimeter-Munition. Die weltweit häufigste. Wenn sie eine Waffe finden, kann er diese mit der Patrone abgleichen, mehr wird sich nicht machen lassen.

Aber zunächst einmal muss er nun herausfinden, ob es sich bei dem Toten auch um den Mann handelt, auf den der Führerschein ausgestellt ist, der in seiner Jeans gefunden wurde.

Koltberg zieht den Rolltisch mit den Instrumenten zu sich und setzt sich zur Rechten des Mannes auf einen Hocker. Nimmt dann seine Hand.

Die Haut an den Fingerspitzen ist gut erhalten, wenn man von wenigen Fischbissen absieht. Er kann ohne weitere Probleme Fingerabdrücke sichern.

Das hätte er sogar gekonnt, wenn der Leichnam mehrere Wochen im Wasser gelegen und die Oberhaut gänzlich verschwunden wäre. Die Papillarlinien wären trotzdem noch dagewesen.

Er setzt sich an den Computer, scannt sie ein und jagt sie durch ihre gewaltige Datenbank.

Für gewöhnlich dauert das eine ganze Weile. Koltberg will gerade aufstehen, um die Untersuchung fortzuführen, als der Computer ihm mit einem Plingen mitteilt, dass es schon einen Treffer gibt.

Er öffnet die Datei mit den Angaben über den Mann.

Sverker Blådahl.

Dann stimmt es also.

Und Zack liegt falsch.

Sverker Blådahl dümpelte bereits im Mälaren herum, als Zack angegriffen wurde.

Aber wer dann hat ihn getötet?

Und warum?

Und wer war dann hinter Zack her?

# 75

Zack lehnt sich gegen das Spülbecken im Büro und spült mit einem Schluck Automatenkaffee zwei Ibuprofentabletten herunter.

Es ist kurz vor elf vormittags, und niemand außer ihm ist am Platz. Alle sind unterwegs. Selbst Sirpa Hemälainens Stuhl ist leer, aber vielleicht arbeitet sie heute von zu Hause?

Douglas Juste wollte, dass er sich heute freinimmt, obwohl sie so wahnsinnig viel zu tun haben. Zack hat sich damit zufriedengegeben, auszuschlafen. Beim Aufwachen fühlte er sich sogar ziemlich erholt, aber kaum hatte er sich eingeloggt und den Bericht gelesen, der die Morgenbesprechung ersetzt hatte, war der Kopfschmerz zurückgekehrt.

Der Mann, der ihn vorgestern angegriffen und verfolgt hatte, kann nicht Sverker Blådahl gewesen sein.

Weil Sverker Blådahl heute Morgen tot im Strömmen aufgefunden wurde. Und laut Koltberg war er kurz nach seiner Flucht vor Sandra und Rudolf erschossen worden.

*Wer war also hinter mir her?*

*War es Sverker Blådahls Mörder?*

*Und wer könnte das sein? Ein Konkurrent? Oder jemand, der noch über Blådahl stand? Aber wer hat ihn dann angerufen, als er da im Wald seine Pistole auf mich richtete?*

Jede Antwort wirft immer nur neue Fragen auf.

Die Tür öffnet sich, und Sirpa kommt mit ihrem Hund herein.

Auch das ist ungewöhnlich, Douglas ist nicht gerade ein Hundefan.

Zeus läuft schwanzwedelnd auf ihn zu, und Zack streckt die Hand aus, lässt Zeus daran schnüffeln.

»Hallo, Zack«, sagt Sirpa und geht schnurstracks zu ihrem Computer, zieht sich nicht einmal die Jacke aus.

Sie bleibt nicht bei ihm stehen, um ihn zu fragen, wie es ihm geht oder ob er mitbekommen hat, was mit Blådahl passiert ist.

*Wie untypisch für Sirpa,* denkt Zack. *Normalerweise achtet sie sehr genau darauf, dass es allen gut geht. Was sie bei sich selbst für gewöhnlich außer Acht lässt.*

Sirpa setzt sich an ihren Schreibtisch und holt sofort ihren privaten Laptop aus der Schublade.

Zack schätzt, dass ihr Kopf gerade von irgendwelchen kryptischen Daten voll ist, die sie im Darknet gefunden hat. Er wird sich mit einer Nachfrage gedulden müssen, bis sie eine Pause macht.

Was dauern kann.

Er überlegt, ob er ihr einen Kaffee bringen soll. Als er gerade aufstehen will, klingelt sein Handy.

Die Stimme am anderen Ende ist dünn wie Seidenpapier.

»Hallo, hier spricht Karin Åkesson.«

Es dauert einen Augenblick, bis Zack den Namen zuordnen kann. Dann fällt es ihm wieder ein. Conny Åkessons Witwe, die er bereits mehrfach kontaktiert hat.

»Hallo«, erwidert er den Gruß.

»Sie hatten angerufen und mir eine Nachricht hinterlassen«, sagt sie.

»Das stimmt. Ich würde gern mit Ihnen über Ihren Mann sprechen.«

Darauf entgegnet sie erst einmal nichts. Zack beobachtet Zeus, der an ihm vorbeitapst, um an seinem Papierkorb zu schnüffeln.

Schließlich sagt sie:

»Er ist schon so lange tot.«

»Das weiß ich. Es tut mir sehr leid, Sie damit zu behelligen, aber er hat mit zwei Personen zusammengearbeitet, die im Zuge einer unserer Ermittlungen interessant geworden sind. Ich wollte mich erkundigen, ob Sie bereit wären, mir ein paar Fragen zu beantworten.«

»Aha«, sagt sie verwundert, »ja, das lässt sich einrichten. Wann denn?«

»Wann würde es Ihnen denn passen?«

»Ich bin die meiste Zeit zu Hause.«

»Was halten Sie von heute um sechzehn Uhr?«

Vorher will er noch versuchen herauszufinden, mit wem er es am Vorabend zu tun hatte.

»Ich werde Sie erwarten.«

Sirpa klappt ihren Privatlaptop auf und loggt sich in das WLAN des Cafés auf der gegenüberliegenden Straßenseite ein. Wagt es nicht, vom Netz der Polizei aus nach der Ziffernkombination zu suchen, die sie von dem Typen aus dem Darknet bekommen hat. Will nicht aus Versehen einen Virus einschleppen, der nachher das gesamte System lahmlegt.

Zeus wühlt in Sandra Sjöholms Papierkorb herum und wirft ihn um.

»Zeus, hör auf.«

Douglas wird wahnsinnig, wenn er ihn hier sieht. Er hat einmal mehr als deutlich geäußert, dass das Büro keine Hunde-Kita ist.

Aber dies ist ein Notfall.

Was, wenn sie nun endlich eine Antwort darauf findet, wie David Mathias in den Fall verstrickt ist, und wie er mit Sverker Blådahl zusammengearbeitet hat?

Sirpa öffnet den Browser und tippt die IP-Adresse in die Suchmaske. Kein Treffer.

Verdammt.

Sie vertauscht die letzten beiden Ziffern. Siebenundvierzig statt vierundsiebzig.

Wieder kein Treffer.

*Denk nach, Sirpa. Was hat er gesagt?*

Sie schließt die Augen. Versucht, die Stimme des jungen Mannes heraufzubeschwören.

Vierundsiebzig, so hat es geklungen.

Aber er hat so undeutlich gesprochen. Es könnte genauso gut vierundvierzig gewesen sein.

Sie tippt die Zahlen ein.

Treffer.

Aber …

Die IP-Adresse gehört dem Schwedischen Leichtathletikverband.

Kann das sein?

Oder hat der Typ sie einfach nur verarschen wollen?

Sie ruft beim Leichtathletikverband an. Stellt sich vor und bittet darum, jemanden aus der IT-Abteilung sprechen zu dürfen.

Sie wird durchgestellt, und nach nur wenigen Freitönen hebt am anderen Ende jemand ab.

»Hier Stefan.«

Eine lebhafte Stimme mit jugendlichem Klang.

Sirpa erklärt, worum es geht, und bittet Stefan darum, ihr mitzuteilen, zu welchem der Computer des Verbands die IP-Adresse gehört. Sie hört Finger, die über eine Tastatur sausen.

*Er ist schnell*, denkt sie.

*Aber mit mir kann er nicht mithalten.*

Die Tippgeräusche verstummen.

»Sind Sie noch dran? Der Rechner gehörte Lennart Kuhlin. Aber er verwendet ihn nicht mehr.«

»Sondern?«

»Wenn ich das mal wüsste. Der Rechner wurde im Mai während einer Konferenz in Halmstad gestohlen. Einer Konferenz über Doping im Elitesport.«

»Können Sie mir eine Liste der Konferenzteilnehmer beschaffen?«

»Nein, da müssen Sie sich an jemanden von der PR-Abteilung wenden. Aber ich kann Sie gern durchstellen, warten Sie.«

# 76

Zack sitzt in der U-Bahn, Rote Linie Richtung Süden, und bereut es, kein Taxi genommen zu haben.

Das Kreischen der Bremsen schneidet ihm wie rostige Sägezähne in den Kopf, und wenn die Türen sich öffnen, fühlt es sich an, als würde ihn jemand mit einem Hammer bearbeiten.

Während des Mittagsessens mit Deniz waren seine Kopfschmerzen explodiert. Am Nachmittag hatte er sich fast zwei Stunden lang in den Ruheraum gelegt, das Licht ausgeschaltet.

Kurz hatte er darüber nachgedacht, Karin Åkesson anzurufen und das Treffen abzusagen, aber er wurde das Gefühl nicht los, dass sie etwas Wichtiges beitragen konnte, um die Ermittlungen voranzutreiben.

Am Zinkensdamm steigt er aus und tritt auf den Ringvägen hinaus.

Kommt am Southside Pub vorbei, wo eine kurze Erinnerung daran aufblitzt, dass er im Sommer dort gewesen ist und sich geprügelt hat, als es ihm so dreckig ging.

Aber warum hat er sich geprügelt? Und mit wem?

War Abdula auch da?

Er weiß es nicht mehr.

Vielleicht dachte er, der Typ, den er vermöbelte, wüsste etwas über den Mord an Mera?

Eiskaltes Unbehagen überkommt ihn.

*Was habe ich sonst noch angestellt, woran ich mich nicht erinnere?*

*Hör auf.*

*Es gibt Wichtigeres, über das du nachdenken musst.*

Er kreuzt die Hornsgatan und biegt dann rechts in die Krukmakargatan, gegenüber vom Sportplatz Zinkensdamm. Jenseits der beschmierten Betonwand ist ein Fußballteam beim Training zu hören.

Die Straße führt steil bergauf, und als er die Kuppe erreicht hat, steht er vor einem sechsstöckigen Haus.

Die Ziegelfassade muss irgendwann einmal gelb gewesen sein, jetzt ist sie nur noch schmutziggrau. Es gibt keinen Eingang zur Straße hin, weshalb Zack das Haus umrundet und auf der Rückseite hineingeht.

Conny Åkessons Witwe wohnt im vierten Stock. Sie will ihn erst nicht hereinlassen, als sie durch den Türspion sein blaugeschlagenes Gesicht sieht.

»Polizisten tragen Uniform. Warum tragen Sie keine Uniform?«, ruft sie durch die Tür.

Ihre gellende Stimme hat denselben Effekt wie das Kreischen der U-Bahn. Trotzdem antwortet er mit lauter Stimme, dass es viele Polizisten in Zivil gibt.

Er hält seinen Polizeiausweis vor den Spion, und wenige Sekunden später hört er, dass aufgeschlossen wird. Eine magere Frau mit strähnigem, grauen Haar und einer Bluse mit Achtzigerjahre-Muster öffnet die Tür. Sie ist erst einundfünfzig, sieht aber aus wie Mitte siebzig.

*Macht das die Trauer mit den Menschen?*

*Wird es mir auch so ergehen?*

Zack streckt die Hand aus, aber Karin Åkesson versteckt ihren rechten Arm hinter dem Rücken.

»Ich habe schreckliche Schmerzen in den Gelenken«, sagt sie. »Die kommen immer, wenn ein Wetterumschwung im Anmarsch ist. Ich glaube, es wird bald regnen. Sind Sie nicht ein bisschen jung, um Polizist zu sein? Und was ist mit Ihrem Gesicht passiert?«

Zack versucht, so ruhig und geduldig zu sein, wie er kann.

»Ich bin achtundzwanzig und arbeite seit sechs Jahren bei der Polizei. Gestern wurde ich von einem Verdächtigen angegriffen, der sich nicht festnehmen lassen wollte. Daher die Verletzungen in meinem Gesicht.«

»Aha. Sie möchten Kaffee, nehme ich an?«, fragt Karin Åkesson und schlurft, ohne eine Antwort abzuwarten, in die Küche.

Die gelben Türen der Schränke hängen schief, und das Linoleum ist abgewetzt. Eine Zeitschrift mit aufgeschlagenem Kreuzworträtsel liegt auf dem Küchentisch, aus dem Radio dröhnt laut ein Lokalsender. Zack dreht es leiser, und Karin Åkesson holt einen Filter hervor, den sie in eine schmuddelige Kaffeemaschine steckt, die sicher gut und gern dreißig Jahre auf dem Buckel hat.

Während sie aus einer runden Blechbüchse Kaffeepulver hineinfüllt, sagt sie:

»Was möchten Sie über Conny wissen?«

»Nun, Ihr Mann hat Selbstmord begangen ...«

Karin Åkesson fällt der volle Kaffeelöffel aus der Hand, das schwarze Pulver verteilt sich über den Boden.

»Verdammt«, sagt sie, öffnet den Besenschrank und holt Handfeger und Kehrblech heraus.

»Ich mache das gleich weg, wenn Sie sich einen Moment setzen«, sagt Zack.

Karin Åkesson legt den Handfeger weg und setzt sich an den Küchentisch. Sie wischt unsichtbaren Staub von der Platte und sieht Zack dann zum ersten Mal in die Augen.

»Ein junger Mann wie Sie weiß sicher nicht, was eine solche Trauer mit sich bringt, aber ...«

»Meine Freundin ist vor zwei Monaten umgekommen. Wir hatten uns gerade erst verlobt.«

*Und wir erwarteten ein Kind*, will er noch hinzufügen. Lässt es aber.

Sie sieht ihn anders an. Als wäre der Junge in ihren Augen gerade erwachsen geworden.

»Ich wünschte, ich könnte Ihnen sagen, dass es mit der Zeit leichter wird.«

Sie dreht sich auf dem Stuhl so, dass sie die Kaffeemaschine im Blick hat, als müsste sie sich versichern, dass das Wasser durch den Filter läuft.

»Mein Mann hat es nie überwunden, dass er betrogen wurde«, sagt sie dann. »Er hat Tabletten genommen. Hat es mehrmals versucht, bis es ihm schließlich gelungen ist.«

»Wie wurde er betrogen?«

Karin Åkesson nimmt einen Apfel aus dem Obstkorb auf dem Tisch und zeigt ihn Zack.

»Manchmal beißt man in einen schönen Apfel und merkt erst zu spät, dass er innen ganz braun und verfault ist. So war das mit den anderen beiden Teilhabern der Firma. Immer höflich und schick angezogen, aber was das Geschäftliche anging reine Betrüger. Conny war viel zu gutgläubig, sie haben ihn reingelegt. Sie haben ohne sein Wissen eine neue Firma gegründet und alle Finanzmittel dahin überführt, während er als Alleininhaber der alten Firma zurückblieb, die hochverschuldet war. Aber davon hat er mir nie erzählt. Erst nachdem er sich das Leben genommen hatte, kam ein Konkursverwalter und erklärte mir, was passiert war.«

Sie legt den Apfel zurück und senkt den Blick auf die Tischplatte. Ihr Mund zuckt, es sieht aus, als würde sie etwas kauen.

Zack betrachtet zwei verblichene Fotografien, die an einer der Wände hängen.

Ein Hochzeitsfoto und eine Aufnahme von einem lächelnden, ungefähr fünfzehnjährigen Mädchen. Vielleicht eine Nichte, denkt Zack.

»Das ist meine Tochter«, sagt Karin Åkesson, und Zack vergisst für einen kurzen Moment seinen Kopfschmerz.

Sie sieht seinen fragenden Blick und fährt fort:

»Rebecka ist aus einer früheren Beziehung. Conny habe ich erst kennengelernt, als sie zwei Jahre alt war, aber man kann sagen, dass er ihr richtiger Vater war. Ihr einziger, wenn man so will. Rebecka und er standen sich sehr nah. Manchmal war es fast so, als hätten sie sich gegen mich verschworen. Und mich aktiv außen vor gehalten. Das war so …«

Sie unterbricht sich selbst, schaut aus dem Fenster und betrachtet gedankenverloren das Fußballspiel dort unten auf dem Platz.

Dann zuckt sie mit den Schultern, als könne sie so die qualvollen Erinnerungen abschütteln, und sagt:

»Auch egal. Es war jedenfalls Rebecka, die Conny leblos im Badezimmer fand. Rückblickend könnte ich sagen, dass auch ihr Leben an diesem Tag endete. Sie war damals sechzehn Jahre alt. Sie entglitt mir einfach, manchmal blieb sie mehrere Tage am Stück fort. Kam mit neuen Klamotten zurück. Alles schwarz, immer nur schwarz. Nahm furchtbar ab. Ich habe mich an die Schule gewandt, ans Sozialamt, alles Mögliche versucht. Aber ich kam nicht zu ihr durch.«

Sie scheint nicht weiterzuwissen, hält sich die Hand vor den Mund und räuspert sich.

»Ein Jahr später, als Connys Todestag sich zum ersten Mal jährte, kamen zwei Polizisten zu mir nach Hause und erzählten mir, dass man Rebecka tot in einem Hauseingang in Haninge gefunden hatte. Sie war an einer Überdosis Heroin gestorben.«

Karin Åkesson schaut Zack in die Augen und sagt:

»Diese verdammten Dealer. Wie kann man denn Jugendlichen Drogen verkaufen? Können Sie mir das erklären?«

Sie schaut ihn so eindringlich an, dass er für einen Moment meint, sie würde ihn durchschauen. Wissen, dass er ein Doppelleben führt und eng mit einem Drogendealer befreundet ist.

Die Gedanken wirbeln ihm nur so durch den Kopf, als Karin Åkesson fortfährt:

»Meine Tochter wurde Bambi genannt.«

Sie nickt ihm zu, als wolle sie ihm zeigen, dass sie weiß, welches Gewicht dieser Name in ihren Ermittlungen hat.

»Ich habe von diesen Tabletten gelesen ... und nachdem ich Ihre Nachricht abgehört hatte, konnte ich an nichts anderes mehr denken.«

Sie steht auf, um die Kaffeekanne aus der Maschine zu holen.

Rebecka Åkesson war siebzehn Jahre alt, als sie starb, denkt Zack. Genau wie die Opfer auf Kopparkobben und in Huddinge. Und sie wurde Bambi genannt.

Aber sie starb schon 1999.

Wie könnte das mit den Vorkommnissen des Sommers zusammenhängen?

Karin Åkesson stellt zwei Tassen auf den Tisch und gießt Kaffee ein.

»Milch oder Zucker?«

»Nein danke.«

*Aber es gibt einen Zusammenhang*, denkt Zack.

*Die Väter von Rebecka Åkesson, Desiree Larsson und Axel Hultqvist arbeiteten zusammen. Und Rebeckas Vater wurde von den anderen beiden betrogen, um all sein Geld gebracht. Konnte nie wieder Fuß fassen, sondern nahm sich das Leben, was in der Folge dazu führte, dass die Tochter ihr Leben an die Drogen verlor.*

*Geht es hier also um eine Form von Rache? Aber wer steckt dahinter?*

*Die Frau, die mir gegenübersitzt? Kaum vorstellbar.*

*Kannte Sverker Blådahl Conny Åkesson? Haben wir das übersehen?*

Er betrachtet Karin Åkesson. Sie hat ein Stück Zucker in ihren Kaffee fallen lassen und rührt mit einem vergoldeten Teelöffel in der Tasse.

»Zu welchem Schluss sind Sie gekommen?«, fragt Zack. »Glauben Sie, dass es eine Verbindung zwischen Rebeckas und Connys Tod und den Bambitabletten gibt?«

»Ich habe nach einer Verbindung gesucht, wie Sie es nennen, aber gefunden habe ich keine.«

Zack holt sein Handy aus der Tasche und öffnet die »Notizen«-App.

»Ich bräuchte die Namen von Rebeckas Freunden, mit denen sie kurz vor ihrem Tod zu tun hatte.«

»Das ist das Problem. Ich habe keine Ahnung, zu wem sie zu der Zeit Kontakt hatte.«

»Und vorher? Noch vor Connys Tod?«

»Sie hatte nicht viele Freunde. Eigentlich war sie am meisten mit Conny unterwegs. Sie haben alles Mögliche zusammen gemacht.«

»Selbst in der Schule hatte sie keine Freunde?«

»Doch, da gab es ein Mädchen in ihrer Klasse, von der sie öfter erzählte. Sie war sogar ein paar Mal bei uns zu Hause. Aber ich weiß nicht mehr, wie sie hieß.«

Zack tippt mit.

»Warum wurde Rebecka Bambi genannt?«

»Ich glaube, das war Connys Einfall. Sie waren einen Winter im Kungsträdgården zum Schlittschuhlaufen. Und er fand, dass sie aussah wie Bambi auf dem glatten Eis. Und der Name setzte sich durch. Selbst ich fand ihn passend. Sie war sehr hübsch mit ihren großen, braunen Augen.«

Für einen Moment scheint sie in ihrer Erinnerung zu versinken. Schüttelt dann den Kopf, als könne sie so verhindern, in der Vergangenheit hängenzubleiben.

Sie schaut Zack in die Augen und sagt:

»Menschen wie wir müssen begreifen, dass die Toten für immer fort sind. Sonst gehen wir zugrunde.«

# 77

Nach dem Besuch bei Karin Åkesson droht sein Kopf zu platzen, weshalb Zack nicht ins Revier zurückkehrt, sondern direkt nach Hause fährt.

Er braucht für eine Weile Stille und Dunkelheit um sich.

Als er den Hausflur betritt, sieht er, dass eine Tüte mit frischgebackenen Muffins an seinem Knauf hängt, und er kann ein Lächeln nicht unterdrücken.

Der Kopfschmerz lässt sofort etwas nach, Zack geht ein Stockwerk höher zu Nilssons und klopft an. Als Ester öffnet, hält er die Tüte hoch und sagt:

»Ich weigere mich, auch nur einen davon ohne dich zu essen.«

Sie lächelt ihn an, verschwindet ins Wohnzimmer und sagt ihrer Mutter, dass sie kurz zu Zack gehen wird.

Zack steckt den Kopf hinein und grüßt Veronica.

Die fünfundfünfzigjährige Frau liegt zugedeckt im Nachthemd auf dem Sofa.

Sie winkt müde und sagt:

»War alles ein bisschen viel heute.«

Aus den Augenwinkeln sieht er, dass Ester über die Lüge ihrer Mutter die Augen verdreht, aber er sagt nichts.

Sie gehen runter in seine Wohnung. Er setzt Wasser auf, sie spricht ihn auf die Wunde und die blauen Flecken im Gesicht an.

»Da war jemand der Meinung, dass ich mich in Dinge einmische, die mich nichts angehen«, sagt er und holt zwei Teebeutel aus dem Vorratsschrank.

»Habt ihr herausgefunden, wer die Bambipillen macht?«, fragt sie, als sie auf dem Sofa sitzen.

Zack hebt gerade die Tasse zum Mund, aber hält inne.

»Noch nicht. Aber das werden wir.«

»In der Schule sprechen sie immer noch davon. Gestern wollten viele mittags nichts essen, weil irgendeiner behauptet hat, dass die Hackfleischsoße vergiftet ist. Und dann hat irgendwer alles noch schlimmer gemacht und rosa Smarties im Bohnensalat versteckt. Da ist dann richtig Panik ausgebrochen.«

Das hätte Zack nicht verwundern sollen.

So ist das immer, wenn etwas Spektakuläres passiert. Bevor eine Antwort gefunden wird, verbreiten sich Gerüchte über die sozialen Medien wie das Zika-Virus.

»Du würdest so was nicht nehmen, oder?«, fragt er.

Sie schaut ihn an, als wäre das die dümmste Frage der Welt.

»Wer von uns beiden muss vor Drogen gewarnt werden, hm?«

Er spürt, dass er so rot anläuft wie zuletzt als Kind.

»Ich hab gar keine Zeit für so einen Blödsinn. Ich muss mich aufs Lernen konzentrieren.«

Dann lächelt Ester, schaut ihn an und sagt:

»Außer morgen, da geh ich mit Jenny ins Kino. Die hat echt die coolste Frisur. Ihre Haare sind knallrosa! Nächste Woche kommt das Schuljahrbuch raus, dann zeig ich dir mal ein Foto von ihr.«

Er betrachtet sie.

*Du wirst deinen Weg schon gehen*, denkt er.

*Trotz widriger Voraussetzungen.*

*Du kriegst das hin.*

Und er muss wieder an Mera denken.

An ihr ungeborenes Kind.

An die Mutter, die nicht seine ist.

Aber er reißt sich zusammen, ballt die Hände zu Fäusten, versucht nicht einmal mehr zu ergründen, was er fühlt.

Ester legt ihm eine Hand auf die Schulter.

»Alles wird gut«, sagt sie.

*Nichts wird gut*, denkt er.

Nachdem Ester gegangen ist, ruft Zack bei Karin Åkesson an.

Esters Schuljahrbuch hat ihn auf eine Idee gebracht.

Karin Åkesson hat gesagt, dass es ein Mädchen in Rebeckas Klasse gegeben hat, mit der sie befreundet war.

Vielleicht hilft der Name weiter. Vielleicht ist er im Laufe der Ermittlungen bereits aufgetaucht.

Nach vier Freitönen hebt Karin Åkesson ab. Zack entschuldigt sich dafür, noch nach zehn Uhr anzurufen. Fragt dann, ob sie noch ein Schuljahrbuch aus Rebeckas Schulzeit hat.

»Nein, ich glaube nicht. Ich habe so viel aussortiert, als ich aus der alten Wohnung ausgezogen bin.«

»Und es ist Ihnen nicht zufällig eingefallen, wie Rebeckas Schulfreundin hieß?«, fragt Zack.

»Leider nicht.«

»Wissen Sie denn noch den Namen von Rebeckas Klassenlehrerin?«

»Beatrice Stoork, mit zwei o. Eine schwierige Person, wenn Sie mich fragen.«

Zack beendet das Telefonat und schlägt den Namen online nach. Findet die Kontaktdaten einer achtundsechzigjährigen Frau in Upplands Väsby.

Er macht einen Screenshot der Angaben und beschließt, sie morgen früh anzurufen.

Vielleicht kann sie noch mehr über Rebecka erzählen, womöglich sogar einen Hinweis liefern, ob, und wenn ja, was dies mit ihrem Fall zu tun haben könnte. Lehrkräfte wissen schließlich häufig Dinge über ihre Schützlinge, von denen die Eltern nichts ahnen.

# 78

Sandra Sjöholm rückt sich das Kissen unterm Kopf zurecht und seufzt zufrieden.

»Manchmal hab ich echt Lust auf eine Zigarette danach. Das sieht in den Filmen immer so gut aus«, sagt sie.

»Aber nur, weil man davon nichts riecht. Ich bin froh, dass du nicht rauchst«, sagt Deniz und streicht ihr eine Strähne aus dem leicht verschwitzen Gesicht.

Eine dünne Ader ist an ihrem Hals sichtbar, wie eine Erinnerung an die Zerbrechlichkeit des Lebens.

Sandra dreht sich zu ihr, sie blicken einander stumm an. Deniz spürt, wie viel Kraft es ihr gibt, hier einfach schweigend und verschwitzt beieinanderzuliegen.

Aber sie ist nicht so präsent, wie sie es gern wäre.

Der Fall nagt an ihr. Alles scheint sich gegen sie zu verschwören. Die Verdächtigen sterben, sobald sie sie überprüfen wollen. Erst David Mathias, und jetzt Sverker Blådahl.

Vielleicht sind sie beide in die Sache verwickelt. Es kann kein Zufall sein, dass sie in Lund zusammen studiert haben.

Aber mindestens eine weitere Person muss beteiligt sein. Wer immer über Zack hergefallen ist.

Sie haben keine Ahnung, wer das sein könnte oder ob es dieselbe Person ist, die Blådahl erschossen hat, und falls sie es ist, aus welchem Grund.

Sie sollten sich darauf konzentrieren, aber Deniz hat den Eindruck, ihre Kollegen beschäftigen sich lieber mit ziemlich abwegigen Dingen. Sirpa Hemälainen scheint mit dem gestohlenen Computer des Leichtathletikverbands eine Nebensächlichkeit zu verfolgen, auf die sie ausgerechnet von irgendeiner zwielichtigen Quelle aus dem Darknet gebracht wurde. Und Zack hat sich in eine Sache mit irgendeiner Witwe gestürzt, sie weiß nicht einmal mehr wessen.

Sie denkt an die toten Jugendlichen. Werden ihre Angehörigen je die Wahrheit über die Bambitabletten erfahren? Oder hat Sverker Blådahl das Geheimnis mit ins Grab genommen?

Sie weigert sich, das zu glauben.

Irgendwo in dem Kleiderhaufen am Boden klingelt ihr Handy.

Sie hofft, dass es Zack ist oder Douglas Juste, der ihr einen Durchbruch in den Ermittlungen durchgeben will. Aber es ist eine unbekannte Nummer.

Entweder eine Dienststelle oder jemand, der etwas zu verbergen hat?

Es ist fünf nach elf.

Wahrscheinlich also eher Letzteres.

Sie nimmt den Anruf an.

»Hallo?«

»Hey, Deniz.«

Sie erkennt die Stimme sofort.

Barzan Marouf.

Ein Kumpel aus einer Zeit, die sie am liebsten vergessen würde.

Sie ist fast überrascht, dass er überhaupt noch lebt.

»Hey, Barzan«, sagt sie kühl und setzt sich im Bett auf.

»Shit, Süße. Du klingst ja, als wär ich der Gerichtsvollzieher. Freust du dich gar nicht, mich zu hören?«

Sandra legt die Stirn in Falten, aber Deniz schüttelt den Kopf und signalisiert ihr: keine Sorge.

»Es ist spät«, sagt sie. »Ich hab schon geschlafen.«

»Okay, okay, ich versteh schon.«

Sie kann nicht sagen, ob Barzan nüchtern ist oder nicht. Er klang immer eher träge.

»Was willst du?«

»Dich treffen.«

Deniz lehnt sich vor, stützt sich mit den Ellbogen auf die Knie. Was soll sie sagen?

»Es geht um die Glückspillen.«

»Was für Glückspillen?«

»Diese rosa Tabletten mit Bambi drauf.«

*Glückspillen.* Was für ein beschissener Name für die Dinger, denkt sie.

»Okay, was hast du zu erzählen?«

»Nicht übers Telefon, Süße.«

»Wo dann?«

»Die Toiletten am Hauptbahnhof. In einer halben Stunde.«

»Lass den Quatsch.«

»Ich hab wertvolle Informationen für dich. Ich schwöre.«

Sie bleibt still. Denkt nach.

Er fährt fort:

»Ich warte in der vierten Kabine von rechts. Du nimmst die fünfte. Wir reden durch die Wand.«

Sie lacht.

»Das ist doch kein Gangsterfilm.«

»In einer halben Stunde.«

Deniz legt auf. Schaut Sandra an. Will lieber hier bei ihr bleiben, aber sagt:

»Ich muss los. Ich hab gerade 'nen Tipp bekommen.«

»Kann ich nicht mit?«

»Diesmal nicht.«

Zwanzig Minuten vor Mitternacht verlässt Deniz die U-Bahn am Hauptbahnhof und findet nach kurzer Zeit die Toiletten bei den Treppen zur großen Bahnhofshalle. Sie wohnt seit fünfundzwanzig Jahren in Stockholm und war noch nie hier.

Es ist luftig und sauber, der Toilettenbereich riecht nach Reinigungsmitteln, nicht nach Urin. Ein Geschäftsreisender im Anzug steht an einem langen Waschbecken und wäscht sich die Hände. Sie sieht nichts, was darauf hindeutet, dass hier mit Drogen gehandelt wird.

Die Reihe von weißen Toilettenkabinen führt entlang der hinteren Wand, und sie sieht sofort, dass Barzan Maroufs Plan nicht aufgehen wird. Die gefliesten Wände zwischen den Kabinen sind mehrere Zentimeter dick und gehen vom Boden bis zur Decke. Keine Chance, hindurchzuflüstern.

Die vierte Kabine ist abgeschlossen. Deniz geht in die Hocke und sieht ein Paar Schuhe durch den Spalt unter der Tür.

Er ist da.

Sie holt Block und Stift aus der inneren Jackentasche. Schreibt »Hey, das mit dem Flüstern funktioniert nicht. Warte am Waschbecken auf dich«, reißt die Seite aus und schiebt sie unter der Tür hindurch.

Dann stellt sie sich ans Waschbecken.

Er stößt vielleicht fünfzehn Sekunden später dazu. Trägt einen Kapuzenpulli und eine Daunenweste. Hat einen wilden Bart und eine große Schürfwunde auf der Nase. Sein Blick huscht unruhig hin und her.

»Wir treffen uns an den Gepäckfächern«, flüstert er. »Ich gehe zuerst, du folgst mir in dreißig Sekunden.«

Sie verdreht die Augen, nickt dann.

Er geht.

Die Gepäckfächer sind nur zehn Meter entfernt, eine lange Zwischenwand schützt vor ungewollten Blicken, es gibt nur zwei Eingänge.

Barzan Marouf bleibt in der Nähe des einen Eingangs stehen und hält Wache.

Deniz hockt sich in der Nähe vor einen Schrank und macht sich an dem Schloss zu schaffen.

»Ich höre. Sag, was du zu sagen hast.«

»Der Dealer, den du und dein Kumpel verfolgt haben und der unter der U-Bahn gelandet ist. Ich hab ihn gut gekannt«, flüstert er, ohne den Gang aus den Augen zu lassen.

»Er ist von selbst auf die Gleise gesprungen.«

»Ich wollte dir auch gar keine Schuld geben. Ich habe ihn kurz vor seinem Tod getroffen. Er hatte eine Scheißangst, war richtig panisch. Hat sich die ganze Zeit umgeschaut, als wäre er auf Speed oder so. Ich hab ihn gefragt, was los ist, aber zuerst wollte er gar nichts sagen. Dann ist er doch damit rausgerückt, dass er einen Job angenommen hat, den er nicht haben wollte, und jetzt verdammten Schiss vor den Folgen hatte.«

»Was für einen Job?«

Barzan Marouf geht rastlos auf und ab.

»Da war so eine Tussi, die eine Webseite gebastelt hatte, um ein ganz spezielles Produkt zu verkaufen, und die wollte, dass er das Zeug auslieferte.«

»Wie hieß die Webseite?«

»Keine Ahnung.«

»War es vielleicht Thinice?«

»Keine Ahnung, verdammt.«

Seine Irritation ist nicht zu überhören.

»Okay, okay, beruhig dich«, sagt Deniz so leise wie möglich. »Um welche Droge ging es?«

»Das hat er nicht gesagt. Nur, dass es ein verdammt großes Ding war. Aber die Tussi hat ihm eine Scheißangst eingejagt.«

Schritte nähern sich. Eine Frau mit einer marineblauen Jacke kommt in die Reihe mit Gepäckfächern, wirft einen schnellen Blick auf Deniz und Barzan Marouf und sucht dann eilig nach ihrem Schrank.

Nachdem sie ihren Rucksack herausgeholt hat und verschwunden ist, flüstert Deniz:

»Wie sind die beiden in Kontakt gekommen?«

»Die haben zusammen studiert. In Malmö, glaub ich. Nee, warte. In Lund.«

Lund, denkt Deniz. Da hat David Mathias Chemie studiert. Und auch Sverker Blådahl.

Suchen sie etwa genau diese Frau? Hat sie Blådahl erschossen?

Aber Zack wurde doch von einem Mann verfolgt. Er glaubte schließlich, Blådahl war hinter ihm her. Haben sie es also doch mit mehreren Tätern zu tun? Einem ganzen verdammten Netzwerk?

»Und warum kommst du damit erst jetzt?«, fragt sie Barzan Marouf. »David Mathias ist doch schon vor Wochen gestorben.«

Er zischt ein »Psst« und schaut sich hektisch um. Flüstert dann wütend:

»Keine Namen, verdammt!«

»Warum erst jetzt?«, wiederholt sie.

»In meiner Welt mischt man sich nicht in Dinge ein, die einen nichts angehen. Das weißt du. Aber gestern war ich an seinem Grab. Irgendwie fand ich den Gedanken unerträglich, dass er vielleicht umsonst gestorben ist. Deshalb hab ich angerufen. Damit du verdammt noch mal dafür sorgen kannst, dass das, was passiert ist, einen Sinn hat. Das bist du schuldig.«

»Ich schulde dir rein gar nichts.«

»Nicht mir. Ihm.«

»Das war sein Entschluss, hab ich doch gerade gesagt.«

Er schaut sie an.

»Wenn es dich nicht gäbe, wäre er jetzt vielleicht noch am Leben.«

»Wer ist denn die Frau, vor der er so wahnsinnige Angst hatte?«

»Keine Ahnung.«

»Weißt du, an wie viele er die Drogen geliefert hat?«

»An niemanden. Das war es ja. Er hat sich geweigert, weil sie so wahnsinnig grausam war. Und wir reden hier von einem Typen, der eigentlich nie nein sagt. Aber sie schien eine zu sein, die mit Ablehnung nicht gut umgehen konnte. Deshalb hat er sich ja ständig umgeschaut. Und dann haben wir von dem Massaker im Schärengarten gelesen. Und von den rosa Pillen. Scheiße, ey. Da haben wir verstanden, was er da eigentlich verkaufen sollte.«

Dann verstummt Barzan Marouf. Schaut wieder zum Ausgang.

»Geh jetzt«, flüstert er noch. »Schnell. Du hast nie mit mir gesprochen, okay?«

## 79

### Sonntag, 11. September

Es ist zehn nach acht, und die Klimaanlage im Besprechungszimmer zickt schon wieder. Scheint dem Raum den Sauerstoff zu entziehen, statt ihn damit zu versorgen.

*Trotzdem sehen alle wach und munter aus*, denkt Zack und schaut sich um. *Eifrig geradezu.*

Gerade hat Deniz vom Treffen mit ihrer Quelle berichtet, endlich scheint sich was gelöst zu haben.

Lund ist der Schlüssel.

Sverker Blådahl und David Mathias müssen die unbekannte Frau während ihres Studiums dort kennengelernt haben.

Sverker Blådahl hatte Zugang zum Benzodioxiprin, David Mathias verfügte über die nötigen Kenntnisse, um daraus die Droge herzustellen, und die Frau baute die Webseite, um die Drogen zu verkaufen.

Aber wer ist sie?

»Wir sollten uns eine Übersicht darüber geben lassen, welche Kurse und Seminare sie besucht haben, und dann prüfen, ob wir unter ihren Kommilitonen jemand Interessantes finden«, schlägt Sandra Sjöholm vor. »Das kann ich übernehmen.«

»Gut«, sagt Douglas Juste.

Zack berichtet von seinem Treffen mit Conny Åkessons Witwe und von ihrer Tochter Rebecka. Der unglücklichen, drogenabhängigen Jugendlichen, die Bambi genannt wurde.

»Ich bin in einer Stunde mit Rebecka Åkessons ehemaliger Klassenlehrerin verabredet. Mal schauen, ob das was bringt.«

Douglas wirkt wenig überzeugt.

»Was genau erhoffst du dir denn davon?«

»Kann ich nicht sagen. Weitere Hinweise, vielleicht eine Antwort auf die Frage, warum die Droge überhaupt hergestellt wurde.«

»Das sind ziemlich alte Geschichten, die du da aufwärmst. Du gehst also von einem Rachemotiv aus?«

*Ja, absolut*, denkt Zack. *Die Frage ist bloß: Rache wofür? Den betrieblichen Konflikt, der dafür verantwortlich war, dass Conny Åkesson sich das Leben nahm und Rebecka Åkesson sich zu Tode spritzte? Aber warum jetzt, so viele Jahre später? Weil jemand etwas herausgefunden hat, was bislang unbekannt war. Etwas, das die Geschehnisse in ein neues Licht rückt. Ganz wie die Haarsträhne meine gesamte Kindheit in ein neues Licht gerückt hat.*

»Vielleicht«, sagt er. »Da gab es schließlich einen Konflikt, der den Tod von Conny Åkesson und Rebecka nach sich zog. Und etwas verbindet diesen Konflikt mit zwei der toten Jugendlichen. Außerdem ist da der Name Bambi. Ich möchte diese Spur bis zum Ende verfolgen. Das dürfte nicht lange dauern.«

»Aber wie soll das mit David Mathias, Sverker Blådahl und der unbekannten Frau zusammenhängen?«, fragt Sandra.

*Gute Frage*, denkt Zack. *Genau an dem Punkt geht meine Theorie noch nicht auf.*

»Das kann ich nicht sagen«, antwortet er.

Douglas schaut ihn lange an, sagt schließlich:

»Dann fahr hin und nimm Deniz mit. Aber haltet euch nicht lange damit auf.«

Er schreibt etwas auf seinen Block und wendet sich dann an Sirpa Hemälainen.

»Was gibt es Neues zum Leichtathletikverband und dem gestohlenen Computer?«

»Ich habe es da mit einer extrem unkooperativen Kontaktperson zu tun. Ich kann mir nicht erklären, warum sie die Teilnehmerliste von der Konferenz, bei der der Computer gestohlen wurde, nicht rausrücken will, aber ich bin im Begriff, mich an den Vorsitzenden zu wenden, damit er sich persönlich darum kümmert, dass mir die Liste geschickt wird.«

»Gut. Wenn du in einer Stunde noch nichts bekommen hast, melde dich. Ich kenne ihn.«

*Natürlich*, denkt Zack und sieht Douglas vor sich, wie er mit anderen ergrauenden Männern in Machtpositionen beim Essen sitzt und darüber beratschlagt, wie sie am besten die Welt untereinander aufteilen.

Dann denkt er an die unbekannte Frau aus Lund.

*War sie es, die mich aus der Kate verjagt hat?*

*Aber war sie wirklich so stark? So schnell?*

*Nein, das musste ein Mann gewesen sein.*

*Oder?*

*Das Parfum, das er kurz vor dem Übergriff gerochen hat, verwirrt ihn noch immer. Es hatte weder eine besonders weibliche noch eine männliche Note.*

Und das Gesicht seines Gegners hatte er zu keinem Zeitpunkt gesehen.

# 80

Zack und Deniz parken den Volvo im Villenviertel von Upplands Väsby, unweit der Straße, in der sie im vergangenen Winter die Angestellte eines Asylbewerberheims zu einem ermordeten Flüchtlingskind befragt hatten.

Ein weiteres Kind, das der Tod geholt und zu den seinen gemacht hatte.

Ein kalter Windstoß bläst das frühe Herbstlaub über den Bürgersteig und den schwarzen Rauch vom Schornstein eines der Backsteinhäuser zu ihnen hinunter, dass er ihnen in den Augen sticht.

*Was verbrennen die denn da?*, denkt Zack. *Irgendwelche Chemikalien?*

Die Tür wird ihnen von einer anorektisch anmutenden Frau geöffnet. Sie trägt eine weiße Strickjacke aus dicker Wolle und Pantoffeln, die irgendwie an Meerschweinchen erinnern. Beatrice Stoork, Rebecka Åkessons Klassenlehrerin.

Sie bittet die beiden Polizeibeamten herein. Sagt, sie sei gerade erst aufgestanden und genieße das Leben als frischgebackene Rentnerin, nachdem sie dreiundvierzig Jahre als Gymnasiallehrerin gearbeitet habe.

Im Haus ist es unerträglich warm, und als sie Zack und Deniz bittet, direkt neben dem knisternden Kamin im Wohnzimmer Platz zu nehmen, muss Zack seinen Pulli ausziehen, um nicht zu zerfließen.

Beatrice Stoork hingegen schlingt die dicke Wolljacke enger um sich, zieht die Beine aufs Sofa und versteckt sie unter einer rotgemusterten Wolldecke.

Ein Schuljahrbuch liegt aufgeschlagen auf dem Couchtisch, Zack beugt sich sofort darüber.

»Erkennen Sie sie?«, fragt Beatrice Stoork.

Zu sehen ist ein Gruppenfoto der zehnten Klasse aus dem Jahr 1999, dem Jahr, in dem Rebecka Åkesson starb.

Zack muss gar nicht erst auf die Namen unter dem Bild schauen, um sie zu finden. Rebecka sticht heraus wie das schwarze Schaf aus der Herde.

Fünfundzwanzig Jugendliche sind sonnengebräunt, sorgfältig geschminkt und frisiert und tragen Markenklamotten. Die sechsundzwanzigste Schülerin, die dritte von links in der hintersten Reihe, ist ein blasses Mädchen mit rabenschwarzem, strähnigem Haar, verwaschenem T-Shirt und einem so durchdringend feindseligen Blick, als überlege sie gerade, welche Folter wohl für den Fotografen angemessen wäre.

»Das ist sie«, sagt er zu Deniz und zeigt auf Rebecka Åkesson.

Reihe für Reihe schauen sie die Klasse durch.

Dabei bleibt Zacks Blick an einer extrem geschminkten jungen Frau hängen. Er spürt, wie sich sein Magen zusammenzieht.

*Was zur Hölle …*

Er durchsucht die aufgelisteten Namen unter dem Bild.

*Ja, das ist sie.*

*Das ist wirklich sie.*

Das ist ein so unwahrscheinlicher und unerwarteter Zufall, dass es gar keiner sein kann, sondern etwas anderes sein muss.

Eine Verbindung.

Was bedeutet das?

Ein grün blinkender Punkt in der Taskleiste von Sirpa Hemälainens rechtem Bildschirm verkündet, dass sie eine neue E-Mail bekommen hat.

Sie klickt auf ihren Posteingang, sieht, dass sie vom Vorsitzenden des Leichtathletikverbands ist, und öffnet sie.

Wurde auch Zeit.

An der Mail hängt eine Word-Datei. Sie will den anderen zurufen, dass die Teilnehmerliste der Sportkonferenz gekommen ist, aber sie ist allein im Büro.

Douglas Juste ist bei einer Besprechung mit der Leitung der Polizeibehörde, Zack und Deniz bei der Lehrerin, und Sandra Sjöholm und Rudolf Gräns sind unterwegs, um jemanden zu treffen, der Informationen zu Blådahl hat. Der Anrufer machte zwar einen sonderbaren Eindruck, aber nicht sonderbar genug, um abgewiesen zu werden.

Sirpa kann nur hoffen, dass Sandra vor ihrem Aufbruch bei der Universität Lund angerufen hat, um die Teilnehmerlisten der Chemiekurse anzufordern, die David Mathias und Sverker Blådahl zusammen belegt hatten.

Sirpa öffnet die Word-Datei. Sie beinhaltet über zweihundert Namen, und als sie bei Nummer einhundertneunundachtzig angekommen ist, verschluckt sie sich fast an ihrem Kaffee.

Josefine Wecksell.

Die Geschäftsführerin der Prechemo.

Sirpa loggt sich ins Einwohnermelderegister ein und tippt den Namen ein.

In ganz Schweden gibt es nur noch eine weitere Person mit dem Namen. Sie ist dreizehn Jahre alt und wohnt in Karlstad.

Sirpa starrt auf den Namen. Das kann kein Zufall sein.

*Wir sind ganz nah dran.*

*Aber woran bloß?*

Zack nimmt das Schuljahrbuch vom Tisch und betrachtet die junge Frau auf dem Foto näher.

Das schwarze Haar war deutlich länger, aber die hellgrünen Augen haben denselben berechnenden Blick und die Armmuskeln sind genauso definiert. Vielleicht sogar noch mehr als heute.

Josefine Wecksell.

Die Geschäftsführerin der Prechemo.

Hebes Kindheitsfreundin.

*Du warst also eine Klassenkameradin von Bambi.*

Zack schaut Deniz an, die ihm zunickt, um zu signalisieren, dass sie Josefine wiedererkennt.

»Diese Schülerin hier«, sagt Deniz und zeigt auf Josefine Wecksell. »War sie mit Rebecka befreundet?«

Beatrice Stoork lehnt sich zu ihnen herüber.

»Ja, sie war eine der wenigen Freundinnen, die Rebecka hatte. Jossan hat es sehr mitgenommen, als Rebecka langsam … verschwand. Ich nehme an, Sie wissen von den Drogen?«

»Ja.«

»Sie müssen wissen, Jossan wollte immer die Beste sein und alles unter Kontrolle haben. Als es ihr nicht gelang, Rebeckas destruktives Verhalten umzukehren, nahm sie das persönlich.«

Zack betrachtet das Foto mit der jungen Josefine Wecksell erneut.

*Bambi war also eine gute Freundin von dir?*

*Was ist nach ihrem Tod passiert?*

*Hast du ihren Spitznamen übernommen?*

*Bist du die unbekannte Frau, die wir suchen?*

Er schaut Beatrice Stoork an und fragt:

»Wie hat sich Josefines Verhalten nach Rebeckas Tod verändert?«

Beatrice Stoork erschaudert, obwohl es so warm ist, und zieht die Jacke noch enger um sich.

»Ihr Tod hat uns alle verändert. Es war eine schwere Zeit, die schwerste in all meinen Jahren als Lehrerin.«

»Wissen Sie, was Josefine Wecksell nach der Schule gemacht hat?«

»Nein.«

»Ging sie vielleicht nach Lund an die Uni?«

»Wie gesagt, das weiß ich nicht. Viele Ehemalige trifft man ja zufällig wieder, aber Josefine ist mir nach dem Abschluss nie wiederbegegnet. Warum fragen Sie? Ich dachte, Sie interessieren sich für Rebecka.«

»War nur so eine Idee«, sagte Zack.

Er fotografiert mit dem Handy die Seite aus dem Schuljahrbuch ab, dann verabschieden sie sich.

Im Auto diskutieren Zack und Deniz aufgeregt verschiedene Theorien. Spielen Gedanken und Ideen durch, versuchen, das Puzzle zusammenzusetzen.

»Könnte Josefine Wecksell sich an Tom Hultqvist und Torsten Larsson rächen wollen, indem sie deren Kinder durch Drogen tötete, weil ihre beste Freundin durch Drogen starb?«, fragt Zack.

»Rache über drei Ecken also?«, fragt Deniz zurück. »Aber warum so lange warten? Und warum so kompliziert? Sie hätte sie doch auch einfach erschießen können.«

»Vielleicht konnte sie sich so vom eigentlichen Akt des Tötens distanzieren.«

»Aber was ist mit den anderen sieben, die gestorben sind? Was ist da das Motiv?«

»Keine Ahnung. Das müssen wir noch herausfinden.«

Sie biegen ab Richtung Innenstadt, und Zack sucht Hebes Handynummer heraus.

Er will sie anrufen, will sie über Josefine Wecksell ausfragen.

Aber wie spät ist es gerade in Indien? Er weiß es nicht. Vielleicht ja mitten in der Nacht.

Nein, er wird sie nicht da mitreinziehen.

Sie und Jossan waren Kindheitsfreundinnen, nichts weiter. Sind ein paar Jahre lang in dieselbe Klasse gegangen.

Bei ihrem Treffen im Burger King war es schließlich unübersehbar, dass sie sich lange nicht gesehen hatten.

# 81

»Ich hab was gefunden!«, ruft Sirpa Hemälainen Zack und Deniz entgegen, kaum dass sie die Tür zum Büro geöffnet haben.

»Wir auch«, antwortet Zack.

Sie setzen sich zu Sirpa an den Schreibtisch und erzählen einander schnell, was sie herausgefunden haben.

»Josefine Wecksell ist die Spinne, bei der alle losen Fäden zusammenlaufen«, sagt Deniz und rasselt dann die Indizien herunter:

»Sie ist die Geschäftsführerin der einzigen Firma in Schweden, die über die aktive Substanz der Bambipillen verfügt. Sie war Sverker Blådahls Chefin. Sie war bei der Konferenz, wo ein Computer gestohlen wurde, dessen IP-Adresse laut Sirpas Quelle mit den Bambitabletten zu tun hat. Außerdem war sie befreundet mit einem Mädchen, das Bambi genannt wurde und dessen Vater eine Firma zusammen mit zwei Vätern der Opfer der Bambitabletten hatte.«

Zack muss an den schwarzen Wagen denken, der ihn in der Nacht verfolgt hatte. Der so leise war, und bei dem er das Gefühl hatte, ihn zu kennen.

Könnte es ein Tesla gewesen sein?

Josefine Wecksells Tesla?

Wie viele gibt es davon in Stockholm? Das muss er mal überprüfen.

Sirpa öffnet ein Browserfenster und startet eine Suche bei LinkedIn.

»Schaut mal, sie hat ein öffentliches Profil.«

Zack und Deniz lehnen sich näher zum Bildschirm.

Sirpa öffnet Josefine Wecksells Profil und scrollt über die Seite. Bis zu der Information zur Ausbildung, dann liest sie laut vor.

»Sie hat zwischen 2001 und 2004 in Lund einen Bachelor in Chemie gemacht. Und dann gleich noch den Master von 2004 bis 2006.«

»Zur selben Zeit waren auch Sverker Blådahl und David Mathias dort an der Uni«, sagt Zack.

Sie lesen weiter. Sehen, dass Josefine Wecksell als Jugendliche zwei Silbermedaillen bei den Schwedischen Meisterschaften geholt hat, beide über hundert Meter Hürden. Und eine Bronzemedaille im 60-Meter-Sprint in der Halle. Dass sie danach in einem Lenkungsausschuss innerhalb des Reichssportsverbunds saß, der sich um die landesweite Sprinterauswahl kümmerte.

Zack muss an seinen Verfolger im Wald denken.

*So schnell. So unfassbar schnell.*

*Wie ein Reh.*

*Wie Bambi.*

*Vielleicht war es doch kein Mann, der mich verfolgt hat, sondern eine Frau.*

*Steckt sie hinter alldem? Hat sie dann auch Sverker Blådahl ermordet?*

*Aber aus welchem Grund? Weil sie ahnte, dass er uns zu ihr führen könnte?*

*Oder hat er damit gedroht, sie zu verraten?*

Sirpa hat sich derweil in eine Mediendatenbank eingewählt und sucht nach Zeitungsartikeln über Josefine Wecksell.

Die Trefferliste ist lang. Sie klickt auf einen der Links.

»Das ist ja mal interessant.«

Der Artikel ist von 2014, veröffentlicht in einer Leichtathletikzeitung.

»Die blitzschnelle Hirschkuh, die allen davonrannte« lautet die Überschrift. Das Foto zeigt Josefine Wecksell im Kostüm, die im Startblock eines Leichtathletikstadions steht.

Der Artikel gehört in die Rubrik »Was wurde aus?«, ganz im Stile der Boulevardzeitungen und Illustrierten, bei denen es allerdings meist um Schauspieler und Künstler ging, die aus dem Rampenlicht verschwunden waren.

Zunächst werden Josefine Wecksells frühe Erfolge aufgelistet, außerdem eine Reihe von Zitaten von Sportlehrern und -journalisten, die ihr eine leuchtende Zukunft als Hürdenläuferin prophezeiten.

»Seht ihr das?«, fragt Deniz und zeigt auf einen Satz in der Mitte der ersten Spalte. »Sie nennt sich selbst Bambi. Das muss sie sein. Wir haben sie! Wo steckt Douglas?«

Sie springt auf und läuft zu seinem Büro, um nachzuschauen, ob er vielleicht da ist.

Zack und Sirpa lesen weiter.

Nach der Aufzählung weiterer Erfolge folgt ein Zitat von Josefine Wecksell zu ihrem überraschenden Entschluss, die Laufschuhe nur eine Woche vor der Schwedischen Jugendmeisterschaft an den Nagel zu hängen.

»Es gab ein Mädchen, das besser war als ich. Ich musste einsehen, dass ich ihr Niveau nicht erreichen würde, egal wie hart ich trainierte, deshalb habe ich entschieden, aufzuhören. Ich will die Beste sein. Der zweite Platz kam für mich nie infrage.«

Dann folgt ein langer Abschnitt darüber, dass ihr Interesse an Ernährung und Nährstoffen und deren Wirkung auf den Körper ihre Neugier auf Chemie weckte. Sie nahm das Studium in Lund auf und wurde früh von einem führenden Chemieunternehmen in Südschweden angeworben.

Sie wurde schnell befördert, zog aber schon bald zurück nach Stockholm und gründete die Prechemo.

Der Text schließt mit den Worten:

»Heute ist Josefine Wecksells Unternehmen Branchenführer dieser Nische.

Bambi ist zurück an der Spitze.«

Deniz kommt gerade mit Douglas Juste an Sirpas Schreibtisch, als die Tür aufgeht und Sandra Sjöholm und Rudolf Gräns im Büro erscheinen.

»Ich hab die Listen von der Universität Lund bekommen«, sagt Sandra.

Sie spricht so schnell, dass sie sich fast verhaspelt.

»David Mathias, Sverker Blådahl und Josefine Wecksell haben zur selben Zeit dort studiert. Sie hatten fast jede Woche gemeinsame Vorlesungen, die müssen einander gekannt haben.«

Zack erzählt Douglas, was sie bei Beatrice Stoork herausgefunden haben, und wiederholt dann die Theorie, die er im Auto aufgestellt hat.

»Jetzt haben wir unsere Hirschkuh«, sagt Sandra.

»Eine Hirschkuh ist aber kein Reh«, wendet Rudolf ein.

»Bambi kann tatsächlich sogar beides sein«, sagt Sirpa. »Ich hab mich schlau gemacht, als ich alle möglichen Gründe dafür abgeklopft habe, warum Bambi in die rosa Tabletten gestanzt sein könnte. Bambi ist ursprünglich ein österreichisches Märchen über die Abenteuer eines kleinen Rehs. Erst in der Adaption durch Disney wurde Bambi zu einem Weißschwanzhirsch.«

»Genug der Märchen«, sagt Douglas. »Betrachten wir lieber Zacks Theorie zum Motiv einmal genauer.«

»Ich habe zwei Einwände«, sagt Rudolf. »Rebecka Åkesson ist 1999 gestorben. Warum sollte Josefine Wecksell bis jetzt mit ihrem Rachefeldzug gewartet haben?«

Zack muss an seine Mutter denken. Wie hell seine Erinnerungen an sie viele Jahre lang gewesen waren, und wie sie sich in letzter Zeit verdunkelt und verstärkt hatten. Wie das sein Bild von ihr komplett verändert hat.

»Manche Erinnerungen keimen und sprießen über die Jahre im Unterbewusstsein«, sagt er. »Dort können sie wachsen und stärker werden. Dunkler. Josefine Wecksell war vielleicht jetzt erst imstande, sich zu rächen, war jetzt erst stark und mächtig genug dafür.«

Rudolf bedenkt ihn mit einem seiner blinden Blicke, und trotzdem hat Zack wie immer das Gefühl, dass er ihn direkt durchschauen kann.

Er nickt nachdenklich, als wäre Zacks Gedankengang trotz allem einleuchtend, und sagt dann:

»Mein anderer Einwand betrifft die Jugendlichen. Nehmen wir an, Josefine Wecksell wollte sich mittelbar an Torsten Larsson und Tom Hultqvist rächen, indem sie deren Kinder ins Visier nahm – was ist dann mit den anderen sieben Jugendlichen? Gibt es da auch irgendeine Verbindung?«

»Bislang ist uns keine bekannt«, sagt Zack. »Aber vielleicht haben wir noch nicht gründlich genug gesucht.«

Douglas sagt:

»Wir nehmen sie fest. Ich sehe zu, dass wir Unterstützung vom SEK bekommen. Wir haben es schließlich mit einer Person zu tun, die bereits auf einen Polizisten geschossen hat und die wir verdächtigen, einen Mitarbeiter hingerichtet zu haben. Wenn unsere Annahme stimmt, ist sie darüber hinaus auch für den brutalen Tod von neun Jugendlichen verantwortlich.«

Er wirft Zack und Deniz einen Blick zu.

»Nehmt vier Mann mit und fahrt zur Prechemo. Sandra, du nimmst genauso viele mit und fährst zu Josefine Wecksells Wohnung.«

# 82

Josefine Wecksell wohnt in der Skillinggränd, einer ruhigen und engen Gasse mit fünf Stockwerke hohen, verschiedenfarbigen Häusern, nur zwei Blocks vom Stadshuset entfernt. Die schwer bewaffnete Einsatztruppe legt den Weg in den dritten Stock bis zu ihrer Wohnung zu Fuß zurück und klingelt.

Sandra steht noch auf der Treppe. Hört das Klingeln, kann die Tür aber nicht sehen.

Sie klingeln erneut.

Da hört sie, wie der Aufzug sich in Bewegung setzt. Jemand ist im Erdgeschoss eingestiegen, fährt nach oben.

Die Kollegen der Einsatztruppe machen sich bereit.

Der Polizeibus rollt auf den Parkplatz der Prechemo in Sollentuna.

Dort stehen ungefähr zwanzig Wagen, obwohl Sonntag ist. *Sieht ganz so aus, als würde Josefine Wecksell dafür sorgen, dass der Betrieb an allen Tagen der Woche läuft*, denkt Zack.

So wird man wohl reich. Laut jüngster Firmenschätzung fährt sie pro Monat einhundertachtzigtausend Kronen ein.

Zack sieht sich nach ihrem schwarzen Tesla um, kann ihn aber nicht entdecken.

Was nichts heißen muss, sie kann trotzdem hier sein.

Die Einsatztruppe läuft hinein, an der Rezeption vorbei, die Treppe hinauf zum Büro der Geschäftsleitung. Deniz und Zack folgen dicht hinter ihnen.

Die Rezeptionistin im Blazer fängt sich schnell, ruft ihnen nach, sie sollen stehen bleiben.

Aber sie laufen weiter.

Das Büro ist so gut wie leer.

Keine Bücher, Ordner oder persönliche Gegenstände.

Nur noch ein paar Computerkabel liegen auf dem Parkett unter dem Schreibtisch.

Der Aufzug nähert sich dem dritten Stock.

Zwei Männer der Einsatztruppe richten ihre Waffen auf die Türen.

Aber der Aufzug hält nicht.

Erst in der nächsten Etage, und als die Türen aufgehen, hören sie, wie eine Frau mit ihrem Hund spricht wie mit einem kleinen Kind, während sie nach dem Schlüssel für ihre Wohnung sucht.

Als die Frau ein Stockwerk höher die Tür hinter sich geschlossen hat, sagt der Einsatzleiter zu seiner Gruppe:

»Wir gehen rein.«

Die Rezeptionistin lehnt am Empfangstresen und hebt die strichschmalen Augenbrauen, als Zack und Deniz die Treppe wieder heruntergerannt kommen.

»Hat die Geschäftsleitung ein neues Büro?«, fragt Zack atemlos.

»Sie hat einen Tag nach Ihrem letzten Besuch hier gekündigt«, antwortet die Rezeptionistin. »Was geht denn hier eigentlich vor?

»Gekündigt? Aus welchem Grund?«

»Das ging so schnell, dass wir es selbst kaum verstanden haben. Aber schön war das nicht.«

Es knackt im Kopfhörer, und dann hört Zack den Einsatzleiter durchgeben, dass das Stockwerk gesichert ist.

Die Rezeptionistin schaut wieder zur Treppe. Sie hören, wie ein paar Angestellte vor Schreck aufschreien, als sie beim Verlassen des Aufzugs auf die schwer bewaffneten Polizisten stoßen.

»Können wir uns kurz zusammensetzen und reden?«, fragt Zack.

Die Einsatztruppe steht im Flur von Josefine Wecksells Wohnung.

Abwartend.

Sie hören, wie in einem der angrenzenden Zimmer jemand mit krächzender Stimme spricht.

Jemand, der offenbar nicht gehört hat, dass die Wohnungstüre geöffnet wurde.

Immer nacheinander rücken die Polizisten vor. Sichern die Wohnung Zimmer für Zimmer. Küche, Bad. Ein Schlafzimmer.

Erleichtertes Lachen, als sie ins Wohnzimmer kommen.

Auf einem langen Tisch am Fenster steht ein großer Käfig, in dessen Mitte auf einem Stock ein blau-roter Papagei sitzt.

Sandra geht hinüber, beugt sich vor und pfeift, um Kontakt mit dem enormen Vogel aufzunehmen.

Der Papagei wandert sofort seitlich über den Stock zu ihr, bis sein Körper sich gegen die Gitterstäbe presst.

Sandra weicht ein wenig zurück, aus Angst, einen Hieb von dem großen Schnabel abzubekommen.

Aber sie pfeift noch einmal, und der Papagei legt den Kopf schräg, als wolle er herausfinden, wer sie ist.

»Bambi«, krächzt er dann, betont allerdings die letzte Silbe, sodass der Name wie eine Frage klingt.

»Bambi? Bambi?«

Die Einsatztruppe verlässt die Räumlichkeiten der Prechemo und kehrt in den Bus zurück, während Zack und Deniz sich mit der Rezeptionistin im blitzblanken Pausenraum zusammensetzen, wo es nach frisch gebrühtem Kaffee und frischen Brötchen riecht.

Das Licht ist gedimmt, und an den Wänden hängen gerahmte Bilder mit chemischen Formeln, ganz wie Zack und Deniz sie im Konferenzraum bei ihrem ersten Besuch gesehen haben.

Die Rezeptionistin erzählt, dass die Prechemo für zweihundertfünfzig Millionen Kronen an die Wiszła Chemicals in Polen verkauft wurde.

Zack und Deniz wechseln einen Blick und halten für einen Moment die Luft an. Wissen, dass sie dasselbe denken.

Wiszła Chemicals. Die Firma, die Benzodioxiprin herstellt.

»Raten Sie mal, wie viel Jossan davon bekommen hat«, sagt die Rezeptionistin und verzieht das Gesicht, als hätte sie gerade in eine Zitrone gebissen.

»Keine Ahnung«, sagt Deniz.

»Einhundertfünfundzwanzig Millionen. Ohne Bleibefrist. Deshalb ist sie einfach abgehauen. Hat uns mit einem riesigen Fragezeichen zurückgelassen. Keiner weiß, wie es jetzt weitergehen wird.«

»Wissen Sie, wo sie ist?«, fragt Zack.

Die Rezeptionistin schnaubt.

»Versuchen Sie es mal auf den Malediven.«

Dann steht sie auf und lässt sie allein im Pausenraum zurück.

Zack schaut ihr nach.

Nein, nicht auf den Malediven.

Er denkt an das Mittagessen im Burger King, an das, was Josefine Wecksell Hebe erzählt hat.

Dann holt er sein Handy hervor und ruft Sirpa an.

# 83

Sirpa Hemälainen beendet das Telefonat mit Zack und ruft die Immobilienplattform Hemnet auf.

Tippt fieberhaft los, aber die Finger wollen sich gar nicht schnell genug bewegen.

Josefine Wecksell ist also mit über hundert Millionen Kronen durchgebrannt, und nun will Zack, dass Sirpa prüft, welche Immobilien im Schärengarten kürzlich über den Tisch gegangen sind.

»Sie hat immer in einem großen Haus mit Wasserblick wohnen wollen. Am liebsten in einem mit großen, offenen Flächen«, hat er gesagt.

Woher er das weiß, hat er nicht erwähnt.

Auch egal.

Sirpa begrenzt die Suche auf den Bezirk Stockholm, wählt die Kästchen für Einfamilienhaus, Ferienhaus und Grundstück aus und gibt dann »Wassergrundstück« als Suchwort an. Klickt schließlich auf Endpreis und sortiert die Treffer nach »neueste zuerst«.

Siebenundfünfzig.

Von denen vier in der vergangenen Woche verkauft wurden. Zwei davon liegen im Schärengarten.

Das eine ist ein Backsteinhaus, fünfundneunzig Quadratmeter, umgeben von dichtem Nadelwald. Endpreis: Acht Millionen vierhunderttausend Kronen.

Klingt nicht gerade nach dem, was Zack sucht.

Das andere hingegen …

Ihre Knie werden heiß.

Sie klickt auf das Angebot und liest weiter. Der Makler hat jedes einzelne positive Schlagwort benutzt, das man sich einfallen lassen kann. Toppzustand, Superlage, architektonisches Meisterwerk, begehrt, luftiges Wohnzimmer, Gästehaus, Garage und herrlicher Seeblick.

Sie klickt die Bilder an. Das Haus scheint gerade mal zwanzig Meter vom Ufer entfernt zu liegen. Auf einem der Fotos, wohl von der Dachterrasse aufgenommen, sieht man einige unscharfe kleine Felseninseln im Hintergrund.

Sie ruft ihren Kontakt beim Vermessungsamt an und erfragt, wer das gute Stück gekauft hat.

Zack und Deniz sitzen schweigend im Polizeibus auf der Rückfahrt in die Stadt.

Diesmal war es so knapp.

Wusste Josefine Wecksell, dass sie ihr auf den Fersen waren?

Zack bekommt eine SMS, holt schnell das Handy aus der Hosentasche. Vielleicht gute Neuigkeiten von Sirpa.

Aber die Nachricht ist von Hebe.

Bin gerade in Stockholm gelandet. Will dich sehen.

*Und ich will dich auch sehen*, denkt er und dreht das Display weg, als er bemerkt, dass Deniz herüberschielt.

Er weißt, dass er Hebe anrufen sollte, aber nicht, um sich zu verabreden. Er sollte sie anrufen, weil sie vielleicht weiß, ob Josefine Wecksell einen Unterschlupf hat, wo sie sich für gewöhnlich versteckt, wenn sie ihre Ruhe haben will.

Aber dann denkt er an das, was Hebe da im Burger King über sie gesagt hat.

*Wenn es darauf ankommt, kann ich auf sie zählen.*

Und andersherum? Kann Josefine auch auf sie zählen?

*Hebe wird mir nicht helfen*, vermutet er. *Sie wird ihre Freundin schützen.*

Das Telefon klingelt in seiner Hand.

Sirpa.

»Eine riesige Villa auf Runmarö ging gestern für neunundzwanzig Millionen über den Tisch. Rate mal, wer sie gekauft hat.«

»Schick mir die Adresse, wir fahren hin.«

Sandra sitzt noch bei dem Papagei in Josefine Wecksells Wohnung. Versucht, ihm noch mehr zu entlocken.

Aber er bleibt stumm, wippt nur mit dem ganzen Körper und beobachtet interessiert die schwarzgekleideten Polizisten, die im Wohnzimmer herumwühlen.

Sandra steht auf, schaut sich in der Wohnung um.

In einem der Zimmer stehen ein Fahrradergometer, ein Laufband, ein Hantelständer und ein Tisch mit einer Briefablage und einem eingeschalteten MacBook Air.

Sie zieht ein paar Plastikhandschuhe über und klappt es auf.

Der Bildschirm erwacht zum Leben und zeigt ein verschwommenes Bild.

Der Cursor blinkt in dem leeren Feld für das Passwort.

Wie könnte es lauten?

Der Papagei krächzt wieder.

*Bambi.*

Könnte es so einfach sein?

Sandra tippt die fünf Buchstaben ein und drückt auf Enter. Das Feld verschwindet und das gerade noch unscharfe Hintergrundbild wird klar, zeigt eine dramatische Berglandschaft im Morgengrauen.

Am rechten Rand befinden sich sechs ordentlich aufgereihte Ordner. Die tragen die Namen »Prechemo«, »Leichtathletikverband«, »Training«, »Skizzen«, »Studium«, »Wirtschaft«.

Sandra klickt auf den Ordner »Skizzen«, und im aufgehenden Fenster zeigen sich ungefähr zehn weitere Ordner.

Einer heißt »Bambi«.

Sie öffnet ihn.

Eine Menge jpg-Bilder mit Köpfen von Rehen werden sichtbar. Viele sind Standbilder aus dem alten Disneyfilm. Andere Fotos von echten Rehen. Rechts gibt es einen weiteren Ordner: »Fertig.«

Darin verbergen sich fünf fast identische Schwarz-Weiß-Zeichnungen vom Kopf des Disney-Bambis. Sie unterscheiden sich nur in der Strichbreite.

Sandra klickt eins an.

Es ist dasselbe Bild wie auf den Tabletten.

# 84

Eine dunkelgraue Wolkenmasse hat sich über den Himmel gelegt und droht, jede Sekunde ihre Schleusen zu öffnen, um den Regen über ihnen auszukippen.

Zack wischt sich salzige Spritzer aus dem Gesicht und gibt Vollgas. Der Rumpf des offenen Boots prallt auf die Wellen, und Deniz klammert sich an die Reling.

Keins der Boote von der Wasserpolizei war verfügbar, weshalb sie sich für viel Geld eins von einem Fischer in Hölö auf Värmdö leihen mussten, um nach Runmarö zu gelangen.

Die Meerenge ist nicht sonderlich breit, aber die Insel ist groß, ungefähr dreimal fünf Kilometer. Josefine Wecksells neues Haus liegt an der Südseite, ein paar Kilometer von Styrsviks Landungsbrücke entfernt, wo sie angekommen wären, hätten sie die Passagierfähre ab Stravsnäs genommen.

Douglas Juste fand, sie sollten warten und mit der Einsatztruppe im Helikopter auf die Insel fliegen, aber die Truppe wurde überraschend zu einem dringenden Einsatz in einem der nördlichen Vororte gerufen, wo eine Jugendbande mit automatischen Waffen auffällig geworden war. Sie hatten nicht sagen können, wann sie wieder verfügbar sein würden.

Also sind Zack und Deniz vorgefahren, um das Grundstück zu beobachten und zu verhindern, dass Josefine Wecksell ihnen ein weiteres Mal durch die Finger geht.

*Sicher ahnt sie, dass wir unterwegs sind*, denkt Zack. *Jemand von Prechemo hat sie vielleicht angerufen und gewarnt.*

*Vielleicht ist sie schon irgendwie auf uns vorbereitet?*

Sie haben die Hälfte der Strecke hinter sich, als es zu regnen anfängt. Erst kleine Tropfen, die sie durch die Gischt kaum bemerken, dann immer größere und schwerere.

Für dieses Wetter sind sie schlecht ausgerüstet, Zack in seiner Rick-Owens-Jacke und Deniz in einem dünnen Anorak.

Sie macht sich auf die Suche nach Regenkleidung, findet aber nur einen Südwester und ein altes Käppi mit dem Schriftzug »Yamaha«.

Deniz behält den Südwester und reicht Zack das Käppi. Es riecht nach altem Fisch, doch er setzt es trotzdem auf.

Er würde gern die Geschwindigkeit erhöhen, ist dazu aber nicht routiniert genug. Er merkt, dass das Boot oft falsch zwischen den Wellen hängt, außerdem liegt das Heck zu tief im Wasser, sodass sie nicht recht vorankommen.

Ein paar größere Schären zeichnen sich südlich von ihnen ab, vor seinem inneren Auge sieht Zack die toten Jugendlichen dort im Regen liegen.

Diesmal ist ein kleines Kind dabei.

Zacks und Meras Kind.

Der Himmel hat sich geöffnet, der Regen attackiert sie mit Milliarden scharfer Tropfen, und als sie endlich in die Meerenge einbiegen, die sich zwischen dem Teil von Runmarö befindet, der Storön heißt, und der langen, schmalen Insel, die ihr vorgelagert ist, sind sie komplett durchnässt und zittern vor Kälte.

Die Intervalle zwischen dem dumpfen Grollen, das aus Osten heranrollt, werden immer kürzer, außerdem sehen sie Blitze aus den dunklen Wolken am Horizont zucken.

»Ich glaube, ich kann das Haus sehen!«, brüllt Deniz, um den alten Außenbordmotor zu übertönen.

Er sieht es auch. Ein prächtiges, zweistöckiges Gebäude, das auf einer kleinen Anhöhe nur um die zwanzig Meter vom Ufer entfernt liegt.

Vielleicht steht Josefine Wecksell gerade an einem der Fenster und beobachtet sie durch ein Fernglas.

Zack schaut zum Haus, aber aus dieser Distanz wirken die

Scheiben wie Spiegel und reflektieren nur den grauen Himmel und das unruhige Wasser.

Er zieht das Käppi tiefer ins Gesicht und steuert den Bootssteg des Nachbarhauses an, um nicht mehr Misstrauen zu erwecken als nötig.

Unweigerlich fragt er sich, wie Josefine Wecksells Fluchtplan aussieht.

Ein langer Holzsteg ragt von ihrem Grundstück aus ins Wasser. Aber dort liegt kein Boot, so kann sie also nicht fliehen. Ebenso wenig kann sie ihren Tesla zur Flucht benutzen, denn nach Runmarö fahren keine Autofähren.

Das Nachbarhaus liegt etwa fünfzig Meter entfernt, jenseits von einigen großen Felsen, die bis ins Wasser verlaufen und eine natürliche Grenze zwischen den Grundstücken bilden. Das rote Holzhaus ist größer als ein durchschnittliches Einfamilienhaus, neben Josefine Wecksells neuem Heim sieht es jedoch aus wie ein Gartenschuppen.

Zack sucht nach Anzeichen dafür, dass jemand zu Hause ist, aber die Fahnenstange ist unbelegt, die Terrassenmöbel sind weggeräumt und das Trampolin steht hochkant an die Stirnwand des Hauses gelehnt.

Sie legen an dem großen Schwimmsteg an, der an der einen Seite von alten Reifen geschützt wird. Zacks Hände sind steif vor Kälte, als er das Boot an einer Eisenöse festmacht.

Hinter den Felsen ragt Josefine Wecksells Haus auf. Als würde es sie ausspionieren wollen.

Zacks Funkgerät gibt ein Knistern von sich. Er rennt zur überdachten Veranda und stellt sich unter, um die Anfrage zu beantworten.

Es ist Douglas.

»Die Einsatztruppe ist auf dem Rückweg, aber der Helikopter kann bei diesem Wetter nicht starten. Ihr müsst abwarten«, sagt er.

Deniz kommt zu ihm auf die Veranda. Steht zitternd neben ihm unter dem Dach. Ihre Lippen sind schon ganz blau vor Kälte.

»Wie lange?«, fragt Zack.

»Bis das Unwetter vorbei ist«, antwortet Douglas.

*Das kann dauern*, denkt Zack und blickt in den Himmel, gerade als die dunklen Wolken von einem weiteren Blitz erhellt werden.

»Können sie nicht die Fähre nehmen?«

»Ich prüfe das und melde mich.«

Zack steckt das Funkgerät an den Gürtel und berichtet Deniz von der Verzögerung.

Erst sieht sie resigniert aus, schaut ihn dann aber mit einem leisen Lächeln an.

»Ich habe keine Lust, hier stundenlang mit klappernden Zähnen rumzustehen. Du?«

»Nicht im Geringsten.«

»Na, dann. Was hältst du davon, wenn wir uns bei Josefine Wecksell aufwärmen?«

# 85

Josefine Wecksell steht am runden Fenster des oberen Flurs in ihrem neuerworbenen Haus und sieht sie kommen.

Sie bewegen sich vorsichtig über die glatten Felsen. Ein wenig steif, sicher durchgefroren, wenn sie in diesen Kleidern mit dem Boot hergekommen sind.

Sie erkennt sie wieder.

Der eine ist Zack Herry, der Typ, der mit Hebe im Burger King gewesen war. Sie hat ihn gegoogelt, nachdem sie die beiden zusammen gesehen hatte.

Ein richtiger Schönling. Außerdem durchtrainiert, hübsche Augen. Nicht schwer nachzuvollziehen, dass Hebe sich in ihn verguckt hat.

Die andere ist seine Kollegin, die ihn zur Prechemo begleitet hat. In ihrem Blick lag eine interessante Härte, die Geschichte eines Lebens voll schwerer Herausforderungen.

*Wie meins.*

Eine Windböe schlägt den Regen gegen die Scheibe und lässt feuchte Blätter durch die Luft wirbeln.

Sie trinkt einen großen Schluck aus der Cognacflasche, stellt sie dann auf die weiße Kommode in der Ecke des Flurs.

Die Pistole in ihrer Hand fühlt sich schwer und gut an. Sie löst das Magazin, zählt die Patronen und schiebt sie in die richtige Position. Kontrolliert dann den Lauf, ganz wie sie es in den Videos auf YouTube gelernt hat.

Sie tritt vom Fenster zurück und geht die schöne Holztreppe hinunter, die einen sanften Bogen macht und sie geradewegs in das große Wohnzimmer mit Kachelofen bringt.

Josefine bleibt mitten im Raum stehen. Genießt die helle Weite.

Einen Tag. Einen einzigen Tag lang.

Durfte sie wohnen wie Hebe.

Durfte den Luxus und Reichtum erleben, nach dem sie sich seit dem Tag sehnte, als sie den ersten Schritt in Hebes riesiges Haus gemacht hatte.

Wie alt mag sie wohl gewesen sein? Sechs? Sieben vielleicht? Sie hatte damals das Gefühl, ein Schloss zu betreten. Selbst die Möbel schienen größer als in der Zweizimmerwohnung daheim, wo man nicht einmal Seilchen springen konnte, ohne eine Wand oder einen Stuhl zu treffen.

Ihre andere Freundin in der Klasse, Rebecka Åkesson, wohnte ungefähr wie sie selbst. In einer beklemmenden Wohnung ohne Balkon.

Bei Hebe jedenfalls hätte man problemlos zu mehreren Seilspringen können. In allen Zimmern.

Genau wie hier.

Sie schaut aus dem Fenster, sieht den Regen, der auf die helle Holzterrasse und die Poolbedeckung prasselt. Die Polizisten sind nun auf ihrem Grundstück. Schleichen sich im Schutz der Obstbäume an.

Sie fragt sich, wie es ihnen gelungen ist, sie mit den Tabletten in Verbindung zu bringen. Vielleicht haben sie ja endlich das alte Verbrechen aufgeklärt. Das Verbrechen, das sie mit siebzehn begangen hat.

Eine Woche vor ihrem Debüt bei den schwedischen Juniorenmeisterschaften. Dem wichtigsten Wettkampf ihres Lebens, dem Wettkampf, den sie einfach gewinnen musste. Den sie aber nicht gewinnen konnte, weil Jennifer dabei sein würde.

Jennifer, die Unschlagbare. Die ihr immer bei der vorletzten Hürde davonzog.

Aber diesmal sollte es anders sein.

Josefine wusste, wo Jennifer ihre Intervalle im Wald lief. An welchen Tagen, zu welchen Zeiten.

Sieben Tage vor dem Wettkampf schlich sie sich hin und spannte auf Kniehöhe Stacheldraht über den Weg.

Sie wollte sie nicht ernsthaft verletzen.

Nur ausreichend, um ihre Teilnahme an der schwedischen Meisterschaft in der folgenden Woche zu verhindern.

Es sah ihr nicht ähnlich, auf diese Art zu pfuschen.

Oder, richtiger gesagt: Das hätte ihr vor Rebeckas Tod nicht ähnlich gesehen.

Aber danach veränderte sich alles.

Die Freude verschwand.

Sie wurde zynisch.

Rachlüstern.

Sie verstand, wie ungerecht das Leben sein konnte.

Jetzt sollte Jennifer diese Ungerechtigkeit auch einmal zu spüren bekommen.

Aber es war nicht Jennifer, die an diesem Abend über den Weg gelaufen kam. Es war ein Vater, der mit seinem kleinen Kind Fangen spielte.

Der Junge verfing sich mit dem Hals im Stacheldraht. Fiel damit zu Boden und riss sich die Halsschlagader auf.

Als sie davon aus der Zeitung erfuhr, erbrach sie sich sofort.

Verließ vier Tage lang nicht das Bett.

Jedes Mal, wenn ihre Mutter oder ihr Vater die Tür öffnete, um nach ihr zu sehen, zuckte sie zusammen, dachte, es wäre die Polizei, die hereingestürmt käme.

Aber sie kam nicht.

Sie hatte unvorstellbar viel Glück gehabt. An einem Baum in der Nähe des Drahtes war vom Ornithologenverein eine Videokamera mit Bewegungsmelder angebracht worden, um einen seltenen Vogel aufzuzeichnen.

Am Tag nach der Tat war die Kamera gestohlen worden, und aus Mangel an Beweisen wurden die Ermittlungen eingestellt.

Da war sie längst nach Lund umgezogen.

Hatte einen Neuanfang gewagt.

Vielleicht lag es zu gleichen Teilen an den Ermittlungen und an Hebes Mutter Olympia, dass sie Stockholm verließ.

Olympia hatte sie und Hebe erwischt, als sie unter der großen Fichte im kleinen Wäldchen auf Lidingö gesessen und Josefines spezielle Marihuanamischung geraucht hatten.

Olympia war rasend geworden. Hatte Josefine verboten, ihrer Tochter je wieder nahe zu kommen.

Also mussten sie sich danach heimlich treffen. Aber der Umzug nach Südschweden hatte zur Folge, dass sie sich immer seltener sahen.

Deshalb stürzte Josefine sich umso mehr aufs Studium in Lund. Fand einen guten Job.

Trat die Menschen mit Füßen, um auf der Karriereleiter weiter nach oben zu kommen.

Scherte sich um nichts, machte sich unverwundbar.

Kappte alle Bande.

Außer zu Hebe.

Das brachte sie nicht fertig. Seit Rebeckas Tod war Hebe die einzige echte Freundin, die sie noch hatte.

Aber selbst sie hörten nicht oft voneinander. Dabei hatten sie sich als kleine Mädchen einmal ewige Freundschaft geschworen.

Trotzdem machten sie unabhängig voneinander Karriere.

Hebe im Familienunternehmen.

Josefine ganz allein.

Sie dachte fast gar nicht mehr an den kleinen Jungen im Wald. Dachte, das, was geschehen war, läge hinter ihr.

Bis sie eines Tages ein Video zugeschickt bekam, eine grobkörnige, Schwarz-Weiß-Aufnahme, die zeigte, wie sie zehn Jahre zuvor einen Stacheldraht über einen Weg spannte.

Auf das Video folgte eine Nachricht. Nur ein Satz:

»Wir wissen, dass du es warst.«

Josefine geht wieder in den ersten Stock. Schaut durch das runde Fenster hinaus.

Die Polizisten schleichen sich gerade durchs Gebüsch. Sie sind nur noch wenige Meter vom Haus entfernt. Versuchen, etwas durch die Fenster zu erkennen.

Aber sie ist bereit.

Streckt sich nach der Cognacflasche auf der Kommode und trinkt einen weiteren großen Schluck.

Geht dann in eins der Zimmer und nimmt ihre Position ein.

Ihre Gedanken wandern wieder zu der körnigen Videoaufnahme. Sie hatte geglaubt, jemand hatte sie erpressen wollen. Aber es kamen nie Forderungen.

Nichts.

Das Leben ging weiter, nur dass fortan eine permanente Angst an ihr hing wie ein scheuernder Rucksack.

Dann kam das Bedürfnis, sich noch unverletzlicher zu machen.

Vollständig unabhängig zu sein.

Etwas Eigenes aufzubauen. Geld im Steuerparadies zu verstecken.

Aber dazu brauchte sie Hilfe, gerade in der Anfangsphase. Und diese Hilfe kam, ohne dass sie darum bitten musste.

Denn zum ersten Mal seit vielen Jahren wurde sie wieder zum Essen nach Lidingö eingeladen. Zu Hebe.

Ein Aussöhnungsessen, wie Olympia es nannte.

»Wir alle machen Fehler«, hatte sie gesagt, während die Entenleber serviert wurde. »Ich war zu hart zu dir, Josefine, und das möchte ich wiedergutmachen.«

Josefine erzählte von ihren Plänen, eine eigene Firma zu gründen, und Olympia bot ihre Unterstützung an. Als Rat- und Geldgeberin, gegen einen entsprechenden Anteil an der Firma.

Ihre Unterstützung war von unschätzbarem Wert.

Die Firma machte schon im ersten Jahr Gewinne. Fast jeden Monat Neuanstellungen, jedes Jahr verdoppelte sich der Umsatz.

Und dann kam im Winter das Angebot aus Polen.

Olympia riet ihr, abzulehnen.

»Sonst erhöhen sie ihr Angebot nicht.«

Also blieb sie kalt. Wies die Polen ab.

Und sie erhöhten ihr Angebot.

Wieder und wieder.

Bis die Summe schwindelerregende zweihundertfünfzig Millionen Kronen betrug.

Fantastisch.

Endlich konnte sie sich ihren Traum erfüllen. Ein Haus wie Hebes kaufen. Mit Zimmern, die groß genug waren, um darin Seil zu springen. Und Seeblick.

Und da tauchte das Video wieder auf. Diesmal zusammen mit einem Forderungsschreiben. Es war das Kränkste, was sie je gelesen hatte.

Von Josefine wurde verlangt, eine kleine Menge einer Designerdroge herzustellen. Bedingung war, dass sie Benzodioxiprin enthielt.

Man musste nur den Abschlussbericht von Wiszła Chemicals über ihre Tierversuche lesen, um einen Eindruck von der tödlichen Wirkung einer solchen Droge zu bekommen.

»Als würden ausgehungerte Kannibalen sich miteinander paaren wollen«, hatte einer der Verantwortlichen das Verhalten der Versuchstiere beschrieben.

Und wenn Josefine sich weigerte, die Droge herzustellen?

Dann erwartete sie eine mehrjährige Gefängnisstrafe wegen Kindsmords, unerträgliche öffentliche Schande und ein Millionenverlust durch den ausgebliebenen Verkauf der Firma.

Als sie das Letzte las, verstand sie, wer Video und Forderung geschickt hatte.

Olympia Karlsson.

Bloß warum, das hat sie nicht verstanden.

Bis heute nicht.

Klar, als das amerikanische Unternehmen Konkurs ging, das die Chemikalie hergestellt hatte, hat Olympias Konzern mehrere Millionen verloren. Dennoch. Dahinter konnte doch nicht so etwas Armseliges stecken wie der Verlustausgleich nach einer missglückten Investition.

Olympia interessierte sich nicht einmal dafür, wer sterben sollte.

»Deine Opfer wählst du selbst«, stand im Brief.

Sie hatte vierundzwanzig Stunden, um sich zu entscheiden.

Sie weigerte sich selbstverständlich, zu antworten.

Eine Minute nach Auslauf der Frist bekam sie eine SMS mit einem Link.

Sie klickte ihn an. Als sie sah, dass das körnige Video aus dem Wald bei YouTube hochgeladen war, wurde sie panisch.

»Okay«, schrieb sie zurück. »Ich mach's.«

Wieder eine Minute später war das Video verschwunden. Ohne einen einzigen Klick und ohne auch nur einmal geteilt worden zu sein.

Noch am selben Abend betrank sie sich und erstellte eine Liste von Menschen, die sie sich zu töten vorstellen konnte.

Lange blieb das Blatt leer.

Namen auf die leere Seite zu schreiben, fühlte sich an, wie Gott zu spielen.

Dann dachte sie an Rebecka Åkesson und die Verantwortlichen für ihren Tod.

Die Geschäftsmänner.

Menschen, die Rebeckas Vater um so viel Geld gebracht hatten, dass er keinen anderen Ausweg sah, als sich selbst das Leben zu nehmen – was wiederum dazu führte, dass Rebecka sich zu Tode spritzte.

Indirekt waren die früheren Teilhaber ihres Vaters für Rebeckas Tod verantwortlich. Jetzt sollten sie ihre eigene Medizin zu schmecken bekommen.

Josefine wählte einen von ihnen. Den reicheren von beiden. Sah zu, dass der beste Freund seines Sohnes die Droge im Darknet über eine Seite namens Thinice fand, die sie dort hatte platzieren lassen.

Sie tötete den Sohn indirekt durch Drogen. Ganz wie sein Vater indirekt Bambi getötet hatte.

Ausgleichende Gerechtigkeit.

Und die anderen Jugendlichen?

Wie nannte die amerikanische Armee solche Opfer noch gleich?

Collateral damage.

Die hatten ganz einfach Pech. Waren zur falschen Zeit am falschen Ort.

So etwas kann einen das Leben kosten.

Josefine lehnt sich näher zur Fensterscheibe.

Hört die Schritte der Polizisten unten auf der feuchten Holzterrasse. Dann ein leises Knirschen, als die Klinke der verschlossenen Terrassentür heruntergedrückt wird.

Sie flüstern miteinander.

Überlegen vielleicht, ob sie das Fenster einschlagen sollen oder nicht.

Ihr Puls rast.

Sie legt sich einen Finger an den Hals. 110 bis 115, schätzt sie.

Ganz wie im Startblock beim Wettkampf.

Sie hatte immer ein Problem mit einem zu hohen Puls. Konnte ihre Nervosität nie beherrschen. Sie hat sie geschwächt, statt sie zu stärken.

Die Polizisten gehen um das Haus.

Wollen vermutlich zum Eingang auf der anderen Seite.

Josefine wechselt die Position. Wählt ein Zimmer mit Blick auf die Veranda.

Zack Herry erscheint in ihrem Blickfeld. Nass bis auf die Knochen, wie es scheint.

Auch er musste leiden. In der Zeitung hat sie vom Mord an seiner Freundin gelesen.

Aus irgendeinem Grund hat sie das Gefühl, dass Olympia damit zu tun hatte. Dass sie Zack dafür bestrafen wollte, dass er ihrer Tochter zu nah gekommen ist.

Ganz wie sie nicht aufgehört hat, Josefine zu bestrafen.

Denn es folgte eine weitere Forderung.

Josefine sollte es noch einmal machen.

Beim Lesen der Nachricht hatte sie aufgegeben. Eingesehen, dass es nie aufhören würde.

Warum hatte sie beim ersten Mal zugestimmt? Warum war sie nicht einfach zur Polizei gegangen und hatte gestanden, dass sie damals den Stacheldraht gezogen hatte?

Der Tod des Kindes war ja keine Absicht gewesen. Sie wäre nicht mal wegen Mordes verurteilt worden, sondern wegen fahrlässiger Tötung. Dafür hätte sie nur zwei Jahre bekommen.

Aber jetzt – jetzt hatte sie bewusst sechs Jugendliche in den Tod geschickt.

Wenn sie sich diesmal weigerte, der Forderung nachzukommen, würde sie ihre enge Zelle niemals wieder verlassen.

Niemals wieder im Haus Seil springen können.

Also hatte sie es wieder getan, auf fast exakt dieselbe Art.

Hatte diesmal den anderen Geschäftsmann als Opfer auserkoren. Torsten Larsson. Dafür gesorgt, dass seine Tochter Desiree Zugang zu den Tabletten bekam. Sich gewundert, wie geil all diese jungen Menschen auf Drogen zu sein schienen.

Ein Blitz hellt den schweren Himmel auf, der Donner lässt die Fensterscheiben klirren.

Josefine sieht, dass Zack Herry unter dem Dach der Veranda verschwindet.

Hat sie ihre Chance verpasst?

Leise schiebt sie das Fenster auf, dankbar darüber, dass sie schon am Morgen begriffen hatte, wie wichtig es war, das Scharnier zu ölen.

Vorsichtig lehnt sie sich hinaus. Sieht niemanden. Sie müssen beide auf der Veranda stehen.

Die Türklingel ertönt. Ihr wird bewusst, dass sie sie noch nie gehört hat, und sie mag ihren sanften, nachhallenden Klang.

Es hätte Hebe sein sollen, die dort klingelt. Die mit einem Einzugsgeschenk im Arm vor der Tür steht.

Es klingelt erneut.

Josefine holt tief Luft. Umfasst die Pistole mit beiden Händen, legt die Stirn an das kalte Metall.

*Kein Käfig für mich*, denkt sie.

*Alles, nur das nicht.*

# 86

Drei Stufen führen vom Kiesweg auf die Veranda an der Vorderseite des Hauses. Das Dach oberhalb der Tür ist nicht breiter als ein Meter. Aber es schützt vorm Regen.

Zack kniet vor der Haustür und stochert mit seinen Dietrichen im Schloss. Seine kalten Finger gehorchen ihm nicht, und als er glaubt, alle inneren Zylinder in der richtigen Position zu haben, blockiert trotzdem noch irgendetwas, das Schloss lässt sich nicht öffnen.

Er steht auf. Die nasse Jeans klebt an seinen Beinen.

»Wir schießen es auf«, sagt er.

Es donnert laut über ihren Köpfen.

»Sollten wir nicht doch auf die Verstärkung warten?«, fragt Deniz.

»Und noch zwei Stunden hier rumstehen und frieren, bis die Kollegen endlich da sind? Wenn sie denn überhaupt irgendwann kommen? Kann doch sein, dass der Fährverkehr aufgrund des Wetters eingestellt wurde.«

Deniz betrachtet ihn. Die Sorge in ihrem Blick weicht Entschlossenheit.

»Okay. Wir gehen rein.«

Zack holt seine Sig Sauer hervor, und sie machen ein paar Schritte zurück, damit sie nicht von Splittern getroffen werden. Sie stehen nun nicht mehr unter dem schützenden Verandadach, Zack spürt den Regen an Kopf und Schultern, als er den Arm mit der Pistole hebt.

Er zittert vor Kälte, und der erste Schuss schlägt rechts vom Kolben ein. Der Knall wird von den Felswänden hin und her geworfen und scheint dann über die Wellen zu verschwinden.

*Reiß dich zusammen.*

Er zielt erneut.

Spürt einen Windzug am Kopf, bevor er in unmittelbarer Nähe einen Knall hört.

*Scheiße, da schießt jemand auf sie.*

*Aber von wo?*

Sie stürzen zurück unter das schützende Verandadach.

Ein weiterer Knall ist zu hören.

Diesmal kein Schuss, sondern Donner.

Zack betastet seinen Kopf. Kein Blut, es hat ihn offenbar nur ein paar Haare gekostet.

Aber wo ist der Schütze?

Der Schuss kam ganz aus der Nähe, wahrscheinlich von oben.

Zack sieht, dass sich Deniz vorsichtig über das Geländer lehnt, um unter dem Verandadach hervorzuschauen, und dann schnell den Kopf zurückzieht.

»Im ersten Stock ist ein Fenster offen«, flüstert sie.

»Das heißt wenigstens, dass sie nicht drinnen hinter der Tür steht und auf uns zielt«, flüstert Zack zurück. »Ich versuche mich noch einmal an dem Schloss.«

»Nein, ich mach das. Du zitterst zu sehr.«

»Geh nicht zu weit zurück. Wir müssen das Risiko eingehen, von Splittern getroffen zu werden.«

Es donnert erneut, und Zack wendet sich ab, bevor Deniz aus

nächster Nähe auf das Schloss schießt. Es zersplittert, sie öffnet die Tür und rennt hinein.

»Flur ist gesichert«, ruft sie.

Zack folgt ihr.

Der Flur ist schmal und lang, und Deniz hockt neben einem Schuhregal rechts von einem Durchgang, vermutlich zur Küche.

Zack stellt sich auf die andere Seite des Türrahmens und lauscht.

Das Haus liegt still da, es ist nichts zu hören, abgesehen von dem immer lauter werdenden Donner draußen.

Er wirft einen Blick in die Küche. Helle Holzdielen. Graue Schranktüren aus gebeiztem Holz. Herd, Kühlschrank und Tiefkühler aus Edelstahl.

Aber keine Menschenseele.

Er macht ein paar Schritte zurück. Am anderen Ende des Flurs führt ein breiter Durchgang ins Wohnzimmer mit Seeblick, und die unterste Stufe zu einer Treppe ins Obergeschoss kommt ins Blickfeld.

Dort musste der Schütze sein.

Josefine Wecksell? Oder jemand anderes?

Die Person, die sie in der Nacht im Wald angerufen hatte?

Vielleicht sind sie beide hier?

Dann wird es deutlich komplizierter. Aber für solche Gedanken ist es jetzt auch zu spät.

Mit der Sig Sauer ausgestreckt vor sich wagt er sich langsam weiter hinein und gibt Deniz das Zeichen, dass sie ihm folgen soll.

Deniz macht zwei Schritte, versteinert aber, als es hinter ihr rumst. An der Haustür.

Oder sogar draußen davor?

Zack läuft mit schnellen Schritten in die Küche und schaut aus dem Fenster, als Josefine Wecksell sich gerade auf dem Kiesweg vor der Veranda aufrichtet.

Sie muss aus dem Fenster im ersten Stock erst auf das Dach der Veranda und dann auf den Boden gesprungen sein.

»Es ist Josefine!«, ruft Zack. »Sie haut ab!«

Er rennt zur Tür, reißt sie auf.

Josefine ist schon unterwegs, sprintet zum Waldstück, das an ihr großes Grundstück grenzt.

Zack erkennt die Schrittlänge und Armbewegungen wieder. Sie hat ihn vor drei Nächten gejagt, da ist er sich jetzt so gut wie sicher.

Verdammt, wie schnell sie ist.

Er folgt ihr, hört auch Deniz' Schritte im Kies hinter sich.

Der Regen prasselt nach wie vor herunter, wird hinabgeschleudert wie auf Befehl eines erzürnten Gottes.

Josefine Wecksell hat bereits einen Vorsprung von etwa zwanzig Metern. Ist fast bei dem alten Zaun, der das Grundstück vom Wald trennt.

Zack sieht, wie sie abspringt, ein Bein horizontal vor sich gestreckt, das andere seitlich angewinkelt. Es sieht aus, als würde sie einfach über das Hindernis schweben, der Körper still in der Luft.

Wie eine Hirschkuh.

Er ist ihr auf den Fersen, stützt sich mit der linken Hand auf einen Pfosten und springt selbst über den Zaun.

Ein steiniger Pfad schlängelt sich zwischen Fichten und ein paar vereinzelten kleinen Birken hindurch. Zack folgt ihm, bis er sich aufgabelt.

Er bleibt stehen, versucht, ihre Spur in der nassen Erde zu entdecken, aber erfolglos. Sie muss auf die Steine getreten sein.

Deniz hat ihn eingeholt.

»Wir trennen uns«, sagt er keuchend. »Ich rechts, du links.«

»Okay«, sagt sie und rennt los.

Zack nimmt den anderen Weg. Er ist gerade mal zehn Meter weit gekommen, als wieder ein Schuss fällt.

Deniz schreit auf.

Verdammt.

Zack dreht um, nimmt den linken Weg, sieht Deniz rücklings auf dem Boden, die Hände an den Bauch gepresst.

Scheiße, Scheiße, Scheiße.

Er packt die Schultern ihrer nassen Jacke und zieht Deniz hinter eine der Fichten. Ein Blitz teilt den Himmel, eine Sekunde später bringt der Donner den Boden zum Vibrieren.

Als das Grollen abnimmt, hören sie einen Motor starten.

Wie hat Josefine Wecksell denn ihren Wagen auf die Insel bekommen? Allerdings klingt ein Tesla nicht so. Hat sie sich ein Auto geliehen?

»Lauf ihr nach«, wimmert Deniz. »Ich komm klar. Los!«

Blut quillt zwischen ihren Fingern hervor.

*Ich kann sie nicht zurücklassen*, denkt Zack.

Er will in die Hocke gehen, doch Deniz hält eine blutige Hand wie ein Stoppzeichen hoch.

»Worauf wartest du?«, brüllt sie. »Ich ruf mir einen Rettungshubschrauber. Du kannst hier ja doch nichts ausrichten.«

Also läuft er.

Folgt dem schmalen, regennassen Pfad.

Erkennt weiter vorn einen asphaltierten Weg.

Hört, wie der Wagen sich entfernt.

*Nein, nein, nein.*

Er erreicht den Weg und sieht gerade noch das Heck eines roten Saab 900 um eine Kurve verschwinden.

Josefine Wecksell oder jemand, der sie abgeholt hat? Vielleicht die Person, die sie auf der Weide angerufen hat?

Wohin wird sie gebracht? Verschwindet sie für immer? Können wir die Insel mit Polizeibooten umzingeln, ehe es zu spät ist?

Ein weiterer Blitz erhellt die dunklen Wolken. Der Donner ertönt fast gleichzeitig, und dann hört er eine Stimme:

»Waffe weg.«

Josefine Wecksells Stimme.

Sie hat ihn wieder überlistet.

Er will sich umdrehen.

»Nein, nicht bewegen. Nur die Waffe weg.«

»Okay.«

Er hält die Sig Sauer weit von sich. Geht langsam in die Knie, um Zeit zu schinden.

*Sie kann nicht gut zielen*, denkt er.

*Sie hat mich aus dem Fenster im ersten Stock verfehlt.*

*Nutz das aus, Zack.*

*Riskier es.*

Er wirft sich zur Seite, rollt über den Asphalt, hört einen Schuss, spürt, dass etwas in seine Wange eindringt, richtet seine Waffe auf sie und schießt.

Josefine Wecksells rechtes Bein gibt nach, sie fällt hin.

Sie landet auf der Seite, will sofort noch einmal auf ihn zielen, aber da ist Zack schon über ihr und tritt ihr die Waffe aus der Hand.

Sie prallt auf dem Weg auf und fällt dann in den Graben.

Zack macht ein paar Schritte zurück, weil Josefine nach ihm tritt. Er richtet die Sig Sauer auf sie und tastet mit der anderen Hand über seine Wange.

Keine große Wunde. Nur ein paar Steinchen, die die Kugel aufgewirbelt haben muss, als sie neben seinem Gesicht im Boden einschlug.

»Töten Sie mich, na los«, zischt sie.

Der Regen prasselt ihr auf Gesicht und Körper.

»Das waren Sie, oder? Da im Wald?«

Sie sagt nichts dazu. Drückt nur die Hand auf die Wunde im Oberschenkel.

Aber er weiß auch so, dass sie es war.

»Haben Sie auch mit dem Mord an Mera zu tun? Der Schießerei?«

Sie antwortet nicht, beißt die Zähne zusammen, um nicht vor Schmerz zu stöhnen.

Ein weiterer Blitz erhellt den Himmel und lässt ihre grünen Augen aufleuchten.

Zack stellt den Fuß auf den verletzten Oberschenkel und verlagert sein Gewicht darauf.

»Antworten Sie!«

Josefine Wecksells Schrei wird fast vom Donner übertönt.

Aber sie ist taff.

Sie schreit, aber weigert sich, nachzugeben.

Er nimmt den Fuß weg.

Josefine Wecksell rollt auf den Rücken und atmet heftig, wie nach einem Sprint.

Ihre schwarzen Haare kleben ihr am Kopf. Der heftige Regen zwingt sie, die Augen zu schließen.

»Wer hat angerufen, als Sie da auf der Weide auf mich gezielt haben? Wer war das?«

Sie nimmt ihre Hand von der Wunde. Schaut nach, wie viel Blut daran ist. Sieht dann Zack an und zischt durch zusammengebissene Zähne.

»Niemand hat angerufen.«

»Was soll die Scheiße? Ich hab es doch gehört!«

*Oder etwa nicht?*

*Doch, habe ich.*

»Für wen arbeiten Sie? Ich weiß, dass noch jemand beteiligt ist.«

»Einen Scheiß wissen Sie.«

Er hebt den Fuß, um noch einmal ihr verletztes Bein zu belasten, aber Josefine Wecksell beißt nur die Zähne zusammen und bereitet sich auf den folgenden Schmerz vor.

Weshalb Zack den Fuß wieder auf den Boden stellt.

»Warum haben Sie die Drogen verkauft? Um Ihre Freundin Rebecka Åkesson zu rächen?«

Josefine Wecksell rollt sich auf die Seite und richtet den Blick auf den Asphalt.

Dann nickt sie stumm.

Zack starrt sie an. Kann ihr Handeln nicht verstehen. Was für eine kranke Art, sich zu rächen, indem man eine Menge unschuldiger Jugendliche sterben lässt.

Wie eine Terroristin.

Josefine Wecksells Stirn ruht auf dem Asphalt. Ihr Gesicht hat das letzte bisschen Farbe verloren, der Regen rinnt ihr wie Tränen über die Wangen. Mit einem Mal sieht sie klein und zerbrechlich aus.

Wie ein Teenie, der den Tod seiner besten Freundin rächen will.

Sie hustet, verzieht vor Schmerzen das Gesicht, und da begreift Zack, dass er ein bisschen Mitleid mit ihr hat.

Wer ist er denn, jemanden dafür zu verurteilen, einen Menschen zu rächen, dem sie nahegestanden hat?

Dann denkt er an die toten Jugendlichen vom Kopparkobben und in Huddinge, und dann an die schwer verletzte Deniz ganz in der Nähe.

Er dreht Josefine Wecksell auf den Bauch, fasst ihre Arme hinter dem Rücken und zerrt sie vom Weg.

Dann setzt er sie an einen Baum, löst die Handschellen von seinem Gürtel und fesselt sie damit.

# 87

## Montag, 12. September

Zack, Sandra Sjöholm und Douglas Juste sitzen auf Besucherstühlen vor einem Einzelzimmer auf der Intensivstation des Karolinska Krankenhauses.

Alle drei tragen Kopfhörer und lauschen konzentriert Rudolf Gräns, der auf der anderen Seite der Tür Josefine Wecksell befragt.

Wie immer macht er seine Arbeit gut, denkt Zack. Sitzt wie ein alter, harmloser Onkel bei ihr. Stellt unverfängliche, offene Fragen. Bringt sie dazu, sich zu öffnen, mehr zu erzählen, als sie eigentlich will.

»Sie war meine beste Freundin«, hören sie Josefine Wecksell sagen. »Und meiner Meinung nach waren Tom Hultqvist und Torsten Larsson schuld an ihrem Tod.«

Sie klingt müde, denkt Zack. Benebelt von den schmerzstillenden Tabletten.

»Ich kann Sie wirklich verstehen«, sagt Rudolf. »Ich wäre wohl zu demselben Schluss gekommen.«

Ein kratzendes Geräusch ist zu hören, Zack nimmt an, dass Rudolf den Stuhl näher ans Bett gerückt hat.

»Eins verstehe ich allerdings noch nicht«, fährt Rudolf fort. »Warum haben Sie so lange gewartet? Rebecka ist schließlich vor fast zwanzig Jahren gestorben.«

Es bleibt eine Weile lang still.

Das ist auch eine von Rudolfs Stärken, denkt Zack. Das Schweigen zu nutzen. Er kann einem unkooperativen Verdächtigen stundenlang gegenübersitzen, ohne auch nur ein einziges Wort zu sagen. Irgendwann erträgt der Verdächtige die Stille nicht länger und fängt an zu reden, ohne dass Rudolf etwas gefragt hat.

Josefine Wecksell hustet schwach. Dann sagt sie:

»Ich dachte, mein Hass würde sich irgendwann legen. Und ich damit abschließen. Aber es klappte nicht. Deshalb dachte ich darüber nach, wie ich vorgehen könnte. Wie ich ihnen den größtmöglichen Schmerz zufügen könnte. Ich wollte sie nicht töten, denn dann hätten sie ja nur kurz gelitten. Wenn sie aber ihre Kinder verlören …«

Zack hört, dass sich ihre Stimmlage ändert. Auch die Betonung. Sie klingt wie ein B-Promi, der etwas abliest.

Sie lügt, wird ihm da bewusst. Ganz wie draußen auf Runmarö. Um jemanden zu schützen, obwohl sie sich mit einer lebenslangen Gefängnisstrafe konfrontiert sieht.

Wer kann solche Macht über sie haben?

Er schaut den Flur hinunter. Sieht, dass eine Krankenschwester in Deniz' Zimmer geht.

Sie waren gerade erst bei ihr. Zack fand, dass sie fast unwirklich munter aussah. Sie beklagte sich darüber, wie lausig es war, einfach dazuliegen und an die Decke zu starren, und wollte gern so bald wie möglich nach Hause.

Wie sie da auf dem Pfad auf Runmarö lag, hatte es viel schlimmer ausgesehen, als es letztlich gewesen war. Die Kugel war seitlich eingedrungen und glatt durchgegangen. Keine lebenswichtigen Organe waren verletzt worden, die Operation war gut verlaufen.

»Trotzdem zwingen die mich, über Nacht hierzubleiben«, sagte sie.

Zack rückt die Hörer zurecht und konzentriert sich wieder auf die Vernehmung.

Josefine Wecksell erzählt gerade, dass sie warten wollte, bis die Kinder der Geschäftsmänner etwa in Rebeckas Alter waren. Außerdem hatte sie erst jetzt das nötige Wissen und Material, um ihren Plan umzusetzen.

»Wer war noch an dem Plan beteiligt?«, fragt Rudolf.

»Niemand«, sagt Josefine Wecksell sofort.

»Gar niemand?«

Wieder wird es still im Kopfhörer. Dann hören sie Josefine Wecksell sagen:

»Doch, Sverker Blådahl und David Mathias. Ich habe sie in Lund kennengelernt. David kannte sich sehr gut mit chemischen Prozessen aus, und Sverker hat mir dabei geholfen, das Labor in der Kate seiner Mutter aufzubauen. Aber ich hab sie beide gut dafür bezahlt.«

»Haben Sie auch das Labor von David Mathias in Rinkeby genutzt?«

»Nein. Ich wusste gar nicht, dass er dort eins hatte.«

»Erzählen Sie mir etwas über Sverker Blådahls Tod.«

»Er ist tot?«

Zack schließt die Augen, um die Nuancen in ihrer Stimme besser wahrnehmen zu können. Josefine Wecksells Überraschung scheint echt.

»Sie hätten gute Gründe gehabt, ihn aus dem Weg zu schaffen«, sagt Rudolf, ohne auf ihre Rückfrage einzugehen. »Um Ihre Spuren zu verwischen.«

»Er hätte nichts gesagt.«

»Wieso sind Sie sich da so sicher?«

Josefine gibt ein gequältes Stöhnen von sich.

»Mein Bein tut verdammt weh. Ich kann nicht mehr.«

Ein Licht über der Tür fängt an zu blinken, ein Signal ertönt. Zack geht davon aus, dass Josefine auf den Alarmknopf gedrückt hat, damit Rudolf das Zimmer verlassen muss.

Sie hören das Klappern von Clogs, das sich vom Ende des Flurs nähert, sehen eine Krankenschwester herbeieilen.

Für heute ist die Befragung vorbei.

Rudolf kommt aus dem Zimmer, sie stehen auf und nehmen die Kopfhörer ab.

»Haben wir hier eine Wache postiert?«, fragt Rudolf.

»Ja, die Kollegen sind gerade in der Cafeteria. Ich hole sie«, sagt Douglas.

»Gut«, erwidert Rudolf und schließt sich Zack und Sandra an, die zu den Aufzügen gehen. »Wir müssen dafür sorgen, dass unsere Hirschkuh sich nicht losreißt.«

Sie starren erst ihn an, dann einander.

Rudolf scheint die Blicke zu spüren und erklärt:

»Im Mythos ist es der kerynitischen Hirschkuh gelungen, wegzulaufen, kurz bevor sie dem König übergeben werden konnte, der befohlen hatte, sie einzufangen. Oder wurde sie freigelassen?«

Rudolf wendet Zack das Gesicht zu, als erwarte er, dass dieser die Antwort auf die Frage wisse.

Douglas holt sie ein. Hält sein Handy hoch und zeigt ihnen eine soeben eingegangene SMS.

Gratulation zur Aufklärung des Falls. MFG Ellen Lundman

»Jetzt lässt sie uns hoffentlich erst mal für eine Weile in Ruhe«, sagt Douglas.

Dann zeigt er ihnen eine weitere SMS, diesmal von Ebba Langers Vater Oscar:

Danke, mein Freund. Jetzt kann sie in Frieden ruhen.

Sandra lächelt.

»Lädst du uns jetzt auf ein Bierchen ein?«

Nur Zack bleibt still. Fragt sich, ob sie wirklich etwas zu feiern haben.

# 88

Der Ausgang der U-Bahn vor dem Kaufhaus Åhléns in der Drottninggatan ist tagsüber einer der beliebtesten Treffpunkte.

Jetzt, wenige Minuten nach neun Uhr abends, sind Zack und ein rumänischer Bettler die beiden Einzigen, die sich vor den geschlossenen Türen des Kaufhauses herumdrücken.

Es hat aufgehört zu regnen, aber der Boden ist noch immer spiegelblank.

Zack schaut auf die Uhr.

*Wird sie diesmal kommen?*

Ja, da ist er sich sicher.

Sie hat ihm erst vor einer Viertelstunde geschrieben, dass sie sich vielleicht fünf Minuten verspätet.

Seit der ersten SMS sind mittlerweile vier Stunden vergangen.

Er holt das Handy hervor und liest sie noch einmal:

Hey, Zack.

Willst du mich nicht sehen? Wenn es so ist, dann schreib es mir (auch wenn es mich traurig machen wird).

Fühl dich umarmt, Hebe

Anfangs wollte er »Nein, will ich nicht« schreiben, aber seine Finger weigerten sich, die Wörter zu tippen.

*Und ich sollte sie wirklich treffen*, sagte er sich selbst. *Damit ich sie über Josefine Wecksell aushorchen kann.*

Deshalb hatte er ihr geantwortet, dass es schön wäre, wenn sie sich treffen könnten, und so hatten sie sich für neun Uhr am selben Abend vor den Türen dieses Åhléns verabredet.

Er wirft einen Blick auf die Uhr. Vier Minuten nach neun.

Sie wird kommen. Die Frage ist bloß, in welcher Verfassung.

Er hat ihre womöglich engste Jugendfreundin festgenommen.

Josefine Wecksells Name ist bislang noch nicht in den Medien aufgetaucht, aber er geht davon aus, dass Hebe trotzdem Bescheid weiß.

»Wir müssen uns bald wiedersehen«, hatte sie zu Josefine Wecksell gesagt, als sie sich bei Burger King getroffen hatten.

Das wird dann wohl in Hinseberg sein, denkt Zack. Denn dort wird Josefine Wecksell die nächsten zwanzig Jahre zubringen.

Er muss an den Anruf denken, der kam, als sie ihn auf der Weide erschießen wollte. Als er da im Gras lag und hörte, wie sie antwortete und dann sagte: »Okay, ich breche ab.«

Vielmehr glaubt er, das gehört zu haben.

Es scheint ja trotz allem nicht der Wahrheit zu entsprechen.

Vor etwa einer Stunde war er die Verbindungsnachweise von Josefine Wecksells Handy durchgegangen. Sie war in der Nacht, in der sie ihn durch den Wald gejagt hatte, weder angerufen worden, noch hatte sie selbst einen Anruf getätigt.

Außerdem hatte es gar nicht geregnet, was er hätte beschwören können. Das hatte er bei verschiedenen Wetterdiensten geprüft. Dass er bis auf die Haut durchnässt gewesen war, musste am Morgentau gelegen haben.

Hatte er halluziniert? Sich etwas eingebildet, bedingt durch die Gehirnerschütterung?

Ein schwarzes Taxi hält direkt am Zebrastreifen der Klarabergsgatan, und Hebe steigt aus.

*Lauf weg*, schreit eine innere Stimme und überrumpelt Zack mit ihrer Nachdrücklichkeit.

*Alle, die dir wichtig sind, sterben.*

*Dein Vater, Mera, das Kind in ihrem Bauch. Deine Mutter, die nicht deine Mutter war.*

*Lauf, Zack.*

*Lass Hebe leben.*

Aber er bleibt stehen. Beobachtet, wie sie die Autotür zuschlägt und auf ihn zukommt. Noch schöner, als er sie in Erinnerung hatte, wie auch immer das möglich ist.

Sie hat einen Sonnenbrand. Trägt eine dunkelgrüne Lederjacke und eine enge Jeans im Used Look.

Sie winkt ihm zu, als sie ihn entdeckt. Lächelt breit. Umarmt ihn, als sie bei ihm ist. Er atmet ihren Geruch tief ein und spürt den Druck ihres Körpers an seinem. Und während er da steht und sie umarmt, fällt er hinab, versinkt tief in sich selbst, nur um sogleich wieder hinaufzusteigen, fort von der Trauer, der Einsamkeit und der Sehnsucht. Er atmet aus, langsam und lang, als hätte er ein Leben lang die Luft angehalten.

Sie schlendern die Drottninggatan hinauf. Die Geschäfte sind geschlossen und ein beißender Wind weht ihnen ins Gesicht.

Hebe zittert, reibt die Handflächen gegeneinander und sagt, dass sie die Kälte nicht mehr gewöhnt ist.

»Komm«, sagt er und nimmt ihre Hand in seine. »Ich wärme dich.«

Und für einen Moment sieht er Meras Gesicht vor sich, hört sie flüstern:

»Vergiss uns nicht. Du musst die Wahrheit für uns ans Licht bringen, musst herausfinden, wer unser Leben ausgelöscht hat.«

Die Trauer überwältigt ihn, und er schämt sich dafür, dass er lebt und die Hand eines anderen Menschen hält. Er will sie loslassen, tut es aber nicht, sondern sagt seiner inneren Stimme, dass seine Liebe zu Mera trotzdem weiterlebt, und dass er ihren Mörder finden wird.

»Ich verspreche es«, sagt er laut.

»Was versprichst du?« Hebe schaut ihn mit gerunzelter Stirn an.

»Entschuldige, ich habe laut gedacht.«

»Und was?«

»Nichts.«

Sie holt tief Luft, sagt:

»Es ist okay, wenn du versuchst, glücklich zu sein.«

Sie laufen eine Weile lang Hand in Hand.

Hebe spricht von Bangalore, erzählt lustige Anekdoten, die ihn zum Lachen bringen, und sofort fragt er sich, ob sie das nur tut, um die Stimmung aufzulockern, bevor sie ihm sagt, dass sie nur aus Höflichkeit hergekommen ist, um dem ein Ende zu setzen, was noch gar nicht richtig angefangen hat.

Aber der Knall kommt nicht.

Ihre Hand bleibt in seiner. Dann fragt sie, wie der Sommer in Schweden war, und er antwortet, er wisse es nicht.

Er erzählt von seinem Zusammenbruch.

Von Meras Tod, von dem sie gelesen hat. Aber nicht von ihrem Kind. Und es fühlt sich gut an, über Mera zu sprechen, als würde sie aus den Schatten der Trauer an einen helleren Ort steigen, einen Ort, an dem sie ruhen kann, bis er ihren Mörder gefunden hat.

Denn das wird er tun.

Koste es, was es wolle.

Er betrachtet Hebe, während sie langsam die fast menschenleere Fußgängerzone entlanggehen. In ihren Augen findet er keine Verwunderung darüber, dass er das erzählt. Auch keine Eifersucht.

Sie biegen rechts in die Tegnérgatan ab und gehen in Rolfs kök.

Das Restaurant ist gut besucht, und ein großer Wirt drängelt sich zu ihnen durch und schließt Hebe herzlich in die Arme. Grüßt dann höflich Zack und bringt sie an einen Tisch für zwei.

Hebe zieht die Blicke der Menschen auf sich, die sich fragen, ob sie ein Fotomodell ist oder ein Star, den sie aus dem Fernsehen kennen.

Sie setzen sich. Zack mit dem Rücken zur Wand, so sitzt er immer, wenn es möglich ist. So behält er den Überblick. Hat eine Chance, zu reagieren, falls etwas passiert.

Sie essen und reden ununterbrochen.

Ihre Hände berühren sich auf der Tischplatte, und Zack muss an eine andere Mahlzeit denken, die noch nicht so lange zurückliegt, als er einen Ring auf seinen Finger schob und versprach, nur noch Mera zu lieben.

Er zieht seine Hand weg, ballt sie zur Faust, und sie fragt, was los ist.

Er schaut ihr in die Augen. Wer ist sie eigentlich?

»Wie gut kennst du Josefine Wecksell?«, fragt er.

Jetzt zieht auch sie die Hand zurück. Fummelt an ihrem Weinglas herum, dreht es und scheint darüber nachzudenken, was hinter seiner Frage stecken könnte.

»Wir haben als Kinder viel zusammen gespielt. Aber das habe ich mit vielen Klassenkameraden. Dann hat Olympia mich auf eine Privatschule geschickt, und danach haben wir uns nur noch gegrüßt, wenn wir uns in der Stadt begegnet sind. Wir waren nicht befreundet.«

Zack betrachtet sie. Denkt daran, wie anders sie ihr Verhältnis zu Josefine noch vor ein paar Monaten beschrieben hatte.

Vielleicht funktionieren wir Menschen ja so. Wenn Leute, die wir zu kennen dachten, sich imstande zeigen, fürchterliche Verbrechen zu begehen, müssen wir uns von ihnen distanzieren, damit ihr Dreck sich nicht auf uns überträgt.

Hebe lächelt ihn an und sagt:

»Hab ich dir erzählt, wie ich mich gleich in der ersten Woche in Indien blamiert habe?«

Und schon ist sie mitten in der Schilderung einer weiteren Geschichte aus Bangalore, über die Zack lachen muss und darüber vergisst, wie kalt ihr Blick eben noch gewesen war. Schon bald ist es, als hätte das Gespräch über Josefine Wecksell nie stattgefunden.

Ihre Hände berühren sich wieder.

Es gibt nur noch sie beide.

Niemand kann sie stören.

Nicht mal die Dämonen.

Eine Stunde später stehen sie vor dem Restaurant und warten gemeinsam auf Hebes Taxi. Zack fragt sich, was wohl mit ihrem Privatchauffeur passiert ist, hakt aber nicht nach.

Sie zieht ihn zu sich. Küsst ihn sanft mit warmen Lippen.

Der Wind spielt in ihrem Haar, lässt es seine Wange streicheln, und Zack würde Hebe am liebsten gar nicht mehr loslassen.

*Komm mit mir nach Hause*, denkt er. *Und geh nie wieder.*

Ihre Lippen vereinen sich erneut mit seinen. Sagen dasselbe.

Aber es ist zu früh.

Er muss an Mera denken, ihr Bild schiebt sich zwischen sie. Aber es ist nicht nur Mera. Da ist noch etwas anderes. Nur was?

*Das hier ist falsch*, denkt auch Hebe. Sie will sich gerade von Zack zurückziehen, aber er ist schneller. Umfasst ihre Oberarme und bringt sich auf Abstand.

Er ist so übernatürlich schön. Ein Gesicht wie aus Marmor geschlagen, vom begabtesten Skulpteur der Antike.

Sie will ihn. Von ganzem Herzen, aus tiefster Seele. Will sich ihm öffnen, ihn aufnehmen, ihn in sich spüren, will ihm Dinge ins Ohr flüstern, die er nie vergessen wird. Will sich seinem Gewicht unterwerfen, es zu ihrem machen, wieder und wieder. Nicht sprechen, nur handeln, fühlen, mit ihm an einen Ort verschwinden, der nur ihnen gehört.

Woher kommt also dieses Dunkel, das sie plötzlich spürt? Das sich wie ein Keil zwischen sie drängt und voneinander trennt.

Wie kann sich etwas gleichzeitig so richtig und so falsch anfühlen?

Als würden die Götter ihre Liebe verdammen.

Das Taxi ist da.

Sie steigt ein. Sieht, wie Zack Richtung Tegnérlunden ins Dunkle läuft.

Mit ihm fühlt sich alles so einfach an.

Als könne sie ihm alles erzählen, ohne sich schämen zu müssen. Oder verurteilt zu werden. Oder beurteilt.

Nur verstanden, auf eine Art, wie sie noch nie jemand verstanden hat.

Das Taxi fährt los. Zacks Silhouette ist bereits von den Schatten verschluckt worden, Hebe vermisst ihn schon jetzt.

# 89

**Dienstag, 13. September**

Zack weiß bereits, bevor er um kurz vor acht die Tür zum Büro der Sondereinheit öffnet, dass etwas nicht stimmt.

Deniz sitzt bei Sirpa Hemälainen und schaut ihn mit einem Blick an, den man sonst bei einem Teenie sieht, der mit der Hand im elterlichen Portemonnaie erwischt wird.

»Schließ das Fenster«, flüstert sie viel zu laut, und Sirpa haut schnell ein paar Kommandos in die Tasten.

Zack eilt zu ihnen. Sirpa weicht seinem Blick aus.

»Was ist passiert? Was habt ihr angeschaut?«

»Nichts. Nur …«, setzt Sirpa an.

In ihren Augen liegen eher Trauer und Mitleid als Schuld.

»Was?«

Er schaut auf ihren Bildschirm.

Das Browserfenster zeigt die Startseite des Intranets. Als würde Sirpa die jemals nutzen.

Er schiebt Sirpa und Deniz beiseite und klickt sich schnell zur Chronik vor.

Die zuletzt geöffnete Seite ist Liveleak.

Deniz' Stimme hinter ihm:

»Zack, tu's nicht.«

Ihre Hand auf seiner Schulter. Er schüttelt sie ab und klickt auf den Link.

Ein neues Fenster mit einem Videoclip öffnet sich.

*Supercop's girlfriend killed by drive-by assassins.*

Das kann nicht wahr sein.

Auf dem verschwommenen Standbild sieht er sich selbst, auf dem Bürgersteig kniend mit Mera in den Armen.

Irgendein Idiot hat also gefilmt, was passiert ist, und das jetzt für die Allgemeinheit veröffentlicht.

»Einer aus der IT-Abteilung hat mir den Link geschickt«, sagt Sirpa. »Er wollte wissen, ob wir den anschauen wollen, ehe sie versuchen, ihn von der Internetseite zu löschen.«

»Der muss weg«, schreit Zack. »Weg damit, weg!«

Sirpa rollt mit ihrem Stuhl heran, will die Herrschaft über ihre Tastatur zurückgewinnen.

»Ich kann probieren, das zu löschen, Zack, wenn du mich …«

»Nein, verschwinde. Ich will es erst sehen.«

»Das halte ich für keine gute Idee«, sagt Deniz.

Er dreht sich um, schaut ihr direkt in die Augen und sagt:

»Aber dass du das angeschaut hast, das war in Ordnung, oder was? Hat es dir vielleicht sogar gefallen?«

Ihm ist klar, dass das zu hart ist. Aber es ist ihm egal. Die müssen verdammt noch mal doch nicht da sitzen und sich angucken, wie seine Verlobte in seinen Armen stirbt.

»Weg da«, sagt er. »Du auch, Sirpa, ich will mir das ansehen.«

Er ist sicher, dass sie noch etwas sagen wollen, aber sie sind sich wohl darüber im Klaren, wie zwecklos jedes weitere Wort wäre.

Sirpa hilft Deniz beim Aufstehen, die sich die Seite hält und das Gesicht verzieht, als sie Sirpa zur Kochnische folgt.

»Hat das sonst noch jemand gesehen?«, ruft er ihnen nach.

Deniz bleibt stehen und dreht sich zu ihm um.

»Nein. Douglas ist in einer Besprechung und Rudolf und Sandra sind im Karolinska, um Josefine Wecksell weiter zu vernehmen«, sagt Deniz.

Aber Zack hört schon nicht mehr zu. Er setzt sich auf Sirpas Stuhl, nimmt ihre Kopfhörer und startet den Clip.

Jemand hat von oben gefilmt, vermutlich aus einem Fenster, und das Video setzt mitten im Geschehen ein. Darauf ist er nicht vorbereitet. Die Schüsse heulen, und er sieht kleine Dampfwölkchen, die wirken, als würden sie von der Fassade ausgestoßen, wo die Kugeln in den Putz einschlagen.

Sein Herz rast. Stottert, verliert den Rhythmus. Er muss blinzeln, um weiter klar sehen zu können.

Er sieht, wie er nach vorn stürzt, um Mera zu decken, und er verflucht sich selbst dafür, sich nicht stattdessen zur anderen Seite geworfen zu haben, dann hätten die Männer im Wagen anders zielen müssen, weg von ihr, auf ihn.

»Scheiße, verdammte Scheiße!«, schreit ihm jemand ins Ohr, und da begreift er, dass es der Typ sein muss, der am Fenster steht und die Szene filmt.

Es fallen weitere Schüsse, er kniet nun auf dem regennassen Bürgersteig. Schützt Mera mit seinem Rücken. Aber da sind bereits Kugeln in sie eingedrungen, haben ihren Körper zerrissen und zerstört.

Wackelnd wird die Kamera auf die Straße gerichtet, und er kann sehen, wie das Auto wegfährt.

Dann wandert der Fokus zurück zu ihm, und Zack sieht sich

selbst über Mera gebeugt. Er begutachtet ihre viel zu schweren Verletzungen. Ihr Kopf sinkt, und dann kommt sein eigenes Gesicht ins Bild, als er sich zum Himmel wendet und seine Trauer herausbrüllt.

Sein Herz hat sich jetzt beruhigt.

Es ist, als würde er jemand anderen beobachten, und so muss es wohl sein, sonst würde er durchdrehen.

Die Kamera schwenkt auf die andere Straßenseite, filmt eine Schar heulender und brüllender Kindergartenkinder, und dann ist das Video vorbei.

Zack stützt die Ellbogen auf den Tisch, wischt sich über die Wangen, aber da sind keine Tränen. Das hat er hinter sich, aber er muss ihren Mörder finden, den Mörder seines ungeborenen Kindes.

Wenn er das nicht tut, dann ist er nur ein Stück Dreck. Nichts weiter.

Er startet den Clip von neuem. Will ihn mit wacherem, aufmerksamerem Blick sehen.

Drückt nach wenigen Sekunden auf Stopp, spult zurück. Startet erneut.

Kann man das Kennzeichen erkennen? Nein. Verdammt noch mal!

Wieder spult er zurück. Konzentriert sich auf die Männer im Wagen.

Sie sind maximal fünf Meter entfernt, als sie ihre ersten fünf Schüsse abgeben.

Er ist gerade gestolpert und einen halben Meter vor Mera. Trotzdem wird er verfehlt, nicht mal besonders knapp.

Zwei Kugeln hingegen dringen sofort in Meras Körper ein. Eine in ihr Gesicht, eine in ihren Bauch. Wo sie die Gebärmutter zerfetzt.

Er spult vor. Stoppt an der Stelle, an der die Kamera vom Bürgersteig zur Straße schwenkt. Für eine Sekunde sind der Wagen, Zack und Mera gleichzeitig im Bild.

Zack starrt auf den Bildschirm.

Er kniet über Mera. Sein gesamter Rücken ist zu erkennen, und die Männer mit ihren Maschinengewehren sind nur vier, fünf Meter entfernt.

Eine bessere Gelegenheit, seinen Rücken in ein Sieb zu verwandeln, hätte es gar nicht geben können.

Aber es fällt kein weiterer Schuss. Sie holen die Waffen ins Auto und fahren davon.

Die Einsicht bricht über ihn herein wie eine große, dunkle Woge.

Sie waren gar nicht hinter ihm her.

Sondern hinter Mera.

Aber warum?

Wer um alles in der Welt hätte professionelle Killer auf sie ansetzen sollen?

Er steht auf. Der Boden schwankt.

Langsam geht er zum Ausgang, wendet sich dann an Sirpa, die noch in der Kochnische steht, und sagt:

»Speichere bitte eine Kopie für mich. Dann kannst du dafür sorgen, dass der Film aus dem Internet verschwindet.«

Er geht ein Stück, runter zum Wasser. Schnell. Sein Gehirn ähnelt einer Druckkammer, deren Messgeräte alle im roten Bereich sind.

*Sie hatten es auf Mera abgesehen.*

*Nicht auf mich.*

*Mindert das meine Schuld?*

*Nein, es vergrößert sie eher noch. Ich hätte sie beschützen müssen. Sie und das Kind, das in ihr wuchs.*

In sich hört er den Schrei eines kleinen Lebens, das von einer

Kugel ausgelöscht wurde, sieht Sterne, die vom Himmel verschwinden.

*Warum wurde Mera ermordet?*

*Wer wollte ihren Tod? Und warum genau in jenem Moment? Als ich mitten in den Ermittlungen des bisher verwirrendsten Falls meiner Karriere steckte?*

Er erreicht den Norr Mälarstrand. Überquert die Straße, stellt sich ans Ufer und lässt sich von dem kalten Wind die fieberheiße Stirn kühlen.

Konnte es reiner Zufall gewesen sein, dass es genau zu dem Zeitpunkt geschah? Hatte Mera Geheimnisse? Wie er? Könnte sie in irgendetwas Illegales verwickelt gewesen sein?

Nein.

Es muss mit dem Fall zu tun haben. Das weiß er einfach.

Und er ahnt, wer ihm Antworten darauf geben könnte.

## 90

Als Zack eine Viertelstunde später ins Büro zurückkehrt, haben sich seine Kollegen um Rudolf Gräns und Sandra Sjöholm versammelt. Auch Douglas Juste ist darunter.

Zuerst glaubt Zack, dass sie über ihn sprechen, aber sie schauen nicht mal auf, als er hereinkommt, sondern reden hochkonzentriert über irgendetwas anderes.

»Aber etwas Neues hat sie nicht gesagt?«, fragt Deniz, während er sich nähert.

»Nicht mehr als das, was wir schon gestern zu hören bekommen haben«, antwortet Sandra. »Sie war sehr einsilbig. Hatte große Schmerzen im Bein. Wir werden sie wohl morgen erst in Polizeigewahrsam nehmen können.«

»Warum hat sie denn nicht nur die Kinder der beiden Männer getötet, auf die sie so wütend war?«, fragt Deniz. »Warum musste sie gleich noch sieben andere Jugendliche ermorden?«

»Sie meint, dass es nicht ihre Schuld ist, dass sie ihre Tabletten geteilt haben«, sagt Rudolf.

»Warum hat sie die dann nicht gleich einzeln verkauft?«

»Angeblich haben die Jugendlichen mehr kaufen wollen. Das sei die Voraussetzung dafür gewesen, dass das Geschäft überhaupt zustande kam.«

Douglas schaut auf und klopft Zack kräftig auf die Schulter.

»Deine Theorie stimmte, Zack. Gute Arbeit.«

»Sie verschweigt uns aber was«, sagt Rudolf. »Das hat ihre Stimme heute genauso verraten wie gestern.«

*Da hast du recht*, denkt Zack und schaut zu Rudolf. *Du hörst das genauso deutlich wie ich. Vielleicht sogar noch deutlicher.*

Er muss wieder an die Nacht auf der Weide denken. An seine Erinnerung an ein klingelndes Handy.

*Okay, ich breche ab.*

Hört wieder die flüsternde Stimme im Hörer.

Die Stimme, die Josefine Wecksell befielt, nicht zu schießen. Die Stimme, die jemandem gehört, der mächtig genug ist, über Leben und Tod zu entscheiden.

Mit einem Mal ist er davon überzeugt, dass die Stimme demselben Menschen gehört, der auch beschlossen hatte, dass Mera sterben sollte.

Warum wurde nicht auch da abgebrochen?

Was hatte Mera getan, dass sie es nicht verdiente weiterzuleben?

»Ich glaube, Josefine Wecksell lügt nur, damit ihr nicht auch noch der Mord an Sverker Blådahl angehängt wird«, sagt Sandra und holt Zack in die Wirklichkeit zurück. »Ich bin mir sicher, wenn wir Koltberg und seine Kollegen noch einmal genau suchen lassen, werden sie etwas finden, das sie auch mit diesem Mord in Verbindung bringt.«

*Da irrst du dich,* denkt Zack. *Das war nicht sie. Ihre Überraschung, als sie von seinem Tod erfuhr, war echt.*

*Es gibt noch jemanden ein Stück höher in der Hierarchie.*

Zack verlässt kurz vor Mittag erneut das Büro. Sagt nicht, wohin er will, sondern vertraut darauf, dass Sirpa und Deniz den anderen erzählen, dass er das Video von Meras letzten Lebensminuten gesehen hat und deshalb erst mal Ruhe braucht.

Er nimmt ein Taxi zum Karolinska Krankenhaus. Geht vorbei an den Neubauten mit ihren glänzenden Glasfronten, weiter zu den tristen, alten Backsteinhäusern, wo immer noch Patienten untergebracht sind.

Der Aufzug rasselt hinauf zur Intensivstation, und als er gerade an das Türtelefon der verschlossenen Station treten will, sieht er Douglas durch die Glastür den Flur entlang kommen.

Zack macht schnell einen Schritt zur Seite, reißt die Tür zu einer der Nachbarstationen auf und versteckt sich dort.

Was macht Douglas hier? Rudolf und Sandra haben Josefine Wecksell doch gerade erst vor ein paar Stunden vernommen?

Zack schaut durch das Fenster in der Tür hinaus und sieht, wie Douglas den Aufzug betritt.

Als er sicher ist, dass der Aufzug unterwegs ist, geht er hinaus, ans Türtelefon der Intensivstation und wird von einer freundlichen, etwas älteren Krankenschwester hereingelassen.

»Hier geht es ja heute zu wie im Taubenschlag«, sagt sie.

Zack geht zu Zimmer vier, grüßt die beiden Polizisten, die dort Wache schieben, und öffnet vorsichtig die Tür.

Josefine Wecksell sitzt aufrecht im Bett, das eine Bein angewinkelt, das verletzte ausgestreckt vor sich.

Sie trägt ein weißes Krankenhausnachthemd, hat Kopfhörer

mit lauter Musik auf den Ohren und hebt und senkt das verletzte Bein, als wäre sie gerade mitten in einer Übungseinheit.

Als sie Zack erblickt, legt sie sofort beide Beine ab und zieht die Decke darüber.

Sie nimmt den Kopfhörer ab, lässt ihn um den Hals hängen und sagt:

»Wollen Sie mich auch noch befragen? Es waren doch erst vor ein paar Stunden Kollegen von Ihnen da.«

»Gerade eben doch auch, oder etwa nicht?«

»Wie? Ach ja, Ihr Chef. Die Tabletten, Entschuldigung. Er wollte mir auch ein paar unbequeme Fragen stellen.«

»Haben Sie darauf geantwortet?«

»Nein.«

Zack setzt sich in einen Besucherstuhl mit Armlehnen und dickem Sitzpolster.

»Wie geht es Ihnen?«, fragt er.

Die Frage scheint sie zu überraschen. Sie zuckt statt einer Antwort mit den Schultern.

»Meine Freundin Mera wurde im Sommer ermordet«, sagt er und schluckt schwer.

Seine Stimme muss stark bleiben. Er darf sich seine Trauer nicht anmerken lassen.

Josefine Wecksell lehnt sich zurück.

»Damit habe ich nichts zu tun.«

»Das glaube ich Ihnen.«

»Ach?«

Sie kann ihre Verwunderung nicht verbergen.

»Ich glaube aber, dass Sie wissen, wer dahintersteckt.«

Sie betrachtet ihn eindringlich, und er hält ihrem Blick stand. Weiß, dass er darin unschlagbar ist.

Josefine Wecksell schafft es lange, wendet schließlich aber doch den Blick ab und schaut aus dem Fenster.

Bleibt still.

»Sie war schwanger«, sagt Zack. »Unser ungeborenes Kind starb mit ihr.«

Josefine Wecksell starrt weiter aus dem Fenster.

»Haben Sie mich verstanden? Ein Kind ist gestorben. Mein Kind. Ich höre es jeden Tag schreien.«

Keine Reaktion.

Zack beschließt, Rudolfs Taktik zu probieren und abzuwarten.

Ihr Blick ruht jetzt auf einem Punkt an der Wand, und er schätzt, dass sie mit sich diskutiert.

So sitzt sie eine Weile. Dann schaut sie ihn an und sagt ruhig:

»Wenn Sie mir bei der Flucht helfen und versprechen, mich nicht zu verfolgen, kann ich dafür sorgen, dass Sie die Antwort bekommen, die Sie suchen. Das verspreche ich. Wenn nicht, tappen Sie für immer im Dunkeln.«

Er lacht.

»Ich soll Sie einfach gehen lassen, und Sie erzählen mir dann in einem Jahr oder so etwas, von dem ich nicht mal weiß, ob Sie es erzählen können?«

Sie blickt ihn ausdruckslos an.

»So ungefähr.«

»Und wenn ich sage: Wenn Sie mir nichts Brauchbares liefern, dann sorge ich dafür, dass Sie in der übelsten, finstersten Zelle landen, die Sie sich vorstellen können. Was sagen Sie dann?«

Sie betrachtet ihn weiter mit dieser ausdruckslosen Miene.

»Dann werde ich höchstwahrscheinlich tot aufgefunden werden. Und Sie haben immer noch keine Antworten.«

Erneut messen sie einander mit Blicken. Als sie ihren schließlich senkt, fragt Zack:

»Wissen Sie, warum sie Mera töten wollten?«

Sie schüttelt den Kopf.

»Nein.«

»Hatte es mit unseren Ermittlungen zu den Bambipillen zu tun?«

»Keine Ahnung.«

»Warum schützen Sie die? Sie könnten Ihr Strafmaß erheblich senken, wenn Sie uns helfen.«

Sie schaut wieder aus dem Fenster.

»Fünf Jahre oder zehn, was spielt das für eine Rolle?«, sagt sie dann. »Mein Leben ist vorbei, wenn die Tür hinter mir ins Schloss fällt.«

Es wird still im Zimmer.

Die Wanduhr tickt.

Zack ist das Geräusch bisher noch gar nicht aufgefallen.

Er lehnt sich im Stuhl zurück, schiebt die Hände in die Taschen und schaut an die Decke.

Fünf Minuten verstreichen. Zehn.

Zack muss an den Mythos denken, von dem Rudolf ihnen erzählt hat. Dass die Hirschkuh zum Schluss flieht. Oder ihr zur Flucht verholfen wird.

Zur Hölle mit den Mythen. Diese Hirschkuh wird lange in ihrem Käfig eingesperrt bleiben.

Er steht auf, stellt sich an ihr Bett. Sie starrt in die andere Richtung, zur Tür.

»Sie haben recht«, sagt er. »Wenn die Tür hinter Ihnen ins Schloss fällt, ist es vorbei.«

Dann verlässt er das Zimmer.

Geht geradewegs den Schreien entgegen, die nicht verstummen wollen.

# 91

## Einige Tage später

Zack sitzt am Computer und starrt auf das Dokument, in das er seine Überstunden eintragen soll. Douglas Juste hatte darum gebeten.

Datum und exakte Zeitangaben sollen in verschiedene Zeilen getippt, Quittungen beigefügt werden. Was war der Anlass? Welche Aufgaben sollte er erfüllen? Warum und mit wem? Sind die Fahrtabrechnungen ordentlich ausgefüllt?

Er stöhnt laut, schließt das Dokument, zieht es zum Desktoppapierkorb und leert diesen. Dann meldet er sich ab und schaltet den Computer aus.

An der Decke summt die Klimaanlage leise.

Es ist kurz nach fünf, und weil der intensive Teil der Ermittlungsarbeit geschafft ist, haben alle pünktlich Feierabend gemacht.

Die Beweislast gegen Josefine Wecksell wächst von Tag zu Tag, nicht zuletzt, weil es Sirpa Hemälainen gelungen ist, eine Reihe gelöschter E-Mails zu rekonstruieren, die zeigen, dass Josefine Wecksell wegen der Bambitabletten wiederholt mit David Mathias und Sverker Blådahl in Kontakt stand.

Die Behauptung von Deniz' Quelle, dass David Mathias sich weigerte, an der Herstellung oder dem Vertrieb mitzuwirken, scheint zu stimmen.

Selbst Sverker Blådahl war anfangs skeptisch gewesen, aber Josefine Wecksell erpresste ihn. Sie konnte beweisen, dass er wieder Drogen nahm, und drohte damit, ihn zu feuern, wenn er sich beim Verkauf nicht beteiligte.

In ihrer Browserchronik fand Sirpa eine Menge Internetseiten mit Anleitungen zur Herstellung von Designerdrogen, darüber hinaus sogar gespeicherte Daten, die zeigten, wo sie die übrigen Substanzen für die Bambitabletten gekauft hatte.

Allerdings werfen der Verkauf der Prechemo und die Überweisung von einhundertfünfundzwanzig Millionen Kronen auf Josefine Wecksells Privatkonto immer noch zahlreiche Fragen auf.

Die Firmenstruktur wirkt undurchdringlich, selbst für die Experten von Finanzamt und Dezernat für Wirtschaftskriminalität.

Prechemos neuer Besitzer Wiszła Chemicals gehört wiederum einer Firma auf der Isle of Man, die ihrerseits einem Unternehmen auf den Seychellen gehört.

Und so weiter.

Hinter jeder Firma verbirgt sich eine weitere Firma. Hinter jeder Stiftung eine weitere Stiftung. Alle sesshaft in den Lieblingsregionen der Steuerflüchtlinge: Luxemburg, Caymaninseln, Mauritius.

Als würde sich eine unsichtbare Macht hinter den Kulissen bewegen, die sich nicht auf Papier bannen lässt.

Ein weiterer Spieler, ganz wie Zack schon länger vermutet hatte.

Er starrt zum leeren Whiteboard an der Wand. Ein Mahnmal all der Antworten, die bislang noch fehlen. Er muss an das Angebot denken, das Josefine Wecksell ihm gemacht hat. Ihre Freiheit für die Antworten, die er sucht.

Hätte er darauf eingehen können? Sie freilassen?

Nein.

Sie muss geblufft haben.

Er will glauben, dass sie geblufft hat. Versucht sich davon zu überzeugen, dass es so war.

Aber es gelingt ihm nicht.

Er will gerade aufstehen, als ihm bewusst wird, dass das Whiteboard gar nicht leer ist.

Ein Foto hängt noch in der unteren rechten Ecke.

Mera.

Sie schaut ihn anklagend an.

Verschafft sich Zugang zu seinen Gedanken.

*Du hättest mich rächen können, Zack.*

*Warum hast du das nicht getan?*

*War ich dir nicht mehr wert?*

*Aber ich kann doch keine Mörderin laufen lassen*, antwortet er der Stimme in seinem Kopf.

Sie will davon nichts wissen.

*Hörst du das Kind, Zack?*, fragt sie stattdessen.

*Hörst du es schreien?*

Er steht auf, nimmt die Jacke von der Stuhllehne und verlässt das Büro.

## 92

Olympia Karlssons langes, schwarzes Kleid glitzert im Licht der laufenden Bildschirme an der Wand hinter ihrem Schreibtisch.

Vor dem Fenster hat die Abenddämmerung eingesetzt. Rote Wolken spiegeln sich auf der glatten Wasseroberfläche des Pools, glühen wie die Holzscheite im Kachelofen in der Ecke des Arbeitszimmers.

Olympia streckt sich nach dem schweren Brieföffner aus Gold und schlitzt damit ein Einschreiben der Bank van de Nederlandse Antillen auf.

Das Dokument wurde auf dickem Papier mit Wasserzeichen ausgefertigt und zeigt, dass Heraldus durch eine Gesellschaft auf Jersey nun Eigentümer der Akteon ist, die einundfünfzig Prozent der Prechemo-Aktien besitzt.

Olympia legt das Dokument zur aktuellen Ausgabe der *Dagens Industri.*

Die Überschrift des Tages bedeckt fast die gesamte erste Seite.

*Riesengeschäft zum Kleinstpreis.*

Olympia findet das treffend ausgedrückt.

Sie hat tatsächlich nicht viel für den Uhrenbetrieb bezahlt.

Die beiden Teilhaber waren nach dem tragischen Tod ihrer Kinder nicht zu großer Gegenwehr in der Lage gewesen. Schienen eher dankbar dafür zu sein, dass Heraldus sich nicht im letzten Moment aus der Affäre zog wie die übrigen Spekulanten.

*Als hätten die das freiwillig getan*, denkt Olympia und lächelt vor sich hin.

Sie dreht sich zum Computer am anderen Ende des Schreibtischs und öffnet ihr Mailkonto.

Ein Memo von Peter. Auf Englisch. Diesmal bis auf ein Wort richtig geschrieben.

Er ist ein hoffnungsloser Fall.

Sie schließt die Augen.

Denkt an die arme Josefine Wecksell.

*Sie hat wirklich geglaubt, ich hätte ihr vergeben, als ich sie zum Essen einlud. Und dass ich ihr aus Bedauern Unterstützung in Form von gutem Rat anbot.*

*Trotz allem ist sie eine kluge Frau. Allerdings etwas unflexibel, so wie die meisten Athleten.*

*Deshalb war sie so nützlich, weil ihre Schritte so vorhersehbar waren.*

*Zum Beispiel, welche Opfer sie wählen würde.*

*Wären die Schritte meiner Tochter doch ebenso vorhersehbar*, denkt sie.

Sie konnte einfach nicht verstehen, warum Hebe unbedingt Zack Herry wiedersehen wollte.

Das war nicht Teil ihres Plans gewesen. Absolut nicht.

Hebe hätte rasend darüber werden sollen, dass er ihre geliebte Freundin festgenommen hatte.

Hätte den Kontakt abbrechen sollen.

Für immer.

Hätte verhindern sollen, was nie geschehen darf.

Olympia reißt das Bankdokument an sich und geht zum Kachelofen, öffnet die Klappe und legt das Papier auf das glühende Holz.

Das Blatt fängt Feuer, Olympia spürt die Wärme auf dem Gesicht, spürt, wie sich die Flammen mit dem vernichtenden Feuer in ihrer Seele verbinden.

Sie schließt die Ofenklappe wieder. Geht zum Bücherregal und drückt auf einen verborgenen Knopf an der Unterseite eines der tiefer gelegenen Einlegböden.

Ein leises Summen erklingt, und schon gleitet das schwere Eichenmöbel zu ihr heraus und legt den Blick auf einen geheimen Raum frei.

Gedämpfte Spots an der Decke gehen an, als Olympia hineintritt. Das Bücherregal gleitet hinter ihr zurück an seinen Platz, während sie sich in einen knarrenden Ledersessel setzt, der einmal ihrem Urgroßvater gehört hatte, dem Gründer des Firmenimperiums.

Auf einem kleinen, runden Tisch neben dem Sessel liegen zwei Fernbedienungen.

Sie greift nach einer von ihnen und richtet sie auf den konkaven Fernseher, der an der gegenüberliegenden Wand hängt. Mit der anderen startet sie den VHS-Player, der neben der Blue-Ray-Anlage in einem Regal unter dem Fernseher steht.

Flimmernde Ränder bewegen sich über den Bildschirm, als die alte Videokassette zu laufen beginnt. Der Ton leiert. Die Farben sind blass.

Sie hätte den Film vor langer Zeit konvertieren und auf eine

Festplatte kopieren sollen, um ihn zu restaurieren, Bildschärfe und Tonqualität zu erhöhen.

Aber sie will ihn genau in diesem Format haben. Das Gefühl bewahren, dass es sich um eine Erinnerung handelt, die langsam verfällt.

Die Kamera schwenkt durch einen großen Ballsaal mit einer Vielzahl festlich gekleideter Gäste. Gewaltige Kronleuchter hängen von der Decke, der Boden ist so blankpoliert, dass man sich darin spiegeln kann.

Eine schöne neunundzwanzigjährige Frau in einem langen, roten Kleid kommt ins Bild.

Olympia kann noch immer die Seide spüren. Weiß noch, wie es sich anfühlte, wenn die Männer sie mit Blicken ausziehen wollten.

Trotzdem tut ihr weh, was sie sieht, weil sie es nie zurückbekommen wird.

Sie hasst die Zeit dafür, ihr diesen Teil des Lebens genommen zu haben. Was sie ihr angetan hat.

Das Bild flackert, verzerrt sich in alle Richtungen.

Dann wird es wieder scharf.

Ein großer Mann mit breiten Schultern steht schräg hinter ihr.

Er lächelt nicht wie alle anderen. Schaut sich stattdessen permanent aufmerksam mit seinen eisblauen Augen um. Macht seinen Job. Streicht sich ein paar Locken hinters Ohr, schneidet einem aufgeregten Journalisten den Weg ab, der zu nah kommt.

Beschützt sie.

Die neunundzwanzigjährige Frau, die sie war, dreht sich um, lächelt ihren Leibwächter an.

Er lächelt zurück.

Roy Herry.

Der schönste Mann, den sie je getroffen hat.

Dann friert die Aufnahme ein. Genau in dem Moment, als ihre Blicke sich treffen.

Sie erinnert sich an seinen Körper, der sich auf sie senkt, sie spürt seine Wärme, wie er sich an sie presst, in ihr ist, und wie ein Leben entsteht, das sie nicht verhindern will.

Wie sie, ganz im Gegenteil will, dass es passiert.

Wie die Last der ganzen Welt auf ihren Schultern liegt und sie nicht wirklich weiß, was sie damit anfangen soll.

Olympia legt die Fernbedienungen weg. Betrachtet eine Weile lang das Standbild.

*Regeln, Normen und Moral gibt es für mich nicht*, denkt sie.

*Für die meinen.*

*Gab es nie, wird es nie geben.*

Sie schaltet erst Fernseher und Videorecorder aus, dann die in die Decke eingelassenen Lampen.

Wird eins mit der Dunkelheit.

# 93

Zack und Hebe sitzen sich auf dem alten Sofa in seiner Wohnung am Kungsholms strand gegenüber.

Zwei halbvolle Weingläser stehen auf dem Tisch, daneben eine fast leere Flasche.

Sie sitzen schon seit Stunden hier.

Und er könnte noch Ewigkeiten so sitzen.

In seinem Inneren herrscht Ruhe, er ist einfach da, für einen kurzen Moment.

Sie lächelt ihn an. Legt den Kopf schief.

Er küsst sie.

Sie legt ihm eine Hand in den Nacken, sie schmeckt süß vom Wein, ihr Atem ist warm und weich.

Mit der anderen Hand tastet sie hinter sich, sucht die Stehlampe.

Findet sie, folgt der Metallstange nach oben bis zum Schalter, schon wird das Zimmer schwarz. Der Kuss endet, sie entfernen sich voneinander, aber nur fast.

Sie streckt die Hand aus. Er erahnt ihre Bewegung in der Dunkelheit.

Ihre Hand auf seinem Gesicht, auf seinen Lippen. Er küsst ihre Finger, zieht Hebe an sich, und er ist hart und vorsichtig zugleich, es muss jetzt einfach geschehen.

Es muss einfach.

Seine Hand unter ihrem Oberteil, weich und warm, sie zieht es aus, nestelt am BH-Verschluss herum, um ihre Brüste zu befreien, er streichelt über ihren Bauch, und sie presst ihn an sich, nah, versucht, noch das letzte bisschen Abstand zwischen ihnen auszulöschen, und es gelingt ihr.

Es gibt nur noch sie beide.

Zusammen.

Wie es sein soll.

Und in sich vereinen sie alle Sterne der Milchstraße, die wachsamen Augen zahlloser Götter bündeln sich zu einem einzigen Blick, dessen Kraft das gesamte Universum vor Wut erzittern lässt.

www.tropen.de

Mons Kallentoft / Markus Lutteman

**Die Fährte des Wolfes**

(Zack Herry, Band 1)
Thriller
Aus dem Schwedischen von
Christel Hildebrandt
456 Seiten, Klappenbroschur
ISBN 978-3-608-50371-5
€ 16,95 (D) / € 17,50 (A)

**In den Fängen des Löwen**

(Zack Herry, Band 2)
Thriller
Aus dem Schwedischen von
Christel Hildebrandt
384 Seiten, Klappenbroschur
ISBN 978-3-608-50372-2
€ 14,95 (D) / € 15,40 (A)

Auch als ebook

Noch mehr actiongeladene Hochspannung des Bestsellerduos aus Schweden!

»Der skandinavische Thriller hat einen neuen Helden: Zack Herry. Ein cooler Mix aus Lisbeth Salander und Harry Hole.«
*Le Monde, Frankreich*

»Mehr Action geht nicht.« *Fyens Stiftstidende, Dänemark*

»Ein zerrissener Held, Action, Spannung, und stilistisch ein gelungener Kontrast zu anderen Skandinavienthrillern.«
*L'Écho, Frankreich*

Tropen